-LA-
REINA
IMPOSTORA

‣ **Título original**: *The Impostor Queen*
‣ **Dirección editorial**: Marcela Luza
‣ **Coordinación de diseño**: Marianela Acuña
‣ **Edición**: Leonel Teti con Soledad Alliaud
‣ **Diseño de interior**: Silvana López
‣ **Diseño de tapa**: Luis Tinoco
‣ **Imágenes de cubierta**: lpedan/Shutterstock.com; mbefoto/Shutterstock.com; Sandratsky Dmitriy/Shutterstock.com

un sello de
V&R Editoras·

© 2016 Sarah Fine
© 2016 V&R Editoras
www.vreditoras.com

ARGENTINA:
San Martín 969 piso 10 (C1004AAS)
Buenos Aires
Tel./Fax: (54-11) 5352-9444
y rotativas
e-mail: editorial@vreditoras.com

MÉXICO:
Dakota 274, Colonia Nápoles, CP 03810,
Del. Benito Juárez, Ciudad de México
Tel./Fax: (5255) 5220-6620/6621
01800-543-4995
e-mail: editoras@vergarariba.com.mx

ISBN: 978-987-747-193-9

Impreso en Argentina por Buenos Aires Print · Printed in Argentina
Septiembre de 2016

Fine, Sarah
La reina impostora / Sarah Fine. - 1a ed. - Ciudad Autónoma
de Buenos Aires: V&R, 2016.
464 p.; 21 x 15 cm.

Traducción de: Gabriela Fabrykant.
ISBN 978-987-747-193-9

1. Literatura Juvenil Estadounidense. 2. Novelas Fantásticas.
I. Fabrykant, Gabriela, trad. II. Título.
CDD 813

-LA- REINA
IMPOSTORA

- Sarah Fine -

WITHDRAWN

TRADUCCIÓN:
GABRIELA FABRYKANT

En recuerdo de mis abuelas, June y Virginia.
Gracias por ser un ejemplo tan brillante de todas
las maneras en que las mujeres pueden ser
poderosas.

PRÓLOGO

Ella no sabía qué dolía más: el hielo o el fuego. En este punto, ni siquiera podía distinguir la diferencia; ambos le quemaban las venas, el pecho y las extremidades, cada momento más agónico que el anterior.

El Anciano Kauko estaba inclinado sobre su brazo extendido, tratando de sangrar el exceso. El *pat-pat-pat* de su sangre en el recipiente era el único sonido en la habitación, además de sus gemidos apenas sofocados. Si hubiera tenido la fuerza necesaria, le habría dicho al anciano que todos sus esfuerzos eran en vano. La oscuridad era una sombra en un rincón de su aposento que se expandía sin importar cuán fuertemente quisiera alejarla.

La magia la estaba matando.

Y, sin embargo, ella todavía la amaba tanto como a cualquier otra parte de sí misma. Había sido su fiel compañera por casi diez años, y cada día ella había intentado usar el don sabiamente, al servicio del pueblo de Kupari. Siempre para ellos. Solo para ellos. Había deseado que el tiempo fuera infinito para poder ser siempre su reina y protegerlos en todo momento.

Pero finalmente, se había vuelto igual que todas las Valtias anteriores a ella: un fuego brillante que rápidamente se extinguió. Era demasiado débil para contener un poder tan grande, o quizás demasiado egoísta para utilizarlo a la perfección, como la magia lo requería. Sin embargo, había creído que estaba haciéndolo bien. Todo lo que deseaba era llegar a su gente más allá de la muralla y protegerlos de los asaltantes, que recientemente habían llegado a sus costas; y demostrarles a los forasteros que su gracia se extendía más allá de la ciudad. Seguramente, no eran todos ladrones y asesinos. Sin duda, algunos de ellos podían ser redimidos, a pesar de que los ancianos y los sacerdotes se habían burlado de esa tonta idea.

Así como también se habían burlado de su idea de viajar a través de las tierras lejanas, para que la vieran sus súbditos y poder ganar su confianza. Sin embargo, cuando insistió, los ancianos accedieron. Después de todo, ella era la reina. Hasta habían tratado de ayudarla a mantener el equilibrio entre los dos elementos que anidaban en su interior, atemorizados de que el esfuerzo interrumpiera el equilibrio perfecto de hielo y fuego. Incluso ahora, Kauko todavía estaba intentándolo, pese a sus discusiones anteriores, a su actitud desafiante.

Ella giró la cabeza, y el movimiento envió golpes de un calor abrasador a su columna vertebral, mientras sus dedos seguían rígidos por el frío. El Anciano Kauko observaba el flujo de su sangre con una concentración absoluta. Luego, deslizó su dedo a lo largo del filo de la pequeña cuchilla que había usado para hacer el corte, capturó una gota de sangre y se alejó por un instante. Cuando volvió a mirar, sus ojos oscuros parecían más brillantes, pero su sonrisa estaba teñida de tristeza.

—Descanse, mi Valtia —dijo en voz baja—. Cierre los ojos y descanse.

No quiero cerrar los ojos. No quiero irme. Sin embargo, tras ese pensamiento, una ola de oscuridad pasó sobre ella, el tipo de oleaje que anuncia una tormenta.

El Anciano Kauko sujetó sus dedos helados.

–Ha servido bien, mi Valtia.

Kaarin. Fui Kaarin una vez. Eso fue antes de convertirse en la Valtia. Aún podía recordar el modo en que su nombre había sonado aquella vez que su madre lo gritó entre los aplausos de la multitud, mientras los ancianos la escoltaban al Templo en la Roca; era tan solo una niña de seis años acarreando las esperanzas de todo un pueblo. *Kaarin, no me olvides. Kaarin, te amo.*

Fue la última vez que vio a su madre. *Quizás vuelva a verla pronto,* se dijo. Eso debería haber sido reconfortante, pero lo único que podía pensar era *no. Aún no.*

–¿Está dormida? –era la voz del Anciano Aleksi. Podía oír el roce de sus túnicas negras.

–Es difícil de decir –murmuró Kauko.

–¿Deberías sangrarla de nuevo?

–Más sería peligroso.

¿Para quién?, querría preguntar. *Si ya me estoy muriendo.* Aleksi, sin embargo, parecía saberlo. Permaneció en silencio.

Kauko suspiró.

–No tardará mucho. Dile a Leevi que lleve a la Saadella a las catacumbas y la prepare.

No, no estoy lista. Pero no se podía mover. Sus miembros estaban duros mientras que el hielo y el fuego se agitaban en su interior, impacientes y listos para liberarse. *No se vayan, por favor. Tengo tantas cosas por hacer.*

Era un pensamiento egoísta. Sofía probablemente sería una mejor Valtia que Kaarin. Era amable y siempre pensaba en los demás. Más pura, tal vez. Ciertamente, más paciente. *No vamos a tener otra Ceremonia de la Cosecha juntas, mi querida. Cómo me gustaría ver tu rostro una vez más.* Pronto, la niña se arrodillaría sobre el bloque de piedra de la Cámara de Piedra, y esperaría. Todos estaban esperando ahora. Pero Kaarin no podía obligarse a dejarse ir.

—Sofía —susurró con los labios resecos.

Nadie respondió. O tal vez su oído la había abandonado, sus sentidos estaban disminuyendo… uno por uno. El tacto y la vista, el olfato y el oído. Un rugido atravesó su mente, como un vendaval de otoño en el Lago Madre, poderoso e implacable. El dolor emergió, envolviéndola. *No, por favor. Aún no. Más...*

Cuando el poder se abrió paso, liberándose, se llevó todo consigo excepto una imagen: una niña con el pelo cobrizo y ojos azul pálido. Era demasiado borrosa para reconocerla; aun cuando Kaarin intentó enfocarla, su visión se hizo doble, creando dos rostros vacilantes y superpuestos en la niebla. Pero ella sabía perfectamente quién era la niña, y lo que estaba a punto de ocurrirle.

A continuación, los últimos restos de hielo y fuego la abandonaron sin dificultad, y ya no tuvo fuerzas para aferrarse a ellos. La oscuridad era total. La magia se había ido.

Y ella también.

CAPÍTULO
I

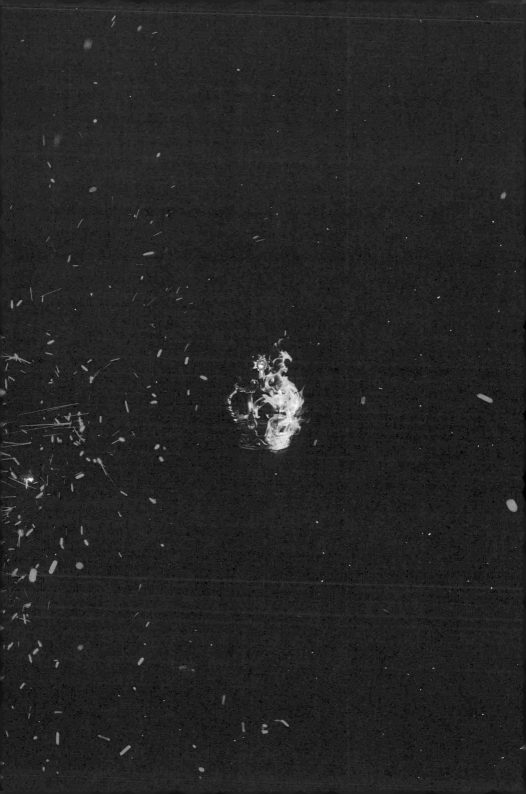

El corazón está frente a mí, inmóvil, colorido y más misterioso de lo que yo quisiera que sea. Me inclino sobre el diagrama grabado en el pergamino, intentando memorizarlo de una vez. El vaso principal, que lleva la sangre al resto del cuerpo, está marcado en tinta roja y deslizo la punta del dedo sobre su nombre. *Valtimo*. Me gusta la palabra. Es vital y carnosa.

—Anciano Kauko, ¿los vasos están conectados en un circuito, de algún modo? ¿Cómo sabe la sangre cuándo es el momento de volver al corazón?

Él está sentado junto a mí en esta mesa sólida repleta de pergaminos que describen el hígado, el cerebro, los huesos de la mano y los dedos, y tantas otras cosas fascinantes. Antes de responderme ajusta su túnica sobre su vientre redondo.

—Eres tan inteligente, Elli. Sí, es como un circuito. La sangre nunca sale de los vasos, simplemente se desplaza por ellos hasta que ingresa al corazón de nuevo.

—¿Por qué? ¿Por qué es tan importante si todo lo que hace es fluir a través de nuestras venas? ¿Qué hace? —pregunto, con el ceño fruncido.

Él sonríe. Cuando era pequeña, sus labios me fascinaban; sobresalen como dos gusanos pegados a su rostro pálido.

—La sangre es la vida misma. Lleva calor a las extremidades y energía a los músculos.

—¿Y qué pasa con la magia? ¿La sangre también conduce la magia por todo el cuerpo?

El anciano deja escapar un suspiro, como si le hubieran dado un codazo, luego empieza a reír.

—La magia es más complicada que eso.

Soplo para quitarme un mechón de pelo de la frente; la frustración me provoca calor.

—Sé que no es sencillo, pero si la sangre es la vida... —echo un vistazo al anciano, que espera pacientemente que mi pensamiento termine de formarse—. Cuando la magia deja a una Valtia, ella muere. Entonces, al parecer la magia también es vida. Y si esto es así...

Él levanta las manos, como en señal de rendición.

—Mi querida Saadella, la magia infunde a su portadora. Está en todas partes dentro de ella.

—¿Como la sangre? —pregunto, dando un golecito en el diagrama.

—Sí, sí. Pero...

—¿Se puede destilar la magia de la sangre, entonces? ¿Se puede separar como el aceite del agua, si se deja asentar durante la noche? ¿Alguna vez ha...?

Él empieza a reír y su vientre se bambolea.

—Querida niña, ¿nunca te detienes? Algunas cosas simplemente *son*, y lo mejor es estar en paz con eso.

—Y la magia es una de esas cosas —concluyo lentamente. ¿Cuántas veces he oído eso de mis tutores?—. Pero ¿de dónde viene, Anciano Kauko? Sé que la magia de la Valtia pasa a la Saadella, pero ¿qué pasa con los demás portadores?

Él me da un golpecito en la mano, y esta se me enrosca en el borde del pergamino, y con el entusiasmo, arruga el papel.

–Nunca sabemos cómo elige a un portador –responde, tocando ligeramente la punta de mi nariz con el dedo índice–. Solo sabemos que elige sabiamente.

Aliso con mis dedos el papel arrugado.

–Pero el otro día, cuando tuve mi clase de geografía con el sacerdote Eljas, él me dijo que los Kupari son las únicas personas en el mundo que tienen magia. Entonces, ¿por qué nos ha elegido?

–¿Por qué nos ha elegido? –repite, y señala hacia el pasillo que conduce a la Gran Sala de nuestro templo–. Porque la servimos y la conservamos bien, y... –inclina la cabeza y deja escapar un resoplido silencioso de risa–. Simplemente lo hizo, mi Saadella. Pero yo, por mi parte, no estoy sorprendido. No hay gente mejor que los Kupari, nadie más fuerte o más puro de corazón.

Al igual que me ocurre a menudo en mis lecciones, siento como si estuviera golpeando contra una puerta cerrada, rogando que me dejen entrar.

–Si eso es cierto y deberíamos estar en paz porque la magia nos ha elegido, entonces ¿por qué todos los sacerdotes pasan sus días estudiándola? ¿Qué están tratando de averiguar? –insisto, señalando con la mano los profundos estantes con pergaminos de la biblioteca personal de Kauko. Él es el médico, pero también es un anciano, uno de los más poderosos portadores de magia en este templo–. Sé que estos textos no son solo de anatomía. ¿Cuándo va a enseñarme sobre la verdadera magia?

–¡Te enseñamos cosas todos los días, niña! –dice, mientras barre con sus manos el pergamino abierto.

–Creí que cuando cumpliera dieciséis años, mis lecciones podrían incluir algo más que enseñanzas sobre el mundo natural. Esperaba poder pasar más tiempo con la Valtia y aprender cómo gobierna –protesto y me muerdo el labio.

Él comienza a enrollar el pergamino, y ese misterioso corazón desaparece en una espiral de papel color café.

–La Valtia debe concentrarse en su magia, y usarla para servir a la gente. Sé que tienes buenas intenciones, pero a ella no puede distraérsela de eso –sus labios gruesos se retuercen en una sonrisa tímida–. Y también sé que una horda de viejos sacerdotes no se compara a su compañía, pero por favor considera que estamos dedicados a prepararte para el trono.

Aparto la mirada de él, siento vergüenza de mi egoísmo.

–Lo sé –murmuro. Pero no puedo evitar la forma en que mi corazón anhela a mi Valtia, ni mi deseo de aprender de ella.

–Tendrás todo el conocimiento que necesites cuando llegue el momento, Elli –dice con voz suave, y recoge los pergaminos en una pila.

–No sabe cuándo será ese momento –añado, con la urgencia retorciéndose en mis entrañas.

Su sonrisa se vuelve melancólica, mientras me da una palmada afectuosa en el brazo.

–Los otros ancianos y yo te guiaremos en la magia una vez que esté dentro de ti –sus ojos oscuros brillan como en una broma maliciosa–. Además, no hay modo de que puedas saber lo que querrás preguntar hasta que hayas experimentado la magia por ti misma, ¿no? ¡Entonces podrás bombardearnos con tus preguntas! –me toma del codo–. Ven. Creo que es hora de tomar tu descanso de la tarde.

La única persona en este templo que no me trata como una niña es Mim. Casi lo digo, pero las palabras se me traban en la garganta mientras se vuelve hacia mí.

–Todos sabemos cuán consagrada estás a tu tarea –su expresión está llena de orgullo, y me hace parar un poco más erguida–. Apreciamos eso. Mi anhelo más preciado es que llegues a comprender cuán consagrados estamos *nosotros* a *ti*.

–Lo sé, Anciano Kauko –siento la garganta cerrada por la emoción–. Soy muy afortunada de contar con usted, con todos ustedes.

De pronto llega el eco de un grito desde el corredor: están llamando al Anciano Kauko y eso nos hace girar hacia la puerta.

–¡Estoy yendo! –responde él. Y lo sigo por el pasillo de piedra que conecta el ala posterior con la Gran Sala del Templo en la Roca. Los gritos provienen de allí. El Anciano Kauko se pasa la mano sobre la sombra oscura de su cabeza calva, sus dedos firmes y suaves. Es un hábito que tiene–. Anciano Aleksi, ¿es usted?

El Anciano Aleksi se precipita por el corredor cargando en sus brazos el cuerpo inerte de un chico que sangra por la cabeza, las manos y las rodillas. Cuando me detengo y veo la escena, mi falda roja se arremolina alrededor de mis tobillos. El mentón de Aleksi temblequea, mientras observa con preocupación al herido.

–Fue golpeado por un carro de caballos –le explica a Kauko, y recién entonces nota mi presencia unos pasos más atrás–. Estaba tan ansioso por llegar al templo que no vio por dónde iba –explica, y mientras lo acuesta murmura algo más, que no llego a oír. El chico no tiene más de diez años y es delgado como un poste–. Me temo que lo estamos perdiendo.

–No, él va a estar bien. Voy a hacerlo aquí –dice Kauko, inclinándose sobre el chico y con las manos sobre su cabello manchado con sangre. Mira por encima del hombro y me dirige una leve sonrisa–. Nuestra Saadella puede ver.

Mi corazón se acelera mientras me acerco a ellos. Las cejas de Aleksi descienden a modo de advertencia, la misma expresión que recibo cada vez que le pido ver a los aprendices practicar sus habilidades en las catacumbas.

—Mi Saadella, se trata de un asunto feo y...

—Pero va a ser algo que podré hacer cuando tenga la magia dentro de mí, ¿verdad? —pregunto, avanzando por el suelo de mármol.

Solo unos pocos portadores pueden curar. Para eso, deben tener la magia de hielo y la de fuego, lo cual es algo muy importante, según entiendo. Y las dos fuerzas opuestas deben estar equilibradas. La magia de la Valtia es la más poderosa, y también está perfectamente equilibrada, por lo tanto...

—Por supuesto, Saadella, si alguna vez lo deseas —asiente Kauko enérgicamente—. Y también es un excelente gesto de buena voluntad hacia los ciudadanos hacer curaciones en los días de la ceremonia.

—¡Entonces, muéstrenme! —digo ansiosamente, y con la respiración entrecortada. Mientras las palmas de Kauko se mantienen a unos pocos centímetros del cuero cabelludo del chico, puedo ver que la piel se entreteje de nuevo sobre la herida abierta. Quiero preguntar cómo es que Kauko lo maneja, pero Aleksi me hace un gesto con la mano.

—Mi Saadella —dice en voz baja—, la curación requiere concentración absoluta.

Después de unos minutos el Anciano Kauko se inclina hacia atrás, sonriendo y frotándose las manos.

Quiero tomarlas con las mías, ¿se sentirán ardientes al tacto? ¿Heladas de frío? ¿Ambas cosas a la vez?

—Listo. Está fuera de peligro —se encuentra con los ojos de Aleksi—.

Bájalo a las catacumbas y acomódalo allí, me ocuparé de sus otras heridas después de haber acompañado a la Saadella a sus aposentos.

—¿Las catacumbas? —pregunto, observando con más atención al chico—. ¿Eso significa que es un portador?

—Su nombre es Niklas —asiente Aleksi—. Fue aprendiz de un zapatero, que tuvo la amabilidad de hacernos saber que había visto a Niklas dejar marcas de quemaduras en un pedazo de cuero que estaba trabajando. Pensé que podía ser una pista falsa, pero este chico claramente tiene fuego. Lo supe tan pronto como estuve en la misma habitación que él.

—Siempre admiré tu capacidad de detectar este tipo de cosas —comenta Kauko, meneando la cabeza.

Aleksi sonríe ante el cumplido.

—No sé cuánta magia conserva todavía, o si tiene algo de magia de hielo también, pero vamos a probarlo una vez que se recupere.

Le sonrío al chico. Sus uñas están negras de mugre y sus mejillas, ahuecadas por el hambre.

—Entonces, él ya sabe lo afortunado que es por haber sido hallado, es una pena que tanto entusiasmo le provocara esto —impulsivamente me arrodillo junto a él, mientras sus párpados se mueven. Mis dedos rozan su pómulo afilado—. Vamos a cuidarte bien, Niklas —murmuro—. Tienes una vida maravillosa por delante.

Los ojos de los muchachos se abren de par en par; son de color azul oscuro, como las aguas del Lago Madre en primavera. Me mira y pestañea, luego sus ojos se deslizan sobre las paredes de mármol blanco que nos rodean y se agrandan como platos. Cuando su boca se abre, Aleksi lo recoge entre sus brazos; sus dedos regordetes se curvan sobre las extremidades desgarbadas y aprietan con fuerza.

—Me lo llevo ahora —dice, mientras el chico comienza a retorcerse y gemir, probablemente sigue aturdido por el golpe. Aleksi se aleja dando zancadas por el corredor hacia la escalera que lleva a las catacumbas, el laberinto de túneles y salas ubicadas debajo de nuestro templo, donde todos los acólitos y los aprendices se entrenan y viven.

—Bueno, fue suficiente emoción por esta tarde, ¿no? —dice Kauko, volviéndose hacia mí.

Miro sus manos, que son firmes y fuertes, no como las de Aleksi.

—Pero me gustaría saber cómo...

—Tal vez en otra ocasión, mi Saadella —me interrumpe con una sonrisa—. Nuestra lección terminó por hoy, y estoy seguro de que Mim se sentiría decepcionada si no probaras las galletas de limón que ha adquirido para tu té.

Mis mejillas se entibian. Mim sabe qué cosas me gustan, y ver su sonrisa cuando me las da es la belleza en sí misma.

—Está bien. ¡No quisiera decepcionar a mi doncella jamás!

Kauko sonríe y me acompaña a la Gran Sala, un espacio circular en el ala este del templo, el ala de la Saadella. *Mi* ala.

Al llegar, se oyen unos pesados pasos sobre el mármol: están ingresando el palanquín de la Valtia desde la Plaza Blanca. Mi corazón se contrae de la emoción: solo se me permite ver a mi Valtia dos días al año, en la Ceremonia de la Siembra y en la Ceremonia de la Cosecha. Además, rara vez sale del templo, y me quedo boquiabierta, paralizada en el lugar. Entrecierro los ojos, tratando de ver su rostro por detrás de la tela ligera y transparente que cubre la ventana del pequeño rectángulo de madera donde está sentada. Solo consigo ver el brillo cobrizo de su cabello, peinado en un elegante recogido con trenzas.

El Anciano Leevi, alto y desgarbado, camina junto al palanquín:

–Simplemente estoy diciendo que otro viaje más allá de la muralla no parece ser una buena...

–Usted vio esa granja, Anciano –le responde la Valtia–. No puedo sentarme en este templo con la conciencia tranquila, mientras nuestros granjeros viven con miedo. Los ataques son peores que nunca, y las personas podrían perder la confianza si lo hiciera.

–Es muy sabia, mi Valtia, pero hay peligro en las tierras lejanas. Podríamos traer... –su voz se hace cada vez más débil, mientras la Valtia y su procesión avanzan por el corredor hacia sus aposentos.

–¿Qué clase de peligro existe en las tierras lejanas que pondría en riesgo a la Valtia? –pregunto a Kauko, que me toma del brazo para conducirme a mis propias habitaciones–. Sé que allí está lleno de ladrones y bandidos, pero la Valtia puede defenderse de cualquier amenaza, ¿no es cierto?

–Por supuesto, mi Saadella –asiente él, acelerando el paso. Probablemente esté ansioso de volver con el chico, el más nuevo portador de magia en nuestro templo, pero una vez más, las preguntas me queman por dentro. Coloco mi mano en su brazo.

–¿Son los Soturi? ¿Acaso se han vuelto más fuertes que nosotros? –indago. Los asaltantes del norte han golpeado duro este año... eso me dice Mim. Ella me trae información de la ciudad cada vez que puede, a pesar de que los ancianos ya la han reprendido en varias ocasiones.

–Los Soturi no son una amenaza para la Valtia –responde Kauko lentamente, como si estuviera analizando cada palabra–. Sin embargo, la tensión y el estrés del viaje resultan abrumadores para cualquier reina, y en especial para una que posee en su interior una magia tan poderosa. La salud de nuestra Valtia es la principal preocupación del Anciano Leevi –dice, y mira hacia la puerta de mi habitación, donde Mim probablemente me esté esperando, lista para cubrir mis piernas con una manta cuando me siente junto al fuego–. Una Valtia es algo magníficamente fuerte y, a su vez, exquisitamente frágil. Para cumplir con su tarea, debe tener cuidado de lo que les exige a su cuerpo y su mente. Debe resguardar su energía para usar solo en el momento y lugar que más la necesite.

Los viajes a las tierras lejanas deben ser agotadores; montar a caballo durante horas sobre terreno montañoso y áspero, tener que estar constantemente en guardia por los bandidos o –que las estrellas lo prohíban– los viciosos y brutales guerreros del norte, que atacan nuestras costas en busca de un botín.

–Sin embargo, ella quiere ayudar a los granjeros –sostengo, con la frente fruncida. Qué mal debe sentirse, teniendo que elegir entre su gente y su salud. De repente, sonrío cuando una idea me golpea–: ¿Estamos compensando a los granjeros por sus pérdidas? Tenemos mucho cobre… he visto a los acólitos enrollándolo. Sin duda hay cantidad suficiente, y es más valioso que las monedas de bronce que se usan en la ciudad. Si ella está preocupada por la confianza de la gente, quizás podríamos...

–Mi querida –me interrumpe Kauko, con un gesto de desaprobación–, cuando estés en el trono discutiremos sobre todo esto, pero perdóname cuando digo que en este momento estás hablando de cosas que no comprendes –me sonrojo ante la amonestación, y el ceño fruncido de Kauko se ablanda–. Soy consciente de que todas tus ideas y preguntas brotan de las mejores intenciones. Y hablaré con la Valtia acerca de cómo podría reducir los ataques y reforzar la confianza de la gente, a la vez que cuida su salud. También voy a contarle que estás preocupada por ella –me hace un guiño–. Y en pocos días, ¡podrás decírselo tú misma!

Casi salto de alegría al pensar en la próxima Ceremonia de la Cosecha. No he hablado con mi Valtia en meses.

–Claro que lo haré. Quiero que ella esté con nosotros en los años venideros –afirmo. Todo el mundo sabe que las Valtias se apagan siendo jóvenes, pero Kauko hace que suene posible vivir más tiempo si se tiene el cuidado necesario. Y quiero que mi Valtia se cuide, no solo porque la amo, y la amo con toda mi alma, sino porque temo que nunca pueda alcanzar el alto nivel que ha establecido durante su reinado–. Eh... siento que aún me falta bastante para estar lista –agrego en voz baja–. Si alguna vez decepcionara a nuestro pueblo... –la sola idea me provoca un nudo en la garganta.

–Voy a decirte algo muy importante –Kauko me dirige la más amable de las sonrisas–. Iba a esperar, pero parece que necesitas oírlo ahora.

–¿Qué pasa? –pregunto, observándolo atentamente. Su rostro es suave y sus ojos, alegres.

–Todas las Valtias son poderosas, pero no todas por igual. Algunas brillan y se desvanecen rápidamente, mientras que otras son más estables, fuertes aunque silenciosas. Nunca se sabe qué tipo de Valtia tendremos hasta que la magia entra en una Saadella... excepto contigo.

De pronto, tengo la extraña necesidad de arañar mis calcetines y echarle un vistazo a la llama color escarlata que llevo en mi pantorrilla izquierda, la marca en la piel que me apareció al momento de morir la última Valtia, cuando yo tenía cuatro años.

–¿A qué se refiere?

–Hay una profecía… Hecha hace cientos de años –dice, y mira hacia un lado y el otro del corredor. Su cuero cabelludo calvo se ve perlado de sudor frente al destello de las antorchas que recubren las paredes.

–¿Sí? –susurro.

–Cuando te encontramos en aquella casa pequeña y andrajosa cercana a las murallas de la ciudad, demasiado delgada para tu propio bien, verificamos en el registro de la ciudad el día y la temporada de tu nacimiento, y la posición exacta de las estrellas ese mismo día. Y todo coincide con lo que se predijo –me toma de los dos brazos, y me sacude suavemente, como para forzar esa idea dentro de mí, para asegurarse de que le creo–. Cuando la magia salga de nuestra reina actual y entre en ti, Elli, te convertirás en la más poderosa Valtia que haya existido jamás.

CAPÍTULO

II

Desde mi balcón, el Lago Madre parece infinito. Se extiende vasto y poderoso hacia el horizonte, donde se besa con el cielo. Truchas y sargos pululan bajo su manto azul, pura energía brillante y en movimiento; pero desde aquí, el lago se ve sereno y perfecto. Sabe conservar bien sus secretos.

Me inclino hacia delante, y la brisa fresca hace que mi cabello largo y cobrizo envuelva mi rostro. En pocas horas tendré que estar impecable y tranquila, pero no todavía. En este instante soy solo Elli, y eso es suficiente. Extiendo los brazos y finjo estar volando.

Detrás de mí suena una risa sobresaltada.

—Está haciendo mi trabajo mucho más difícil —dice Mim, con cariño.

Me doy vuelta y le sonrío. Sus ojos azules, apenas un tono más oscuros que los míos, brillan de entusiasmo. Ya está vestida con su mejor atuendo y peinó su cabello castaño con una trenza recogida. Me encantan los pequeños rizos que se arremolinan en su nuca.

Con veinte años, Mim ya podría haber encontrado a un hombre para casarse, pero me ha estado sirviendo desde que era una niña. Los ancianos la eligieron por su temperamento dulce y paciente; y sé que ella se siente honrada con su tarea. Sin embargo, a veces desearía...

—La Valtia y su doncella estarán aquí en cualquier momento —dice, señalando hacia el interior—. ¿Podemos comenzar con los preparativos o está decidida a dejar que el viento enrede su cabello un poco más?

—Ay, no —me llevo la mano a la parte superior de la cabeza—. ¿Es una maraña enredada?

Ella arquea una ceja y asiente con la cabeza.

—Pero lo puedo arreglar. Déjeme hacer *mi* magia.

Una ráfaga de viento agita las cortinas y me sigue hasta el interior de la sala de vestir ceremonial. Mim cierra las puertas de madera que dan al balcón. Cuando yo sea la Valtia, podré hacer lo mismo con apenas un pensamiento.

La más poderosa Valtia que haya existido jamás, susurra Kauko en mi memoria. Me estremezco, mientras Mim me guía hasta el taburete acolchado ubicado frente a la amplia placa de cobre que nos sirve de espejo.

—¿Necesita una manta para las piernas? —pregunta. Niego con la cabeza, sintiéndome templada tan solo por su atención. Coloca una taza de agua en mis manos—. Sé que le da mucha sed en estos días de ceremonia.

Alzo la taza de cobre martillado hasta mis labios y gimo suavemente al sentir el alivio del agua fría en la boca.

—Eres una joya —digo. Y ella se ríe.

—Soy una piedra. *Usted* es una joya. La gente quedará impresionada cuando la vea —me da un pequeño apretón en los hombros y comienza a trabajar en mi pelo—. Encantador. Como el cobre bruñido —comenta, mientras cepilla un mechón lacio y pesado.

Cierro los ojos, disfrutando de la sensación de las cerdas contra mi cuero cabelludo y del cálido aroma a canela de Mim. Sin embargo, mis pensamientos rápidamente vuelven a la conversación con el Anciano Kauko. ¿Durante tantos años él supo esto de mí? Me convertí en la Saadella siendo tan pequeña que casi no recuerdo lo que había antes, pero estoy segura de que no era una niña especial ni me destacaba; no hasta que la marca de la llama apareció en mi piel.

—Sus pensamientos están muy lejos —comenta Mim.

—Estaba pensando en el día en que fui elegida.

—Yo solo tenía ocho años, pero está tan claro en mi mente como si fuera ayer —dice, y comienza a trenzarme el cabello—. Yo hubiera llamando a gritos a mi madre, pero usted se mostró tan seria como un anciano cuando la ubicaron en el palanquín. ¡Sus deditos se aferraban a la silla con fuerza, mientras los acólitos la levantaban! Una criatura de cuatro años, con los pies sucios y la túnica desgarrada. Sin embargo, mi padre dijo que podía darse cuenta de que esa niña era la futura reina.

Recuerdo ese momento. No gritaba porque me sentía aturdida. Hace tiempo que he olvidado el rostro de mi madre, pero recuerdo que me paralizó el saber que ella me había entregado a estos hombres extraños y les permitió que me llevaran lejos. Aún no tenía ni idea de lo que había ganado.

—Es increíble lo mucho que pueden cambiar las cosas en un solo día —murmuro.

—Más cambios están por venir —acota Mim en voz baja, mientras sujeta un mechón en su lugar. Y se queda mirando mi reflejo en la placa de cobre.

—Eso no va a suceder por muchos años —digo, cuando mis ojos se encuentran con los de ella.

—La Valtia está terminando su tercera década de vida. Los aprendices susurran al respecto en las cocinas. Dicen que se la ve muy pálida en estos días, y algunos se preguntan cuántos años le quedan.

—No deberían hablar de la muerte de nuestra reina de manera tan ligera, Mim —saber que un día otra doncella le dirá a mi joven

Saadella que pronto voy a morir hace que mi tono suene más agudo de lo que quisiera.

—Tiene tanta razón, mi Saadella —dice Mim, bajando la cabeza. Siento una punzada en el pecho, ella rara vez me llama por mi título, a menos que estemos en público. Al hacerlo ahora, con sus manos en mi pelo y su cuerpo lo suficientemente cerca como para sentir su calor, la soledad burbujea en mi interior.

Me aclaro la garganta y trato de pensar en un lugar seguro para dirigir nuestra conversación, pero unas voces en el pasillo nos interrumpen por completo. Los dedos de Mim quedan inmóviles en la trenza.

—...es el momento de intervenir —está diciendo el Anciano Aleksi, y su voz endurecida provoca un escalofrío en mi espalda—. Los mineros necesitan acceder inmediatamente.

—¿Inmediatamente? No veo cuál es el problema en tomarnos un tiempo para negociar —le responde mi Valtia desde el palanquín. Pequeñas gotas de sudor brillan en las cabezas calvas de los cuatro acólitos de túnica negra que lo cargan de sus extremos. Los dedos de mis pies se curvan y aprieto los puños sobre mi falda, mientras ubican la silla en el centro de la sala. Quiero lanzarme a los brazos de la Valtia, pero me quedo donde estoy, porque no deseo avergonzarla de ninguna manera.

Aleksi, vestido con su túnica negra de sacerdote, se encuentra de pie junto a ella.

—¿Negociar? Mi reina, recuerde con quién estamos tratando.

—Seres humanos, supongo —responde ella.

Aleksi luce como si albergara cientos de palabras de furia en ese oleaje de carne debajo de su barbilla. A juzgar por el modo en que aprieta sus finos labios, está luchando para contenerlas en su interior. Me dirige una reverencia superficial:

—Mi Saadella, perdóname por entrometerme en tus preparativos —dice, mientras se endereza. Luego, se vuelve hacia la silla de la Valtia y se inclina frente a una de las ventanas veladas—. Los ataques hicieron que los granjeros se inquieten, y ahora los mineros...

—Dígales que trabajen en otra mina, por el momento.

—Mi Valtia, aseguran que *no hay* ningún otro lugar —aunque sus carrillos tiemblan al hablar, su boca apenas se mueve.

—¿Qué? —la voz de mi reina se agudiza.

Aleksi gira brevemente hacia nosotras; y luego se vuelve otra vez hacia la Valtia.

—Podemos seguir conversando esta noche. Tenemos que tomar una decisión después de la Ceremonia de la Cosecha.

—Después de la Ceremonia estaré cenando con mi Saadella, como lo hago cada año —responde ella, con voz suave pero firme—. Me reuniré con los ancianos en la mañana, no antes.

Aleksi aprieta los puños, nos echa una mirada de soslayo y esconde las manos en los pliegues de su túnica. Se ríe, con un sonido tan frío como las catacumbas.

—Por supuesto, mi Valtia —con un movimiento de mano despide a los acólitos, que se alejan inclinados hacia la puerta para unirse a los otros en la Gran Sala del templo, donde comenzará la procesión de hoy—. Esperaremos ansiosamente su llegada.

Tan pronto como Aleksi se va, la doncella de la Valtia se ubica junto al palanquín. Helka, una mujer robusta con un profundo hoyuelo en el mentón, sacude la cabeza y hace a un lado el velo de la parte delantera de la silla.

—Ha sido paciente con él —murmura, mientras la ayuda a salir.

Cuando los pies de nuestra reina tocan el suelo santificado de la sala, Mim y yo nos arrodillamos. Bajo mi frente hasta el suelo, y siento el mármol frío contra mi piel.

—Suficiente. No eres un acólito —dice la Valtia con una risa musical—. No te he visto en meses, Elli. Levántate y déjame verte.

Sonrío al ponerme de pie, pero mi felicidad se convierte en hielo cuando veo su rostro. Los aprendices estaban en lo cierto: está pálida. Sus mejillas se ahuecaron, y hay círculos oscuros debajo de sus ojos azules. Parece como si hubiera sido tallada con una cuchilla sin filo, tiene los codos puntiagudos y las clavículas afiladas. Me obligo a aplacar mi inquietud y la miro con toda la admiración que se merece.

Sus labios gruesos se curvan en una sonrisa llena de amor.

—Ven aquí, querida. Estrellas, eres tan encantadora. Ya tienes dieciséis, ¿no? ¡Toda una mujer! —exclama, y extiende sus brazos. Me precipito ansiosamente a su abrazo, y apoyo la mejilla contra la suave lana de su túnica color crema. Ella acaricia mi rostro, sus dedos laten y transmiten un cálido afecto. Luego susurra—: Te eché de menos.

—Yo también, mi Valtia —admito, apretándola con fuerza y tratando de ignorar el duro contorno de sus costillas contra mis brazos. No importa que la vea tan pocas veces, ella es mi verdadera madre. Me han dicho que la conexión entre la Valtia y la Saadella es tan profunda y fundamental como las venas de cobre en la tierra, pero eso ni siquiera comienza a describirla. Desde el momento en que me tomó entre sus brazos, supe que le pertenecía.

Nos separamos, y sujeta mi rostro entre sus manos. Ahora soy tan alta como ella. Su cabello está perfectamente recogido en la parte superior de su cabeza, listo para sostener la corona en su lugar.

–¿Vamos a prepararnos para ser vistas por nuestra gente?

–Claro –mi voz tiembla de emoción, pero también de nervios.

Las doncellas acomodan nuestras sillas frente al amplio espejo, y Mim vuelve a trabajar en mi pelo, mientras Helka prepara el maquillaje ceremonial de la Valtia.

–Aleksi parecía frustrado. ¿Más problemas en las tierras lejanas? –me aventuro. Pero Mim se aclara la garganta y mi boca se cierra de golpe; se supone que no tengo que saber nada de eso.

Helka, con el pelo rubio encanecido y recogido en una trenza como Mim, resopla para quitarse un mechón suelto de la frente.

–Esas preguntas –dice, chasqueando la lengua–. ¿No podemos dejar a nuestra Valtia en paz durante unos minutos?

–Cuando me haya ido, ella será la reina, Helka –le responde la Valtia, mientras le acaricia la mano–. Puede preguntarme lo que quiera –su mirada se encuentra con la mía en el espejo, al tiempo que Mim comienza a trenzar otro mechón de mi pelo–. De acuerdo con los informes, ha sido un año de abundancia para nuestros granjeros.

–Gracias a ti –acoto. Ella evitó que el calor abrasara los cultivos y frenó una ola de frío que podría haber destruido los brotes más vulnerables. Nuestra recompensa llega a nosotros gracias a su magia.

Sus ojos pálidos brillan, con el mismo tono azul helado que los míos.

–Pero ha habido incursiones de los Soturi en algunas granjas y casas de campo, más frecuentes que el año pasado, todas a lo largo de la costa norte. Los granjeros ya venían enfrentándose con los criminales que fueron desterrados de la ciudad. Quieren más protección.

–Los Soturi se están volviendo atrevidos –digo, apretando los dientes. No sabemos mucho acerca de ellos, pero desde hace quince años cruzan el Lago Madre con sus barcos largos y angostos, empuñando sus espadas de hierro, en busca de bienes para comerciar y comida que les permita atravesar el invierno brutal.

—La gente se asusta, mi Valtia —comenta en voz baja mi doncella, mientras fija la última trenza.

Helka observa seriamente a Mim por su impertinencia, pero la Valtia asiente con la cabeza:

—¡Y ahora los mineros están preocupados porque se han quedado sin tierras para excavar!

—Perdóneme por decir esto, pero eso tenía que pasar en algún momento —añade Helka, mientras frota las manos sobre su falda.

—Supongo que sí —suspira mi Valtia—. Pero al parecer hay un sistema de cuevas muy extenso en el sur, intacto, y ahora una horda de bandidos ha decidido que ese es el lugar ideal para resistir el invierno —me lanza una incómoda mirada de soslayo—. Un grupo de mineros se enfrentó a ellos esta mañana, y terminó en una pelea.

—Y ahora los mineros quieren que intervengas —asumo. Y ella asiente con la cabeza.

—Los ancianos temen que si no lo hago, los mineros presenten una petición en el ayuntamiento para formar una milicia.

—¿Sin darte tiempo para considerar el mejor modo de resolverlo? —protesto. Después de toda la magia que los portadores del templo han hecho por los Kupari, me resulta ingrato.

La mano suave de la Valtia cubre la mía, e irradia un calor que asciende por mi brazo.

—Están muy asustados, Elli. Y entre los bandidos en las cuevas y los Soturi, que ahora están en el sureste, puedo entender por qué se sienten así.

Frunzo el ceño, afligida. Mim me contó cómo los Soturi aplastaron la ciudad-estado de Vasterut hace pocos meses, y que ahora esta forma parte de su imperio bárbaro.

–Vasterut no es Kupari. Su gente no está bendecida. Además, tenían un rey, no una Valtia –mi voz se eleva con cada palabra.

–Exactamente –dice, y aprieta mi mano. Luego, levanta mis dedos y los coloca en su mejilla fría y ahuecada–. Ahora, dejemos que nuestras doncellas hagan su trabajo, para poder calmar hoy todos los miedos de nuestro pueblo.

Asiento con la cabeza. También es mi responsabilidad, y estoy ansiosa de participar. Al ver que las doncellas mezclan vinagre con albayalde, respiro lentamente, obligándome a mantener la calma. Mim mueve sus manos hacia mi cintura, y levanto los brazos para que pueda quitarme mi vestido rojo. Esta es una danza que hacemos todos los días, mientras ella cuida de mi cuerpo como si fuera el suyo. Muy cerca, la Valtia y su doncella bailan el mismo vals; sus movimientos están perfectamente sincronizados después de años de práctica. A medida que el material cremoso se desliza por la figura delgada de la reina, puedo ver los vendajes en la cara interna de sus codos: están manchados con sangre.

–Valtia, ¿estás enferma? –pregunto con la garganta casi cerrada.

–Estoy bien –dice, y cruza los brazos sobre el pecho–. El Anciano Kauko ha estado ayudándome a mantener el equilibrio que necesito para el próximo invierno.

El anciano le restó importancia a la presencia de magia en la sangre, pero parece que es algo fundamental.

–¿Cómo es que el sangrado ayuda a mantener el equilibrio? –quiero saber. El aire que nos rodea se enfría lo suficiente como para erizarme la piel.

—Se desvía parte de la magia de fuego que estuvo latente durante los meses más calurosos.

En silencio, resuelvo ser mucho más persistente con mis preguntas en la próxima lección con el Anciano Kauko. Los ojos de la Valtia se entrecierran al ver el gesto endurecido de mi boca, luego observa sus brazos vendados.

—Confío en la sabiduría de nuestros ancianos, Elli. Cuando llegue tu momento, tendrás que hacer lo mismo.

Bajo la mirada; mis mejillas arden pese al frío de la habitación.

—Por supuesto —asiento. Una cálida brisa me hace cosquillas en la parte de atrás de mi cuello; esa tierna caricia de mi Valtia dibuja una sonrisa de alivio en mi rostro.

—Mírame, querida —dice en voz baja. Cuando lo hago, añade—: Nos dejamos guiar por los ancianos. Pero siempre recuerda que *tú* eres la reina —luego me hace un guiño, y mi espíritu se eleva como el sol.

Cierro los ojos y escucho a Mim. Ella rompe unos huevos y añade las yemas a la mezcla de vinagre y blanco de plomo. Su cepillo raspa rítmicamente el fondo del cuenco de piedra.

Cuando la gente me mire hoy, quiero que vea a su futura reina; a la que ayudará a hacer crecer sus cultivos y a mantener sus estómagos llenos; a la que mantendrá al enemigo lejos de nuestras costas. La Valtia más poderosa que haya existido jamás. Quiero lucir como alguien que podría convertirse en esa persona. Me quedo completamente inmóvil, mientras Mim aplica el líquido blanco como la nieve en mi rostro. Sus vapores astringentes queman mi nariz, pero ni me inmuto. A partir de este momento, y hasta que Mim me bañe al final de la noche para que pueda cenar en privado con la Valtia, no puedo mover mi rostro, no puedo sonreír ni fruncir el ceño.

Helka termina con la Valtia y la lleva detrás de una mampara para vestirla. La reina está en silencio, como yo; no quiere arruinar su aspecto inmaculado. Cuando Mim termina de cubrirme el rostro, el cuello y el pecho con la pintura blanca, con un pequeño cepillo aplica pintura color sangre sobre mis labios. Después esparce polvo de cobre sobre mis párpados y sienes, al tiempo que mantiene un molde de papel grueso contra mi piel para lograr que los puntos y remolinos queden perfectos. Mientras lo hace, pienso en el cobre: en el modo en que nos define y cómo siempre creí que era tan infinito como la magia de la Valtia... hasta hoy.

–Usted es un tesoro vivo –dice Mim, interrumpiendo mis pensamientos–. ¿Está lista para ser vestida?

Parpadeo dos veces, para que no se agriete el maquillaje. Ella me da palmaditas en el brazo, y por un momento veo tristeza en sus ojos, o tal vez piedad.

Deseo poder preguntarle qué le pasa, me levanto con cuidado y camino hasta una mampara, al otro lado de la habitación. Mim me quita las enaguas y los calcetines, luego unta mi cuerpo con aceite de rosa. Como siempre, evita cuidadosamente tocar la marca roja con forma de llama, como si temiera quemarse. Sin embargo, y a pesar de su forma, solo ha sido como un parche arremolinado en mi piel. Me pregunto si eso cambiará cuando la magia se despierte en mí. Tal vez entonces mi marca queme con el intenso poder de la magia de hielo y fuego en mi cuerpo. En la noche, le consultaré a la Valtia sobre esto.

Mim desenrolla suavemente unos calcetines nuevos de color rojo carmesí en mis pies, estirándolos hasta mis muslos. Suprimo un escalofrío mientras sus dedos se deslizan sobre mi piel, y no puedo evitar una punzada de decepción cuando su contacto desaparece.

Envuelve una fluida enagua de gasa alrededor de mi cintura y la deja caer en oleadas hasta mis tobillos. Sus hábiles dedos enlazan y atan el corsé con tanta fuerza que apenas puedo respirar, pero nunca le diría que me molesta. Ella sería cuestionada por los sacerdotes, si no llegara a lucir perfecta.

Mientras que la Valtia es conducida hacia el palanquín ceremonial, mucho más grande que el que utiliza para moverse dentro del templo, Mim hace ingresar a la sala a mis otras criadas. La túnica de la Saadella está tejida con lana roja oscura, teñida con raíces de rubia y sangre de ternera. Lleva hilos de cobre que la hacen brillar. Mim sostiene mi cintura mientras me acomodo dentro, y las asistentes estiran las mangas por mis brazos y sujetan la túnica al corsé. El vestido pesa más de seis kilos, y es tan rígido que si me desmayara, me sostendría de pie.

Una joven criada, que no tiene más de doce años, trae mis zapatos sobre un cojín especial. Sus manos tiemblan, mientras los pone a mis pies. Quiero saber lo que ve, y echo un vistazo a mi reflejo en una placa de metal que está en la pared. Soy blanca como la nieve, rojo sangre y pura gloria de cobre. Cuando me pare junto a la Valtia, todo el mundo sabrá que ese es mi lugar.

Mim presiona una diadema de cobre sobre mi cabeza. Adornada con ágatas pulidas extraídas de las costas del Lago Madre, es un peso sólido sobre mi cráneo. Una vez hecho esto, me conducen por el corredor hasta mi propio palanquín. Impasible e inexpresiva, camino lentamente y tomo asiento en la silla atornillada a la plataforma. El palanquín tiene una intrincada imagen tallada en la madera: lobos que descienden de las estrellas para arrasar al enemigo, los Kupari, y simboliza la magia de la Valtia.

Tan pronto como me acomodo, llaman a los porteadores. Estos se apresuran desde los pasillos laterales; lucen espléndidos con sus sombreros y túnicas escarlatas. Cada año, los sacerdotes eligen a ocho de los jóvenes más fuertes de la ciudad para tener el honor de transportar a la Valtia y a la Saadella el Día de la Cosecha. Los cuatro elegidos para trasladarme se inclinan hacia mí, luego toman posición en cada esquina. Sus músculos se contraen debajo de sus uniformes, mientras me levantan del suelo y colocan los extremos horizontales de los postes sobre sus hombros. Uno de ellos, un muchacho de cálidos ojos café y cabello dorado, me mira de soslayo con curiosidad. Sus mejillas se ruborizan cuando se da cuenta de que lo descubrí mirándome.

Por un momento, recuerdo la compasión de Mim y creo que tal vez la entiendo perfectamente. Nunca sabré lo que se siente ser amada por uno, porque debo ser amada por todos. Jamás sentiré la caricia de un amante, porque mi cuerpo es un recipiente para la magia. Eso solo me molesta algunas veces, como cuando observo a Mim sentada junto al fuego en las noches de invierno. Su sonrisa secreta, destinada solo para mí, me provoca un nudo en el estómago. Y ahora, mientras observo las manos fuertes del apuesto porteador alrededor del poste, siento la misma desazón.

Aparto mis ojos de él y miro por el corredor. Los sacerdotes ya se arremolinan bajo la cúpula de la cámara principal del templo. Sus vestimentas informes y con capucha se ciñen con una cuerda para simbolizar su vida como servidores de la Valtia. Llevan sus cabezas afeitadas, con la piel pálida por la falta de luz solar, y sus hombros están encorvados por las horas que pasan inclinados sobre los diagramas sagrados de las estrellas u observando a través de sus telescopios.

Me recuerdan un poco a los pavos que vi en la colección de animales salvajes del templo.

Mim se adelanta a los porteadores y me mira.

–Bendita sea, Saadella –dice en voz alta y clara.

Al unísono, los porteadores y criadas repiten la frase, y luego avanzamos. Me concentro en estar quieta y lucir regia mientras floto por el corredor. Los sacerdotes se apresuran para ubicarse en los bordes exteriores de la cámara abovedada, formando un círculo, de espaldas a las paredes de piedra con vetas de cobre, el tesoro escondido dentro de la carne de nuestra hermosa tierra.

Junto al Anciano Aleksi, en el lado este de la Gran Sala, está el Anciano Leevi con sus cejas espesas y coloradas y su frente prominente. Sus ojos azules hundidos son capaces de fulminar con la mirada. A su lado está el Anciano Kauko, barrigón y de mandíbula cuadrada. Los ancianos son tan diferentes y, a su vez, parecidos. Es difícil saber su edad, aunque tengan algunas canas su piel es suave y joven. De hecho, todos los sacerdotes comparten esa cualidad, como si envejecieran más lentamente una vez que ascienden desde aprendices.

Los acólitos –de ambos sexos– y los aprendices –todos varones– se arrodillan en la parte posterior de la cámara circular. Las capuchas sobre sus cabezas ocultan sus rostros, y conservan sus pálidas manos juntas, delante de ellos. Algunos son pequeños, de no más de diez años, y me pregunto si allí estará Niklas, el portador de fuego que Aleksi trajo hace unos días. Espero que se encuentre lo suficientemente bien como para unirse hoy a nosotros.

Mis porteadores ubican el palanquín en el centro de la Gran Sala y ocupan su posición sobre el símbolo de la Saadella: tres círculos entrelazados, uno para el fuego, uno para el hielo y el último para el equilibrio entre los dos. Es puro potencial, como yo debo serlo. Mi corazón golpea en mi pecho, cuando Kauko levanta el brazo en señal de que estamos listos para que ingrese la Valtia.

Los pasos de sus porteadores suenan sincronizados cuando la traen de una alcoba ubicada en el lado oeste de la Gran Sala. De inmediato, todos los acólitos y aprendices se inclinan hasta que sus frentes tocan el piso de piedra. Ahora ella lleva su magnífica corona, que está pulida y brilla con el ágata única que la adorna, un ojo perfecto de cornalina y amatista. Su túnica es una gran confección de hilo de cobre tejido, con un cuello alto que trepa alrededor de su cabeza. Los porteadores colocan su silla encima de su propio símbolo, el del infinito: dos bucles de mármol blanco y prístino dentro de un círculo sólido de cobre, simétrico y sencillo.

Kauko da un paso adelante con una caja de madera tallada en sus manos. Se inclina ante la Valtia y abre la caja. En su interior está el brazalete de Astia, de cobre y adornado con runas rojas, el objeto sagrado que ella utiliza para proyectar su poder. La Valtia extiende su brazo, y él lo abrocha en su muñeca con reverencia.

Tan pronto como la joya encaja en su lugar, ella levanta su dedo, y todas las velas en la sala estallan de vida; vibrantes punzadas de luz en la cámara oscura. Los acólitos y aprendices se ponen de pie y echan hacia atrás sus capuchas, revelando sus cabezas afeitadas y expresiones sombrías. Los trompetistas, ubicados afuera del templo, ven la señal y ejecutan sus instrumentos. Una aclamación masiva llega desde la ciudad. La Valtia y yo somos trasladadas fuera del Templo en la Roca por nuestros porteadores, que caminan lentamente por la larga serie de escalones de mármol hasta que llegamos a la Plaza Blanca.

Nuestra procesión —sacerdotes, aprendices y acólitos— se pierde detrás cuando pasamos entre las dos fuentes de piedra de las que sobresalen majestuosas estatuas de la primera Valtia, una mira hacia fuera de la ciudad y la otra, al Lago Madre.

En el extremo sur de la plaza, las puertas ceremoniales están abiertas, y los ciudadanos se agrupan en fila en la calle, fuera del terreno del templo. A medida que avanzamos nos arrojan flores: crisantemos, dalias y amarantos caen en el barro, a los pies de los porteadores. La melodía real interpretada por las trompetas y los tambores invade el aire, al igual que el aroma a carne de venado y de oso asada. Mi estómago gruñe, y estoy feliz de que nadie pueda oírlo. Mi piel pica por el sudor que provoca el sol de media tarde, pero entonces un viento fresco sopla sobre mi rostro: un regalo de la reina a mi lado.

Entramos a la plaza del pueblo en medio de un rugido de adoración. Las personas no cesan de bendecirnos y gritar palabras de amor, mientras nos suben a una plataforma ubicada en el extremo norte de la plaza. Los aprendices y los acólitos se colocan en filas alrededor de esta, guardando la distancia con los ciudadanos. Apenas los porteadores ubican nuestros palanquines y descienden de la plataforma, la Valtia se pone de pie y la gente hace silencio. Ella me ofrece su mano.

Me levanto frente a la multitud expectante. Ellos ven cómo me parezco a ella. Mis labios se aprietan para controlar una sonrisa, y pongo mi mano sobre la suya. Juntas, frente a nuestros súbditos, mi pecho parece estallar de orgullo. Hay miles de personas, y ocupan cada centímetro de la plaza. En el extremo sur, que conduce a nuestras tierras de cultivo a lo largo de la costa, los hombres y mujeres que labran la tierra levantan sus hoces y palas a modo de saludo. Si están molestos por los bandidos y el ataque de los Soturi, nadie se daría cuenta el día de hoy.

En el lado oriental de la plaza, que conduce a la entrada principal de la ciudad, a las minas y a las tierras lejanas, los tramperos y cazadores han colgado magníficas pieles sobre el arco de madera que sobresale por encima de la carretera, mientras que los mineros tienen sus martillos en alto. No puedo darme cuenta desde esta distancia si hay desesperación en sus movimientos, ni si realmente temen que solo quede una única fuente de cobre en nuestra extensa península.

En el lado occidental de la plaza, camino a los muelles donde está amarrada nuestra flota de barcos pesqueros, los navegantes del Lago Madre agitan sus gorras al aire. Sus rostros, de mejillas ajadas por el viento, son un espectáculo de ver y...

Varios de ellos tropiezan hacia delante al ser golpeados por atrás. Cuatro hombres, con rostros sudorosos y enrojecidos, se abren paso a través de la multitud mientras los susurros se extienden por la plaza.

–¡Valtia! –grita uno de ellos, con la voz quebrada–. Valtia, ¡tiene que venir!

La reina levanta su brazo, y la multitud se separa para permitir el paso de los hombres. Suben los escalones a los tumbos y se arrojan a sus pies, con el pecho agitado.

–Por favor, Valtia –dice el más viejo. Respira con dificultad y gotas de sudor caen por su cabello gris–. Estábamos trayendo nuestra captura a unas diez millas del extremo de la península, y vimos... nosotros vimos... –un ataque de tos interrumpe sus palabras.

Un pescador más joven se arrodilla delante de nosotras. Su cabello rubio y rizado sobresale alocadamente de su cabeza y tiene los ojos vidriosos por el horror.

–Los Soturi… Remamos de regreso a la orilla lo más rápido que pudimos –añade entre jadeos.

Un violento golpe de calor y frío se dispara por mi brazo, y no puedo reprimir un grito ahogado. La Valtia sostiene mi mano con fuerza, cuando el Anciano Aleksi da un paso hacia delante:

—¿Cómo te atreves a interrumpir la Ceremonia de la Cosecha para hablarnos de una pequeña incursión? —sisea, con su papada temblorosa.

—¡No es una incursión! —gruñe el pescador más viejo, negando con la cabeza—. Doscientos snekkar por lo menos. Estábamos solo unas pocas millas por delante de ellos. Estarán aquí antes de la puesta del sol.

Doscientos snekkar. El miedo más crudo aflora dentro de mí. Los bárbaros del norte esta vez no nos están atacando, nos *invaden*. Miro a mi Valtia. Todos lo hacemos. Esperando que nuestra reina nos salve de la destrucción y la muerte.

Su piel está fría como el hielo, y suelta mi mano. Cuando habla, su voz es tranquila, pero sorprende su firmeza.

—Llévenme a los muelles. Voy a necesitar un barco.

CAPÍTULO
III

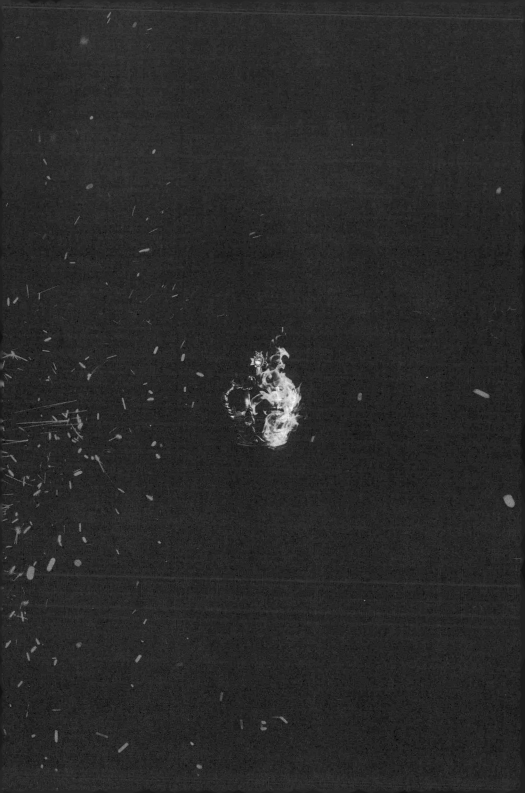

La plaza estalla en un murmullo agitado. Algunas personas corren hacia sus hogares, pero la mayoría parece clavada en el lugar y nos observa fijamente. Permanezco rígida en mi silla hasta que la Valtia toca el brazalete de Astia y se vuelve hacia mí.

—Debes regresar al Templo en la Roca —dice. Su perfecto maquillaje blanco ahora está descascarado y tiene surcos alrededor de la boca. El cabello cae sobre sus sienes húmedo de sudor—. Aleksi, llévela.

Por un momento me dejo llevar hacia atrás por el anciano, pero de repente me invade una ola de desesperación.

—¿Qué harás? —pregunto.

—Voy a enterrar sus naves en el fondo del Lago Madre —responde con una pequeña sonrisa, pero sus ojos conservan un brillo helado.

Los pescadores levantan la vista, asombrados.

—Valtia —dice en voz baja el más viejo—, hay tantos. Se necesitará algo más que un viento frío para alejarlos de su curso.

—Lo sé —le responde ella, mirándolo a los ojos. Luego se vuelve hacia mí—: Vete. Debes estar en el templo.

Algo en el modo en que lo dice hace que mi cuerpo se tense.

—Llévame contigo —digo sin pensar. Por alguna extraña razón, siento la obligación de ir. Como si *debiera* acompañarla.

Ella frunce el entrecejo, agrietando aún más su máscara blanca.

—Cariño, no hay nada que puedas hacer. Algún día este será tu deber. Hoy es el mío —insiste. Porque yo aún soy una chica ordinaria, impotente. Un recipiente vacío, esperando que la magia lo llene.

Los dedos de Aleksi se cierran alrededor de mi brazo y me guían hasta mi silla.

—Mi Saadella, estarás a salvo en el templo.

—¿A salvo? —parpadeo hacia él. Hay preocupación en sus ojos, y me dan ganas de abofetear su rostro lampiño y redondo. Sus mejillas se enrojecen como si lo hubiera hecho, y se inclina hacia mí.

—La Valtia nos mantendrá a salvo, pero su mente se concentrará mejor si sabe que estás bien protegida —dice con voz tensa.

La reina se dirige al anciano con frialdad, y a continuación se adelanta y toma mi mano.

—Esta noche cenaremos juntas, tal como lo planeamos —afirma, y aprieta mis dedos húmedos, enviándome un calor que se expande por mi piel—. Elli —añade en voz baja—, te veré muy pronto.

A pesar de que no quiero que se vaya, un orgullo feroz late en mi pecho al mirarla.

—No puedo esperar ese momento, mi Valtia —imposto la voz con firmeza, al igual que ella—. Y estaré observando desde mi balcón para presenciar tu regreso victorioso.

Su sonrisa se ilumina.

—Hasta entonces —levanta mi palma hasta sus labios, depositando allí un beso tierno. Una mancha roja queda impresa en mi piel. Luego me deja ir y toma asiento en su palanquín—. Rápido, vamos —les indica a los porteadores.

Se la llevan lejos de mí. De inmediato, mis propios porteadores cargan mi silla y me bajan de la plataforma. Los acólitos y aprendices empujan a los ciudadanos hacia atrás para abrirnos el camino. El ánimo jubiloso se ha disipado y fue reemplazado por un frágil temor. La fe de estas personas es débil. Dudar tan fácilmente los abruma. Es patético. La Valtia es capaz de desatar infiernos con las puntas de sus dedos. Puede enarbolar icebergs con sus pensamientos. Ella genera una enorme cúpula de calor sobre la ciudad que dura desde finales de otoño hasta el comienzo de la primavera. ¿Qué otro pueblo con este clima frío puede cultivar frutas y verduras en los helados meses de invierno? ¿En qué otra ciudad se puede edificar durante todo el año porque el suelo nunca se congela? ¡Solo aquí! Todo gracias a su poder, el cual utiliza solo para servirles.

Y, sin embargo, parecen acobardados e inquietos cuando me miran. De repente, la pintura en mi rostro se siente como una prisión. Quiero rasparla, quitarla de mi piel, y estallar, vengativa y vociferante. En vez de eso, me mantengo apacible mientras mis porteadores trotan camino al templo. Este está ubicado en el extremo norte de la península, que sobresale en las aguas del Lago Madre como un pulgar gigante y curvado.

Sostengo la cabeza en alto a medida que avanzamos. Quiero que todos vean que no estoy asustada. *No* lo estoy. Sí, mi corazón late como las alas de una libélula. Sí, mis palmas sudan sobre los apoyabrazos de mi gran silla. Pero solamente porque me siento acalorada y frustrada. No porque tenga miedo por mi Valtia. Ella va a aplastar a esos Soturi. Vi la promesa en sus ojos.

Ella no rompe sus promesas.

Los porteadores comienzan a trepar los escalones de la entrada al templo. El joven rubio que va al frente, a mi derecha, el mismo que echó un vistazo extra a mi rostro, tropieza a mitad de camino.

El palanquín se tambalea hacia delante y aprieto los dientes para contener un grito. Pero antes de caerme, la silla vuelve a equilibrarse. Kauko –que siempre se queda detrás de la procesión para proteger el templo en los días de ceremonia– está en los pilares de la entrada con el puño en alto, controlando el remolino de aire helado y caliente alrededor de mi palanquín. El anciano solo afloja la presión de aire cuando un aprendiz se acerca y sujeta el poste caído. Mientras el joven rubio tartamudea cientos de disculpas, más aprendices y acólitos se amontonan a mi alrededor para ayudar a los porteadores a soportar el peso de mi silla, mi vestido y mi cuerpo –inútil, porque aún no tiene magia. Avanzamos hacia arriba, otra vez.

Unos minutos más tarde me encuentro sola, en mi propio corredor, esperando a mis criadas. Los porteadores han colocado la silla aquí y se han ido. Más que nada necesito a Mim, y hago lo posible para no llamarla. Pero justo antes de quebrarme, ella aparece a mi lado, toma mi brazo y me guía para salir del palanquín y entrar a mis aposentos.

–¿Quiere que los demás vengan a ayudar? –me pregunta.

–No. Por favor. ¿Puedes hacerlo sola? –en este momento no podría soportar a todas las criadas temblando de ansiedad y susurrando chismes a mi alrededor.

Asiente con un rápido movimiento de cabeza y me desviste con sus experimentados dedos. Resopla por el esfuerzo cuando levanta el vestido del suelo y lo carga hasta la puerta. Cierro los ojos, mientras la escucho dándoles órdenes a las otras criadas. Deben guardarlo en su caja especial y llevarlo a las catacumbas. Se ha ido, pero un momento después siento un paño frío que gotea sobre mi pecho. Está quitando la pintura con plomo de mi piel.

–Por favor, date prisa –digo, abriendo y cerrando los puños.

–Eso hago, Elli –responde algo tensa–. Sé que esto es difícil. Sé que tiene miedo.

–¡*No tengo miedo!* –chillo, tan bruscamente que ella tropieza hacia atrás–. ¿Cómo te atreves a sugerir eso? Tu duda probablemente resulte de mucho peso para nuestra Valtia, ¡justo cuando más necesita de su fuerza! –mi voz se quiebra de ira. No puedo quitarme de la cabeza la imagen de sus brazos vendados.

–S-s-aadella –tartamudea Mim, con los ojos abiertos como platos–. Lo siento tanto.

Su conmoción me avergüenza tanto que me quema. Las lágrimas aparecen en mis ojos, y desbordan en cuestión de segundos.

–Disculpa –susurro–. Por favor, continúa.

Se acerca como si yo fuera un oso herido. Siento como si me estuviera por enfermar, pero contengo todo en mi interior, mientras ella termina de limpiarme el pecho, el cuello y el rostro. Me quita con cuidado la diadema de cobre y luego me ayuda a ponerme el camisón.

–¿Quisiera algo de comer?

–Voy a comer con la Valtia cuando regrese –doy un paso hacia atrás–. Hasta entonces, estaré en el balcón –digo, y ella se me adelanta para abrir las pesadas puertas de madera–. Por favor, que nadie me moleste.

Su única respuesta es el sonido de las puertas que se cierran detrás de mí. Me acerco tambaleante a la barandilla, afectada por la súbita pérdida de entusiasmo, la adrenalina del día y mi precioso y tan escaso tiempo con la reina. A lo lejos, las diminutas siluetas de tres buques de vela se alejan de la península hacia las aguas abiertas del Lago Madre. El sol despliega su intenso color sobre las olas, convirtiéndolas en oro chispeante. Se hunde lentamente en el oeste, y proyecta largas sombras en las naves que se dirigen hacia el norte. Los remos se mueven de manera constante y en perfecta sincronía. Los marineros saben que llevan a la reina y también, lo que está en juego.

Fijo la mirada en el horizonte. Más allá, en algún lugar, está la sede del imperio Soturi. Vienen por nosotros y lo planificaron justo para la cosecha, antes de la llegada del invierno. Hasta hoy, ningún otro pueblo se había atrevido a ponernos a prueba, pero estos bárbaros son diferentes, avanzan de norte a sur como una plaga. Hasta ahora, se han satisfecho con ataques a pequeña escala: matanzas, saqueos, y quemando lo que no pueden robar. Sucedía una docena de veces al año en diversos puntos a lo largo de la costa, pero últimamente se han hecho más frecuentes. Este verano tomaron la ciudad-estado de Vasterut, y ahora han puesto sus ojos en Kupari. ¿Qué ha cambiado?

De repente, en donde el lago se une con el cielo el agua se volvió oscura y espinosa. Mi respiración se detiene en mi garganta: son los mástiles de los *snekkar*, las naves que usan los Soturi. Hay tantos que parecen ocupar la mitad del Lago Madre.

Me aferro a la barandilla de mármol y me inclino hacia adelante:

—Sus botas nunca pisarán nuestras costas —digo, con voz amenazante.

Porque ahora puedo verlo: un remolino de nubes sobre el Lago Madre. Y sé lo que mi Valtia está por hacer.

—*¿Quieres que te haga una tormenta? —me preguntó, mientras comíamos batatas y nabos asados en sus aposentos. Estábamos descansando, después de una larga Ceremonia de la Cosecha.*

—¿Aquí dentro? ¿Cómo es posible? —quise saber.

Sus ojos brillaron con malicia. Se levantó de sus almohadones. Su túnica de color crema ondeaba alrededor de su cuerpo, mientras se desplazaba hacia la tina de baño hecha de piedra tallada en la esquina de su habitación. La seguí, fascinada por la flexión de sus dedos, por el poder que ya podía sentir en el aire. Miró la superficie lisa del agua.

—No es tan difícil. Observa —extendió su palma izquierda sobre el agua y la movió en un círculo lento—. Aire frío aquí —me dijo. Luego hundió su palma derecha ahuecada y la levantó suavemente, convirtiendo el agua en vapor antes de que pudiera gotear fuera de sus dedos—. Y un montón de aire caliente y húmedo por debajo.

Me quedé mirando con asombro el movimiento pausado de sus manos, mientras el aire empezaba a arremolinarse y crepitar. Y luego, nubes de vapor brotaron de la nada. Ella sonrió al verme boquiabierta.

Cuando las primeras gotas de lluvia golpearon la superficie de la tina, empecé a reír:

—¡Asombroso! —exclamé. Ella me guiñó un ojo, mientras manejaba la pequeña tormenta de lluvia y granizo. De pronto, en un instante, la hizo desaparecer. Reí con deleite—. ¿Uno de los ancianos te enseñó eso? Desearía que me enseñaran acerca de la magia. Estoy tan cansada de leer acerca de la agricultura, las constelaciones, el ciclo de vida de una vaca y...

—Ellos quieren que comprendas nuestro mundo antes de usar la magia que puede cambiarlo —miró el agua que goteaba de sus dedos—. Y en cuanto a tu pregunta: no, ellos no me enseñaron este truco. Mi Valtia lo hizo —dijo en voz baja, y se secó las manos con un trapo—. Algún día, tú se lo mostrarás a tu Saadella.

—Suponiendo que sea tan buena —acoté, incapaz de contener mi admiración por ella y, también, mi propia incertidumbre.

—Cuando seas la Valtia, serás mejor que buena, Elli —dijo, empujando mi mentón hacia arriba—. Puedes dudar de cualquier cosa en este mundo, pero nunca dudes de ti misma.

Mis ojos quedan fijos en las nubes que se arremolinan caóticamente y se expanden en el cielo. Un trueno distante rompe la calma.

—No debo dudar —murmuro.

La tormenta va tomando forma y los tres barcos desaparecen en la oscuridad, como si hubieran atravesado un denso velo. El cielo se enturbia en un verde violáceo y los relámpagos brillan como cuchillas dentadas.

Me imagino los rayos apuñalando las naves de los Soturi, partiéndolas por la mitad, arrojando a los bárbaros a la boca ansiosa del Lago Madre. Puede que ella les muela los huesos con sus mandíbulas acuosas.

Celebro cuando caen gotas de lluvia sobre mi rostro. La tormenta es tan grande que sus bordes lamen nuestra ciudad, escupiendo bolitas de hielo. Solo puedo suponer lo que le está haciendo a los bárbaros. Me gustaría poder verlo, y más cuando surge la primera tromba de agua, que se eleva tan alto que besa a las furiosas nubes. Sigue y sigue, el viento se ha convertido en un perpetuo rugido animal.

De pronto, siento a alguien detrás de mí.

—¡Venga adentro! —grita Mim, y me sujeta de los hombros.

—¡Ni por casualidad! —mi voz suena como una carcajada, y logro desprenderme de ella—. ¡Mira, Mim! ¿Cómo alguien puede tener miedo, cuando su reina es capaz de provocar esto?

Ella envuelve con sus brazos mi cintura, como si temiera que el viento me lleve. Los mechones de mi pelo, ya liberados de las trenzas, se enredan con sus rizos castaños. Su mejilla presiona la mía.

–Nadie debe dudar jamás del poder de la Valtia –me dice al oído–. Siento que el miedo me haya traicionado. ¿Podrá perdonarme?

–Siempre –le respondo, y beso su mejilla salpicada por la lluvia. Nunca he sido tan feliz, llena de esta feroz y palpitante certeza–. Algún día, Mim, esa voy a ser yo.

–Algún día será usted –asiente, y me abraza con más fuerza–. Y yo estaré tan orgullosa de ser su doncella.

Mis manos se pliegan sobre las suyas, apretándolas contra mi cuerpo. Me gustaría poseer la magia de fuego para darle calor; sin embargo, mientras lo pienso, percibo que mi temperatura aumenta y un delicioso hormigueo me recorre la piel. Ella comienza a alejarse, pero yo la retengo con más fuerza.

–No –susurro–. Quédate aquí.

–Pero, Elli...

–Por favor. No te muevas –se siente tan bien. La sangre golpea en mis oídos, y los brazos de Mim están perfectos justo donde están.

Ella me obedece. Debe hacerlo, pues es mi doncella, y de repente una pequeña parte de mí se siente culpable: no estoy segura de si a ella le gusta tanto como a mí. Me quedo mirando la tormenta, deseando cosas que no puedo tener. Que no debería tener. Me aclaro la garganta y le suelto las manos. Ella me da un último apretón y se aparta, pero se queda a mi lado, observando las inmensas olas, los cegadores destellos de luz, las nubes vaporosas.

Después de casi una hora, la tormenta se calma bruscamente, plegándose sobre sí misma como un pergamino.

Entrecierro los ojos para ver a la distancia, pero frente a mí solo hay una brumosa oscuridad.

–Los Soturi deben estar al final de nuestro Lago Madre –comenta Mim–. ¿Va a entrar ahora? –cuando niego con la cabeza, ella me dedica una sonrisa exasperada y pone las manos en sus caderas redondas. Estoy aliviada, pareciera haberme perdonado por haberle pedido quedarme cerca de ella–. ¿No quiere lavarse antes de que la Valtia regrese? ¿O prefiere saludarla como si fuera un hurón ahogado?

–De ninguna manera parezco un hurón –me río, mientras deslizo las manos sobre mis mejillas húmedas.

Por mucho que desee quedarme en el balcón para presenciar la llegada del barco de la Valtia en el puerto, paso la siguiente hora adentro, reviviendo la tormenta con el corazón agitado. Mim seca mi piel y me viste con un vestido vaporoso de suave lana roja. Termina de deshacer algunas trenzas, me cepilla el pelo y lo vuelve a trenzar. Coloca sus manos en mis mejillas cuando termina.

–*Ahora* luce como una princesa.

Fresca y limpia, vuelvo a salir al balcón. Efectivamente, las luces que se mueven en el agua corresponden a tres barcos que se aproximan a nuestro muelle. Me balanceo sobre las puntas de los pies.

–Mim, ¿están preparando nuestra comida? Quiero que esté lista cuando ella llegue. Probablemente esté hambrienta.

–Iré a revisar –dice, y se aleja.

Recorro mi balcón. Estoy ansiosa por preguntarle a mi Valtia cómo fue, si realmente pudo ver a los Soturi cuando eran sacudidos por la tormenta, si nuestros marineros estaban asustados o se mantenían firmes mientras ella desataba la furia del vendaval a su alrededor. Entre otras tantas preguntas que quiero hacerle.

En algún lugar en la ciudad suena una sirena. Con el correr de los minutos, su sonido estremecedor se hace más y más fuerte. Me estoy preguntando cuánto más tardará Mim, cuando esta irrumpe en mi habitación.

—Su palanquín está siendo traído ahora —dice con la voz temblorosa y el rostro pálido.

—¿Qué sucede? —me adelanto, confundida. Un sonido metálico repiquetea en mi cabeza, incluso más fuerte que esa estúpida sirena que aún suena afuera—. ¿Alguno de los barcos Soturi logró escapar?

Ella niega con la cabeza. Su boca forma la sonrisa más triste que he visto en mi vida.

—No, Saadella. Todo indica que la Valtia les propinó una derrota devastadora.

—Entonces, ¿por qué esa cara larga? —me sacudo aliviada—. ¿Hay marineros heridos?

—Elli —susurra, se adelanta y me toma de los brazos—. Tiene que venir ahora. Ha sido llamada.

—Por supuesto —respondo.

—Por los ancianos —añade.

Hago una pausa, con una sensación muy extraña en mi interior, como una bestia que despierta de su sueño invernal.

—Mim —mi voz sale como un chasquido, y mi doncella se estremece—. ¿Dónde está la Valtia?

—La están llevando a sus aposentos —me abraza con fuerza, y puedo sentir cómo tiembla—. Dicen que no va a vivir más allá de esta noche.

CAPÍTULO
IV

Empujo a Mim lejos de mí. El zumbido en mi cabeza es tan fuerte que ya no puedo escuchar su voz. Me tambaleo hacia la puerta, con la única idea de llegar a mi Valtia y rogándoles a las estrellas para que, cuando lo haga, todo esto haya sido un malentendido. Ella me saludará con afecto y cenaremos juntas, me contará cómo envió a los Soturi a las profundidades.

Al llegar al corredor, Mim enlaza su brazo alrededor de mi cintura:

—Más despacio, Elli. El palanquín está en camino.

—No —digo. Es una pérdida de tiempo.

—Por favor. Prepárese para lo que está a punto de suceder.

Con ella aferrada a mí, avanzo dando zancadas en dirección a la Gran Sala. Es como estar nadando contra la corriente.

Prepárese. No soporto la idea de perder a mi Valtia, así que tampoco aceptaré la idea de prepararme para eso.

Cuando estoy a mitad de camino, veo venir de frente al Anciano Leevi y a su aprendiz. El joven va unos pasos más atrás y lleva una linterna que arroja sombras distorsionadas en las paredes de piedra.

—Ella está en sus aposentos —nos dice—. Serás llevada a las catacumbas, a la Cámara de Piedra, a esperar que...

—No. Iré a verla ahora mismo —repongo, dándole una palmada a las manos que me aferran y acelerando el ritmo tan pronto como Mim me deja.

El Anciano parpadea, la mira a ella y luego a mí.

–Mi Saadella, no es así como hacemos esto.

–Tengo que verla –mi voz rebota en las paredes–. No iré a ningún otro sitio.

Leevi frunce el ceño hacia Mim, como si ella fuera responsable de mi comportamiento.

–Muy bien –dice finalmente–. Doncella, empaca sus cosas.

–Sí, Anciano –responde ella. Tiene los ojos enrojecidos y el rosto tenso–. Estará todo listo para ser trasladado en unas pocas horas.

Me quedo boquiabierta. Él ya está planeando mi mudanza a las habitaciones de la Valtia, y ella todavía está viva. El disgusto arde en mi garganta, mientras él me toma del brazo y me lleva hacia delante.

–¿Quién está con ella ahora? –pregunto cuando llegamos a la cámara principal, con su cúpula de cobre arqueada sobre nosotros, oscura y siniestra como las velas que chorrean cera alrededor de la entrada a su habitación.

–El Anciano Kauko se ocupa de su cuerpo, pero...

–Su cuerpo –repito con un chillido.

–Él está tratando de hacer que ella se sienta cómoda –dice, con los labios apretados–. Si insistes en estar ahí, es mejor que esperes en la antecámara.

Siento como si tuviera una piedra sobre mi pecho. Me cuesta respirar.

–No voy a esperar fuera, Anciano. *Necesito* verla –esta vez mi voz suena fuerte y segura. No soy una niña pequeña. Y a pesar de que me han enseñado el valor de la obediencia, la voz de mi Valtia en mi cabeza también me recuerda que yo seré la reina algún día. Y si Kauko está en lo cierto, seré más poderosa que cualquiera antes que yo. Es mejor que empiece a adueñarme de eso ahora.

—Como desees –responde él, inclinando la cabeza.

Avanzamos por el corredor donde se encuentran sus aposentos. Unos pocos acólitos y criadas están dando vueltas alrededor, con los rostros cenicientos. Algunos de ellos están llorando. Al final del corredor distingo a Helka, que llora en voz alta. Aprieto los dientes. Están de duelo por una reina que aún vive. Camino a su lado sin prestarles atención y llego a la antecámara, que está revestida de madera tallada. El techo de cobre martillado parece en llamas a medida que pasamos por debajo del farol. Leevi le dice a su aprendiz que espere mientras entramos, y me siento agradecida, la Valtia no necesita miradas indiscretas en este momento. Ella me necesita a mí, a su Saadella.

—Elli, por favor, prepárate... –dice el anciano, tomándome del hombro.

—¿Por qué todos me dicen lo mismo? –me sacudo para alejarme y entro en su dormitorio.

La habitación está iluminada con unas pocas velas. Aleksi se encuentra al pie de su cama, inmóvil como una estatua. La puerta del balcón está completamente abierta y las cortinas ondean con la brisa que llega del Lago Madre. Se me eriza la piel, pero pronto una ráfaga de calor me envuelve y siento sudor en mis sienes. Me aproximo lentamente a la cama de la Valtia, mientras el Anciano Leevi se me adelanta para alertar al Anciano Kauko, que está inclinado sobre ella, de espaldas a mí.

El Anciano Kauko mira por encima del hombro y frunce el ceño.

—Deberías estar en la Cámara de Piedra. No quisieras ver esto, mi Saadella.

—No me diga lo que quiero.

Sus cejas se levantan por la sorpresa de mi tono desafiante, pero luego me lanza una dolorosa sonrisa de disculpa.

—No debería haberlo dado por sentado —dice, luego se inclina y se hace a un lado.

Mi estómago se comprime. La Valtia se retuerce en su cama; una delgada sábana de gasa cubre su cuerpo desnudo. Le han quitado todos sus adornos: su corona, su vestido, el brazalete de Astia; probablemente fueron llevados a las catacumbas. Algunos vendajes salpicados de sangre cuelgan de sus brazos y la pintura blanca de su rostro se ha borrado o descascarado, dejando a la vista solo el horror. Mi corazón se desmorona al oír el doloroso silbido de su respiración. Su bello rostro ahora está desfigurado, cubierto con ampollas rojas y negras; y a medida que subo por los escalones de la plataforma sobre la que está su cama, puedo ver que otras partes de su cuerpo se han vuelto de un color gris azulado. Un cuerpo sin sangre y congelado. En su mano izquierda dos dedos se han resquebrajado y caído. Yacen como lascas de piedras entre los pliegues de las sábanas, cristales de hielo que se derriten y dejan una mancha rosácea. Tiene los ojos cerrados, con los párpados apretados, y su cabeza está echada hacia atrás, mientras la agonía la consume.

—Mi Valtia —susurro, con el labio inferior tembloroso.

En cuanto oye mi voz, sus ojos se abren. Eran de un majestuoso azul frío, ahora están carmesíes.

—Elli, lo siento —murmura jadeante. Una lágrima teñida de sangre resbala por su mejilla.

Cuando trato de tomar su mano derecha, Kauko me sujeta el brazo.

—Debes tener cuidado, Saadella. Su contacto puede quemarte o congelarte en un instante. Ella no puede controlarlo ahora.

—Me arriesgaré —digo entre sollozos que me ahogan. Ella necesita caricias y saber que no está sola. Me arrodillo junto a su cama y toco sus dedos. Están rígidos, cubiertos por una capa de hielo, pero pronto el frío se desvanece.

—Lo lograste, ¿verdad? Los enviaste al fondo del Lago Madre.

—Lo hice demasiado bien —gime con los dientes apretados—. Bastó apenas un momento de distracción para perder el equilibrio.

Era algo que Kauko había estado tratando de evitar. El hielo y el fuego son impredecibles, sobre todo cuando colisionan. Demasiado de uno u otro y las cosas se salen de control.

—Y sin embargo, contuviste la tormenta. Si no lo hubieras hecho, nuestros barcos no habrían podido regresar.

—Una Valtia protege a su pueblo —dice, mirándome—. Ese es tu primer deber. Recuérdalo.

—Por favor quédate, Valtia —quisiera que mis lágrimas se fueran, pero son obstinadas—. No te vayas.

Es la súplica de una niña, no de una mujer. Mi cabeza está repleta de recuerdos, de la primera vez que fui llevada a su presencia, de la bondad en sus ojos cuando me tomó en sus brazos. Tenía tanto miedo, y sin embargo, en cuanto sentí su tibieza este se derritió.

Eres un ser precioso, había dicho. *Ahora tu hogar está aquí, conmigo.* Sus ojos transmitían una tierna tristeza, pero también amor.

—Mi lugar está junto a ti —le susurro—. Tú me lo dijiste, mi Valtia.

—Sofía —dice. De pronto, los cristales de hielo presionan mi mano y hace tanto frío a nuestro alrededor que veo salir vapor de nuestras bocas, pero rápidamente el frío se desvanece—. Ese era mi nombre.

Un nombre al que renunció el día que se convirtió en Valtia. Que ella lo esté reclamando ahora es una puñalada en mi corazón. Pero sus ojos se ven suplicantes y no puedo negárselo:

—Sofía.

—Estás lista, querida –dice, carraspeando–. Serás la Valtia más fuerte que jamás haya existido. Las estrellas lo han predicho todo. El mundo nunca ha visto semejante poder.

—¿Sabías acerca de la profecía? –pregunto, con la boca seca. Ella grita cuando dos ampollas comienzan a manifestarse en sus piernas. Las lesiones brotan de adentro hacia fuera. Tanta magia, desequilibrada, está destruyendo el recipiente que la contiene. Me giro hacia el Anciano Kauko–: ¿Puede hacer algo? ¡Ayúdela a recuperar el equilibrio! –le pido, obligándome a no gritar.

Él sacude la cabeza, apretando con fuerza sus labios carnosos.

—Es demasiado tarde, mi Saadella. Y demasiado para un humilde sacerdote. Solo un Valtia podría hacer una cosa así.

Para salvarla debo convertirme en Valtia, y eso implica que ella debe morir antes.

—No es justo –protesto, y me inclino para besar su muñeca congelada–. Si tuviera la magia ahora, la usaría para sanarte.

Ella oprime mi mano; sus dedos están tan calientes que me queman. Aprieto los dientes y le sonrío, mientras las lágrimas corren por mi rostro. Su cabello forma un halo alrededor de su cabeza y cruje suavemente; algunos mechones están chamuscados y otros, cristalizados.

—Sé que lo sientes –dice con la voz entrecortada–. Recuerdo el día que mi propia Valtia murió. Pero tú debes continuar, Elli. Siempre voy a estar contigo, y también lo estarán todas las Valtias antes que yo. Llevarás nuestra magia en tu interior. Nunca estarás sola.

Inclino mi cabeza. No quiero esto, aún no. Pero negar mi deber sería fallarle, a ella y a todo el pueblo Kupari:

—Voy a honrar tu legado.

Ella me mira, sus ojos color rubí están llenos de dolor y amor.

—Ya lo has hecho… —dice, y su voz se desvanece hacia la nada.

Su cuerpo se convulsiona. El Anciano Kauko pega un alarido y de un tirón me aleja de la cama: las llamas crecen en su pecho y forman una espiral que llega hasta el techo. Incapaz de apartar la mirada, grito cuando las estalactitas surgen como puñales desde su vientre, su espalda, su cuello. Ella no emite ruido, pero yo estoy hecha de sonido. Soy un animal frenético que ha perdido la razón e intenta llegar a ella. Estoy tan segura:

Si la toco, puedo sanarla.

Kauko me está aplastando, su hombro hace presión sobre mi rostro mientras su mano ahuecada comprime la parte de atrás de mi cabeza. Huele a sudor, sangre y fracaso. Fijo la mirada en el techo de cobre martillado, que refleja el infierno de abajo: la Valtia yace con la espalda arqueada, los brazos y piernas abiertos de par en par, mientras sangra, arde y se congela.

Muere.

Suena un fuerte silbido.

—Que se queme del todo —escucho decir al Anciano Aleksi–. Necesitamos llevar a la Saadella a la Cámara de Piedra. No deberíamos haber esperado tanto.

Kauko quita su peso de mí, pero antes de que pueda acercarme a la cama otra vez, él y Aleksi me arrastran lejos. Sofía continúa ardiendo, se desintegra débilmente. Su sangre se esparce por la sábana y gotea en el suelo. La imagen de sus ojos rojos, muy abiertos, rogando que todo termine, me sigue a la antecámara. Mi mente da vueltas. Mi cuerpo está ardiendo y tiembla. Es como si un abismo se hubiera abierto dentro de mi pecho, rasgando lo que una vez fue un tejido muy ceñido. Siento escalofríos cuando mi estómago revuelto se vacía por completo. Dos acólitos se arrodillan sobre el mármol y limpian el desastre con sus propias ropas.

Leevi da órdenes a los aprendices y acólitos, mientras Aleksi y Kauko me llevan hasta una escalera de piedra y empezamos a descender. Sus manos son gentiles pero implacables. No importa cuánto me resista, no me soltarán. *Mi Valtia*. Grito su nombre una y otra vez, hasta que mi voz queda destrozada. Oigo las voces de los dolientes, pero no puedo distinguir sus palabras. Un inmenso vacío crece en mi interior, para luego estallar y rugir como una avalancha, dejándome hueca.

Mis pies apenas rozan el suelo cuando llegamos al último escalón. Estamos en las catacumbas. Las paredes rezuman la esencia del Lago Madre y el filo de las rocas sobresale en el suelo y techo de las cavernas y túneles. La luz de las antorchas produce sombras negras que bailan con los rituales antiguos y secretos.

Los ancianos finalmente se detienen en una pequeña sala circular, y me sientan sobre un bloque de piedra lisa que ocupa casi toda la superficie; solo queda un pasillo muy estrecho entre el bloque y la pared. La piedra no está ni fría ni caliente; se siente como la nada: dura y despiadada.

—Cuando la magia se eleve en tu interior, no luches contra ella —dice Kauko, con el aliento entrecortado y sudor en la frente—. Está buscando su nuevo hogar. No te hará daño.

Me arrodillo y observo mis manos. Todavía hay una débil mancha roja en mi palma, donde la Valtia depositó sus labios.

—La magia la mató, la destruyó por completo.

—¡No puedes temerle a la magia! —insiste Kauko—. Sofía fue destruida porque cometió un error.

–¿Por qué fue sangrada? –pregunto, al recordar sus brazos vendados y cuán agotada se veía esta tarde–. ¿Está seguro de que eso no la debilitó, en vez de fortalecerla?

–La ayudé a mantener el equilibrio de la magia en su cuerpo drenando el exceso –explica Kauko–. No fue la Valtia más fuerte que hayamos conocido, y sobreestimó su poder el día de hoy. Tú serás más fuerte, más sabia, mejor –vacila cuando lo miro fijo–. Ella tenía razón, Saadella, cuando dijo que las estrellas habían predicho tu poder. No estoy criticando a Sofía, simplemente...

–Llámela _Valtia_ –digo ofendida. En sus labios carnosos su nombre es una blasfemia. Los ojos oscuros del anciano están llenos de paciencia y compasión, y me dan ganas de gritar. Él nuevamente empieza a hablarme de la profecía, y yo ya no lo tolero–. _Basta_ –lo interrumpo, golpeando la piedra con mis palmas y la cabeza gacha.

¿Es así como debo sentirme? De pronto, la marca en mi pierna comienza a emitir ondas que van adormeciendo mi cuerpo a medida que avanzan.

–Está sucediendo –susurra ansiosamente Aleksi.

El vacío crece en mi interior, arañando las paredes de mi pecho y la suave piel de mi vientre. Dejo escapar un sollozo.

–Yo solo la quiero de vuelta –apoyo mi frente en la piedra, mientras el dolor me consume.

–Debes aceptar la magia –dice Kauko–. Ábrele los brazos. Deja de luchar.

–No estoy luchando –repongo. ¿Cómo podría hacerlo? Solo estoy aquí tendida, con el vacío que me devora; demasiado desolada para luchar.

–¡Estás concentrada en _ella_, y no en aceptar la magia! –grita Aleksi.

La frustración repentina de su voz me castiga. Si voy a honrar a Sofía, mi Valtia, entonces tengo que aceptar lo que me ha dado. Tiemblo al tomar aire. Mis piernas están plegadas debajo de mí y mi rostro, apoyado contra la piedra. Abro los brazos, con las palmas extendidas hacia arriba. Aunque nunca quise tener que despedirme de ella, he estado esperando este día desde que tengo memoria. Con miedo y ansias. Finalmente voy a saber. Estaré realizada, seré lo que siempre estuve destinada a ser. No una nueva Elli; sino una nueva *persona*. Una muy poderosa, útil, vital. Con mucho gusto recibiré lo que queda de mi Valtia. Seré alguien que la pondría orgullosa.

—Estoy lista —digo, temblando con todo mi ser.

Aleksi y Kauko murmuran su aprobación.

Desde arriba suena un profundo *bum*, y mis oídos se tapan. Los ancianos respiran con mucha dificultad. Una ola de nada me aplasta contra el bloque de piedra; es tan pesada que no me puedo mover. Me quita el aire del pecho. No siento las piernas ni los brazos. El terror late en mis venas, mientras todo se vuelve oscuro a mi alrededor. Mi cabeza se convierte en un espacio vacío y rugiente. Cierro los ojos lo más fuerte que puedo. Más que nada, me gustaría que apareciera mi Valtia y tomara mi mano, que me dijera que soy suya y que pronto todo va a estar bien.

Alejo esa idea de mi cabeza. Magia. Debo concentrarme en la magia.

Pierdo la noción del tiempo.

Las lágrimas ruedan por mis mejillas. Pero, de a poco, mi respiración se va normalizando. El ruido en mi mente se aquieta lentamente. Siento un hormigueo en mis extremidades y tengo lo labios adormecidos. Cuando por fin reúno fuerzas, me siento con los brazos temblorosos.

Kauko me mira fijamente, y yo le respondo igual. Sus ojos brillan.

—Está hecho —anuncia nervioso—. Aleksi, llama a los otros —dice, y cuando este desaparece en el corredor, se arrodilla a mi lado—. Lo ha hecho muy bien —me alienta—. ¿Cómo se siente?

Bajo la vista para observar mi cuerpo, que ahora es capaz de hundir barcos, hacer crecer los cultivos, curar heridas... Mi corazón late con fuerza, y juro que escucho un eco. *Vacía*, casi me digo.

—Eh... no lo sé. Me siento... ¿bien?

Sus cejas se elevan perplejas, y luego una sonrisa divide su cara redonda.

—*Bien*. Se siente *bien* —se pone de pie lentamente, sacudiendo la cabeza—. Solo la Valtia más poderosa de todos los tiempos diría eso.

Su alegría provoca una débil sonrisa en mis labios. Trato de ponerme de rodillas, pero tengo que sostenerme porque el mareo me abruma. Mis piernas son como bloques de madera que cuelgan de mi torso.

—Quizás no tan bien —murmuro.

—Tiene que descansar durante unos días. Los sueños... Tendrá que estar preparada para los sueños. El hielo y el fuego trabajan a voluntad mientras usted duerme. Es una carga que los portadores más poderosos deben tolerar, pero a medida que la magia encuentre el equilibrio en su interior, los sueños irán disminuyendo.

—Por supuesto. Sueños —me froto las sienes. Siento como si mi cabeza estuviera rellena de lana.

El sonido de fuertes pasos precede a un grupo de sacerdotes, aprendices y acólitos. Se amontonan en la Cámara de Piedra, algunos ocupan el túnel de entrada, tratando de echarme una buena mirada entre sonrisas gentiles y reverencias. Están pendientes de mí. Me siento más derecha, haciendo caso omiso del eco de mis latidos, de mis piernas entumecidas y del cosquilleo en mis labios. Tengo que lucir como la reina que soy.

Aleksi se abre camino a los empujones entre los espectadores y se arrodilla delante de mí.

—¿Está lista para aceptar su destino?

Asiento con la cabeza y él toma la caja de madera tallada que le da su aprendiz; la reconozco inmediatamente. La apoya sobre el bloque de piedra y la abre: es el brazalete de Astia.

—Este es su aliado, su espada y escudo —dice, y mira mi mano derecha. Levanto mi brazo, pesado como una roca, y lo mantengo fijo mientras el anciano coloca el brazalete en mi muñeca. Este destella a la luz de las antorchas con el mismo tono de mi cabello, profundo y bruñido, y con las runas color rojo sangre que le dan poder. Tan pronto como queda sujeto a mi muñeca, Aleksi suelta mi brazo, y se pone de pie—. A partir de este día, y hasta que tome su último aliento, ya no será Elli —anuncia, haciendo un gesto para que lo imite—. Ese nombre pertenecía a una muchacha, y ahora usted es una reina.

Necesito de toda mi concentración para conseguir que mis piernas respondan. Soy como un cervatillo que da sus primeros pasos. Mis brazos se elevan desde los costados para ayudarme a mantener el equilibrio. Tomo aire. Yo *soy* el equilibrio. Un equilibrio perfecto.

Todos sonríen cuando me paro firme frente a ellos. Aleksi extiende sus brazos y me presenta:

—A partir de este momento, y hasta que tome su último aliento —repite, esta vez más fuerte—, ¡usted es la Valtia!

Inclino mi cabeza, y todos aplauden. Kauko está sonriendo, mientras uno de los acólitos le entrega una vela robusta en un plato de cobre. Es una columna de cera de abejas, nunca antes encendida. El anciano me regala una sonrisa tímida:

—Sé que lo que pido es algo muy simple frente a un poder tan profundo, pero es nuestra tradición… Si lo desea, mi Valtia, encienda esta vela con su magia. Ilumine nuestro camino a medida que ascendemos al templo y le damos la bienvenida a esta maravillosa y nueva era.

Me tomo un instante para agradecer a Sofía por el regalo de su magia, y le prometo que voy a usarlo bien, tal como lo hizo ella. Entonces, miro la mecha, amarilla y cerosa; e imagino que estalla en una lengua perfecta de fuego.

No pasa nada.

Cierro los ojos y espero que el fuego crezca dentro de mí, una joya de calor dorado para coronar la vela, para fundir la cera, para... abro los ojos.

—Eh —digo con voz temblorosa—. ¿Cómo se supone que debo hacerlo?

—No debería ser difícil para usted, Valtia —responde Aleksi con la frente fruncida—. ¿A menos que tema que todos nos encendamos en llamas por su poder?

Hay risas nerviosas en la sala. Si la magia estuviera fuera de control, eso es exactamente lo que podría suceder. Pero mi magia, la de la Valtia, está completamente equilibrada y, por lo tanto, es fácil de controlar.

Hasta que deja de estarlo, susurra mi mente. La imagen del cuerpo de Sofía desgarrándose aparece ante mis ojos. Kauko toca mi brazo y me trae de nuevo al presente.

—No tema, mi Valtia. Puede dejar de contenerse. El pensamiento más sencillo podrá encender la vela. Simplemente desee que haya fuego, y aparecerá.

Creí que ya había intentado eso, pero vuelvo a hacerlo. Esta vez me concentro intensamente en la antorcha que está en la pared de la cámara. Capturo la imagen del fuego en mi mente y luego miro una vez más la mecha virgen. Mi corazón golpea en mi pecho hueco. Extiendo la mano y envuelvo la base de la vela con mis dedos, la levanto en el aire frente a mí. El brazalete de Astia se siente pesado y reconfortante en mi muñeca. Hace solo unas horas, ayudó a generar trombas en el lago y rayos en el cielo. Encender una vela es un juego de niños. Me río, tratando de no pensar en la incertidumbre que aumenta dentro de mí.

–Nunca dudes –susurro.

Kauko sonríe y clava sus ojos en la mecha. Yo también. Mi mirada se consume. Pido calor para hacerla arder, para ennegrecer su mecha, para que estalle en llamas… Me imagino la ráfaga de calor contra mis mejillas y los aplausos de mis nuevos súbditos. Mis brazos comienzan a temblar por la tensión. Aprieto los dientes.

Por favor.

Por favor, enciéndete.

Por favor, quémate.

No pasa nada.

CAPÍTULO V

No sé cuánto tiempo estuve parada allí antes de que Kauko se apiadara de mí.

–Mis más profundas disculpas, Valtia –dice, tomando la vela de mis dedos rígidos e inclinando la cabeza–. Usted ya ha pasado por mucho esta noche. Fue egoísta de nuestra parte pedirle cualquier cosa antes de que haya tenido la oportunidad de descansar.

Sus manos tiemblan un poco cuando quita el brazalete de Astia de mi muñeca y lo guarda en la caja de madera. Mientras se la entrega a su aprendiz, observo mis manos vacías, la pequeña y borrosa mancha de pintura de labios en mi palma. Vacilante, levanto la cabeza. Nadie habla, nadie sonríe; pero todos me clavan su mirada.

Los ojos de Aleksi se encuentran con los míos.

–¡Despejen la Cámara! –ladra, con la papada temblorosa–. Nuestra Valtia debe estar tranquila y descansar.

Leevi ayuda a salir a aprendices y acólitos, y puedo ver la tensión en sus delgados hombros. El último aprendiz que deja el lugar está hablando con una joven acólita:

–Yo puedo encender una vela sin siquiera tener que pensarlo –le susurra al salir.

Sus palabras son como piedras que caen en un río y generan ondas de recelo que se expanden por mis extremidades.

–Anciano Kauko, ¿qué está mal conmigo? –pregunto con voz ronca.

Él me toma del brazo y me ayuda a bajar del bloque de piedra. Mis calcetines están empapados y los pies ya no están entumecidos pero me duelen. De hecho, todo mi cuerpo es un profundo dolor, como si me hubiera pisoteado un caballo. Mi túnica roja está húmeda y manchada de sudor. No cabe duda de que soy la Valtia más desaliñada que haya existido jamás.

–Estoy seguro de que todo está bien con usted, mi reina –dice en voz baja, mientras me guía fuera de la cámara hacia la escalera. Aleksi se nos adelanta, y me pregunto si va a asegurarse de que no haya público observando cómo me llevan a mis aposentos–. Creo que la tensión de presenciar los últimos momentos de Sofía la ha sacudido. Fue un grave error permitirle que la viera de esa manera –explica. Me sujeta el codo de manera firme y reconfortante cuando subimos los escalones.

–Yo insistí –repongo, frotándome la garganta, que me arde de tanto gritar–. No fue culpa de Leevi.

–Es generosa, mi Valtia –dice. Su ceño fruncido es tan profundo que parece que alguien le hubiera tallado una canaleta allí. Aparto la mirada de él, porque me pone demasiado inquieta.

–Iré a descansar. Estoy segura de que por la mañana me habré recuperado.

–No tengo ninguna duda –pone su brazo alrededor de mi espalda mientras avanzamos a través de la sala abovedada e ingresamos al ala de la Saadella–. Esta noche permanecerá en su antigua alcoba. Eso nos dará tiempo de preparar los aposentos de la Valtia para usted –explica.

Tiempo para refregar y quitar las quemaduras del techo y el suelo, limpiar la sangre de las piedras, secar el agua helada y deshacerse del colchón quemado. Se me hace un nudo en el estómago de solo imaginarlo. No estoy segura de poder dormir alguna vez en esa habitación.

—¿Tendremos un funeral?

Uno de los pocos recuerdos que tengo fuera de este templo es el del funeral de la última Valtia. Su cuerpo blanco estaba cubierto con una gasa cobriza y adornado con flores de primavera. Fue un día antes de que yo fuera encontrada. Mi madre me llevó a los muelles, donde me levantó en sus brazos para que pudiera ver entre la multitud que se había reunido a ofrecerle un último adiós a la reina. La Valtia muerta lucía perfecta e inmaculada. Pensé que iba a sentarse y agitar su mano, mientras deslizaban su embarcación por las aguas del Lago Madre y se alejaba en silencio de nuestra costa. Recuerdo haberme sentido horrorizada cuando el fuego empezó a trepar por los lados de la pira, devorándola. Grité.

También recuerdo haber visto a la nueva Valtia, mi Valtia, de pie en su palanquín al final del muelle principal, con los brazos levantados. En ese momento no sabía que era ella la que movía el barco hacia las aguas profundas, ni que era la responsable del fuego. Solo sabía que me asustaba.

—Los ancianos se reunirán para hablar de ello —dice Kauko, cuando estamos llegando—. Hay complicaciones.

Mi estómago se convulsiona de nuevo. *Complicaciones*. Como el hecho de que ella haya terminado destrozada, completamente quemada. No puede ser un cadáver bonito, en paz. Por lo que sé, no es más que un montón de cenizas empapadas.

—Oh, estrellas —gimo, doblándome para vomitar.

—¡Elli! —grita Mim desde el fondo del corredor. En un instante tiene las manos alrededor de mi cintura, y presiona un paño seco contra mi boca.

Kauko se aclara la garganta.

—Doncella, no vuelva a llamarla por ese nombre nunca más —dice con severidad—. Es nuestra Valtia ahora. Muestre respeto.

Mim da un paso atrás y hace una profunda reverencia.

—Mi Valtia —hay lágrimas en su voz—. Deje que la acompañe a su habitación.

—Vendremos a buscarla mañana —dice Kauko, y me libera. Luego, frota su mano por su cabeza calva y me mira a los ojos—: Estará mejor para entonces.

En cuanto él nos da la espalda y se aleja, Mim levanta las cejas.

—¿Por qué dijo eso? —pregunta, mientras caminamos.

—No puedo, Mim. Solo termina de limpiarme, ¿sí? —susurro.

Ya es terrible que no haya podido encender la llama. Si además tengo que contárselo, me romperé en un millón de fragmentos de dolor y vergüenza.

Mi Valtia. Me pongo la mano en el pecho. *Por favor, no quiero decepcionarla.*

Mientras Mim me baña, manipulándome como a una muñeca viviente, me concentro en buscar la magia dentro de mí. ¿Está en mis entrañas? ¿En mi corazón? ¿Dentro de mis huesos? ¿Justo detrás de mis ojos? ¿Por qué no puedo sentirla? ¿Por qué se esconde de mí? Yo esperaba que apareciera burbujeando como un manantial de agua helada y se evaporara por las yemas de mis dedos en una nube de vapor. Esperaba que la magia me llenara hasta rebosar, para hacer de mí lo que siempre debí haber sido, que fuera tan espesa y brillante que no sentiría más que confianza. Sin embargo, todo lo que siento es... un enorme vacío.

Mi doncella me acuesta en la cama y extiende un par más de mantas sobre mí.

—Esta noche dormiré a los pies de su cama —dice—. Si necesita cualquier cosa, agua, un paño frío, una piedra caliente para los pies, solo diga mi nombre. Un mero susurro me hará estar a su lado —alisa el cabello sobre mi frente—. Sé que no estaba ansiosa de que llegara este día, mi Valtia, pero ha nacido para esto. Y me enorgullece servirle.

Estoy tan perdida y necesitada de consuelo que casi le pido que se acueste a mi lado, que me permita apretar el rostro contra su cuello y envolverla con mis brazos. Pero recuerdo aquel momento en el balcón, cuando percibí que solo se mantuvo a mi lado porque se lo ordené. Así que cierro los ojos mientras se retira, preparándome para lo que sigue. Kauko me advirtió de los sueños y, por el modo en que Mim me está mimando —incluso *más* de lo habitual—, sospecho que a ella también se lo advirtió.

La brisa del Lago Madre ingresa por la puerta del balcón abierta y refresca mi rostro. Me dejo absorber por la oscuridad, me distiendo en ella. En mi descanso silencioso, espero los sueños que llegan con la magia poderosa.

Nunca llegan.

—Valtia, los sacerdotes la han convocado —está diciendo mi doncella, mientras una cálida mano acaricia mi mejilla.

¿Valtia? Mis ojos se abren del todo. Los rayos de sol se filtran a través de la puerta del balcón, llenando mi habitación de luz cálida. Por un momento, soy toda confusión. ¿Qué hora es? ¿Es el día de la cosecha? Pero a medida que me incorporo, la verdad me envuelve como una cuerda.

Mi Valtia se ha ido, y yo soy la reina ahora.

—Ha dormido como una piedra —dice Mim, y me dedica una media sonrisa—. Por lo que el Anciano Kauko había dicho, ¡pensé que iba a estar retorciéndose toda la noche! —toma mi mano y retira las mantas, luego me ayuda a ponerme de pie—. Aunque supongo que la Valtia más fuerte en toda la historia sortearía tales cosas con gracia —sonríe—. Como siempre lo ha hecho.

Me obligo a sonreír yo también. No tuve sueños. Todo lo que hubo fue una oscuridad tan profunda como la del Lago Madre, un vacío como el de una caverna.

—Estoy ansiosa por conocer el alcance de mis poderes —me avergüenza el temblor en mi voz, pero Mim solo asiente con la cabeza.

—Antes de que se vaya: tengo información, si lo desea.

—¿Sobre los Soturi? —pregunto, y doy un paso hacia delante para que me quite el camisón por la cabeza.

—No. No son el único problema en las tierras lejanas, y ahora que su invasión fue rechazada, el consejo de la ciudad y los ancianos van a concentrarse otra vez en los bandidos. Sobre todo, después de lo que sucedió ayer.

—¿A qué te refieres? —pregunto, y mi corazón se acelera.

—Esa pelea que mencionó la Valtia mientras la preparábamos para la Ceremonia de la Cosecha… Un grupo de mineros se encargó por su cuenta de limpiar el sistema de cuevas que planean excavar.

–El sitio que los bandidos están ocupando –agrego. El Anciano Aleksi mencionó que esa podría ser la última fuente no explotada de cobre en la península.

–Exacto. Me dieron más detalles esta mañana temprano: dos mineros murieron a causa de sus heridas.

Quiero enterrar la cabeza entre las manos, pero me quedo inmóvil. Esta es mi responsabilidad ahora, y voy a ocuparme como una reina debe hacerlo.

–Cuando me reúna con los ancianos lo discutiremos, y decidiré cómo vamos a proceder.

–Hay más –insiste Mim, mordiéndose el labio–. Los mineros que murieron... fueron quemados.

–¿Quemados con qué? –pregunto confundida.

–Se rumorea –se inclina hacia delante, ansiosa por decirlo– que se trató de magia.

De repente tengo que sentarme en la cama; es como si mis piernas hubieran dejado de pertenecerme.

–¿Un portador de fuego en las tierras lejanas? –indago pensativa. Todos los meses los sacerdotes buscan niños mágicos en la ciudad, en las granjas y los caseríos. Y como se considera un gran privilegio vivir en el Templo en la Roca, sus familias los entregan fácilmente. Las únicas personas que habitan las tierras lejanas son delincuentes que han sido expulsados de la ciudad–. Eso parece poco probable, Mim. Además, una antorcha podría hacer el trabajo de modo mucho más sencillo.

–Yo le contesté lo mismo a Irina, la sirvienta que me lo contó, pero ella dijo que durante años ha habido rumores sobre portadores rebeldes, Ell... –aprieta los labios y me ofrece una sonrisa tímida–. Mi Valtia

—se corrige. Luego, junta sus manos y me hace poner de pie, como si estuviera a punto de darme un regalo especial–. Ahora que usted es la reina –dice–, ¡puede saberlo con certeza en vez de confiar en mí para que le haga llegar las habladurías! Y entonces podrá enfrentar a cualquiera que se atreva a amenazar a nuestros mineros –ella ahora está casi brillando, y eso me provoca un dolor en el estómago.

Mientras Mim me viste con un vestido rojo muy sencillo y trenza mi pelo sobre mi espalda, la sensación en mi abdomen se intensifica hasta que finalmente reconozco que es hambre.

–¿Puedes traerme mi desayuno, Mim?

–Los sacerdotes dijeron que no debía darle nada –responde, ya sin sonreír–. Pero... estoy segura de que después de que se reúna con ellos, podemos pedir que le traigan algo bueno de las cocinas.

–¿Agua?

Se muerde el labio. Su resplandor desaparece rápidamente.

–Ellos lo prohibieron, Valtia –murmura.

–¿Desde cuándo los sacerdotes pueden invalidar los deseos de la Valtia? –protesto. Al verla palidecer me doy cuenta de que la estoy poniendo en una situación terrible–. No importa –digo, apretando su mano–. No tengo sed de todos modos.

Estoy sedienta, pero Mim me importa demasiado como para insistir. Camino hacia la puerta con la cabeza bien alta. Hoy será el día en que les mostraré a los sacerdotes la magia que reside en mi interior. Los haré estremecer con ella. Y luego me ocuparé de los bandidos y de cualquier rebelde que se esconda entre ellos. Hoy comienza mi reinado.

–¿Hacia dónde? –pregunta.

–Las catacumbas –responde Aleksi, al ingresar a mi habitación–. Buenos días, Valtia –se inclina. A medida que levanta la cabeza, sus ojos oscuros barren mi cuerpo, como si esperara que me hubiera transformado durante la noche–. Espero que haya podido descansar a pesar de los sueños.

–Gracias por su preocupación, Anciano Aleksi. Estoy bastante bien descansada –digo, y una astilla de duda perfora mi determinación. *Demasiado descansada, tal vez.*

Mantengo la espalda recta y la cabeza erguida a medida que descendemos a las catacumbas. Me gustaría enfrentarme a todo esto a la luz del sol, en vez de en esta tumba fría y húmeda. Este es el reino de los acólitos de clausura, los que no son elegidos como aprendices y viven recluidos después de alcanzar la mitad de su tercera década. Forman una comunidad unida, completamente ocultos de las distracciones del mundo que están encima de ellos, dedicándose a la magia de la Valtia. Siempre me he preguntado cuán pálidos deben estar después de años sin contacto con la luz solar, pero cuando se lo pregunté al Anciano Kauko, este se rio y me recordó que algunos de ellos son portadores de fuego y no necesitan luz ni calor. *Desde hoy, yo también seré capaz de portar fuego.*

Vetas de cobre verde y naranja resplandecen a la luz de las antorchas, mientras sigo al Anciano Aleksi más allá de la Cámara de Piedra, hasta otra sala circular. Esta es más amplia, tiene cuatro gradas de profundos y empinados escalones que miran hacia un pequeño escenario; más parecido a una fosa desde donde estoy. Todos los sacerdotes, los treinta, ya están sentados en los escalones. No hay acólitos ni aprendices. El Anciano Aleksi me guía por unos pequeños escalones hasta la parte inferior.

–Tome su lugar en el escenario, Valtia, vamos a empezar –dice, y mi corazón golpea con fuerza.

Llego al piso de piedra, plano y resbaladizo, y ocupo mi lugar. Aleksi está sentado junto a Kauko y a Leevi, nuestros tres ancianos, en el primer escalón de la grada. Si sus túnicas no fueran tan largas, desde mi lugar podría ver lo que se esconde debajo.

–Después de los acontecimientos de anoche –comienza Leevi, y su voz llena la cámara –queremos asegurarnos de que esté lista antes de proceder con la coronación –me sonríe, pero en su rostro demacrado y su frente prominente más parece una mueca–. Sabemos que ha sido una Saadella obediente y leal, aunque un poco curiosa –hace una pausa, como para asegurarse de que todos tengan en cuenta esa falta, antes de continuar–. Y siempre ha respetado el papel de la Valtia, por lo tanto, esperamos que comprenda la naturaleza crucial de lo que le estamos pidiendo.

Junto las manos por delante y siento mis dedos pegajosos, lo que me provoca un escalofrío en la espalda.

–Por supuesto, Anciano. En un momento como este, después de haber perdido a su amada reina, las personas necesitan saber que están seguras y protegidas.

–Bien dicho, mi Valtia –asiente Kauko–. Este no podría ser un momento más crítico para eso. Ahora, todo lo que necesitamos es que ejerza su capacidad de manejar el hielo y el fuego. En cuanto complete estas simples maniobras, vamos a continuar con su coronación. No debería llevarnos más que unos minutos.

Trago saliva, pero mi boca está tan seca que me duele la garganta.

–¿Qué quieren que haga? –pregunto, y mi voz suena lastimosamente suave en esta sala llena de sacerdotes que no dejan de observarme. Me pregunto si Sofía tuvo que pasar por esto, y cómo se habrá sentido.

–Tres tareas básicas –responde Aleksi, sonriendo como si nada–. Lo mismo que les pedimos a nuestros aprendices y acólitos cuando llegan por primera vez, y así poder evaluar qué elemento es más potente en su interior: hielo o fuego –se ríe–. Por supuesto, usted va a completar fácilmente cada una –sentencia. Luego, señala a mi izquierda, donde hay un pequeño cuenco de cobre lleno de agua sobre un pedestal de piedra–. Convierta el agua en hielo –señala a mi derecha, donde hay una hoja de pergamino sobre otro pedestal–. Transfórmelo en cenizas –y desplaza su dedo regordete hacia un tercer pedestal, ubicado frente a mí. Allí se encuentra un canto rodado, el tipo de piedra que abunda en la orilla del Lago Madre–. Haga que se eleve en el aire y flote.

Todas cosas que esperan de los aprendices y los acólitos. Sencillo. Dispongo lo que espero que sea una sonrisa serena en mi rostro.

–Como deseen –me muevo primero hacia el cuenco de agua, porque recuerdo mis intentos de anoche por despertar el fuego dentro de mí, y aún no me siento lista para quemar el pergamino. El corazón golpetea en mi pecho vacío, cierro los ojos y busco la magia. Sé que debe estar allí. *Ayúdame, Sofía, mi Valtia. Sé que no me abandonarías.*

Extiendo mi mano, con la palma hacia abajo, un par de milímetros por encima de la superficie del agua. Hay un silencio total en la habitación, pero puedo sentir la atención cautiva de los sacerdotes, como dedos que se aferran de mi vestido. Suelto el aliento lentamente entre mis labios y convoco el frío. Me imagino la gruesa capa de hielo que forma placas ásperas sobre el Lago Madre en invierno, los trozos que se desprenden y colisionan en primavera. Percibo un escalofrío, y mi alma grita de alegría. Aquí viene.

Abro los ojos, pero el agua está... tan líquida. Solo percibí el frío de la cámara, nada más. Siento como si el filo de una espada atravesara mi espina dorsal. Lo intento una vez más: aprieto los dientes y jalo del aire frío a mi alrededor como si fuera un manto, deseando que se fusione en una ráfaga glacial.

Detrás de mí, escucho un gruñido suave. Un sacerdote murmura su incertidumbre a otro. Me doy vuelta. Es Eljas; su nariz aplanada y sus enormes ojos claros le dan la apariencia de un sapo. Fue uno de mis profesores, asignado a enseñarme la geografía del mundo conocido, y recuerdo su olor rancio y húmedo más que cualquiera de sus lecciones.

—¿Cómo se supone que pueda concentrarme si está susurrando, Sacerdote Eljas?

—Usted no debería tener que concentrarse —dice con calma y cruzándose de brazos—. Congelar el agua de ese cuenco debería ser tan fácil como respirar.

—Lo sería si alguna vez me hubieran enseñado algo acerca de cómo manejar la magia —protesto, con el ceño fruncido.

—¿Es necesario que se le *enseñe* cómo hacer algo tan insignificante? —repone, agitando levemente su mano para convertir el agua del cuenco en hielo. El sacerdote que está a su lado imita el movimiento y el hielo se derrite al instante, para luego comenzar a hervir.

El vapor baña mi rostro, dejándolo resbaladizo. Es una suerte, porque tal vez así oculte las lágrimas que caen de mis ojos. Mi Valtia dijo que nunca me dejaría, y ahora no puedo encontrarla. Ella lo *prometió*.

Al parecer sus promesas no eran inquebrantables.

—Pruebe la piedra, mi Valtia —dice Kauko en voz baja, y se pone de pie—. Use el calor y el frío para levantarla del pedestal —indica con una sonrisa alentadora. Es el único que no duda de mí. Todos los demás fruncen el ceño, y el rostro de Aleksi es particularmente vil, sus cejas negras están tan bajas que apenas veo sus ojos.

Más tranquila, avanzo hacia el pedestal que se interpone entre los ancianos y yo. Recuerdo todas mis clases con Aleksi sobre el clima y el viento, sobre lo que ocurre cuando el aire frío y el aire caliente colisionan. Con cada fibra de mis músculos, corazón y cerebro, me concentro en modificar la temperatura del pedestal, en calentarlo a la vez que enfrío el aire que está por encima. Sin embargo, en vez de sentir una oleada de poder dentro de mí, solo escucho el eco de mi pulso golpeando en mi cabeza.

Aleksi se pone en pie y me señala.

—Está negando la magia —gruñe, sus finos labios dejan ver dientes blancos y brillantes—. ¡Usted ha estado tan envuelta en su afecto por Sofía que disipó el poder! —mira alrededor de la habitación—. No siento la magia en ella. ¡Ella no quiere ser la Valtia!

Kauko sujeta el brazo de Aleksi. Su mandíbula cuadrada se tensa al hablar:

—Yo estaba allí. Ella se sometió a la magia. Lo escuché con mis propios oídos. Y tú sabes muy bien que la magia de la Valtia es muy difícil de detectar debido a que los elementos se equilibran entre sí.

—Sí. Ella dijo las palabras —responde Aleksi, liberándose de las manos de Kauko—, pero no las sentía realmente. ¿Cómo puedes explicar esto? —sisea, haciendo un gesto hacia la pequeña piedra que todavía yace, inmóvil, en el pedestal. Cierra el puño y lo eleva en el aire, y el canto rodado se desliza hacia arriba. A medida que asciende, mi estómago se hunde. Con un movimiento de su muñeca lo arroja por el aire, con tanta violencia que al golpear contra la pared, se rompe y cae sobre las cabezas de varios sacerdotes de la fila superior—. ¡Ni siquiera pudo hacer que se tambalee! No logró alterar el agua, y apostaría *mi vida* a que tampoco puede quemar el pergamino —vocifera. Y sus ojos oscuros, desafiantes, se encuentran con los míos–. Demuestre que estoy equivocado, *Valtia* –pronuncia el término real como si fuera una maldición.

–Cómo se atreve –susurro, pero ya sé que he perdido la fe de mis sacerdotes. La duda me invade, descascara mi frágil confianza y deja al desnudo la piel de color rosa, tan fácil de herir y desgarrar–. Amé a mi Valtia. Fui leal a ella. Y su magia está dentro de mí.

–Pero usted se ha corrompido a sí misma –replica–. Involucrándose en chismorreos de su servidora, con un sentimentalismo infantil... –se traga más acusaciones y se aparta, como si no pudiera tolerar mirarme. Todo el resentimiento acallado ante mis preguntas a lo largo de los años parece haber aparecido ahora, en el peor momento, cuando más necesito la guía y el apoyo de mis ancianos.

Los sacerdotes murmuran entre ellos, su desconcierto y rabia recorren la cámara, atacándome desde todos los ángulos. Leevi está delante de mí, y por un momento se ve tan vacío como yo me siento.

–La conmoción –dice–. Ella se alteró demasiado anoche.

–¿Una conmoción? No, Leevi –la doble papada de Aleksi se bambolea mientras habla–. Si hubieras estado tan preocupado, deberías haberla traído directamente a la Cámara de Piedra en lugar de entregarte a sus caprichos egoístas –le apunta con el dedo–. Y Sofía también se impresionó cuando su Valtia se marchitó y se desvaneció en el transcurso de dos semanas. Pero el poder ya se agitaba en su interior ni bien Kaarin exhaló su último aliento. Así es como siempre ha sido. No me hables de conmoción.

–El cobre, entonces –susurra Leevi, lanzando a los sacerdotes una mirada nerviosa.

–Todos terminaríamos afectados –refuta Aleksi, negando con la cabeza–. Y aquí, de todos los lugares posibles, no sería un problema.

–¿Qué sucede con el cobre? –pregunto, lo suficientemente alto como para que varios sacerdotes dejen de refunfuñar y se vuelvan hacia nosotros.

–Dije que no es un problema –murmura Aleksi, con cada palabra cargada de desdén.

–Tú leíste la profecía, Aleksi –interviene Kauko, mirándome de soslayo.

–La parte que tenemos, sí –responde, y sus fosas nasales se agitan.

–¿Solo tiene *una parte* de la profecía? –susurro, pero la confusión enmudece mi voz, y no parecen oírme.

–Hemos leído los signos del zodiaco en su conjunto, Aleksi, y estos lo confirmaron –dice Kauko y da un largo suspiro–. Has visto la claridad y el tamaño de su marca, ¡fuiste tú quien la encontró! Pero tal vez la magia está enterrada muy profundo. Quizás esa es la parte de la profecía que se perdió. Puede que estemos siendo testigos de algo completamente nuevo. Y la actual... –él también echa una mirada a los sacerdotes, muchos de los cuales siguen observando atentamente– *escasez* simplemente esté anunciando el comienzo de una nueva era.

Leevi, que se mueve nervioso al otro lado de Aleksi, asiente, manifestando así su acuerdo con Kauko. Al verlo, Aleksi entrecierra los ojos con vacilación.

–Entonces debemos tratar de extraer esta magia de donde sea que esté enterrada, porque eso podría significar que la necesitamos ahora más que nunca –de su boca salen pequeñas gotas de saliva.

La forma en que lo dice me llena de pavor.

–Tal vez... si tuviera un poco más de tiempo... –empiezo a decir.

–¡No tenemos tiempo! –grita Aleksi, con el rostro enrojecido–. Los Soturi se reagruparán o utilizarán sus fuerzas en Vasterut para emprender una ofensiva. ¡Las cavernas de los ladrones están repletas de delincuentes que atacan nuestras granjas, y también a nuestros mineros! Tenemos que conseguir ese cobre. El invierno se acerca, las personas dependen de esa cúpula para calentarse. ¡No tenemos tiempo! —su tono agudo me provoca una mueca de dolor, y cuando se inclina hacia delante, casi retrocedo unos pasos—. Pero lo que sí tenemos es una niña obstinada, ¡demasiado absorta en sus propios sentimientos y deseos como para ejercer la magia que *necesitamos* para sobrevivir!

Inclino mi cabeza, temerosa de que pueda estar en lo cierto.

—L-lo que me pidan, lo haré, ancianos —tartamudeo.

—¿Qué pasa con las pruebas? —pregunta Kauko, apretando las manos frente a su vientre.

—Ninguna Valtia —responde Leevi, con el semblante pálido— ha sido sometida a...

—Pero tal vez estamos en presencia de algo completamente nuevo —lo interrumpe Aleksi, mirando con resentimiento a Kauko. Coloca las manos sobre sus caderas anchas, y los dedos se le amontonan en el tejido negro y áspero de su túnica—. Creo que la sugerencia del Anciano Kauko es prudente, como siempre.

Los sacerdotes, que han estado susurrando para sí mismos mientras los ancianos discutían, hacen silencio. Kauko se arrodilla en el escalón, y lo miro a los ojos.

—A veces los portadores de magia no pueden invocar el poder a voluntad —explica. Hay una oscura sombra de barba en su mandíbula y una disculpa en sus ojos—. Pero frente a una situación estresante, nunca les falla —hace un guiño—. Por lo general, irrumpe con tanta fuerza que hasta el propio portador se sorprende.

—Procedamos, entonces —prácticamente lo grito. En este punto, no me importa lo que hagan conmigo, siempre y cuando logre sacar fuera la magia.

Sé que no puedo hacerlo por mi cuenta. No siento nada en mi interior, excepto un vacío adormecido. ¿Será por eso mi angustia: por suprimir el hielo y el fuego? Si es así, ¿por qué Sofía no experimentó lo mismo después de la muerte de su Valtia? Recuerdo lo triste que se veía cuando me saludó la primera vez. Aún estaba de luto. Sin embargo, ya había sido coronada, y era capaz de ejercer su poder con gracia y facilidad.

Pero si la angustia no es la causante de mi incapacidad, entonces ¿qué sucede conmigo? ¿Estoy corrompida por mi curiosidad insaciable, como cree Aleksi? ¿Son mis deseos, que apenas puedo entender por mí misma, los que están causando esto?

Sea lo que sea, daría cualquier cosa para solucionarlo.

Enderezo los hombros y giro lentamente desde mi lugar, dejando que mis ojos azules se posen en cada rostro. Puedo percibir las ondas de entumecimiento que emite la marca con forma de llama impresa en mi pierna. No se trata de un error, no soy una plebeya. Fui elegida para ser Valtia, y las estrellas se alinearon el día de mi nacimiento, y aunque no sé exactamente lo que eso significa, sé lo que Sofía me dijo: *Nunca dudes.*

—Ancianos —digo en voz alta y firme—, afrontaré las pruebas con entusiasmo.

—Comenzaremos a medianoche, entonces —asiente Kauko.

Los sacerdotes se levantan y comienzan a salir de la sala en fila, pero Leevi desciende las escaleras y me toma del brazo.

—¿Va a llevarme de vuelta a mis aposentos? —pregunto.

No puedo contarle a Mim acerca de mis temores, no soportaría decepcionarla, pero en este momento, más que nada, necesito de su calidez.

–No, mi Valtia. Tenemos otro lugar para que usted espere –dice, con sus ojos azules tan oscuros como una tumba. Luego me sujeta con firmeza y me escolta por las escaleras.

CAPÍTULO VI

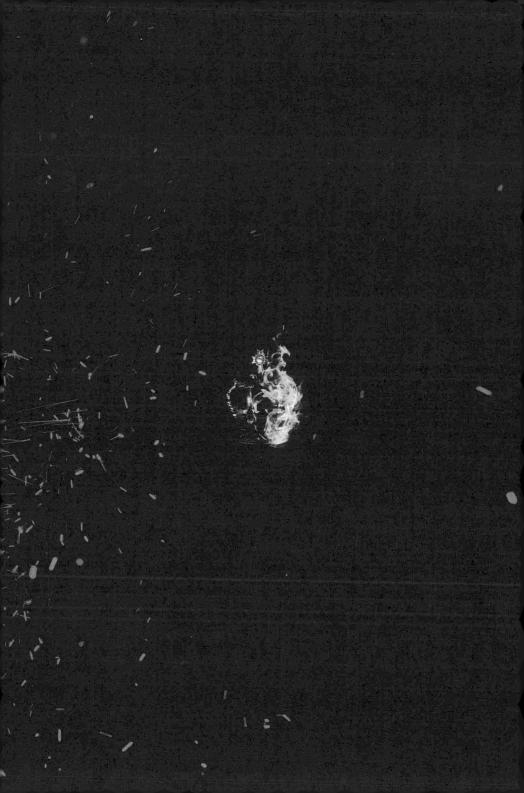

Es todo lo que puedo hacer para no gritar. Con cada inhalación me obligo a guardar silencio. Trato de mantenerme quieta, concentrada. Ignoro el dolor en las rodillas, las caderas, los hombros, la cabeza. Un poco de malestar no es nada en relación con lo que está en juego.

Apenas vi el gran cofre metálico, me tambaleé un poco y Leevi me arrastró el resto del camino. Una única antorcha iluminaba el pequeño cuarto, los techos goteaban y había un fuerte olor suspendido en el aire. El anciano tuvo que agacharse para no golpear su cabeza. Se inclinó hacia delante y abrió la pesada tapa cobriza, que a la luz parpadeante adquiría un tono verde enfermizo. Después hizo un gesto hacia el corredor, y dos acólitas ingresaron con la cabeza gacha.

—Quítenle la ropa y ayúdenla a entrar —les indicó, mientras yo permanecía inmóvil, presa del horror.

—Anciano, ¿qué...? —empecé, pero él dejó escapar un suspiro que me detuvo.

—Estamos haciendo todo lo posible por usted, mi Valtia —dijo con una inflexión filosa en su voz—. ¿Debe cuestionarnos ahora? Tal vez debería aprovechar mejor su tiempo y concentrarse en la magia y en cómo utilizarla para servir a su pueblo, que tanto necesita de ese regalo que solo usted puede darle.

—Sí, Anciano Leevi —susurré, con mis mejillas ardiendo de vergüenza.

Cuando se fue, las jóvenes me despojaron de mis prendas y me dejaron desnuda y temblorosa. Tuvieron que ayudarme a trepar a la caja dura e implacable, porque no podía dejar de tiritar. Me acurruqué con las rodillas contra el pecho y me eché de costado; las frías paredes cobrizas contra mis piernas, la columna vertebral, la nuca. Mi nariz ardía por el olor del sudor y el miedo.

—Sé que posee la magia, mi Valtia —susurró una de ellas, observándome—. Espero que esto la ayude —luego, cerró la tapa y sofoqué el primero de un millar de gritos ahogados.

No sé cuánto tiempo hace que estoy aquí. Pero lo suficiente como para ver cosas: Sofía, arqueando la espalda de dolor y con los ojos rojos de sangre. Mim, soltándose el cabello cuando creía que nadie la veía, acariciándose el cuello frente a la luz del fuego que hace brillar su piel. Me aferro a esta imagen tanto como puedo, porque juro que puedo sentir cómo la oscuridad me devora: primero los dedos de los pies, luego los de las manos. Puedo sentir su aliento, que eriza mi piel, que apesta a temores secretos.

No soy la primera persona en estar dentro de esta caja. Ni la primera en mancharla con la debilidad de mi cuerpo. Y me pregunto cuántas otras se habrán acurrucado aquí antes que yo, y cómo muchas de ellas enloquecieron a consecuencia de esto.

—Basta —me consuelo en voz baja—. Si los ancianos te colocaron aquí, es porque creen que va a ayudarte.

Vi la necesidad en sus ojos, y sé que su enojo contra mí viene de esa necesidad. Ellos aman y sirven al pueblo, y este depende de los portadores del templo para protegerlos. Por lo tanto, me encerraron en este sarcófago de cobre... De repente, varios fragmentos de conocimiento se conectan entre sí y alejan mis pensamientos de mi propia situación. El pueblo Kupari produce portadores de magia, cuando nadie más lo hace. Vivimos en una península rica en cobre: decora nuestros hogares, nuestros cuerpos. Para alimentarnos usamos platos y jarras de cobre; y para estimular la magia de su nueva reina utilizan un cofre del mismo metal.

El cobre tiene mucho que ver con nuestra magia de fuego y de hielo, que es la fuente de nuestra grandeza y el escudo contra el mundo: pero se nos está acabando. Y yo estoy aquí, cargando con la profecía que me señala como la Valtia más poderosa que haya existido. Tal vez sea porque los Kupari necesitan a su reina más que nunca.

Por favor, ruego. A la magia, a las estrellas, a Sofía y a todas las Valtias anteriores. *Por favor, no me abandonen*. Me pierdo en esas plegarias hasta que la tapa del ataúd se abre con un chirrido, y las jóvenes me ayudan a salir. Mi cabello cuelga alrededor de mi rostro en mechones húmedos y grasientos, y mis uñas están sucias. Apesto: una de las acólitas arruga la nariz mientras me coloca el vestido por la cabeza y lo hace bajar por mis piernas, cubriendo mi desnudez. Si Mim estuviera aquí, ella no permitiría esto. Estrellas, cómo me gustaría que estuviera aquí. Me trago de nuevo el dolor cuando pienso en su rostro. Si alguna vez me mirara con decepción, me quebraría.

Quizás debería agradecer que no esté aquí ahora. Quiero volver a ella victoriosa, para que juntas nos mudemos al ala de la Valtia como la reina y su doncella. Ella resignó tantas cosas por mí: una vida normal, una familia, la oportunidad de tener hijos propios… Se merece el honor y el bienestar, y estoy decidida a dárselos.

—Ahora vamos a llevarla de nuevo a la Cámara de Pruebas, mi Valtia —dice la acólita, mientras me toma del codo y me conduce al corredor.

Trato de humedecer mi lengua pegajosa y aliso mi cabello hacia atrás. Recuerdo la seguridad de Kauko: que los ensayos siempre funcionan; que bajo condiciones de estrés la magia, incluso estando reprimida, logra estallar para proteger a su portador. Me seco las palmas sudorosas en el vestido y sigo a la otra joven, que lleva una antorcha para iluminar el camino. Los tres ancianos están esperando dentro de la sala, en el mismo lugar que estuvimos más temprano esta mañana, junto con una acólita y un aprendiz esbelto.

Él tiene un látigo en la mano.

Un escalofrío me recorre de la cabeza a los pies. El látigo tiene varias colas, tiras de cuero trenzado que cuelgan del mango rígido. He oído a Mim contar que los sirvientes desobedientes a veces reciben latigazos, hasta diez por turno, y no pueden recostarse sobre sus espaldas durante días. Mi estómago se tensa. Muy bien. El látigo. Si la fría punzada en mis entrañas es algún tipo de signo, el estar encerrada en el cofre despertó mi magia. Y esto que le sigue será más que suficiente para hacerla emerger.

Cuando llego a la base de la escalera, el aprendiz me mira a los ojos. Le sonrío, pero él aparta la mirada, con la mandíbula apretada. Las tres acólitas, con sus cabezas afeitadas al igual que los aprendices, se quitan las capuchas y me observan sombríamente. Los ancianos toman asiento y Aleksi extiende sus dedos rechonchos sobre la túnica que cubre sus rodillas.

–Las pruebas comenzarán con treinta latigazos –dice en voz alta–. Acólitas, desnúdenla hasta la cintura.

¿*Treinta* latigazos? Doy la espalda a los ancianos para que no puedan ver mi miedo. No quiero que el aprendiz o las acólitas lo vean tampoco.

—Perdón, Valtia —dice una de las jóvenes, apoyando sus manos frías sobre mis hombros. Tiene ojos de color azul claro como los míos y manos suaves como las de Mim. Desabrocha la parte de atrás de mi vestido y exhibe mi piel desnuda ante los presentes. Mis ojos arden de humillación, mientras desvisten mis hombros y dejan que la parte superior del vestido cuelgue por encima de la falda. Cruzo los brazos sobre el pecho.

—Por aquí —dice otra de las acólitas, que tiene manchas en todo su rostro. Ella fue quien cerró la tapa del cofre, cuyas palabras de confianza fueron la única chispa de luz antes de que todo se volviera oscuro. Sus manos tibias me guían hacia la pared opuesta; debe tener afinidad por la magia de fuego. Ella y la tercera acólita, que tiene un rostro muy bonito, amplio y con pómulos bien definidos, me sujetan por las muñecas y las elevan sobre mi cabeza, colocando mis palmas contra la pared de piedra del escenario. Se estiran hasta la primera grada y de allí bajan dos gruesos brazaletes de bronce que permanecen unidos por una enorme cadena.

Dejo escapar un gemido involuntario cuando los cierran en mis muñecas. Qué distinto se siente del brazalete de Astia que usé anoche. Ese fue mi aliado. Lo *sentí*. Pero estos grilletes... son el enemigo, fríos y sin corazón. Mi pecho desnudo toca la pared de piedra húmeda, y tiemblo con violencia. Después de pasar tantas horas en una caja de metal, sin agua y sin comida, no tengo fuerza para conservar el equilibrio. La tercera acólita me aprieta el hombro antes de alejarse, como si me perdonara por todo. Quisiera besar su mejilla en agradecimiento. Voy a recordar esa pequeña muestra de bondad.

—La magia de hielo podría romper esas cadenas —dice Kauko detrás de mí, su voz hace eco en el escenario casi vacío—. Y la magia de fuego podría fundirlas, permitiéndole liberar sus brazos. Hielo y fuego juntos podrían arrojar los fragmentos de metal helado o fundido lejos de su piel. Estas son solo algunas de las formas en las que podría demostrarnos que la magia ha despertado en su interior.

—Proceda —digo, y presiono la frente contra la piedra y espero. Como nada ocurre, miro al aprendiz por el rabillo del ojo. Tiene las mejillas hundidas y una barbilla suave, justo a mitad de camino entre pasar de ser un niño a ser hombre–. Adelante, aprendiz —ordeno suavemente–. Cumpla con su deber —vuelvo el rostro hacia la pared.

Por un momento, hay silencio. Me pregunto si el aprendiz se negará a pegarme. Pero entonces escucho las botas deslizarse sobre la piedra y el silbido del cuero en el aire, y después de eso estoy hecha de dolor. Explota a través de mi espalda como un rayo, y en cuanto la agonía disminuye ocurre de nuevo. Una vez más. Y otra. El infierno de dolor arranca un grito de mi garganta. Mi espalda está en llamas. Un fuego abrasador envuelve mi cuerpo, lame mis costillas, pecho y estómago. Ninguna parte de mí está a salvo. El aprendiz me golpea de nuevo, gruñendo por el esfuerzo.

—¡Rompa las cadenas, Valtia! —grita una de las acólitas.

Su súplica me recuerda el objetivo de esta tortura. Magia. Ya no soy una chica normal. Sentí algo ayer por la noche, mientras yacía echada en ese bloque de piedra: el poder de la Valtia que encontraba su nuevo hogar. Y acabo de pasar horas encerrada en una caja de cobre, que tiene que ser la fuente de nuestra fuerza. Tengo la magia dentro de mí, en algún lugar, y ahora la necesito. Desesperadamente.

Hielo, ven a mí.

El látigo muerde la carne desde mi cuello hasta la cintura. Mi cuerpo se sacude sin mi permiso, mis muñecas luchan contra los grilletes cuando el cuero reclama su premio una vez más. Mi columna se arquea y se retuerce, intentando escapar de la agonía. Mi mente arde hasta convertirse en cenizas. Por último, una ola de entumecimiento me salpica, llenando cada espacio. Mis piernas se vencen y quedo colgando, mi mejilla apretada contra la piedra y el pelo pegado a la frente.

—Por favor, Anciano —suplica el aprendiz, con el aliento agitado—. Basta.

—Solo van doce —dice Aleksi—. Continúe, Armo.

Y el chico deja escapar un suspiro tembloroso.

—Continúe —susurro con dolor, apretando los ojos. Quiero que me abra el cuerpo con el látigo y que desentierre mi magia latente. No estoy entera sin ella, y dependo de él para sacarla a la luz—. Armo, por favor.

Él emite un sonido ahogado, pero un instante después el látigo me golpea con tanta fuerza que no puedo reprimir el chillido que sale de mi garganta. Sigue golpeando una y otra vez, hasta que pierdo la cuenta. Hasta que me lleva más allá de la razón, y me prendo fuego: pero no tengo hielo para salvarme. Cuelgo de los grilletes, la sangre corre desde de mis muñecas por mis antebrazos y gotea sobre mis hombros y pecho. Mancha la roca.

Sangre. Cobre. Fuego. Hielo. Soy una Kupari, y todo esto me hace ser lo que soy.

—Muéstrame tu marca —pidió mi Valtia, mientras estábamos sentadas en su balcón—. ¿Dónde está? Nunca me lo dijeron.

Con mis pequeños dedos de niña de diez años levanté mi vestido y se la mostré.

—Encantadora —dijo con una sonrisa—. Tan vívida —la acarició con el dorso de sus dedos—. ¿Te gustaría ver la mía?

Asentí, y mi mejillas se entibiaron. Me dio la espalda y corrió sus gruesos rizos color cobre a un lado, luego desnudó su hombro izquierdo. Y allí, en el ala de su omóplato, estaba la llama.

—Es tan pequeña —afirmé, resistiendo las ganas de tocarla.

—Pequeñísima —dijo, guiñándome un ojo—. Apenas la mitad del tamaño de la tuya. Y aun así hice el cortafuego que nos salvó del incendio en el extremo del bosque Loputon el verano pasado. Y fui lo suficientemente fuerte como para convocar un frío tan impresionante que apagara ese mismo fuego.

Empecé a balbucear mis disculpas, avergonzada por mis torpes palabras, pero ella negó con la cabeza y se acomodó el vestido de nuevo sobre el hombro. Me envolvió con su brazo.

—Cariño, no tienes nada que lamentar —tocó mi ardiente mejilla con su dedo fresco—. Solo recuerda lo que puedo hacer aunque mi marca sea pequeña, aunque a los ancianos les haya tomado meses hallarme y aunque me hayan encontrado solo por casualidad. Y entonces imagina lo que algún día tú serás capaz de hacer.

Caigo de espaldas en los brazos de una de las acólitas. Mis brazos están extendidos, mis muñecas libres. *Lo hice. Gracias a las estrellas en el cielo. Lo hice.*

—Por favor, Valtia —me ruega con lágrimas en su encantador rostro—: use su magia —me sujeta con fuerza a medida que caemos al suelo.

Me quedo mirando el techo, demasiado débil y agonizante para moverme.

–¿No lo hice? –susurro. ¡Pero todo mi cuerpo está en llamas!–.
¿No derretí las cadenas?

Ella niega con la cabeza y señala los grilletes que cuelgan abiertos,
con mi sangre todavía goteando. Detrás de mí, hay un bullicio terrible. Es Armo, que solloza. La otra acólita lo consuela: le dice que solo
hizo su deber, que yo le pedí que lo hiciera. Pero no logra confortarlo.
Su llanto ahogado solo se detiene cuando la voz del Anciano Aleksi
golpea con tanta violencia como el látigo.

–Límpienla –ladra–. Y luego llévenla al muelle del templo para la
próxima prueba. Vamos a preparar el barco.

Anciano –balbucea la acólita de las machas en el rostro–. Está muy
débil. Tal vez… el Anciano Kauko podría primero curar sus heridas…:

–¡Ella es la Valtia! –ruge Aleksi–. Si no es lo suficientemente fuerte
como para curarse a sí misma, entonces no es apta para gobernar.
Y si usted vuelve a poner en duda mis palabras, ordenaré que sea
enclaustrada inmediatamente –sus pisadas se oyen cada vez más
débiles, y detrás percibo los pasos más lentos y menos violentos de
Kauko y Leevi.

–No debería ser enclaustrada por los próximos cinco años al menos –protesta la acólita de las manchas, y su mano tiembla mientras
frota su cabeza calva.

A mi lado, Armo vomita en el suelo.

–No puedo… –se queja–. No puedo presenciar esto.

–Si no logras tranquilizarte, el sacerdote Bernold podría pedir que
tú seas enclaustrado y buscar a otro aprendiz que te reemplace.

–Entonces deja que se quede aquí –interviene la joven de ojos
azules y manos suaves. Tiene un lunar en la mejilla, pequeño y redondo–. Nosotras podemos llevarla al muelle.

Floto en una niebla de dolor cuando las tres acólitas cubren con paños mi espalda, me suben el vestido y lo abotonan.

—Esas vendas no se mantendrán en su lugar, Kaisa —dice la de las manchas.

—Lo sé, Meri —replica Kaisa, la chica del lunar—. Pero si tardamos demasiado, los ancianos se pondrán furiosos.

—Me quedaré con Armo —dice la joven con el rostro amplio y bonito, mientras le acaricia la espalda. Él tiene la mirada triste y observa el látigo ensangrentado—. Voy a ser enclaustrada pronto, así que no importa si debo empezar algunos días antes —añade con un suspiro. Luego, nos ofrece a todos una sonrisa—. Además, Salli fue enclaustrada hace unos meses y tengo muchos deseos de volver a verla.

Meri y Kaisa me levantan del suelo y colocan mis brazos sobre sus hombros. Muy despacio, me llevan a rastras; primero por las escaleras de piedra y luego por el laberinto de las catacumbas. Mi cabeza cuelga hacia delante, y casi no puedo mover los pies.

—Ya comenzaron con la búsqueda de la nueva Saadella —comenta Meri en voz baja.

—Espero que la encuentren pronto —murmura Kaisa—. La gente tiene miedo. Necesitan algo que les levante el ánimo.

Una lágrima cae de mi ojo. Yo debería ser la que los anime. Haría cualquier cosa para darle confianza a mi pueblo. Sin embargo, ellas están hablando como si yo fuera un trozo de carne de oso y nada más. Amables como son, sé que tienen muchas dudas, y eso reverbera en ese lugar vacío dentro de mí, presionando dolorosamente mi pecho y sumándose a mi propio miedo de fallarles a todos.

Meri tira de mí hacia la izquierda, y nos guía por un pasillo oscuro con una sola antorcha encendida al final.

–¿Has oído algo sobre la pelea en la caverna de los ladrones? Armo me estaba contando hace un rato.

–El mismo rumor: que dos mineros fueron quemados.

–¿Portadores? –susurro. *¿Los ancianos saben que puede haber portadores en las tierras lejanas?* Es lo que quisiera preguntar, pero la única palabra que dije me ha quitado toda la energía.

–Lo más probable es uno de esos desgraciados les haya arrojado una palada de brea en llamas a los mineros –se burla Kaisa. Ella aprieta mi brazo cuando llegamos al final del corredor, y su voz se suaviza–. Pero incluso si hubiera un portador de fuego en las tierras lejanas, no será rival para usted una vez que encuentre su magia, mi Valtia.

Atravesamos una sala con una larga mesa de madera en un costado. Estrellas, huele a sangre aquí. Aunque, en realidad, también podría ser mi propio olor.

–Ya se trate de un portador o no –comenta Meri–, ahora el pueblo necesita ser reconfortado.

Hay una pausa, y aunque no levanto la cabeza, sé que ambas me están mirando. Yo soy lo que el pueblo necesita. Tan pronto como encuentre mi magia, resolveré el asunto de las cavernas y me desharé de los intrusos para que nuestros mineros puedan hacer su trabajo. La determinación persiste por debajo de toda duda. No voy a darme por vencida aún.

Ya estamos atravesando el túnel largo y ancho que conduce al muelle. Kaisa permite que Meri me sostenga, mientras empuja una puerta de metal oxidado. El aire frío de la noche nos envuelve. El sonido del oleaje del Lago Madre contra el muelle me hace sentir en casa; se introduce en mi caparazón de dolor, en mi centro entumecido, y tomo aire con un profundo y tembloroso suspiro.

—Valtia, ya estamos cerca —susurra Meri, y me acaricia el pelo—. Ha sido muy valiente, pero se necesita más que eso ahora. Por favor —luego, junto con Kaisa, me conducen hasta el barco, que me está esperando—. ¿Quiere que lo acompañemos, Anciano? —le pregunta a Aleksi cuando llegamos.

—No. Arreglaremos esto por nuestra cuenta. Espérennos aquí.

Siseo cuando Kaisa toca accidentalmente mi espalda.

—Disculpe, Valtia —dice con sus ojos azules llenos de pesar. Da un paso atrás, mientras me hundo en el suelo de la embarcación. Esta es de tamaño mediano, con dos juegos de remos y un objeto grande y pesado en la proa. En medio de la noche sombría, con la luna cubierta por las nubes, no acabo de darme cuenta de qué es.

Los ancianos están serios y silenciosos mientras nos desplazamos hacia el centro del lago. No se molestan en remar: Aleksi levanta los brazos y el barco avanza, como si fuera impulsado por un viento constante.

—Lamento que la última prueba no la ayudara —dice Leevi, al sentarse a mi lado—. Pero esta es... más apremiante. Creemos que va a funcionar.

—Bien —murmuro. Porque necesito mi magia. Necesito curarme. Siento mi espalda hecha un desastre, llena de magullones y heridas, y todo mi cuerpo está atormentado por el dolor. Estoy demasiado lastimada como para llorar y demasiado cansada como para luchar. La magia es *lo único* que puede salvarme ahora.

Llegamos a un punto donde el agua es oscura y suave. Leevi deja caer un ancla, y los tres ancianos me toman por los brazos y me llevan a la parte delantera de la embarcación. El metal resuena suavemente, y Kauko sostiene en alto una antorcha. Frente a mí hay una jaula de bronce; una gruesa cadena la une a un cabrestante que está atornillado a la cubierta. Aleksi abre la puerta y me señala el interior.

–Cuando esté lista, *Valtia* –dice. Es como si creyera que hago esto a propósito, y quisiera verme sufrir. Así como recuerdo la amabilidad de Meri, también recordaré la crueldad de Aleksi. Por siempre.

Me inclino para poder entrar, pero el roce de mi vestido contra las heridas de mi espalda me hace caer de rodillas en medio de un gemido agudo. Leevi y Kauko me levantan y me ayudan a ingresar en la pequeña prisión, tan estrecha que tengo que llevar las rodillas contra el pecho y bajar la cabeza sobre las piernas. Mi espalda está gritando. Leevi gira la manivela del cabrestante, y mi jaula se eleva en el aire. Aleksi cierra la puerta y coloca el pestillo.

–Podría congelar la superficie del lago antes de caer –propone Aleksi. Mis dientes comienzan a castañetear–. O hacer emerger una plataforma de hielo desde el fondo del lago para que la mantenga a flote. Por otra parte, el fuego podría evaporar el agua a su alrededor… Hay tantas maneras de usar la magia, Valtia.

–Confíe en sus instintos –masculla Kauko, aferrándose a los barrotes–. No lo fuerce. Simplemente déjelo salir –mete la mano en la jaula, hasta donde su brazo se lo permite, y con la punta de sus dedos acaricia mi rodilla. Quisiera sujetar su mano, pero estoy temblando tanto que no controlo mi cuerpo–. Necesitamos su magia para sobrevivir. Por favor, esperamos tanto tiempo para esto. Recuerde quién es –su voz es áspera y desesperada.

Casi río. Yo creía que sabía exactamente quién era. ¿Y ahora? *No tengo idea.*

Mi respiración se acelera y se entrecorta cuando la jaula comienza a balancearse sobre el agua helada y quedo colgando como un cebo.

Leevi suelta la cadena, y la jaula se sumerge. Un estallido de frío me golpea, haciéndome ver todo blanco. Ya no estoy en llamas, ahora cuchillas congeladas tajan cada centímetro de mi piel. Hay una cuerda helada alrededor de mi cuello.

Fuego, ven a mí.

Pero esta vez, cuando no viene, ni siquiera me sorprendo. Me estiro para buscar aire, extiendo los brazos a través de los barrotes superiores y salen por encima de la superficie del agua. Está tan cerca. Llevo mi rostro hacia arriba, pero choco con el bronce. Puedo distinguir las sombras oscuras de los ancianos, una antorcha en alto y la luna, que ahora se asoma entre las nubes. El dolor en el pecho quema como un carbón ardiente; el dolor sube, me está consumiendo. Sin embargo, el agua sigue fría, y yo también.

Voy a morir. En cuanto este pensamiento aparece, mi cuerpo lo rechaza con la fuerza de una poderosa tormenta. Se convulsiona y pelea. Oh, estrellas, peleo tan duro. Me agito y pateo; empujo y golpeo los barrotes con todas mis fuerzas. Trago una bocanada de agua y mi pecho se contrae; mi cuerpo se retuerce y estremece mientras combate las aguas del implacable Lago Madre.

Esto mismo les ocurrió a los invasores Soturi. Así es como perecieron.

—*¿Alguna vez has matado a alguien? —le pregunté a mi Valtia. Estábamos comiendo bocaditos dulces de batata, recostadas en su enorme cama, después de una Ceremonia de la Siembra. Podíamos ver nuestros reflejos en el techo de cobre martillado.*

—No aún –dijo–. Pero probablemente lo haga, algún día.

—Suenas terriblemente segura –y terriblemente tranquila. Yo acababa de cumplir trece años y estaba maravillada por su belleza serena, su delicadeza. La envidia me llenaba. Tomó mi mano, y envió un latido de hielo por mi palma.

—Hago lo que tengo que hacer para servir a los Kupari. A veces eres elegida y otras, debes elegir. Si tomo una vida, no me arrepentiré luego de esa elección. Sabré que fue para proteger a nuestro pueblo –volvió la cabeza y me miró a los ojos–. Y también lo sabrás tú, Elli, cuando llegue el momento. Harás lo que tengas que hacer. Nunca dudes.

Nunca dudes.

Emerjo del agua como lo haría un pájaro de fuego de las cenizas.

Pero no por la magia.

Mientras los ancianos me balancean hacia la cubierta, vomito agua sobre sus cabezas calvas.

—Eso difícilmente sea mágico –grita Aleksi, disgustado.

Lo escucho como si aún estuviera debajo del agua. Estoy hecha de hielo. Estoy sangrando. Solo deben prenderme fuego, y estaré completa: sangre, cobre, hielo, fuego. Es vida.

Y ahora aprendí que también es muerte.

Con el desprecio grabado en su rostro carnoso, Aleksi abre el pestillo y la jaula se abre. Kauko y Leevi me sacan.

Tengo tos y convulsiones; escalofríos tan violentos que apenas pueden sujetarme. Me dejan caer pesadamente en la cubierta. Y me hundo en el vacío que crece en mi interior; me vuelvo a ahogar, esta vez por la derrota.

Los ancianos envían el barco de nuevo a la orilla y hablan en voz baja, pero sus palabras se pierden en la brisa y el chapoteo del agua contra el casco. Ayudan a las acólitas a llevarme al ala de la Saadella. Sé que estoy en casa cuando escucho gritar a Mim. Me tienden sobre mi cama, y empapo las sábanas de rosa y rojo.

Kauko se sienta junto a mí y me toca el hombro.

—¿Ha leído mal las estrellas, Anciano? —susurro.

—No, criatura, era a usted a quien se referían. Estoy seguro.

—La profecía, entonces... dijo que había una parte que faltaba.

—Es cierto —por primera vez hay rabia en su voz—. Tenemos sacerdotes repasando todos los textos, tratando de hallar pistas sobre lo que podría decir. Mientras tanto... —deja caer los hombros mientras me mira a los ojos.

—Yo... volvería al cofre si cree que eso ayudaría —balbuceo; aunque la mera idea me estremece.

—No es necesario ahora —niega con la cabeza.

—Lamento decepcionarlos —las lágrimas me sofocan.

—Hay una prueba más —dice con tristeza, y sus gruesos labios tiemblan—. Una prueba más, y esperamos que esta funcione.

—Háganla, entonces —grazno—. Estoy ansiosa de enfrentarla.

—Tendrá que ser muy valiente —me aprieta el brazo—. Pero lo es, ¿verdad? Todos podemos ver eso; incluso Aleksi.

También pueden ver que mi coraje no es suficiente. No alcanza con eso.

—Soy lo suficientemente valiente como para realizar una prueba más —asiento.

—Desearía que no tuviéramos que pedírselo, pero agradezco que comprenda la necesidad —inclina su cabeza—. Esta noche descanse.

Mire la luna; las nubes se están disipando —su voz suena trémula y oprime los labios un momento antes de continuar—: Es un espectáculo para la vista. Encantador, como usted. Duerma, entonces, y que sus sueños sean pacíficos. La veré mañana.

Después de que se va, mis ojos entrecerrados capturan una pequeña porción de cielo a través de las puertas abiertas de mi balcón. No veo la luna, pero su reflejo brilla en el Lago Madre. Me dejo ir fuera de mí misma, fuera del templo, y floto sobre el lago hacia ese magnífico orbe. Qué celestial. El peso de la responsabilidad cae lejos de mí. Ya nadie me necesita. Nadie sabe siquiera que me he ido. Me envuelve la más dulce sensación de libertad, me da la bienvenida en un abrazo. Es tan agradable, tan pacífico...

—Elli, despiértese —susurra Mim, y me sacude.

Gimo. Me cuesta mucho respirar. Deslizo mi mano por debajo del cuello amplio de mi túnica. Una venda de gasa cubre mi pecho y espalda. Mi cabello está trenzado y las sábanas, limpias. Llevo un vestido de lana sencillo, color café, como el que usa Mim todos los días. Pero aún está oscuro, y no hay indicios del día por venir.

—¿Llegó la hora de la prueba final? —susurro. Estrellas, estoy muy, muy cansada.

—Siéntese, mi Valtia. Siéntese ahora —me jala de los brazos y se disculpa cuando dejo escapar un gemido ahogado. Luego desliza un par de zapatos de cuero liso en mis pies y toma mi rostro en sus manos—. Debe ser muy valiente.

—Kauko dijo lo mismo —masculló—. Lo estoy haciendo lo mejor que puedo. Mim, lamento haberte decepcionado.

—Oh, mi amor, nunca podría hacer eso —sus ojos azules brillan por las lágrimas—. Levántese ahora.

—¿Adónde vamos?

—Lejos, Elli. Nos vamos lejos —el miedo y la tristeza arrugan su frente.

—Pero la prueba... —presiona sus dedos sobre mis labios.

—Escuché a los ancianos hablando en la sala abovedada, hacían preparativos —dice.

—Creo que no quiero saber —me estremezco.

—Sí, debe saberlo —con mucho cuidado, me ayuda a ponerme de pie—. Porque dentro de un par de horas vendrán a buscarla para llevarla a lo profundo de las catacumbas —sus ojos se encuentran con los míos—. Y le van a cortar la garganta.

CAPÍTULO VII

Van a matarme. Kauko debe haber dado su consentimiento también. Hasta él me abandonó al final. Debería estar conmocionada, enfurecida, herida. Pero en este momento todo lo que puedo sentir es una exhausta resignación.

—¿Han encontrado a la nueva Saadella? —pregunto, mientras Mim me conduce a la puerta y se asoma al corredor.

—No lo creo. Pero ella está en alguna parte de la ciudad, y están decididos a encontrarla. Creen que si la desangran, la magia se desprenderá de usted y quedará libre para despertar en la Saadella. Están desesperados por apaciguar a la gente, y los Kupari no pueden estar sin una Valtia, aunque solo sea una niña. Me parece absurdo, pero apuesto que Aleksi y Leevi están satisfechos con la oportunidad de moldear a una reina joven e impresionable. La última Valtia era demasiado testaruda para su gusto —me ayuda a reclinarme contra la pared.

—Sofía —susurro, recordando los puños apretados de Aleksi cuando ella se negaba a ceder a sus deseos—. Aleksi estaba tratando de hacerla actuar con rapidez.

—Los acólitos y aprendices saben muchas cosas —dice, mientras se abalanza sobre una silla y toma una capa color café que está sobre el cojín—. Los ancianos querían que la Valtia sacara a los ladrones de las cavernas, pero ella se negó hasta conocer mejor la situación. Los ancianos se escandalizaban de que no confiara en ellos; se supone que son sus ojos y oídos, pero ella quería verlo por sí misma.

–¿Entonces convertirán en Valtia a una niñita para poder controlarla? –pregunto con voz entrecortada. Pero Mim no parece oírme; sacude la capa y vuelve a mi lado.

–No estoy de acuerdo con los métodos de los ancianos, pero imagine lo que sucedería si las otras ciudades-estado supieran que no tenemos Valtia. O incluso esos bandidos de las cavernas. Ella es lo que evita que asalten la ciudad y tomen lo que quieran. Necesitamos una reina –dice, probablemente sin darse cuenta de cómo cada palabra hunde el puñal del fracaso más profundo en mi corazón–. A pesar de todo –añade–, mi prioridad es *usted*. Elli, siempre será mi reina.

Pero no tu Valtia, susurra mi mente, mientras ella me coloca suavemente la capa sobre mis hombros, evitando agravar las heridas. Ahora me veo como una criada, una chica ordinaria, común. Tal vez eso es lo único que soy. Quizás todo este tiempo he sido una impostora, y ahora estoy usando las prendas que siempre me estuvieron destinadas.

–Mim, ¿por qué crees que me está sucediendo esto?

–No lo sé –responde, con los ojos ensombrecidos de dolor–. Y tampoco me corresponde saberlo –a medida que la observo, su tristeza parece cristalizarse y brilla en la oscuridad–. Pero de algo estoy segura: usted no ha hecho nada malo. Deje que los ancianos usen *su* magia para darnos calor en invierno y librarnos de nuestros enemigos. Ya era tiempo de que hicieran parte del trabajo.

Me guía por el corredor, hacia la derecha, lejos de la sala abovedada. Ninguna antorcha ilumina nuestro camino, pero Mim parece saber exactamente adónde va, y su confianza se acrecienta con cada paso.

–¿Dónde están los acólitos que montan guardia en la noche?

–Algunos están ayudando a limpiar la habitación de la Valtia. Quedó casi destruida cuando ella murió, y están trabajando a tiempo completo para solucionarlo. Y luego soborné a otros –dice, y sonríe al ver mi expresión de sorpresa–. Elli, si por un segundo creyó que iba a entregarla para que la sacrifiquen, no me conoce en absoluto.

Me apoyo en ella con agradecimiento, mientras me lleva a la escalera de servicio y me ayuda a descender.

–Te amo, Mim –murmuro en su oído–. Siempre te he amado.

–Está delirando –dice con una risita nerviosa.

Pienso en sus palabras un instante. Cada centímetro de mi cuerpo duele, pero mi mente está despejada. Y cuanto más pienso en lo que está sucediendo, más miedo me da.

–¿Adónde vamos?

–Voy a llevarla con mi familia. Pero primero tengo que presentarme ante la matrona del templo para que no sospeche nada, así que estará sola por una o dos horas. Me reuniré con usted cuando salga el sol, antes de que los ancianos noten que nos hemos ido.

–¿Realmente vendrás conmigo?

–Nunca la dejaría –me aprieta más fuerte–. ¿Quién la vestiría por la mañana? ¿Quién cepillaría su bonito cabello? –se ríe–. Y podemos ir a cualquier sitio desde aquí. Es una aventura, si lo piensa bien.

Estoy pensando en eso: la posibilidad de vivir con ella, aunque sea humildemente, es como una antorcha brillante entre tanta oscuridad. Y también lo es su amor por mí. Sé que es el amor de una doncella por su señora, tal vez hasta de una hermana mayor por su hermanita. No es lo mismo que yo siento por ella; pero aun así, es real, cálido y lo necesito, especialmente ahora que perdí todo lo demás.

Llegamos al final de la escalera, Mim abre una puerta de madera gruesa y hace una mueca cuando esta se arrastra contra el marco de piedra. El tono entintado de la noche nos saluda, aunque sé que debe estar acercándose el amanecer.

—Si va por este sendero... —dice, mientras señala con el dedo un camino de piedras blancas, que está oculto por un alto muro para evitar que las vistas del templo y la Plaza Blanca se vean empañadas por el ir y venir de los sirvientes—, podrá sortear las puertas y llegará a la carretera del norte. Continúe hasta la plaza, luego espéreme junto a la fragua del herrero. Es un lugar cálido para sentarse y descansar. Voy a conseguir más comida para llevar —presiona un trozo de pan contra mi mano. Está abierto en el centro y tiene allí una gruesa rebanada de queso duro. Mi boca se llena de saliva—. Vaya —susurra—. La veré pronto.

Sus rizos color café son una maraña caótica alrededor de su rostro, y el brillo ha regresado a sus ojos azules. Sus mejillas están rojas. Se ve tan hermosa y alegre mientras me rescata de una muerte segura, y hace que la salvación parezca posible.

—No estoy delirando —le digo—. Realmente siento lo que dije.

Su rostro se arruga, y por un instante puedo ver el miedo que ha estado tratando de disimular.

—Elli, vaya. Por favor. Si la atrapan, no seré capaz de protegerla.

—¿Pero qué hay de ti? —pregunto. Aleksi podría culparme, ¿pero qué sucedería si también la culpara a ella por darme la información?—. Ven conmigo ahora. Podemos...

—No. Tendremos más tiempo para escondernos si primero me presento con la matrona. Estaré con usted antes de que empiece a echarme de menos. Lo prometo —sube mi capucha hasta cubrirme la mitad del rostro, y me da un empujoncito hacia el mundo fuera del templo.

Mi zapatilla se cierne sobre la tierra, la hierba y la piedra. No he puesto los pies sobre el suelo desnudo desde que tenía cuatro años. Desde entonces, me han llevado en un palanquín. Pero si no doy este paso, moriré.

Esto hace que sea sorprendentemente fácil seguir adelante.

Mis pies se mueven silenciosos mientras piso las piedras blancas que me llevan lejos del único hogar que recuerdo, la fortaleza desde la que se suponía iba a gobernar. Debería estar llorando o cayendo desesperada sobre mis rodillas; pero al igual que con la magia, no puedo encontrar esos sentimientos dentro de mí. Estoy triste, sin embargo. Inconsolablemente triste.

Decepcioné a todo el mundo. Le fallé a mi pueblo. A mi Valtia. Y cuando encuentren a la nueva Saadella, ¿quién va a amarla y a velar por ella? Le habré fallado a ella también. Tal vez merezco ser desterrada. Quizás incluso merezco ser asesinada.

Llego adonde termina el terreno del templo y miro hacia atrás. La silueta abovedada del Templo en la Roca se eleva majestuosa y llena de poder; posee el verde pálido del cobre y el blanco níveo del mármol. ¿Estoy siendo egoísta? ¿Debería regresar y ofrecerme al sacrificio? ¿O eso condenaría a una pequeña Saadella a una muerte temprana después de pasar su juventud acatando la voluntad de los sacerdotes?

Me estremezco y sigo caminando a lo largo de la carretera que conduce al sur de la plaza principal. A lo lejos, a mi derecha, por los muelles, puedo oír como retumban las voces distantes de los marineros, los más madrugadores entre los Kupari, que se preparan para un día de levantar redes llenas de brillantes truchas. Mi estómago hace ruido ante la idea de un plato humeante de trucha glaseada, crujiente y deliciosa. Tomo un bocado de mi pan con queso y gimo al sentir el sabor salado. Antes de darme cuenta, me he metido todo el trozo en la boca. Mis mejillas se hinchan y mastico con fuerza. Estoy viva. Siento el frío del otoño en el rostro y los adoquines duros debajo de mis pies. Respiro. Me duele la espalda, me pica y arde. Mi corazón late. ¿Seguro que no estoy destinada a morir? No aún.

Me envuelvo bien en mi capa al entrar en la plaza, deseando ser invisible. Cuando los ancianos se den cuenta de que he desaparecido, ¿qué van a hacer? ¿Harán sonar la alarma? ¿Recompensarán el primer ciudadano que me delate? Inclino los hombros y acelero mis pasos.

La fragua del herrero es un edificio de tres lados con techo de metal y paredes de piedra. La parte frontal está cercada y cerrada. El herrero ya está en pleno trabajo: tensa sus brazos peludos y musculosos con cada palada de carbón que echa al fuego. No se dio cuenta de que estoy atrás de su cerca… un fantasma que deambula en la plaza.

Me reclino contra la pared de piedra de su tienda, justo al frente. Mientras enciende el fuego, siento el calor que irradia hacia el exterior. Aquí es donde Mim quiere que espere. Echo un vistazo al cielo del este, que poco a poco se está transformando de negro en púrpura. Es tan extraño estar aquí, acurrucada en esta ropa de calle. Las plantas de mis pies están doloridas por la caminata. Cuando me bajo uno de mis calcetines y me quito el calzado, descubro una línea de ampollas debajo de mi tobillo huesudo. ¿He tenido ampollas alguna vez? No lo recuerdo. No sé cómo tratarlas, pero Mim sabrá. Ella es lo único que hace que todo esto sea soportable.

Mis dedos se deslizan por debajo de mi vestido para acariciar mi marca en forma de llama. Envía un saludo entumecido, un zumbido que sube por mi pierna. ¿Por qué tengo esta marca, si no soy la Valtia? ¿Qué otra cosa podría significar si no que soy la verdadera reina? Me sujeto la pierna y miro hacia el templo.

No voy a rendirme. Encontraré el modo de manejar la magia que llevo dentro, y regresaré victoriosa al templo. Kauko dijo que sería la Valtia más poderosa que jamás haya vivido. Que yo era la elegida.

—Nunca dudes —murmuro.

Estrellas, ¿a quién estoy engañando? Estoy *hecha* de dudas en este momento.

Me reclino contra la pared rústica y tengo que contener un grito agonizante apenas mi espalda en carne viva toca la superficie. Mim hizo un buen trabajo con las vendas, y debe haberlas empapado en alguna crema anestésica, porque el dolor se ha vuelto manejable. Pero tendrá que cambiar mis vendajes esta noche. No estoy segura de querer saber cómo se ve mi piel. Solía ser suave, y ahora... Probablemente quede llena de cicatrices. Tal vez cuando encuentre mi magia sea capaz de curarme. Es una idea reconfortante.

El cielo se vuelve más claro, y mi estómago burbujea, alegremente primero, luego con hambre. Ese pan con queso es lo único que he comido desde antes de la fallida Ceremonia de la Cosecha. Ruego que el sol salga rápido, porque significará la llegada de Mim con el desayuno. Ella nunca me falla. Apuesto a que va a traer algo especial, solo para hacerme sentir mejor.

Finalmente, el sol se eleva desde del horizonte y empieza a describir su arco ascendente. Dedos de luz anaranjada y rosa se desprenden del cielo, y la ciudad despierta. Los pesados cascos de los caballos y los gritos de los vendedores ambulantes que pregonan sus mercancías comienzan a llenar el aire, unos pocos primero, y luego por decenas.

Suenan las campanas y los pescadores entran en el puerto. Los golpes del herrero contra su fragua son estridentes. La brisa me trae el olor de los pasteles de carne, el pan que se hornea y las picantes salchichas con ajo. Podría comer una tan grande como mi propio brazo.

Observo el espacio entre dos edificios robustos en el extremo norte de la plaza, el camino que conduce al templo. El sol se ha elevado por encima de la sala de reuniones del consejo de la ciudad, y mi corazón late más rápido. Ella dijo que estaría conmigo antes de que empezara a echarla de menos, por lo que debería llegar pronto.

Y ahí está. Su figura encapuchada avanza a pasos largos por el camino, con una cesta cubierta en sus manos. Me pongo de pie, pero sigo reclinada contra la pared. No quiero ser vista. Mim emerge entre los edificios, y miro la cesta con avidez, preguntándome qué habrá traído. También me pregunto qué va a pensar su familia de mí cuando lleguemos. ¿Van a entender lo que está ocurriendo y simpatizarán conmigo? Sin dudas no me llevaría con ellos si creyera que alertarían a los ancianos.

En vez de venir hacia mí, Mim gira a la izquierda y camina por la plaza. No debe haberme visto, aunque la estoy esperando donde me indicó. Cubro mejor mi rostro con la capucha y camino hacia la plaza, esquivando los carros de los vendedores ambulantes y a las criadas y mandaderos que han salido a hacer compras matutinas para sus hogares. Ella desaparece dentro de la panadería, y me río. Si no había nada especial en las cocinas del templo, entonces probablemente me esté buscando algo allí. Llego casi saltando a la panadería. El olor de la grasa y la levadura me marean.

Sale de la panadería, con la cesta cargada de bollos y la capucha echada hacia atrás.

Es entonces cuando me doy cuenta: no es Mim. Es Irina, una de las fregonas que limpia los corredores y se ocupa de las chimeneas. Me aparto rápidamente, mientras ella toma la carretera principal hacia el este; probablemente tiene unos días de descanso y va a casa con su familia.

Mi mano cubre mi estómago y la sensación de vacío crece. Ya es media mañana. Ella dijo que vendría al amanecer. ¿Dónde está?

Vuelvo a mi pequeño rincón junto a la tienda del herrero. Para evitar que mis ojos se dirijan permanentemente al templo, trato de observar a la gente en la plaza. Están vestidos con sus mantos livianos de otoño, que es el atuendo más pesado que deben llevar dentro de los muros de la ciudad, porque la Valtia nos mantiene caliente incluso en lo profundo del invierno. Sus mejillas están llenas y sus extremidades son fuertes, porque la Valtia protege los jardines y tierras de cultivo del exceso de calor en verano. Llevan adornos, brazaletes y túnicas de todos los colores, porque los Kupari son un pueblo acomodado y pueden intercambiar el abundante alimento por los bienes de las ciudades-estado del sur: como Korkea, Ylpeys y, hasta hace unos pocos meses, Vasterut. Todas estas personas viven confiando en que la Valtia y los portadores de magia del Templo en la Roca los están protegiendo. Es una confianza íntima y preciada, ya que algunos de los ciudadanos tienen hermanos, sobrinos, hijos o primos que fueron descubiertos de niños como portadores de magia, y acogidos dentro de las paredes blancas del templo. Es un gran honor para cualquier familia haber producido un niño mágico.

¿Qué pasará con estos ciudadanos bien vestidos, de espaldas rectas, si no tienen una Valtia que les de calor y los proteja de saqueadores y bandidos? ¿Saben que la chica que los defraudó está entre ellos?

Cuando alguno mira hacia donde estoy, me pongo tensa, esperando que sus ojos se abran de par en par al reconocerme.

Pero sus miradas se deslizan lejos. No llamo su atención. No me conocen, no sin mi vestido rojo sangre y mi maquillaje: el rostro blanco, los labios carmesí, los peinados.

A medida que el sol alcanza su punto más alto, el sudor se desliza en forma de gotas por la parte posterior de mi vestido, haciendo arder mis heridas como cien avispas furiosas. Si me quito la capucha y muestro mi cabello, ¿entonces me reconocerán?

Otra vez, no. Cuando comienzo a prestar atención, descubro que casi uno de cada cinco posee una melena que destella de oro rojizo, que brilla bajo el sol. Muchos de ellos también tienen los ojos de color azul claro.

No soy una rareza, después de todo.

Pienso en eso mientras espero. Y espero y espero y espero. De pronto, me encuentro empapada en sudor por la mezcla del calor de la fragua, el sol y mi propia frustración; me muevo por la plaza para sentarse más cerca de la carretera norte.

Todavía estoy allí cuando los barcos de pesca regresan por la tarde, mientras el cielo se nubla y el día se vuelve gris.

Y cuando llega el crepúsculo, y ahuyenta el calor de esa tarde sorprendentemente cálida de otoño, *todavía* estoy allí. Vacía de hambre, conmocionada y preocupada. Mim no ha llegado.

–... ya buscaron en el Lantinen –oigo una voz inconfundible: es Leevi–. Así que ahora vamos a buscar a lo largo del Camino de Etela. Envié a mi aprendiz para darles aviso.

Todo mi cuerpo se sacude. Un trueno lejano resuena en el Lago Madre; me cubro con mi capucha y me alejo de la carretera norte.

Estoy otra vez junto a la panadería, y veo cuando el Anciano Aleksi y al Anciano Leevi se dirigen a la plaza. La gente retrocede y se inclina con reverencia a medida que pasan, pues reconocen su estatus que llevan impreso en los cinturones. Dos mujeres que salen de la panadería susurran entre sí, y oigo la palabra que me indica exactamente lo que los ancianos están haciendo.

Saadella.

Están buscando a una niña de cabello cobrizo, ojos azules como el hielo y una marca con forma de llama. Mi reemplazo. La que podría ser Valtia, si yo estuviera muerta. O, al menos, eso es lo que piensan. Cruzo la plaza y camino lentamente detrás de los dos ancianos. Quiero saber si también me están buscando a mí. Al salir de la plaza toman el Camino de Etela, que conduce al sur y llega hasta la pared de tablones que rodea la ciudad. Veo que la gente se reúne en la calle a pesar de que está empezando a llover. Madres y padres secan las gotas de sus rostros y empujan a sus hijas al centro de la carretera. Todas las niñas tienen cabello cobrizo y ojos azul pálido. Solo en esta calle debe haber al menos unas diez.

Me oculto en un callejón entre una tonelería y una cervecería, mientras Aleksi y Leevi se acercan a la primera niña. Tiene unos tres o cuatro años, y su húmedo cabello cae en ondas enredadas sobre sus hombros. Su madre la sujeta del torso y la levanta en el aire.

—Tiene un temperamento tranquilo y misterioso, ancianos. Desde que era un bebé. Muy sabia para su edad. Siempre me he preguntado...

Mi respiración se acelera. ¿Así era yo cuando me encontraron?

Aleksi se inclina hacia delante y olfatea los rizos de la chica.

—¿Cuál es su verdadero color? —pregunta, y cuando los ojos de la mujer se abren de par en par, sonríe—. Conozco el olor del henna, mi querida mujer –desliza la mano por el pelo mojado de la niña y luego lo agita delante de su madre, su palma se tiñe de un color rojo anaranjado–. Es mejor que vuelvan adentro y la lave antes de que manche su ropa de cama.

–Y antes de que pidamos su destierro por intentar engañar a un anciano –agrega Leevi.

Ellos se acercan a la siguiente, mientras la mujer –ahora con rostro ceniciento– arrastra a su pequeña a su choza maltrecha. La lluvia cae con intensidad; y me quedo congelada al ver cómo los ancianos descartan a una niña porque su marca en la piel es de color café, y no roja, y a otra porque la suya fue dibujada con raíz de rubia. Cada pequeña es una impostora y sus padres, farsantes desesperados. Leevi comenta que tal vez deberían dejar de ofrecer una recompensa tan generosa por la Saadella, pues eso inspira demasiadas artimañas entre los Kupari. Aleksi opina que se han vuelto muy indulgentes con los años y se pregunta en voz alta si deberían llamar a los alguaciles para desterrar a todos estos aspirantes impostores a las tierras lejanas. Algunos padres que habían estado esperando su turno se apresuran a irse a sus casas cuando escuchan la amenaza.

La duda me hace retorcer por dentro. ¿Eso es todo lo que fui, una fuente de riqueza para mis padres? ¿Se llevaron el botín y huyeron de la península para comenzar una nueva vida en algún lugar muy lejos, donde nadie supiera que habían engañado a todo el pueblo Kupari? ¿Fui una impostora desde el principio? Me toco el cabello por debajo de la capucha. Parpadeo. ¿Puede ser que haya habido otra, otra como yo, que nunca fue encontrada?

Si tuviera algo en el estómago, estaría vomitándolo sobre el lodo a mis pies. ¿Mis padres hallaron un modo de engañar a los sacerdotes?

¿O fue un error inocente? El horror y el agotamiento me hacen doler la cabeza. Me laten los oídos. Mi espalda es una cáscara dura de agonía. Cuando me alejo a los tumbos del callejón, Leevi y Aleksi han seguidos su camino, gracias a las estrellas. Me tropiezo por la calle, la lluvia empapa mi capa y el lodo se pega a mis talones. No tengo idea adónde estoy yendo. Desearía que Mim me hubiera dicho dónde viven sus padres: podría a ir allí ahora mismo y rogarles que me reciban.

Necesito encontrar un lugar para descansar esta noche. Por la mañana seguiré esperando a Mim. Quiero estar ahí cuando ella llegue, para que no nos perdamos. Debe haber pensado que no era seguro salir por el momento. Tal vez alguien descubrió que yo había desaparecido, y tuvo que fingir que estaba sorprendida. O tiene que ayudar a buscarme. Pero es solo una cuestión de tiempo hasta que logre escapar. Me repito eso una y otra vez, aunque la preocupación crece como una enredadera que estrangula mis esperanzas.

El fuego que brilla en las casas hace que la sombra de la gente se proyecte alargada sobre el camino. Avanzo tambaleante, intentando evitar los caballos y los carros que pasan con sus conductores inclinados para protegerse del aguacero. Luego, el olor más maravilloso me alcanza, fuerte y delicioso. Un poco más adelante hay un mercado, y los comerciantes ya están guardando sus mercaderías. Bajo el toldo, en una mesa de la esquina, hay un plato de madera que aún no fue retirado, con varias porciones de pastel de carne.

Espontáneamente, mi cuerpo se apresura hasta allí. Mis manos se extienden, temblando de necesidad. En menos de un instante me he metido un pastel en la boca. Mientras el sabor salado y terroso explota en mi lengua, cierro los ojos y me dejo caer débilmente en una de las sillas junto a la mesa.

—¡Oye!, ¿qué estás haciendo? –dice una voz gruesa y áspera.

De inmediato me pongo de pie y una mujer robusta, vestida con un delantal, sale fuera desde la trastienda. Retrocedo un paso, con la mirada dividida entre ella –su boca sumida por la falta de dientes, el cabello café y encanecido que cuelga en mechones sudorosos bajo su gorra– y el plato, donde aún quedan dos pasteles. Probablemente ya viejos, y destinados a la basura. Me lanzo hacia la mesa, agarro los pasteles y corro.

—¡Ladrona! –grita la mujer–. ¡Ladrona!

Mi respiración se abre paso desde la garganta cuando corro a toda velocidad, mis pies salpican en los charcos más profundos y cada zancada genera una puntada de dolor en mis piernas.

—¡Detente, ladrona! –ruge una voz masculina. Siento pisadas fuertes que se acercan a mí por detrás. Pero más adelante hay un callejón; si puedo llegar hasta allí, si puedo perderlos en la oscuridad...

Él golpea mi espalda como una piedra de molino, y grito cuando caemos al suelo. Los pasteles de carne se escapan de mis manos y aterrizan en un charco al borde de la carretera. El hombre aplasta mi pecho, quitándome el aliento, y un dolor explota a lo largo de mi columna vertebral.

—¡La tengo! –grita, frente a las botas y zapatos que se reúnen a nuestro alrededor. Uno de ellos patea un poco de agua fangosa sobre mi rostro. Luego, el hombre se baja de mi espalda y me sujeta del cabello. Me obliga a pararme de un tirón. Alguien me ilumina con un farol.

—Sabes que no toleramos ladrones, jovencita. ¿Dónde está tu familia? ¿Tienes un marido?

Estoy aterrorizada. Si me reconocen, seré enviada al templo y me cortarán la garganta. Pero si no soy yo, ¿quién soy?

–Ellos están... Yo no... no lo sé... –lloro, mientras el hombre me sacude y me hace gemir de dolor.

Tira de mi cabeza hacia atrás. Tiene una barba rubia, espesa, y una cicatriz en el puente de la nariz. Su gorra indica que es un minero, sus manos son duras como el granito. Sus ojos azules deambulan por mi rostro, y el miedo no me deja respirar. ¿Me reconocerá? ¿Me entregará a los ancianos?

–Le has robado a gente decente, trabajadora –me fulmina con la mirada, y luego gira hacia la mujer del mercado–. Probablemente es una fugitiva, que vive en la calle.

–Llama a los alguaciles –dice la mujer del mercado, mientras escupe a mis pies y se limpia la boca.

–No es necesario –gruñe el minero barbudo y me arrastra por el camino. Cuando me asomo a través de la lluvia torrencial, veo luces más adelante: las que iluminan el arco de entrada a la ciudad.

No tenía idea de que había llegado tan lejos. El pánico me golpea como un rayo y me retuerzo en las manos del hombre. Él me sujeta con más fuerza del hombro herido, y grito de dolor. Lucho y araño inútilmente; él continúa arrastrándome por el lodo, mientras una pequeña multitud me insulta por detrás. Cuando llegamos a las imponentes puertas de entrada, me levanta antes un hombre de cabello, ojos y dientes negros. Lleva una túnica escarlata y una gorra de color café. Hay un garrote enganchado a su cinturón.

–Ladrona, Alguacil.

–A ver… me resultas familiar –dice confundido. El único sonido que sale de mí es un chirrido desigual. Levanta sus cejas–. ¿Dónde te vi antes, jovencita? Habla, ahora. Podría ayudarte.

Mi boca se abre y se cierra, pero no tengo palabras.

—Obviamente tiene algo que ocultar —interviene la mujer del mercado—. Pequeña y sucia ladrona. Estoy segura de que ha hecho esto cientos de veces. Probablemente la reconoces por eso, ¡ya se te ha escapado antes!

Varias personas ríen, y la boca del alguacil se endurece ante el insulto. Observa mi rostro por un momento más, y luego vuelve su atención a la multitud que me rodea:

—¿Quién fue testigo de su crimen?

Todos comienzan a hablar a la vez: de cómo fue mi robo descarado, de cómo no tengo familia, de cómo soy la escoria de la sociedad, una sanguijuela que succiona aquello que tan duramente han ganado.

Me duele demasiado como para defenderme, y ¿qué podría decir? La verdad, aunque me creyeran, solo redundaría en una muerte segura. Pero cuando los nudillos del minero presionan entre mis omóplatos, me arqueo hacia atrás, sufriendo una intensa agonía, y me pregunto si la muerte no sería más fácil.

—Ya oí suficiente —dice al fin el alguacil y levanta las manos—. Ella será desterrada.

—¿Desterrada? —chillo, pero antes de que pueda decir algo más, el alguacil pide que abran las puertas y me empuja con fuerza a través de ellas.

Caigo de bruces y trago una bocanada de lodo; sin darme tiempo a levantarme, el minero me sujeta de la capa y me lanza hacia delante. Aterrizo en la hierba, junto a la carretera.

Detrás de mí, las pesadas puertas de madera se cierran de golpe. Mi respiración se estremece cuando observo la ciudad que amo, la ciudad que se suponía que iba a gobernar. Las luces tenues parpadean dentro. El calor fluye de ella. Y ahora lo he perdido.

También perdí a Mim. ¿Qué va a pensar cuando emerja del templo y yo no esté allí? ¿Cómo puedo hacerle saber que estoy aquí, que la necesito?

¿Y si ella me necesita? Si los sacerdotes se enteran que me ayudó a escapar, ¿van a azotarla? No. Es demasiado astuta para ser capturada. Incluso ahora, probablemente esté conduciendo a quienes me buscan por el camino equivocando, para ganar tiempo. Sin embargo, ni siquiera ella podría imaginarse en dónde estoy ahora. Yo misma casi no puedo creerlo. Me levanto torpemente. La conmoción vibra dentro de mi cabeza, por lo que es difícil escuchar mis propios pensamientos. Pero sé que necesito ayuda. Quizás uno de los granjeros se apiade de mí. Quizás alguien se apiade.

Cojeo por la carretera mojada, la gruesa y larga hierba de los pantanos se ilumina ocasionalmente con el destello de algunos relámpagos distantes. La lluvia está disminuyendo y las nubes se abren lentamente, revelando la luna y las estrellas, las mismas que una vez predijeron el nacimiento de la más poderosa Valtia que el mundo hubiera conocido. No puedo entender cómo alguna vez que creí que esa podía ser yo.

Más allá de los pantanos, a mi derecha, hay un paraje arboleado, el punto más al norte de los bosques que separan el este y el oeste de nuestra península. Mis tobillos se hunden en el lodo mientras me detengo a observar. Ahora que la lluvia ha cesado, un viento frío tomó su lugar. Moriré congelada si me quedo aquí. Necesito un refugio. Pero nadie vive en las tierras lejanas, no realmente. La ciudad ocupa todo el cuadrante norte de la península. Los campesinos tienen sus propiedades a lo largo de las costas. Los mineros descienden por las colinas escarpadas hacia el sureste. Pero el área en el centro, hasta la frontera del bosque Loputon, pertenece a los ladrones y mendigos, los que han sido desterrados.

Tengo que salir de esta carretera.

Diviso una colina que desciende sobre el pantano y la trepo usando las manos y los pies; luego camino arduamente por su cima hacia el bosque. Para cuando llego a resguardo de los árboles estoy pasmada y abatida; sin embargo, me siento estúpidamente desafiante. Me niego a darle al Anciano Aleksi la satisfacción de mi muerte, sobre todo porque no le serviría de nada: soy un fraude. Nunca he sido la verdadera Saadella, y nunca podría haber sido la Valtia. Debería haberme quedado con mis padres para tener una vida normal.

Yo no elegí ser elegida, y no elegiré morir.

Las zarzas rasgan mi capa, mis manos y mejillas. Me arde la piel, y mis pies son dos ladrillos de dolor adheridos a mis tobillos. Tengo la boca tan seca como las cenizas. Sujeto el borde de la capucha entre mis labios para intentar succionar el agua de lluvia que quedó allí, pero no es suficiente para satisfacerme. Me las arreglo para seguir caminando hasta llegar a un pequeño claro con un diminuto estanque. Gimiendo de sed, me dejo caer y me llevo el agua amarga a la boca. Para cuando me siento, estoy conmovida y mareada, pero vagamente triunfante. Puedo cuidar de mí misma. Mim estará orgullosa de mí cuando le cuente esto, y su sonrisa hará que todo valga la pena. Veo un brillo rojizo a la luz de las estrellas en la base de un pino cercano y apenas puedo contener mi alegría. Son bayas.

Me arrastro hacia adelante. No tengo idea de por qué un montón de bayas maduras estarían apiladas a la intemperie, pero no me importa. No hay nadie alrededor para ver cómo me las llevo. Extiendo la mano para recogerlas.

Demasiado tarde veo el destello de algo más: un filo metálico se asoma entre las agujas de pino. Alejo mi mano al tiempo que las bayas salen volando por el aire, los crueles dientes de bronce se cerraron de golpe con un chasquido. Quedo acostada de lado, con todo el cuerpo alterado por la sorpresa. Casi caigo en la trampa de un cazador. Suelto una risa jadeante y me quito las agujas de pino de la mejilla.

La palma de mi mano está cubierta de sangre.

Mis oídos zumban, mientras la pegajosa corriente color carmesí baja por mi muñeca hacia la manga de mi vestido. Fijo la mirada en mi mano. Su forma no está bien. Mis dedos...

Un grito ahogado escapa de mis labios, y la oscuridad me rodea.

CAPÍTULO VIII

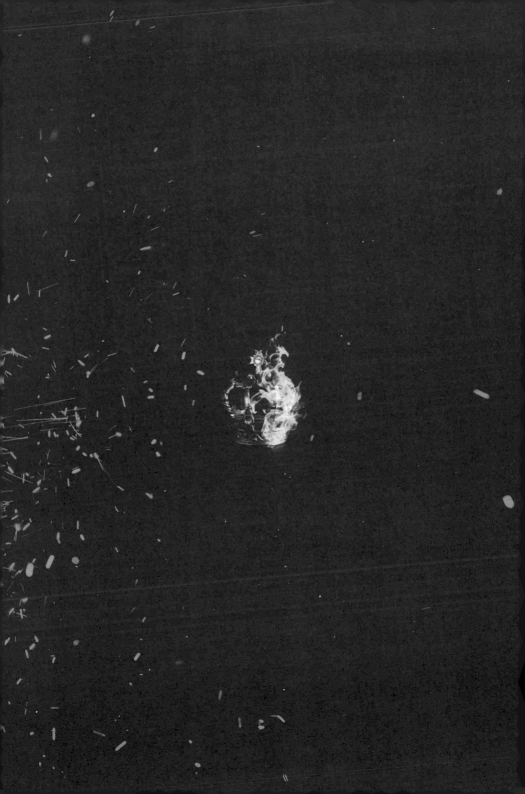

El dolor me ha tomado entre sus monstruosos brazos, me sirvió en su mesa y ahora me está comiendo viva. Siento los movimientos de su boca. Cada vez que sus dientes se cierran sobre mí, un ardor agónico me recorre desde los hombros hasta los pies. Es rítmico, constante e interminable.

—Estrellas, ¡eres realmente pesada! –gruñe.

Abro los ojos de golpe, pero estoy rodeada de oscuridad. Me acurruqué dentro de un capullo de porquería que huele a sangre y almizcle animal. Me retuerzo débilmente contra sus paredes rígidas. Mi vestido húmedo está apretujado entre mis piernas y mi capa no está. Tengo el cabello enredado alrededor de mi cuello y mi rostro. Mi lado izquierdo presiona contra algo duro, frío e inflexible, y algo me retiene sujetándome por la cadera y los hombros. Trato de levantar la cabeza, pero estoy completamente encerrada. Intento desgarrar el tejido, pero un calor abrasador me quema el brazo. Grito.

El dolor deja de masticarme. Y me maldice.

La atadura alrededor de mis caderas se afloja, y luego se libera la tensión en mis hombros. El mundo gira y yo me caigo, pero el choque con el suelo es sorprendentemente suave. Algo me toca la cabeza, y luego el material del capullo es apartado de mi rostro. Me estremezco cuando la luz del día me golpea los ojos. Las manchas borrosas verdes y anaranjadas que me rodean lentamente se convierten en árboles. Sopla una ráfaga de viento, y unas cuantas hojas de colores caen en espiral. El aire se llena de un olor que solo puedo describir como *verde*. En los jardines del templo había unos pocos árboles, pero nada como esto.

Alguien se inclina sobre mí. Parpadeo, tratando de ponerlo en foco. Un hombre joven, tal vez un par de años mayor que yo. Ojos de granito gris y cabello castaño oscuro recogido en una cola sobre la base del cuello. Unos mechones se soltaron y cuelgan alrededor de su rostro. Tiene la piel curtida y los hombros más anchos que he visto.

—¿Sedienta? —pregunta, su voz es profunda pero suave.

¿Qué? Mis labios se mueven, pero no sale ningún sonido. Mi captor afloja la parte de arriba de mi capullo, ampliándola. El terror me inunda cuando paseo la mirada de sus botas de cuero a los cuchillos que lleva en su cinturón, uno de hoja recta y otro curvo, con una púa afilada en la punta.

Cuando se estira hacia mí, lo abofeteo en el rostro con todas mis fuerzas. Pero como casi no tengo, atrapa fácilmente mi brazo y me sujeta por la muñeca.

—Ya basta —protesta—. Comenzarás a sangrar de nuevo.

—¿Q-q-qué? —tartamudeo, mi voz es tan ronca y seca que suena como el graznido de un cuervo.

—Relájate —dice, mirando mi mano derecha con el ceño fruncido—. Te daré un poco de agua.

Echo un vistazo a mi mano, que vibra con un dolor caliente y fresco. Está bien envuelta en una lana rojo carmesí.

—No —me quejo, al recordar.

—Dos dedos. Desde la altura de los nudillos —explica el joven, mientras saca un odre de su morral y varias tiras de... algo desecado—.

Tuviste suerte de no perder la mano entera. Estabas estúpida por el hambre o simplemente eres estúpida. ¿Una tira de alce?

Lo miro confundida, y él me extiende una pequeña tira de carne arrugada de color café rojizo. Cuando ve que vacilo, me tantea los labios con ella.

–Prueba. Es muy sabrosa. Y, obviamente, tomas pésimas decisiones cuando tienes hambre –dice, y sonríe cuando abro la boca y arranco un pedazo de carne seca con los dientes. Es salada, gomosa y grasienta, y *oh, estrellas*, podría comerme una montaña entera. Me deja comer media tira, poco a poco, y luego me quita el resto–. Ve más despacio. No quiero que te enfermes más. Especialmente si estás en mi bolsa para presas.

¿Bolsa para presas? Un temor frío y agudo eriza mi piel. Él apoya su mano detrás de mi cabeza y con la otra me ofrece un pequeño chorro de agua. Bebo, y él suelta una risita mientras me da un poco más.

–¿Era tuya la trampa? –pregunto con voz rasposa.

–No –se rasca la barba oscura de su mandíbula–. Yo nunca uso de ese tipo. ¿Más? –levanta el odre de agua.

–No. ¿Por qué estoy en una bolsa para presas?

–Porque estás demasiado débil para escapar, me imagino –dice, y luego toma un par de tragos largos. Se seca la boca con el dorso de su manga de lana gastada. Miro de nuevo el material que envuelve mi mano herida y luego a él. Hay una amplia franja que falta a un lado de su túnica. Puedo ver las aristas duras de sus costillas y su estómago a través del agujero. Tres cicatrices de cortes color plata y rosa marcan su costado. Me ve observando y tira de la tela deshilachada como si estuviera avergonzado–. Tenía que detener la hemorragia de alguna manera.

–Gracias –murmuro, cerrando los ojos.

–No me des las gracias todavía –responde–. Tenemos un par de kilómetros por recorrer.

–¿Adónde vamos? –susurro. Casi no importa si me cocina sobre un fuego y me come para la cena. Cuanto más tiempo paso despierta, más me duele.

–Oye. *Oye* –su dedo áspero aprieta mi mejilla–. No te vayas a ninguna parte.

–¿Eh?

–No te mueras. Si tengo que detenerme para enterrarte, no llegaré a casa hasta el anochecer, y se pone frío aquí afuera por la noche –estira el material áspero sobre mis hombros, pero cuando intenta pasarlo sobre mi cabeza, comienzo a agitarme, y se detiene–. Tu cabeza parecía tan floja ahí dentro, que empecé a tener miedo de que te rompieras el cuello en el terreno desparejo. Si prometes permanecer despierta, podemos dejar tu cabeza fuera de la bolsa.

–Lo prometo –haría cualquier cosa para no volver a estar encerrada en ese material maloliente.

–Buena chica –su sonrisa suaviza la dureza de su mandíbula y hace que las comisuras de sus ojos se arruguen.

–¿Quién eres? –pregunto, y sus cejas oscuras se elevan.

–¿Yo? No soy nadie. Pero puedes llamarme Oskar. ¿Tú?

Dejo escapar una risa amarga y sibilante, y digo la verdad.

–Tampoco soy nadie, pero llámame Elli.

–Hecho –sus ojos grises deambulan por mi rostro–. Ahora que nos conocemos tanto, es mejor ponerse en marcha –me toma por los hombros y tira de mí hacia arriba, de modo que quedo sentada con los brazos alrededor de mis rodillas. Debo lucir ridícula, una bolsa de arpillera con una cabeza que sobresale por arriba–. Esto va a doler –dice, mientras recoge un trozo de cuerda gruesa tendida en el suelo.

–Todo duele.

Oskar observa el suelo un momento, y luego me mira a los ojos:

–Las heridas de tu espalda sangraron a través de los vendajes... y de tu vestido. Además, tus muñecas... –hace una pausa cuando ve que mis mejillas arden y no puedo sostenerle la mirada. Mis muñecas duelen y están cubiertas de costras por las heridas que me dejaron los grilletes–. No te preocupes. Nadie aquí ha tenido una vida fácil –concluye en voz baja.

Luego, se sienta de espaldas a mí y desliza las gruesas correas de la bolsa de caza sobre sus hombros musculosos, oprimiéndome contra su cuerpo. Después sujeta cada extremo de la cuerda y tira con fuerza de mis caderas. La envuelve alrededor de su cintura y la ata sobre sí. Pasa una segunda sección de la cuerda alrededor de mis hombros y la anuda sobre su pecho.

–Aquí vamos –se inclina hacia delante, y aprieto los dientes cuando se pone de pie con su morral en la mano. Se lo cuelga sobre el hombro. Respiro lentamente, tratando alejar el dolor, pero todavía está ahí, haciendo su trabajo.

A medida que camina, me doy cuenta de lo alto que estamos y calculo que Oskar debe medir más de un metro ochenta. El movimiento de su cuerpo mientras avanza por el terreno desparejo me marea. Apoyo la cabeza contra su omóplato y cierro los ojos. Su cabello, echado a un lado para que no lo atrapen las correas, me hace cosquillas en la mejilla. Oskar huele a humo de leña, por suerte, y no como el interior de su bolsa para presas, lo que es definitivamente un progreso.

Voy escuchando los sonidos del bosque, el crujido de sus botas sobre las ramas y las hojas recién caídas, el canto de los pájaros, el susurro de las pequeñas criaturas que están en los árboles o en sus madrigueras.

Me recuerda un poco a las horas que solía pasar en el jardín cerrado del templo, donde estaba la colección de animales y el aviario. Me gustaba acariciar la piel de seda de los conejos grises y ver a los hurones y tejones correr en círculos alrededor de sus jaulas. Me sentaba muy quieta y con la mano extendida les ofrecía semillas y migajas; algunos azulejos y carboneros de capa negra bajaban y picoteaban de mi palma. También tuvimos un cuervo gruñón y un águila majestuosa y tranquila que tenía una jaula solo para ella. Al igual que Mano de Néctar, el oso pardo que solía recostarse, gordo y perezoso, en los rayos de sol que caían al mediodía. Yo solía tirarle bayas bañadas en miel para verlo estirar su gruesa lengua rosada y capturarlas. Sus enormes garras eran tan largas que apenas podía caminar. Algo me dice que los osos en este bosque se mueven mucho más rápido. Mis ojos se abren de golpe.

–¿Es seguro aquí? –susurro.

–¿Ehh?

–¿Hay animales? ¿Osos? ¿Lobos?

–Bueno, ya te he reclamado para mí –se ríe–, así que los otros predadores no están de suerte.

El humor en su voz aleja el miedo. O tal vez la fiebre altísima que carcome mis huesos hace que sea imposible que me importe realmente.

–¿Y planeas alimentar a tu familia con mi cadáver? –pregunto. Mi mejilla vibra con su callada diversión.

–Nah. A decir verdad, eres demasiado delgada.

–¡No lo soy!

Se ríe de nuevo, y es un sonido tan libre y feliz que me hace sonreír a mí también.

–Bueno, está bien, tienes un buen peso y estoy seguro de que serías muy tierna, con un sabor delicado aunque satisfactorio, pero... –se calla–. No, no voy a comerte. Te voy a llevar a un curandero, porque estoy seguro de que vas a morir si no consigo ayuda en un futuro cercano.

Alguien se apiadó. Es una isla de alivio en medio de un extenso lago de horror. Me aclaro la garganta, y el dolor me fuerza a hacer una mueca.

–¿Por qué me ayudas?

Los pasos de Oskar son firmes mientras encara una empinada cuesta abajo y luego toma un sendero.

–No había nadie más para hacerlo –dice, como si fuera obvio.

El sendero nos lleva fuera del bosque por un tramo de pastizales, donde hebras doradas bailan con la brisa fresca. Nunca había visto un espacio abierto tan grande. Es como mirar sobre el Lago Madre, solo que en lugar de agua, hay tierra. Sin paredes ni edificios. Oskar avanza como si cargara gente sobre su espalda todo el tiempo, y con frecuencia vuelve su rostro hacia el sol brillante. No me ofrece ninguna información sobre sí mismo, y yo tampoco lo hago. A pesar de que ya no estamos en la ciudad, nunca le diría a nadie quién soy. O mejor dicho: quién *era*.

Estoy tan avergonzada, que me gustaría que existiera una manera de quitarme la marca de la llama, de refregarla para sacarla de mi piel. Durante mucho tiempo me llenó de orgullo, pero ahora de solo pensar en ella, tiemblo. ¿He privado al pueblo de su verdadera Valtia? ¿Los Kupari caerán por mi culpa? No importa que yo haya participado involuntariamente de este fraude; aun así me siento responsable.

Otra cosa de la que me siento responsable: Mim. ¿Logró acudir a nuestro punto de encuentro y no me encontró? ¿Me está buscando, enloquecida de preocupación? O peor aún... ¿la habrán atrapado?

De a poco, la hierba va dando paso a un suelo de piedra escarpada, cubierto aquí y allá por matas de hierba rala. Y más adelante nuestro camino está delimitado a ambos lados por paredes de roca, y parece que estuviéramos descendiendo profundamente en la tierra. Incluso a través de la bruma de dolor siento una punzada de ansiedad.

–¿Dónde vive ese curandero? –pregunto finalmente.

–Donde nadie pueda amenazarlo o molestarlo –responde con voz dura–. Igual que el resto de nosotros.

Su tono, tan diferente de sus palabras anteriores casuales y divertidas, me hace callar. Después de marchar varios minutos por un sendero cada vez más estrecho, se detiene.

–Creo que será mejor cubrir tu cabeza con la bolsa. No es un buen momento para atraer extraños. Lo siento –dice, y sin esperar mi aprobación, estira la mano y toma el borde de la bolsa, me cubre la parte superior de la cabeza y luego la ata. Me tenso cuando la oscuridad me envuelve.

Oskar comienza a caminar de nuevo y, solo unos minutos más tarde, oigo a alguien gritar su nombre.

–Ey, Jouni –grita él a modo de respuesta–. ¿Algún problema?

–Ninguno –dice el zumbido profundo de una voz desde algún lugar por encima de nosotros–. Hemos montado guardia durante todo el día. Esperaba que la nueva Valtia estuviera en nuestra puerta ahora —se ríe—. O al menos una horda de alguaciles.

Mi ansiedad se convierte en una punzada de miedo.

Oskar deja escapar un gruñido de desagrado y comienza a caminar de nuevo:

—No bajes la guardia. Las acciones de Sig traerán consecuencias.

Se oye un resoplido cuando las botas impactan sobre la piedra, y luego unos pasos se arrastran junto a los de Oskar.

—Creo que los ancianos y el consejo de la ciudad tienen otros problemas ahora —dice Jouni—. Entre la amenaza de los Soturi y la caída de la Valtia, la muerte de un par de mineros suena como una preocupación menor.

—¿Ahora una vida humana es una preocupación menor? —protesta Oskar, luego murmura algo sobre la hipocresía y acelera el paso.

Mi brazo palpita de dolor, pero mi cabeza palpita con más fuerza al darme cuenta: Oskar me ha traído a las cavernas de los ladrones. Y está hablando con este otro hombre como si él fuera uno más.

Debo haberme retorcido, porque Jouni emite un sonido de sorpresa.

—¿Qué has embolsado hoy? ¿Un castor?

—Glotón —resopla Oskar, y Jouni ríe.

—¿Y lo llevas sobre tu espalda mientras aún está vivo? Estoy totalmente a favor de la carne fresca, pero... —oigo el zumbido del metal que sale de su vaina—. ¿Quieres que me ocupe de...?

Oskar gira de repente, alejándome del sonido de Jouni y su cuchillo.

—No —responde bruscamente—. No hace falta —añade, esta vez con suavidad—. La criatura ya casi está muerta.

–Hazme saber si necesitas ayuda para desollarlo –insiste–. Pasaré más tarde –su voz se va apagando, mientras Oskar continúa su camino.

–Ey, quédate quieta hasta que te diga que puedes moverte –me indica en voz baja.

–Estas son las cavernas de los ladrones –siseo, impaciente y llena de dolor.

–Lo lamento tanto –responde muy sereno–. ¿Habrías preferido desangrarte hasta morir honorablemente en el bosque?

No tengo nada que decir a eso, así que me acurruco dentro de la bolsa. Donde sea que me haya traído, está haciendo más frío. Él se estremece y sus pasos vacilan, pero solo por un momento. Los destellos de luz que se filtran a través de la bolsa aumentan, tenues y grises, para luego desaparecer y ser reemplazados por el suave resplandor de fuegos pequeños. Escucho todo a mi alrededor, a la gente riendo, peleando, discutiendo sobre la mejor manera de sazonar el guiso, quién es el próximo para montar guardia, quién quiere unirse a un juego de Ristikontra, quién se ha robado la única baraja completa de cartas... tantas conversaciones... y la risa de los niños. ¡Niños en las cavernas de los ladrones! Y sus madres, ¡que les regañan por alejarse demasiado!

Varias personas saludan a Oskar por su nombre al pasar. Algunos bromean acerca de lo que hay en su bolsa, y él responde algo distinto cada vez: un cerdo salvaje, una docena de ardillas, un coyote, un bonito y gordo ganso. Yo me quedo muy quieta y finjo estar muerta para que nadie más se ofrezca a hacerlo realidad. Una voz aguda, de niño, le pregunta cuándo va a llegar a casa, y él responde que aún no está seguro. Una mujer quiere saber adónde va, y él dice que le está llevando sus presas a Raimo, porque ese hombre está demasiado delgado para su propio bien. Oigo tantas cosas, pero no entiendo demasiado. Sobre todo porque mi cabeza late y mis ojos están tan calientes que siento que van a reventar, como tomates sobre el fuego.

Las voces se desvanecen después de un rato, y Oskar sigue avanzando por un camino oscuro y resbaladizo. Oigo el chapoteo de sus pies sobre los charcos. Él tiembla y maldice, salpica y gruñe. Me recuerda al viejo Mano de Néctar cuando estaba de mal humor. Además, Oskar tiene el tamaño de un oso pardo o casi.

—Por favor, dime que todavía estás viva –dice finalmente, respirando con dificultad–. No te has movido en mucho tiempo.

—Me pediste que no lo hiciera –respondo con la voz quebrada.

—Estrellas, suenas horrible.

—Tantos cumplidos –susurro. No estoy segura de que me escuche. Sigue caminando, y luego se detiene abruptamente.

—¡Raimo! –grita. Su voz ronca hace eco en las paredes de una caverna–. Voy a entrar. No trates de hacerme nada.

Se oye un ridículo cacareo.

—¿Por qué, muchacho? ¿Realmente te defenderías? –es la voz de un hombre mayor, pero su tono es desafiante.

Oskar deja escapar un suspiro irritado y avanza algunos pasos.

—Te traje un paciente.

—Estoy ocupado.

—Estás jugando al solitario.

—Estoy en un momento muy complicado –insiste Raimo. Oskar hace silencio. Después de unos momentos, el hombre cacarea otra vez–. Qué mirada tan feroz. Uno podría pensar que realmente eres peligroso. Bueno, dónde está el paciente, ¿aquí? No iré hasta la entrada de la cueva.

–Está aquí –le indica, y por sus movimientos sé que está desatando las cuerdas alrededor de su cintura y su pecho. Caen una tras otra, y luego me desliza hasta sus rodillas. Mi mundo se da vuelta cuando afloja las correas de la bolsa y me apoya sobre un piso frío y rocoso. Se siente bien. Estoy ardiendo de adentro hacia fuera. Oskar abre la bolsa y la aleja de mi rostro. No puedo enfocar la vista. Solo veo el tenue resplandor de un fuego y sombras que bailan en las húmedas paredes de roca.

–Prueba con un vals –me quejo. Mim me lo enseñó una vez, y pasamos toda la tarde riendo y dando vueltas, y el mundo está girando de ese mismo modo ahora. Pensar en ella hace que mi garganta se cierre y no pueda respirar. Dejo escapar un sollozo ahogado.

Oskar coloca el dorso de sus dedos contra mi mejilla y maldice.

–Tiene tanta fiebre.

–No la he visto antes –afirma Raimo.

–La encontré en los bosques del norte, a una hora de camino de la ciudad –responde Oskar, mirando a alguien que acaba de salir de mi línea de visión.

–¿Y qué me darás a cambio? –pregunta el hombre, haciendo un sonido molesto con su garganta.

–Una piel de castor completa –responde Oskar, y Raimo se burla.

–Me insultas.

–Dos, entonces.

–Llévatela, muchacho. Mis cartas me esperan.

–El próximo oso que mate –agrega él–. Carne y piel.

–Sabes que no es eso lo que quiero.

–La respuesta es no.

–Entonces, llévatela. *Lejos.*

–¡Va a morir! –grita, y su voz resuena a través de la cueva.

–La gente muere todos los días, muchacho, sobre todo aquí. Tienes que dejar de recoger perros callejeros.

–Dijiste lo mismo sobre Sig al principio.

–Ese tipo de rayo no cae dos veces, como ha quedado demostrado cada vez que me trajiste un alma enferma y perdida. Casi una por año, y llegaste al límite la primavera pasada al arrastrar a Josefina desde los pantanos. Esa bruja vieja y loca era un caso serio: no es una experiencia que quisiera repetir, a ningún precio… –hace una pausa– excepto uno.

–Lo haré –acepta Oskar entre dientes, y se cruza de brazos–. Pero solo yo. Sin Freya. Y no dirás nada al respecto o… te mataré.

La risa de Raimo retumba tan estrepitosa que desearía tener fuerzas para cubrirme los oídos.

–No tengo ningún interés en tu hermana, y no te das cuenta de lo tonto que suenas. Pero te doy mi palabra. Queda entre nosotros, hasta que decidas otra cosa o la necesidad lo dicte.

–Oskar. Estoy bien –susurro. No sé lo que le está ofreciendo a cambio de su ayuda, pero suena como que lo está matando.

–¿Dónde la quieres, Raimo? –pregunta, ignorándome.

–Por ahí. ¿Qué le pasa?

–Perdió dos dedos en una trampa para osos –responde, mientras me carga por la caverna y me coloca sobre algo suave, asegurándose de que me eche de lado y no sobre mi espalda–. Pero no estaba en buen estado ante de eso. La azotaron, me parece.

–¿Te parece? –la voz del hombre está mucho más cerca ahora, y me hace estremecer.

–No la desnudé para comprobarlo –comenta Oskar secamente–. Pero ha sangrado a través de su ropa, y sé cómo lucen las marcas de un látigo. Pienso que era una criada de la ciudad. Su vestido es sencillo, pero está bien hecho, y tiene algo de carne sobre los huesos.

–Una criada fugitiva: qué romántico –ironiza Raimo–. Bueno, toma tu bolsa y vete. Debería tenerla arreglada para mañana.

¿Mañana? Por agradable que suene, creo que va a tomar más tiempo.

Sin embargo Oskar no parece sorprendido: quita la bolsa con cuidado y pliega mi mano arruinada sobre mi pecho, luego endereza mis piernas doloridas. Sus dedos fuertes se cierran sobre mi marca en forma de llama, y esta se manifiesta otra vez, emitiendo una onda que entumece mi cuerpo a medida que avanza.

–Entonces la ayudarás –dice en tono vacilante–. Harás tu mejor esfuerzo por ella.

–No, muchacho, voy a cortarla en trozos para hacerme un buen guiso. Regresa con tu madre. Ah, y aprovecha para darle las gracias por el pan de centeno. Estaba delicioso.

Oskar se inclina sobre mí. Su rostro está manchado de suciedad y sudor:

–Raimo te va a arreglar, Elli. Vendré a verte más tarde –me toca el dorso de la mano izquierda, sus dedos son fríos y su voz amable.

Dudo que lo pueda volver a ver. Mi boca tiene el sabor metálico de la sangre, supongo que eso significa que voy a morir. Quiero agradecerle por intentarlo, pero estoy demasiado cansada para hablar. Se levanta y se va. El sonido de sus pasos se extingue poco después.

Otro rostro se inclina sobre el mío. Es calvo, excepto por los dos mechones de cabello blanco sobre las orejas. Tiene las mejillas hundidas y un mentón prominente, del que cuelga una barba también blanca y desalineada. Su nariz es larga y ganchuda; con ojos azules como el hielo, astutos y calculadores.

–¿Tu nombre? –pregunta.

–Elli –susurro.

–Muy bien. Elli, la criada fugitiva –chasquea la lengua–. Veamos tu mano –dice. Siento que floto mientras él desenreda la lana, y luego grito cuando la retira de mi herida. Trato de apartarme, pero sujeta mi muñeca con firmeza–. Es una pena –comenta, revisando la mano grotescamente hinchada y el espacio vacío, donde estaban el dedo meñique y el anular–. ¿Qué te volvió tan desesperada como para caer en una trampa para osos?

No contesto, y no creo que espere que lo haga. Desaparece durante unos instantes y regresa con un paño húmedo. Me retuerzo de dolor mientras limpia la carne cruda y sangrante. Sus ojos claros se encuentran con los míos.

–Voy a curar esto, y luego me ocuparé de la espalda –lo dice con confianza, como si no estuviera asomada al borde de la muerte. Toma mi mano entre las suyas y se queda mirándola fijamente. Siento débiles destellos de calor, y luego se enfría.

Magia. Este curandero es un portador. Aquí, en las tierras lejanas. En las cavernas de los ladrones.

Y es un *sanador*. Nadie con esa cantidad de magia tendría que habérseles pasado por alto a los ancianos: deberían haberlo hallado de niño y llevado al templo para servir como todos los demás. ¡Nunca lo habrían dejado en las tierras lejanas, para que se pudra en una cueva! Por un momento, todas mis preguntas acerca de quién es Raimo y cómo llegó a estar aquí desfilan por mi mente y me arrastran lejos de la orilla del olvido. Hasta que él mueve mi mano y otro rayo de dolor las dispersa por completo.

Una arruga profunda se forma entre sus cejas blancas y espesas.

Analiza mi herida con mayor intensidad. Más destellos de frío, calor, frío otra vez; pero los siento de manera imprecisa, vaga.

Y ahora frunce el ceño.

Murmura para sí mismo, y luego sin decir nada desabrocha la parte de atrás de mi vestido y me lo quita por los brazos. Eso hace que vendajes se desprendan de mi espalda desollada, y me retuerzo, impotente. Nuevamente, siento oleadas de calor y frío, esta vez a través de mi columna vertebral. No sé cuánto tiempo pasa pero, cuando vuelvo a la realidad, Raimo está inclinado sobre mí.

—Tienes secretos guardados, querida —usa las yemas de sus dedos pulgares para abrir mis párpados del todo—. Azules como el hielo —observa. Luego, enrolla un mechón de mi cabello alrededor de su dedo—: Y cobre bruñido.

Mi corazón palpita intranquilo.

Se acerca más, hasta que su nariz ganchuda está a solo unos milímetros de la mía. Huele a pescado y piel húmeda.

—Te haré una pregunta, y es muy importante que respondas con la verdad. Tu vida depende de ello. ¿Entendido?

Asiento con la cabeza, mientras mi corazón late intensamente.

—¿Tienes una marca?

—¿Q-qué? ¿Por qué me preguntas eso? —susurro. El pánico se arremolina dentro de mí. ¿Cómo pudo saberlo?

Él sonríe mientras lee el miedo en mis ojos.

—No estás lo suficientemente fuerte como para detenerme si quiero buscarla, pero será más fácil si me dices dónde está. No voy a hacerte daño.

Busco malicia en sus ojos, pero no veo nada, excepto el hielo. Frío, pero no malo. Eso espero.

–En mi pierna –indico, y él levanta el ruedo de mi falda. Sé que la ve, porque maldice.

–Ciertamente es difícil de pasar por alto. ¿Oskar ha visto esto?

–No.

–¿Hay alguien fuera del templo que sepa quién eres?

Pienso en Mim, pero me niego a exponerla a más peligro.

–No.

–Bueno. Nadie puede enterarse. Estrellas, he estado esperando esto tanto tiempo –se mueve otra vez hasta mi cabeza y toma mi rostro entre sus manos nudosas–. Tú naciste el día que Karhu y Susi estaban alineadas. ¿Sabías eso?

–No... –aunque Kauko dijo que las estrellas predijeron mi nacimiento: ¿era esto a lo que se refería?

–Es posible que tengas secretos, pero eres pésima para guardarlos –su mentón tiembla mientras sonríe–. Has sido una princesa todos estos años, ¿verdad? –continúa, y mi piel arde de vergüenza; cierro los ojos–. Tú eres la que fue encontrada. Pensaron que eras *ella*. Pero no lo eres.

Un gemido bajo escapa de mi garganta, mientras me azota con la verdad.

–¿Cómo es posible que sepas esto?

–Porque yo soy *muy bueno* guardando secretos –dice tras una carcajada–. Así que, ¿qué sucedió cuando no heredaste la magia? ¿Escapaste o ellos te echaron?

–Escapé… iban a matarme.

–Ah, ¡nunca se dieron cuenta! –exclama, y sonríe como si fuera una noticia maravillosa. Se da palmadas sobre los muslos, que están cubiertos por un manto negro similar a los que usan los sacerdotes–.

Bueno, me has complicado la tarde. Trata de seguir respirando mientras preparo unos emplastos.

–Pero me estabas curando con magia –digo confundida.

–Estaba intentándolo. Pero tal como están las cosas, no va a funcionar –las sombras anidan debajo de sus ojos, dándole el aspecto de una calavera.

–¿Por qué no?

–Debido a que tú, querida, eres completamente inmune a la magia –explica. Algo parecido al placer profundiza las arrugas de sus mejillas descarnadas–. No te sirve de nada –levanta las cejas–. Pero tampoco puede hacerte daño.

–¿Qué significa eso? –parpadeo hacia él, desconcertada.

–Hay más portadores de magia en esta tierra de los que puedes imaginarte –su mirada se desvía hacia mi pierna, donde la marca roja en forma de llama destaca sobre la pantorrilla desnuda–. Y para cada uno de ellos, podrías ser su mejor recurso… o su peor enemigo.

CAPÍTULO IX

—¿**E**stás diciendo que definitivamente no tengo magia? —pregunto, con la lengua seca y los labios agrietados. Raimo se ha ido de mi lado y está inclinado sobre una tabla de madera, picando unas hierbas que llenan el ambiente con un aroma fresco, astringente.

—Ni un gramo. Ni un ápice. Ni una gota —responde—. Ni siquiera una diminuta astilla. Ni tampoco...

—Ya entendí —lo interrumpo, y el esfuerzo me hace toser—. Entonces, ¿por qué alguien pensaría que yo era peligrosa?

—Todas las personas tienen una cierta cantidad de fuego y de hielo en su interior. Incluso apenas lo suficiente para hacerlos de mal genio o afable. O para llevarlos a ser herreros o a dedicarse a la pesca en el hielo. Incluso ocurre en las personas que no son del pueblo Kupari, donde el cobre fluye a través de nuestras venas y hace más fuertes esos elementos en algunos, que se manifiestan como magia.

—Cobre... me encerraron en una caja de cobre...

—Puedo imaginármelo —pone los ojos en blanco—. Pero tú lo entiendes: el cobre es la fuente. Es la razón por la que nadie tiene magia excepto los Kupari —resopla—. Y los Kupari aman su magia, siempre que los portadores están encerrados bien lejos dentro de los muros del templo. Pero nunca antes caminó entre nosotros alguien como tú, alguien completamente desprovista de fuego y hielo.

–¿Siempre he sido así? –la vergüenza me invade de nuevo.

–Antes de que la Valtia muriera, no tenías hielo o fuego –dice, encogiéndose de hombros–, pero es probable que no fueras inmune a sus efectos. No eras el recipiente que eres ahora, tal como la Valtia es una chica normal hasta que la magia se despierta en su interior.

Tal vez sus palabras explican el vacío enorme y sin forma que se abre dentro de mí, el golpe hueco de mi corazón. El entumecimiento que irradia mi marca en forma de llama.

–Eso solo me convierte en una inútil. Soy un error.

–No deberías siquiera existir –añade, mientras recoge del fuego una vasija con mango de madera y se tambalea hacia mí.

–Entonces, déjame morir –cierro los ojos.

–Ni por casualidad –vierte el agua tibia sobre mi espalda, y comienza a retirar las vendas que Mim envolvió a mi alrededor–. Nunca *existió* alguien como tú, Elli. Estaba empezando a creer que había estado equivocado todo el tiempo. Sin embargo, tu llegada marca el comienzo de una nueva era para los Kupari. Vas a cambiarlo todo, para bien o para mal –hace un sonido de disgusto, mientras arroja lejos un trozo de tela empapado en sangre–. Asumiendo que sobrevivas esta noche, claro está.

–¿Cómo podría no ser malo? Los Kupari necesitan de una Valtia –grazno.

–Ah, ella está ahí afuera –retira la última venda de gasa. El aire fresco de la cueva muerde mi piel rota, pero enseguida el curandero extiende algo pegajoso sobre las heridas del látigo. Huele a salvia y cebolla, a miel y olmo–. De hecho, será inmensamente poderosa –comenta mientras trabaja.

Como predijeron las estrellas.

–¿Cómo lo sabes? –indago.

—Porque si no fuera así, el cosmos no te habría creado para mantener el equilibrio.

—Pero la Valtia *es* el equilibrio —es una verdad que llevo incrustada en los huesos.

—No esta vez —sus ojos se fijan en los míos.

—¿Cómo sabes tanto? —insisto. Los ancianos y sacerdotes guardan celosamente sus conocimientos, lo que siempre me resultó frustrante. Y Sofía una vez me dijo que la mayoría de los ciudadanos solo tiene un conocimiento muy básico de la magia; lo cual tiene sentido, ya que los niños que se revelan como portadores son llevados al templo apenas son descubiertos. A excepción de este hombre, al parecer. Y eso podía significar solo una cosa—. ¿Fuiste un sacerdote?

—No en tu tiempo —dice, no lo está negado. Su sonrisa brilla a la luz del fuego parpadeante.

—¿Por qué te fuiste?

—Digamos —una de sus cejas se agita como un ser vivo— que creí que mis colegas estaban un poco sedientos de sangre —toma mi mano amputada y la coloca sobre una lana limpia de color café—. La herida todavía está abierta. Voy a tener que cauterizar.

—Has dicho que el fuego no me afectaría —digo, temblando.

—Dije que la magia no te afectaría. Las llamas comunes hechas de combustible son algo completamente diferente —se acerca al fuego. Escucho un sonido metálico. Mi estómago se tensa.

—¿Qué pasaría si no se cauteriza?

—Sangrarías hasta morir. O quizás una infección en la sangre te mataría —explica. Nada de eso suena tan terrible en este momento. Tal vez Raimo percibe lo que pienso, porque mi mira por encima del hombro—: Fuiste criada como Saadella, ¿no es así?

–Lo fui –susurro.

–Así que te criaron creyendo que existías para servir a los Kupari –asume. Y aparto la vista de su mirada–. *Nada* ha cambiado –dice, justo al lado de mi oreja. Su mano se cierra sobre mi muñeca. Siento un destello de calor y luego un dolor tan brillante que me ilumina, me arquea hacia atrás. La cueva se inunda con el aroma de mi carne quemada y el sonido de mis gritos roncos. Llamas blancas estallan ante mis ojos, y le pido a las estrellas una liberación que no llega.

Para cuando termina, estoy deseando morir, pero él me recuerda una y otra vez cuál es mi propósito, mi deber; despierta todos mis recuerdos de las lecciones recibidas. Mi vida no es mía. Mi cuerpo pertenece al pueblo. Mi magia es para ellos, no para mí.

Magia. *Magia.*

Si pudiera reír, lo haría. Él está tan equivocado. *Todo* ha cambiado.

Me despierto sobresaltada, herméticamente envuelta hasta el cuello, tibia e incapaz de moverme. Mi cuerpo pesa una tonelada. Mis párpados también. Pero mis oídos funcionan perfectamente, y ahora escucho lo que me arrancó del vacío: una discusión.

–¿Por qué entonces no lo hiciste mientras dormía? –pregunta Oskar, su profunda voz está tan afilada como los cuchillos que cuelgan de su cinturón.

–¿Hubieras preferido que violara los deseos de una joven mujer, solo porque está muy vulnerable? –pregunta Raimo. *Su* voz tiene un tono divertido y burlón–. Mi querido muchacho, nunca creí que oiría tal sugerencia de ti.

–Si sus deseos fueron producto de un cerebro enloquecido, cegado por la fiebre –gruñe con frustración–, entonces...

–No. Ella estaba bastante lúcida –lo interrumpe–. Sus deseos fueron perfectamente claros. Nada de magia, solo los remedios comunes.

Nunca dije eso, ¿verdad?

–¿Le explicaste que ya podría estar bien? ¿Ella sabía que esos "remedios comunes" implicaban muchos días de dolor y...?

–Deberías tenerme más confianza. Es terca como una mula –el curandero eleva la voz, temblorosa y aguda, imitándome–: "¡No te acerques a mí con ningún hechizo! ¡No quiero nada de eso!"–cacarea.

–Si hubiera sabido que sería así... –suspira Oskar.

–Igual la hubieras traído hasta aquí. Y era lo correcto. La muchacha ya está mejor; ha bajado la fiebre. Va a vivir, y todos deberíamos estar agradecidos.

–¿Y la mano?

–Ya no sangra y no hay signos de podredumbre o infección en la sangre, hasta el momento. Probablemente no la pierda. Pero va a doler.

El roce de las botas contra la pierda me dice que Oskar se ha acercado a mi lugar de descanso. Si tuviera fuerzas para moverme o hablar, me gustaría darle la bienvenida. Tengo un extraño deseo de ver su rostro otra vez.

–¿Será capaz de valerse por sí misma? –se pregunta.

–Con el tiempo. Hasta entonces, tú deberás velar por ella.

–¿Qué? –su voz sangra por la conmoción–. El clima es más frío cada día, Raimo. Tengo que...

–Debes hacer lo que digo. Ella necesitará protección hasta la primavera para sobrevivir. Puedo curar sus heridas, pero no puedo llenarle el estómago o cuidar que esté segura.

–Pero... *el invierno*. No está llegando calor desde el templo y, por lo que sabemos, no va a venir pronto. En este momento soy el menos indicado para ayudarla.

–Oh, hijo –ríe Raimo–, te equivocas tanto. Y si lo haces, te libero de tu promesa hasta el deshielo de primavera. Como son las cosas, no podemos esperar más que eso.

Oskar permanece callado un largo rato.

–Voy a tener que hablar con Madre. Y con Freya –suena como si eso lo atemorizara.

–Pues, hazlo. Vuelve a buscar a Elli en... ocho días. La cuidaré hasta entonces, pero no puedo extenderme más que eso –hace una pausa–. Si por casualidad nos toca otra visita de los alguaciles, haznos un favor a todos y no menciones que la trajiste aquí, ¿está bien?

–¿Te contó algo sobre su origen o por qué fue desterrada?

–No –responde Raimo rápidamente–. Pero tenías razón: fue azotada. Quienquiera que lo haya hecho podría estar buscándola, y lo último que necesitamos es que nos acusen de secuestrar sirvientes de familias acomodadas.

–Es más probable que vengan por lo que les hizo Sig a los mineros, que porque ayudé a una criada desterrada –su voz se ha vuelto baja y amarga. Y Raimo gruñe en respuesta.

–Tal vez, pero no es necesario darles ninguna otra razón para que traigan a los portadores del templo hasta nuestras puertas, ¿verdad? Ahora: déjame en paz y te veré en ocho días.

Oskar sale refunfuñando de la caverna, y los dedos nudosos de Raimo se cierran sobre mi hombro.

–Mentiras necesarias –dice, pero ya estoy nuevamente a la deriva, y si hay más palabras que salen de sus labios, no las escucho.

Raimo es un excelente curandero, incluso sin magia. En los días sucesivos llega a conocer mi cuerpo tan bien como yo, tal vez mejor, y aunque es incómodo y embarazoso que atienda todas mis necesidades, no tengo otra opción. Además, estoy acostumbrada a que la gente cuide de mí. Es solo que siempre han sido mujeres. No tengo energía para gastar en falsos pudores o quejas, y si así lo hiciera Raimo no haría otra cosa que lanzar una de sus risas grotescas.

Dentro de la cueva, no percibo el día o la noche, solo hay sueño y vigilia. Él me da de comer estofado y constantemente presiona una taza contra mis labios, instándome a beber un preparado que empasta mi lengua y me hace vomitar. Es el médico más persistente y atento que haya conocido, cuida de cada herida y aplica emplastos nuevos cada pocas horas. Mi mano derecha late y me duele como si mis dedos destrozados aún estuvieran allí. La sensación invade mis sueños, donde revivo una y otra vez el golpe de la trampa. Pero cuando me despierto lloriqueando, Raimo está siempre a mi lado. Nunca me ofrece palabras de consuelo, pero sus manos son delicadas cuando secan el sudor de mi frente con un paño tibio.

Un par de veces, en los momentos de tranquilidad antes de recordar dónde estoy, lo confundo con Mim e intento acercarme para captar su olor. *Usted es una joya,* susurra ella con su sonrisa brillante. Me estiro para enrollar mi dedo entre los rizos de su nuca. Necesito con desesperación oírla decir mi nombre. Pero cuando alargo mi mano buena y mis dedos alcanzan su piel, esta es seca y venosa en vez de suave y cálida; entonces retiro velozmente la mano.

Por favor, ten cuidado, Mim. Y por favor, no me olvides. Esa es mi oración a las estrellas, y la recito una y otra vez en la oscuridad.

He derramado más lágrimas en estos días que durante mis primeros dieciséis años de vida. Me lamento por lo que creía que era y me preocupo por lo que realmente soy. Vago a la deriva dentro y fuera de un descanso que no es reparador, con sueños cargados de sangre, hielo y fuego. Y vuelvo a salir a la superficie, llena de preguntas que Raimo me asegura que discutiremos cuando esté lo suficientemente lúcida como para recordar sus respuestas.

—Oskar vendrá a buscarte hoy —me dice después de una larga vigilia—. Recuerda lo que te comenté acerca de guardar tu secreto. No podemos permitirnos que se difunda una sola palabra sobre tu verdadera naturaleza.

—¡Pero si todavía no la entiendo! —y me horroriza descubrir que se acabó el tiempo para aprender de él. Hago un esfuerzo con la mano izquierda para sentarme, manteniendo la derecha plegada contra mi pecho—. Si hoy vas a enviarme lejos de aquí, creo que sería mejor que me lo dijeras.

—Debes haber visto el adorno que la Valtia lleva alrededor de su antebrazo, ¿no?

—El brazalete de Astia —lo llevaba cada vez que la vi. Él asiente.

—¿Y sabes lo que hace?

Aguanto la impaciencia. Puede que no sepa mucho de magia, pero no soy una idiota.

—La ayuda a amplificar y proyectar su poder. Me dijo que no era necesario utilizarlo la mayor parte del tiempo. Solo cuando realizaba magia a gran escala, como al crear la cúpula de calor durante los meses de invierno —*y cuando generó la tormenta que la mató.*

–Exactamente, es una herramienta. Al igual que los pararrayos de cobre que sobresalen de los techos de las casas de la ciudad. Conduce y aumenta ese poder, pero también lo absorbe, es decir, ayuda al portador a mantener el equilibrio. Por sí solo no es más que un trozo de metal, aunque uno muy especial –el ángulo de su boca se tuerce cuando me mira–. Es bonito, pero no demasiado útil. Como tú en este momento –comenta. Sus palabras me molestan, pero si protesto solo se burlaría más de mí. He oído cómo le habla a Oskar–. Pero cuando lo lleva una persona que posee fuego o hielo o ambos a la vez –continúa– el brazalete de Astia se convierte en la clave para su victoria.

–Así que soy una herramienta –digo con amargura–. O tal vez un arma.

–Esa es la manera menos interesante de verlo –responde–. Sería más inteligente analizarlo así: tú eres un brazalete de Astia que vive, respira y *piensa*.

–¡Raimo! –ladra una voz a lo lejos, y me sobresalto.

–Recuerda: no se lo digas a nadie –susurra Raimo–. Recupera tus fuerzas. Si estoy en lo cierto, una guerra se aproxima, pero con el invierno a punto de llegar y sin una Valtia que lo suavice, puedes tener algo de tiempo. Mantente cerca de Oskar, que sabe evitar los problemas como si fuera su misión en la vida. Cuídate, por favor. Concéntrate en curarte –resopla–, y en aprender a ser útil. Aquí nadie tiene tiempo para esperarte.

Me maldigo por no haberle exigido que responda mis preguntas antes, a pesar de que estaba demasiado débil para protestar.

–¿Quién eres en realidad? ¿Por qué ya no eres sacerdote? –me inclino hacia delante y trato de atraparlo por el brazo, pero se aleja rápidamente–. ¿Cómo es que sabes lo que soy, cuando los ancianos no supieron? –cierro mi puño izquierdo al sentir cerca los pasos de Oskar–. Raimo, ¿me puedo quedar aquí contigo?

–Ya he dejado que te quedes demasiado tiempo, niña –responde, aproximándose al fuego.

–¿Podemos volver a vernos? ¡Hay tantas cosas que no sé!

–Cuando llegue el deshielo –dice, mientras acaricia su cabeza casi calva; por una vez luce apenado, más que burlón.

–Pero... –la presencia de Oskar me frena. En una mano trae una antorcha y en la otra, carga varios trapos. Su cabello está peinado hacia atrás, pero se parece a un oso más que nunca, con piel y todo.

–El tiempo debe haber cambiado –comenta Raimo, observando el grosor de la ropa con la que Oskar cubrió sus hombros y torso.

–Hubo una helada anoche –responde él, mirándose a sí mismo. Luego se acerca al fuego y gira hacia donde estoy. Me analiza de pies a cabeza, y levanta las cejas. Por primera vez desde que nos conocimos, estoy sentada por mí misma. Estoy cubierta con una sola manta–. Te ves mejor –dice cuando sus ojos se encuentran con los míos.

–Gracias. Me siento mejor –respondo, mientras acomodo el tejido de lana gruesa sobre mi pecho.

–Te conseguí algo de ropa –exhibe los trapos que trajo–. Creo que te irán bien. Estaré esperando afuera –se los entrega a Raimo y sale.

Lo miro alejarse y la culpa me pesa en el estómago. Recuerdo cuán reacio se mostró a hacerse cargo de mí, lo dolorido que sonó cuando Raimo se lo exigió.

–Oskar es incuestionablemente decente –opina Raimo, alcanzándome la ropa. Parece que estuviera conteniéndose para no reír–. Por lo general es irritante, pero hoy debemos considerarnos afortunados.

–No quiere cuidar de mí.

—No, en este momento no —enfatiza con la cabeza—. Ponte de pie y vístete. Tus perezosos días de convaleciente han terminado.

Camina hasta una roca plana cerca del fuego, y toma una baraja de cartas que está debajo de una piedra. Mientras despliego torpemente las prendas, arreglándomelas con la mano vendada, él comienza jugar un solitario.

Oskar me trajo un par de calcetines largos, gruesos y abrigados, calzado de cuero en buen estado, un amplio vestido de lana color café —del mismo material que su túnica—, y una pañoleta para mi cabello. Ropa de campesina. Una aguda punzada de ansiedad y vergüenza me eriza la piel.

No es que me crea demasiado para estas cosas; estoy agradecida de tenerlas. Pero no tengo ni la menor idea de cómo se colocan. En realidad nunca me vestí sola, y ahora además, cuento con una sola mano buena para hacerlo. Sí, me quedan tres dedos en la derecha, pero apenas puedo usar la yema del pulgar y del índice porque están demasiado rígidas y sensibles. Mi dedo medio sobresale, inútil y torcido.

—Cuanto más los muevas y los estires, más fácil será —dice Raimo en voz baja—. Probablemente nunca vuelvas a usarlos como antes, pero no es excusa para no intentarlo.

Me quedo mirando su espalda. Tiene una carta en la mano, pero no está jugando. Probablemente está esperando que le pida ayuda o me queje de que necesito una doncella. Y en este momento quiero a Mim más que nunca, por muchas razones. Pero si le digo eso a él, se burlará de mí. Aprieto los labios. *Es bonito, pero no demasiado útil. Como tú en este momento.* Sus palabras me queman, mientras digiero una verdad innegable, sobre todo cuando pienso en que Oskar me espera afuera, aborreciendo la idea de tenerme bajo su protección.

No soy una joya. Ni un tesoro, ni una maravilla o un milagro viviente. Soy una carga.

Una resolución me aprieta detrás del pecho.

No voy a ser una carga.

Con los dientes apretados, encuentro el extremo de uno de los calcetines y meto el pie adentro. Se queda atascado en el estrecho tubo de tela, y suelto un gruñido frustrado mientras peleo con él. En mi frente se forman gotas de sudor. El dolor carcome mi mano derecha, y va masticando todo el camino hasta mi brazo. Pero no me rindo. Me niego a dejar que un calcetín me derrote.

—¿Ya está lista? —pregunta Oskar desde afuera.

—No del todo —responde Raimo, y suena como si estuviera conteniendo una carcajada.

Redoblo mis esfuerzos, me retuerzo, giro y grito cuando mi rodilla roza mis nudillos cauterizados. Estoy exhausta cuando al fin logro que la maldita prenda suba hasta mi muslo.

—Intenta introducir primero los dedos en punta, en lugar de meter todo el pie y atascarlo —sugiere Raimo, y su voz tiembla por la risa.

Mis fosas nasales flamean.

—Habría sido mucho más sencillo si lo mencionabas hace unos minutos.

—Es cierto —asiente, y reanuda su solitario.

El segundo calcetín pasa mucho más fácil, gracias a su sabio consejo. Y el vestido es bastante simple: lo paso por encima de mi cabeza, y meto el brazo izquierdo a través de una manga.

—Si te dijera que está al revés, ¿te molestarías? —comenta Raimo, mirándome de soslayo.

—No, en absoluto —gruño. Jalo mi brazo fuera de la manga y doy vuelta el vestido. Es un estilo extraño, con el cuello alto y la espalda baja, pero no voy a quejarme: tengo suerte de que no tenga botones, porque entonces sí estaría perdida. Tardo un minuto o dos en pasar mi otro brazo por la manga, debido a la venda de mi mano y a la posición rara y rígida de mis dedos expuestos. Suspiro de alivio cuando el vestido se despliega y cae hasta mis tobillos. Deslizo los pies en los zapatos y recojo la pañoleta.

–¿Y ahora? –grita Oskar, sin disimular su irritación–. Tengo cosas que hacer.

–Paciencia, paciencia –responde Raimo–. La grandeza lleva su tiempo.

Mis mejillas arden mientras observo el cuadrado de tela. No tengo ni idea de cómo ponérmelo, pero mi cabello está suelto y enredado, así que tengo que hacer algo. Doblo la pañoleta por la mitad y la coloco sobre mi cabeza, luego ato con torpeza las puntas debajo de mi barbilla.

Doy un paso alrededor del fuego, donde Raimo está barajando sus cartas, que se ven desvaídas y gastadas: y completamente blancas.

–Gracias por lo que hiciste.

–Te encontraré en la primavera –dice, sin molestarse en mirarme a medida que reparte sus cartas–. Me gustaría que pudiera ser antes, pero no voy a estar disponible hasta ese momento.

–¿Por qué?

–Hiberno –sus ojos brillan cuando levanta la cabeza–. Me mantiene joven –sonríe, exhibiendo sus dientes amarillentos, mientras su barba larga y desprolija flota debajo del mentón–. Emergeré cuando el suelo se descongele, y tendremos mucho de qué hablar. Hasta entonces, recupera tus fuerzas y, por el amor de las estrellas, guarda silencio. Si una persona en estas cavernas se entera de tu secreto, todo el mundo lo sabrá.

Lo miro boquiabierta, pero antes de que pueda preguntarle si habla en serio acerca de hibernar –porque es imposible saberlo con este viejo pícaro–, la voz de Oskar hace eco en la cueva de roca.

–¿Qué te está demorando, por todas las estrellas del cielo? –ruge.

Raimo comienza a reír y sus hombros huesudos se sacuden. Me alejo de él y entro de cabeza en mi nueva vida: una forajida más en las cavernas de los ladrones.

CAPÍTULO
X

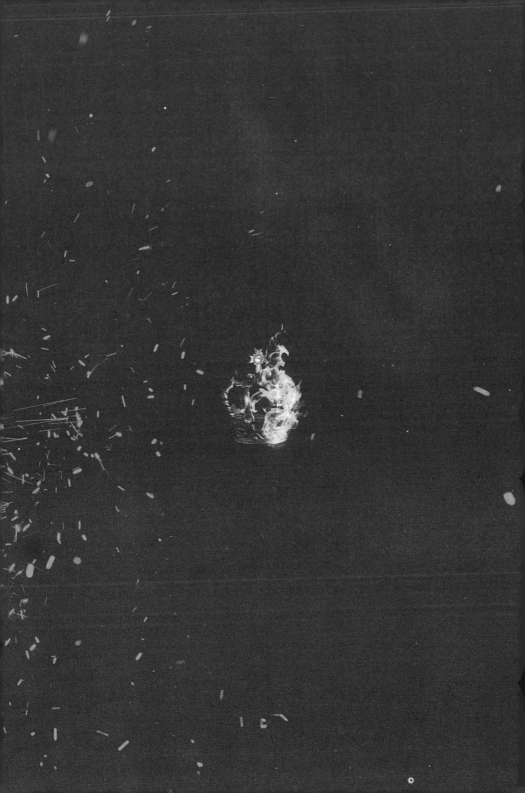

Me apresuro para llegar hasta Oskar, con las disculpas en la punta de la lengua. Sin embargo, su gesto tenso se disipa y una sonrisa torcida aparece en sus labios, al verme salir de la cueva de Raimo. Cuando su mirada se detiene en mi cabello, me bajo un poco más la pañoleta, hacia la frente.

—¿La mano te trae problemas? —pregunta con el ceño fruncido.

—No tantos —encojo el hombro derecho para que la manga cubra mis dedos torcidos.

—Permanecerás con mi familia —dice y comienza a caminar—. Con mi madre y mi hermana menor. Yo tengo que ir de caza, así que ellas cuidarán de ti.

—Puedo ayudarlas a... hacer lo que haya que hacer —a decir verdad, no sé nada al respecto. ¿Se barre el suelo en una cueva? ¿Hay cubiertos para lustrar?—. ¿Cuánto tiempo hace que vives en las cavernas?

—¿En estas? Desde la primavera, nada más —arquea una ceja oscura—. Nosotros, los ladrones, solemos mudarnos bastante, y hay muchísimas cuevas y minas abandonadas en la península.

—Esta no ha sido trabajada aún por los mineros —comento, recordando lo desesperados que supuestamente estaban los mineros por acceder aquí. Aunque ahora me pregunto si los desesperados no eran solo los ancianos.

–No, y es una de las pocas que quedan sin intervenir –me informa–. Lo que significa que es menos propensa a los derrumbes. Nuestros números aumentaron y la seguridad es importante.

–¿Cuántas personas viven aquí? –pregunto. Él me echa una mirada de soslayo, pero no responde. Me muerdo el interior de la mejilla, pero mi curiosidad es más fuerte–. Has vivido en la ciudad... ¿antes?

–¿Y tú? –pregunta en tono ácido.

Por primera vez en mi vida, entiendo lo peligrosas que pueden resultar las preguntas sencillas. Parece que ambos tenemos miedo del terreno resbaladizo que representan los secretos revelados. Si yo no quiero dar a conocer los míos, tendré que controlar mi ansiedad.

–Discúlpame, no quise entrometerme –digo.

Él gruñe y se me adelanta por un túnel cada vez más estrecho.

–Cuidado con los charcos y las rocas sueltas.

Nuestra única luz es la antorcha en su mano, y me doy cuenta de que no llevaba una cuando realizó este mismo viaje conmigo a cuestas. Se introdujo en esta sofocante oscuridad con una pesada carga, solo para ayudarme. Y ahora probablemente lo está lamentando.

Avanzamos muy despacio; algo me dice que él lo hace por mi bien. Aunque calculo mis pasos, tropiezo cada pocos segundos. El túnel parece extenderse hacia el infinito, serpenteando hacia arriba. Me duelen las piernas. Respiro rápido y con dificultad; no estoy acostumbrada a caminar tanto, y menos cuesta arriba. Los tres dedos que me quedan en la mano derecha duelen ante cualquier movimiento brusco, así que los mantengo pegados contra mi estómago y utilizo solo la mano izquierda para mantener el equilibrio.

–¿Necesitas que te lleve? –me pregunta, cuando tropiezo por milésima vez.

—No —me apresuro a responder, y suavizo mi tono—: Pero si me dijeras cuánto falta, estaría muy agradecida.

Su mirada indescifrable se posa sobre mí.

—La caverna principal está aquí, a la vuelta de ese recodo —señala con la antorcha una vuelta del camino. Espero a que me dé la espalda para hacer una mueca.

Finalmente llegamos al recodo, y nos recibe el parpadeo de las hogueras distantes. El túnel se ensancha, con varias aberturas a ambos lados: cavernas más pequeñas desde donde puedo oír el murmullo de la gente y el sonido del agua. La cueva principal aparece un poco más adelante. Es enorme, tanto como la Gran Sala en el Templo. En sus bordes hay... llamarlas chozas sería generoso— hay al menos cuarenta pequeños refugios: muros bajos de piedras apiladas con armazones de madera que sobresalen. De ellos cuelgan: telas, pieles de animales, cortinas hechas de hierba seca del pantano; cualquier cosa que les dé a los residentes un poco de privacidad. Ninguno de los refugios posee techo, no los necesitan: la caverna les ofrece uno, aunque el agua gotee de ese cielo raso negro.

En el centro de la caverna, un espacio amplio y relativamente plano, hay un fogón muy rústico. Es obvio que se trata de un horno comunitario, ya que varias mujeres están controlando la cocción de unas oscuras hogazas de pan con palos puntiagudos y paletas de madera. Mientras, los niños juegan a su alrededor, con sus rostros sucios y sus pantalones llenos de agujeros. Por otra parte, los hombres juegan a las cartas frente a un gran fuego ubicado a la entrada de la caverna. Algunos trabajan cerca de sus propios refugios, aceitan trampas y desenredan las líneas de pesca. Un hombre aquí cerca está desollando una liebre, separa la piel de la carne con una brutal eficacia. Trago saliva y miro hacia otro lado.

—Y esta es la caverna principal —dice Oskar en voz baja, apoyándose en una saliente rocosa y barriendo la escena con el brazo—. También conocida como la caverna de los ladrones. ¿No se ven despiadados?

Varios de los habitantes se han percatado de nuestra entrada. Uno por uno, dejan lo que están haciendo para observarme.

—No se ven particularmente amistosos —murmuro, dando un paso atrás.

—Saben que estás bajo mi protección —dice Oskar, mientras cubre mi hombro con su enorme mano. Luego, saluda con un gesto a un hombre robusto que está junto al gran fuego, y este le responde levantando su mano, para después seguir echando troncos a las llamas—. Los recién llegados los vuelven desconfiados. Tú ocúpate de tus cosas y...

—¡Oskar! —grita una voz aguda. Una niña de unos diez años se acerca a toda velocidad desde un refugio a nuestra izquierda. Mientras corre, dos trenzas de cabello oscuro aletean a ambos lados de su cabeza—. ¿Es ella? —resopla al detenerse frente a nosotros.

—No, esta es otra chica que liberé de una trampa para osos.

—Te pones tan gruñón cuando llega el frío —dice, golpeando el brazo cubierto de pieles de Oskar. Después, sus ojos verdes llenos de energía se vuelven hacia mí—. ¿Por qué tienes el vestido al revés? —pregunta, al notar mi cuello curiosamente alto. *Raimo ataca de nuevo*—. ¿Y qué te has hecho en el cabello?

—Yo... —me llevo la mano izquierda a la cabeza.

—Su mano está lastimada, y no ha tenido la oportunidad de ver un espejo en varios días —responde él, salvándome de tener que revelar mi ignorancia—. Ni de gozar de la compañía femenina. Ahí es donde entras tú —hace un gesto a la chica—. Esta pequeña bandida es Freya

–extiende la mano y tira de una de sus trenzas–. Mi querida hermana y futura ladrona.

–¿Ladrona? –protesta ella, confundida–. Por todas las estrellas del cielo, qué quieres...

–Por supuesto que no eres una ladrona –interrumpo, mirando fijo a su hermano, que me observa desafiante–. Es un placer conocerte, Freya. Soy Elli –hago una reverencia, como he visto hacer a Mim tantas veces.

La niña resopla y me imita, lo que confirma que he hecho algo estúpido.

–Muy bien, Elli, vamos. Mi madre quiere conocerte, y el tiene que ir a matar a alguna criatura lanuda del bosque.

–Freya –Oskar le toca el hombro–, si suena la alarma...

–Sé lo que tengo que hacer –responde la niña, levantando la barbilla–. Puedo cuidar de mí misma y también de ella.

Oskar sonríe –y todo su rostro brilla–, luego oprime a Freya en un abrazo rápido e intenso. Ella desaparece entre los pliegues de su capa y emerge con el cabello revuelto y una gran sonrisa en su rostro.

–Volveré en un par de horas –dice él. Cuando Freya busca mi mano derecha, Oskar la frena justo a tiempo–. ¡Recuerda lo que te conté acerca de su mano!

–¡Oh! Cierto –exclama la pequeña. Me aferra por la izquierda y comienza a empujarme hacia su refugio.

Miro a Oskar por encima del hombro, pero ya está caminando hacia la salida de la caverna, como si estuviera feliz de librarse de mí. Contengo una extraña punzada de decepción y sigo a Freya, mostrando una sonrisa a cualquiera que me mire. La mayoría de gente responde con miradas duras. Me siento aliviada cuando entramos en un refugio. El interior está dividido en tres zonas más pequeñas con paredes hechas de piel de animal. Hay un amplio espacio al frente que contiene un telar, un mortero de piedra, un pequeño fogón y un gran número de herramientas, muchas de las cuales no sé su nombre. Nunca he visto este tipo de cosas fuera de los libros de estudio, y una parte de mí quiere ir y levantar cada una, solo para saber cómo se sienten en mis manos. El resto de mí se da cuenta de que eso me haría ver más tonta de lo que ya parezco.

Esta cámara frontal es lo suficientemente alta como para permitir que dos hombres altos se coloquen frente a frente, y lo suficientemente profunda para que un hombre alto, como Oskar, se acueste cuan largo es. Las paredes de piel –hechas con los pellejos de diversos animales cosidos con hilo de arpillera– son de un agradable color café, que brilla a la luz del pequeño fuego del fogón.

Una mujer de mi estatura, con cabello castaño claro anudado con un moño en la parte posterior de su cabeza, emerge de una de las áreas más pequeñas, haciendo a un lado una piel gruesa y peluda clavada en el marco de madera. Parece estar en la mitad de la treintena, con la frente arrugada y curtida por el tiempo. Sus ojos grises se fijan en el obviamente ridículo arreglo de mi pelo, y aprieta firmemente sus labios.

–Tú debes ser Elli.

–Sí, y usted es...

–Maarika –ella está mucho más pálida que Oskar, que claramente se pasó todo el verano bajo el sol, y su aspecto es limpio, sin un cabello fuera de lugar, lo contrario de la rudeza desaliñada de él. Pero tienen algo en común: ambos son muy difíciles de leer.

Hago una reverencia de nuevo, porque no sé qué más hacer, pero ella solo frunce el ceño.

—Gracias por aceptarme —agrego—. Me gustaría ayudar en todo lo que...

—¿Puedes moler un poco de maíz? —pregunta—. Estoy tratando de hacerle a Oskar una nueva túnica, para reemplazar la que tuvo que romper la semana pasada, y Freya tiene que traer el agua —no lo dice de una manera desagradable o dura. Más bien me está informando cómo es la realidad de sus vidas—. ¿Y bien? —insiste al verme vacilar—. ¿Puedes hacerlo?

Parpadeo hacia ella, al tiempo que muevo con dificultad los dedos de la mano derecha dentro de la manga larga de mi vestido. Evito hacer una mueca de dolor cuando la carne viva frota contra los vendajes.

—Eh... sí. Por supuesto.

—Maravilloso —exclama—. El maíz está allí —señala una pila de mazorcas secas, con las hojas peladas, que están en una cesta tejida con ramas verdes—. Ponlo allí cuando termines —señala un cuenco de madera junto a la piedra de moler. Luego, desaparece en la pequeña cámara trasera iluminada con antorchas.

Me muevo lentamente hacia las mazorcas de maíz, pero mi corazón late rápido. He leído acerca de este vegetal, cómo se siembra y se cosecha, y su importancia para nuestro pueblo. Pero... el único maíz que conozco es el que me han servido en un plato, granos gordos, tostados y dulces. Sé que también se puede secar y moler para hacer harina, y que la piedra y la mano del mortero se utilizan para eso. Sonrío. Puedo hacerlo. No debe ser tan difícil. Me arrodillo, tomo una mazorca y la coloco sobre la piedra. En el instante en que busco la mano del mortero, escucho una risita detrás de mí.

—¿Quién te enseñó a hacerlo de esa manera? —Freya se arrodilla a mi lado. Toma la mazorca, y con golpes fuertes y firmes de sus pulgares quita los granos. Las diminutas pepitas de oro caen con pequeños *plinc* sobre la piedra de moler. Cuando termina, amontona los granos en la depresión poco profunda, recoge la gruesa mano de mortero y los aplasta con giros rápidos y decididos de su muñeca delgada. Me ofrece la mano del mortero–. Así.

–Por supuesto –asiento y dejo escapar el aire a través de mis labios fruncidos–. De *esa* manera –tomo la mano del mortero. Es más pesada de lo que creí y se siente áspera contra mi piel delgada y suave.

Ella me mira con curiosidad.

–Tu cabeza luce realmente mal –sin pedir permiso desanuda la pañoleta y la dobla en diagonal, formando un triángulo en lugar de un rectángulo como lo había hecho yo.

Me siento una tonta, y agradecida a la vez, mientras acomoda la tela sobre mi cabeza y la ata en la base de mi cuello, por debajo de mis rizos. A continuación, comienza a acomodarme las mangas. Al ver lo que se propone, meto mis brazos hacia adentro, y ella hace girar el frente del vestido hacia adelante, con lo que deja de estar al revés.

–Muchas gracias –susurro.

–Lamento lo de tus dedos –dice ella, mirando mi mano vendada que sale de la manga–. ¿Te hace sentir muy triste?

Inclino la cabeza para que no vea las lágrimas que aparecen en mis ojos. Haber perdido dos dedos es apenas una gota en el Lago Madre en comparación con todas las otras cosas que perdí.

–No tanto –respondo, tratando de agregar un poco de alegría en mi tono–. Estoy feliz de estar viva.

–Yo también me alegro de que estés viva –se levanta y toma un cubo grande de madera de la esquina–. Siempre nos viene bien un par de manos extra, incluso si una tiene solo tres dedos –dice, y sale a través de la cortina de piel.

La sigo con la mirada, luchando contra el impulso loco de reír y llorar al mismo tiempo. Hace quince días era la futura reina, y ahora soy una chica de ocho dedos con la espalda llena de cicatrices, cuyo valor depende de hacer cosas que no tengo idea cómo hacer. Solía ser amada por todo un pueblo, y ahora la única persona a la que le importo es Mim, y la he perdido. Incluso podría ser castigada por mi culpa. Como mínimo, la he dejado enferma de preocupación. Froto mi mano sobre mi pecho oprimido. Daría lo que fuera por que ella apareciera y me envolviera en sus brazos.

Me froto los ojos y luego mi cuerpo se estremece, incapaz de soportar el peso de la pena ni un segundo más. Me cruzo de brazos y coloco la frente sobre la fría piedra del mortero. Lo perdí todo.

–¿Qué edad tenía tu Valtia cuando murió? –había estudo tratando de reunir el coraje para preguntárselo toda la noche, y ahora estábamos esperando que llegara mi palanquín para llevarme lejos de mi Valtia hasta la próxima Ceremonia de la Siembra, a un invierno entero de distancia.

Ella colocó su mano sobre su estómago y dio un paso atrás, pero cuando me precipité hacia delante, con las disculpas a flor de labios, levantó las manos:

–Está todo bien, Elli –dijo llena de tristeza–. Tenía treinta y dos años, creo –su sonrisa indicaba dolor–. No estaba lista para decir adiós –me abrió sus brazos, y me dejé abrazar, desesperada por aliviar la angustia que había causado–. ¿Por qué me preguntas eso? –susurró.

—No entiendo cómo alguien tan fuerte puede apagarse siendo tan joven —y estaba aterrada al pensar en cuándo iba a perder a mi propia Valtia. Ella estaba al final de su veintena.

—Nuestras vidas no son nuestras, querida —murmuró—. Solo somos quienes cuidamos de esta magia. No la utilizamos para protegernos a nosotras mismas, sino al pueblo Kupari. Nos llaman reinas, pero en realidad somos sirvientas —no había amargura en su voz en absoluto. Sin embargo, solo estaba repitiendo lo que a mí también me habían enseñado al principio de mis lecciones diarias desde que tengo memoria.

—No es justo —susurré contra su hombro. Podía oír los pasos de los acólitos que llegaban desde el final del corredor. Mi tiempo con ella llegaba a su fin. ¿Y qué tal si nunca más volvía a verla? Mis dedos se cerraron sobre su brazo.

Besó mi cabello.

—Fuimos hechas para esto. Tú y yo. Y eso significa que somos lo suficientemente fuertes como para soportarlo —soltó su abrazo y entrelazó sus dedos con los míos. Sus ojos estaban encendidos por la determinación—. Eres lo suficientemente fuerte como para soportar cualquier cosa, Elli. Es por eso que las estrellas te eligieron.

Levanto la cabeza. *Nada ha cambiado,* susurra Raimo en mi memoria. Puede que no sea la Valtia, pero si él tiene razón, también he sido elegida. Aprieto los dientes y trato de alcanzar la mano del mortero.

—Todo es diferente —susurro—. Pero *nada* ha cambiado —entonces caigo en la cuenta y me río—. Excepto que ahora realmente soy una sirvienta.

Los dedos de mi mano derecha están demasiado torpes y sensibles para sostener el maíz, así que sujeto la mazorca entre mis costillas y mi codo para quitar los granos con la izquierda, y luego para convertirlos en harina. Maarika aparece después de un rato y me dice que no es lo suficientemente fina, así que vierto el cuenco de granos triturados otra vez en la piedra de moler y vuelvo al trabajo.

Mi mano izquierda está llena de ampollas y el vendaje de la derecha está salpicado de sangre, para cuando Oskar regresa con un par de faisanes. Me mira, aún estoy inclinada sobre la piedra de moler. Sus ojos se dirigen a mis manos. Luego desaparece en la parte posterior y sostiene una conversación en susurros con Maarika, que no alcanzo a oír.

Freya vuelve y hacemos una comida rápida, después de la cual Oskar desaparece para jugar a las cartas. Freya me lleva a una pequeña caverna apartada y me muestra dónde es el lugar para aliviarse: un agujero profundo sobre el que se acuclilla para hacer sus cosas. Cuando es mi turno, me detengo unos segundos mirando el foso, una vez más dividida entre un ataque de risa y uno de llanto. Me gustaría poder pedirle a la niña que sostenga mi falda, pero ella lo hizo por sí misma hace un instante. Me toma varios minutos incómodos, pero cuando consigo hacer mis cosas sin caer y sin ensuciar mis prendas, lo cuento como un verdadero éxito.

Durante toda la noche, la caverna principal está inundada de ruido, música y risas, pero estoy tan cansada que podría dormir en cualquier situación. Me acuesto en el camastro de piel que Freya colocó al lado del suyo en una pequeña área del refugio.

–¿Por qué te diría Oskar que soy una ladrona? –murmura ella, mientras se acurruca debajo de la manta.

–No, él se estaba burlando de mí. Me habían dicho que estas cuevas estaban llenas de bandidos.

–Lo están –susurra, inclinándose hacia delante–. Pero no todos somos criminales.

–¿Eso no te asusta? –le pregunto, con el corazón pateando contra mis costillas.

–Oh, no –se ríe–. Puedo defenderme, e incluso si no pudiera, nadie me molestaría. Y tampoco a ti.

–¿Por qué, Freya?

–¿Le has echado una buena mirada a Oskar? ¿Te meterías *tú* con alguien que él tenga bajo su cuidado?

–Entiendo –y a pesar de que su hermano no se preocupe mucho por mí, Raimo dijo que era honorable, y aun conociéndolo bastante poco, lo creo. Con esa tranquilidad, me hundo en un sueño negro y vacío, sin preocuparme por nada ni nadie.

Despierto de golpe con el ruido de un gemido. Tensa y cautelosa, me siento cuando lo escucho de nuevo: es el sonido del sufrimiento. Mi piel fría se cubre de gotas de sudor, y emergen los recuerdos de esos días que pasé aferrándome a la vida y deseando la muerte. La caverna está casi a oscuras, y Freya respira de manera profunda y lenta a mi lado, claramente dormida. A través del pequeño espacio entre la piel y el marco de madera, veo que el fuego sigue ardiendo en la cámara del frente. El destello de un movimiento me atrae y me hace mirar hacia fuera.

Oskar yace envuelto en pieles junto al fuego, tan cerca que creo que debería estar sudando. Sin embargo, está temblando violentamente. Empujo la piel a un lado y me arrastro más cerca, preguntándome si estará herido o enfermo. De pronto, él rueda sobre su espalda.

Su aliento sale a bocanadas de sus labios entreabiertos y forma una nube blanca y fría. Sus ojos se mueven veloces debajo de sus párpados cerrados, y gime como si estuviera teniendo una pesadilla. Me acerco un poco más y luego me quedo inmóvil donde estoy.

Oskar deja escapar un suspiro de dolor, y hay cristales de hielo que crecen a lo largo de sus pestañas oscuras, volviéndolas blancas.

CAPÍTULO
XI

Freya se agita y murmura en sueños, así que me deslizo otra vez en mi camastro, confundida por lo que acabo de presenciar. Mientras los sueños de Oskar lo tenían prisionero, una delgada costra de escarcha cubría su piel, extendiéndose a lo largo de sus mejillas, haciendo que su barba corta y rala pareciera blanca, como la de un anciano. Su mandíbula se movió y su rostro se contrajo en una mueca, lo que hizo que el hielo se derritiera temporalmente, pues a los pocos minutos se había vuelto a formar.

Parecía doloroso. Agotador.

Mágico. No podría ser otra cosa. Recuerdo lo que dijo Kauko sobre los sueños terribles: *Es una carga que los portadores más poderosos deben soportar.*

Cuando finalmente escucho a Oskar levantarse de su lugar junto al fuego, cierro los ojos. Él corre la cortina de piel que nos separa.

—¿Elli? —susurra.

—¿Sí? —bostezo y me estiro como si estuviera despertando.

—¿Puedo hablar contigo?

Me levanto y lo sigo hasta la cámara frontal. Fuera del refugio, la gente se mueve alrededor, comenzando su día.

—¿Todo está bien? —pregunto, mientras el miedo hace que mi estómago se retuerza. Si él me pide que me vaya, no tengo ningún lugar adónde ir.

—Todo está en orden —se frota el rostro. El hielo se ha ido, pero él luce cansado—. Solo quiero asegurarme de que sepas sobre lo que está pasando aquí para no meterte en problemas.

—Problemas —hago eco, recordando las advertencias de Raimo acerca de que yo podía ser un arma o un recurso en manos de cualquier portador—. Eso es lo último que quiero.

Él asiente.

—Sé que desprecias la magia. Muchas personas en la ciudad sienten lo mismo.

—No lo parece los días de las ceremonias.

—Tal vez no sea por la magia misma, entonces... —se encoge de hombros—. Pero muchos desconfían de la *gente* que puede hacer magia. Solo estoy diciendo que entiendo que te sientas así. Sin embargo, si mencionas eso por aquí, alguno podría sentirse ofendido.

—¿Son tan leales a la Valtia y sus sacerdotes? —replico. La idea es aterradora: ¿qué sucedería si supieran de mí? ¿Me entregarían?

—No —murmura, mientras raspa su bota contra el suelo rocoso—. No es eso.

—Es porque algunas de las personas que viven aquí también son portadores de magia —digo. *Tal como tú*, quisiera agregar. Me encuentro con sus inescrutables ojos grises, y él esboza una pequeña sonrisa, como si estuviera feliz de que yo entendiera.

—Exactamente. Y es mejor no hablar de ello. Tampoco llamar la atención sobre eso si lo ves.

—Comprendo lo que quieres decir —aprieto la mandíbula para evitar que las preguntas se escapen, mientras él comienza a recoger sus herramientas de caza; sujeta algunas al cinturón de cuero que lleva puesto.

—La gente no mágica puede estar bien aquí si deja a todos los demás en paz. Nadie está buscando pelea —sus ojos se entrecierran un momento—. Bueno… la mayoría, al menos.

Me muero por preguntar por qué ninguno de estos portadores está en el templo, donde debería estar, en especial porque eso les garantiza una educación y tres comidas al día, les da seguridad y pertenencia, pero me las arreglo para contenerme:

—Así que las personas sin magia, como yo, deben mantener la boca cerrada.

—Y como yo —dice, palomeándome el hombro—. Solo has como yo: no tienes que mantener la boca cerrada, pero no te entrometas en los asuntos de la gente.

Me lo quedo mirando, dándole vueltas a su flagrante mentira en mi cabeza. Si se lo menciono, podría echarme de su casa, sobre todo porque él no me quería aquí desde el principio.

—Gracias por el consejo.

—Tengo que ir a cazar —se echa la capa sobre los hombros.

—No voy a entretenerte —miro sus botas mientras se arrastran hacia la salida del refugio. Permanece en silencio. Pero entonces…

—¿Elli? Mi madre dijo que hiciste un excelente trabajo con el maíz.

Mi cabeza se eleva orgullosa, pero él ya se fue. Aun así, una extraña sensación de logro inunda mi pecho. No soy una inútil. Puedo moler el maíz, ponerme los calcetines, arreglarme el cabello y hacer mis necesidades sin que nadie me sostenga el vestido. Todas cosas que nunca había hecho antes de ayer.

Durante la siguiente semana aprendo a ser útil de otras formas. Maarika me enseña a usar el telar. Me hace trabajar con una gruesa aguja de cobre para coser un par de pieles. Pico hierbas, desplumo faisanes y remiendo los agujeros en los codos de la pesada túnica de invierno de Oskar, ansiosa de mantenerme ocupada dentro del refugio y evitar las miradas desconfiadas de los demás habitantes de las cavernas. ¿Qué pasaría si los ancianos me estuvieran buscando, como Raimo temía? ¿Se les ocurriría buscar aquí?

Maarika se fija en mí a menudo, con sus ojos grises sombríos e insondables. Ella nunca sonríe, pero tampoco me regaña. Si cometo un error, simplemente me muestra cómo hacerlo bien, y también es paciente con mi mano herida. Pongo toda mi gratitud en mi trabajo. Cada noche caigo en mi camastro agotada y dolorida, pero también aliviada: no he sido una carga hoy. Fui útil.

Es una vida que puedo llevar. Pienso en Mim todos los días, pero el dolor se vuelve más soportable. Lo mismo ocurre con la certeza de que jamás voy a ser reina, que nunca voy a sentir la magia dentro de mí: ya soy todo lo que estoy destinada a ser. A veces incluso siento como si fuera menos, especialmente cuando la mano me quema como si la hubiera sumergido en hierro fundido, cuando está tan sensible al tacto que el más mínimo roce me obliga a ahogar un grito. Pero aprendo también a soportar ese dolor. Estoy llena de cicatrices, y nunca seré lo que era antes, pero estoy cada vez más fuerte.

Sin embargo, a Oskar parece sucederle lo contrario. Viene de sus días de caza con una pila de presas ya limpias, tan alta que los otros hombres gruñen de celos, pero sus labios están grises de frío y debe pasar una hora frente al fuego para dejar de temblar. Se ha dejado crecer la barba, mientras que muchos jóvenes van bien afeitados. Toma su sopa hirviendo y nunca está lo suficientemente caliente para él. Pero las noches son las peores. Tose y se mueve, su agitada respiración surge de su pecho en medio del brillo de los cristales de hielo.

A medida que pasan los días, más y más fríos, Oskar se vuelve más silencioso y extenuado.

Pierdo la cuenta de cuántas veces casi cruzo la habitación para poner una mano en su hombro, con la silenciosa esperanza de ofrecerle cierto consuelo. Hay algo que me atrae hacia él. Siento ganas de sostener su rostro entre mis manos y decirle que sé lo que es, y preguntarle cómo puedo ayudarlo. Pero él solo me mira cuando se va por la mañana. Siempre me da la espalda justo antes de salir del refugio.

—Elli, has hecho un buen trabajo con los remiendos —levanta su codo y lo agita frente a mí, enseñando mi costura algo torpe—. Como nuevo.

Dice algo así todos los días, pero sus sonrisas son tan raras que quiero recogerlas en una vasija y esconderlas.

Una mañana después de que ha salido, me encuentro sentada frente al fuego, intentando recordar cómo sonaba su risa mientras como una galleta seca, y Freya sale de la cámara de su madre.

—Levántate, Elli. Vienes conmigo —dice, comienza a plegar unas pieles y las coloca en una cesta.

—Tengo tareas que hacer. Le dije que Maarika que iba a...

—Puede esperar —interviene Maarika, asomando su cabeza entre las pieles—. Has estado acurrucada en este pequeño espacio durante días.

—¿No he sido útil? —le pregunto, acerándome un poco más al fuego.

—Mucho —responde, y la línea firme de su boca se suaviza—. Pero también actúas como si estuvieras escondiéndote, y eso hace que nuestros vecinos se pongan nerviosos. Oskar no está aquí tan a menudo, así que no lo ve.

—Y nadie se atrevería a acercarse a él, sobre todo en este momento —resopla Freya—. Pero están hablando. He oído a Aira contarles a Senja y a su esposo una historia acerca de que tú eres la hija de un concejal de la ciudad, y que te escapaste porque quedaste embarazada de un mozo de cuadra –dice, y quedo boquiabierta–. El marido de Senja dijo que sería malo que un concejal viniera aquí, creyendo que hemos secuestrado a su hija descarriada. No quieren darles a los alguaciles ni una excusa más para atacarnos –se inclina hacia delante–. Entonces, ¿Aira está en lo cierto? Tú estás... –ella y Maarika echan una mirada a mi cintura.

–No está cerca siquiera –respondo, colocando la mano sobre mi vientre plano.

–Ah, bueno. Luukas estará encantado entonces. Dijo que era un rumor idiota –comenta Maarika. Pero antes de que yo pueda sonreír, agrega–: Él cree que nos estás espiando, para averiguar quiénes son portadores y llevarles esa información a los concejales y sacerdotes. Así, cuando recuperen el control de las cuevas y el cobre oculto en estas paredes, serán capaces de matarnos a todos. Ya hemos tenido espías en el campamento –las líneas alrededor de su boca se hacen más profundas–, y nos hemos ocupado de ellos, antes de que tuvieran la oportunidad de contar nuestros secretos.

Me llevo las rodillas al pecho, imaginando cómo los habitantes de las cuevas podrían "ocuparse" de un espía.

–Ayer oí a Luukas en su refugio decirle a Veikko, su hijo mayor que también es un portador... que deberían pedirle a Oskar que se deshaga de ti o harán que toda su familia se vaya. ¿Tiene razón Luukas? Tú apareciste apenas dos días después de que Sig echara a los mineros. ¿Eres una espía?

–Definitivamente no –le digo con voz hueca. Un escalofrío rueda a través de mi espalda.

–Pero nadie va a saberlo si no sales y actúas como una persona normal –opina Freya, tirando de mi brazo para que me levante.

—Maarika, nunca tuve la intención de poner en peligro a tu familia —digo con la voz temblorosa.

—Lo sé, Elli —asiente con la cabeza—. Pero ahora tienes que salir y mostrarles a los *demás* que no eres peligrosa y que no tienes nada que ocultar —dice, y desaparece en su habitación.

Sigo dócilmente a Freya a través de la caverna principal, mientras intercambia pieles y carne de alce por otros objetos para satisfacer necesidades básicas: hilo y tela, panes y un cubo de grasa. Ella me presenta a todos como "la chica que Oskar salvó de una trampa para osos" o "la chica que Oskar encontró casi muerta en el bosque". Ninguno de los habitantes es abiertamente hostil, pero tampoco es un grupo conversador ni amable. Siento su cautela, como una mano firme que me empuja hacia fuera. Y puedo darme cuenta: *todos* tienen algo que ocultar. Por eso están tan nerviosos.

Me encuentro preguntándome cuáles son portadores y cuáles, delincuentes.

A medida que interactuamos con ellos, empiezo a notar signos de magia a mi alrededor. Pequeños, sutiles, inequívocos. Le cambiamos una piel por una pila de leña a un hombre de barba negra llamado Ismael, que aviva un fuego hasta que surgen llamaradas, pese a que solo usa hojas blandas como leña.

Después, Freya se dirige a una mujer que tiene una taza de té caliente en la mano y la enfría haciendo un remolino con el dedo. Resulta ser Senja, cuyo marido, Ruuben, temía que yo atrajera a los alguaciles. La mujer lame el té de su dedo, mientras focaliza su mirada en mi vientre, así que estiro la tela de mi vestido hacia abajo para que vea que no hay bebé que ocultar.

—Un placer conocerte —me dice bruscamente.

Luego Senja acomoda su largo cabello rubio por encima de su hombro y le acerca la taza a su pequeña hija, de unos seis o siete años.

—Kukka, está tibio. Bébelo —le dice.

La niña, cuyo cabello dorado es rizado y está enredado, observa el líquido con una sonrisa pícara, y este se congela al instante. Mis ojos se abren de par en par.

—¡Deja de hacer eso, pequeña traviesa! —gruñe la mujer y me lanza una mirada nerviosa, de inmediato se coloca de tal modo que ya no puedo ver a Kukka—. Estoy segura de que tienen trabajo que hacer en otro lado.

—Nunca diría nada —comento, pero no puedo quitar la vista del bloque de té congelado en la taza de Kukka.

—Bueno, eso espero. Porque cualquiera que trate de llevarse a mi hija...

—Gracias por los calcetines, Senja. ¡Disfruta de la piel! —la interrumpe Freya, luego toma mi mano izquierda y me aleja del refugio, mientras le avisa que Maarika le traerá más tarde algunos bocaditos de maíz de los que Kukka adora.

Sigo a la hermana menor de Oskar a través de la caverna, sin dejar de pensar. Senja es una portadora, y también su hija. ¿La magia pasa de padres a hijos? Nunca había considerado esa posibilidad. Los portadores no tienen hijos: siempre ha estado prohibido el matrimonio para los sacerdotes, aprendices y acólitos; ni hablar de tener hijos. Pero, de nuevo, yo siempre había pensado que todos los portadores de magia residían en el Templo en la Roca, dedicados a la Valtia y con sus vidas al servicio de los Kupari. Al parecer estaba muy equivocada.

—Freya, ¿Maarika es portadora? —pregunto cuando llegamos a un refugio ubicado en la parte posterior de la cueva.

—No –responde, con una mirada afilada–. ¿Por qué crees eso?

—No lo sé –*excepto que he pasado al menos una hora cada noche viendo cómo las gotas de sudor se congelan en la frente de Oskar.* La sospecha en el rostro de su hermana es suficiente para callarme, a pesar de que me gustaría consultarle también por su padre. Ninguno de ellos lo mencionó nunca.

—Harri –grita Freya de repente, y saluda a un joven de cabello negro y rizado que tiene su refugio lleno de armas finas, capas y pares de guantes, y hasta una interesante cantidad de adornos de cobre, como los que usan las mujeres más ricas de la ciudad. Nos da un nuevo cuchillo de caza para Oskar a cambio de varios paquetes de carne de alce, una piel de castor y el siguiente pavo que Oskar cace.

—Dile a tu hermano que mejor que sea uno gordo –exclama Harri con una sonrisa, revelando grandes hoyuelos en sus mejillas.

—Sabes que él nunca te daría un ave flaca en pago por tus bienes –replica Freya poniendo sus manos en las caderas.

—Nunca lo desafiaría –aclara el joven, levantando las manos–. Es demasiado gruñón –me guiña el ojo–. ¿Pero tal vez nuestra chica nueva lo está poniendo de mejor humor?

Me gustaría que eso fuera cierto y estoy a punto de decirlo, pero Freya abre la boca sorprendida:

—Harri, eres el muchacho más canalla de estas cuevas –su rostro está sonrojado–. Pide disculpas.

—¿Por qué? –pregunto, con las cejas levantadas.

Él ríe mientras se coloca delante de mí y hace una profunda reverencia.

—Querida chica nueva... –empieza, pero Freya golpea su brazo.

—Su nombre es Elli –le indica.

—Querida, queridísima Elli, la de cabello cobrizo y preciosos ojos azules —doy un paso hacia atrás, nerviosa porque ha registrado mis facciones, pero él continúa en tono juguetón—. Por favor, perdona cualquier insulto velado, insinuación, implicación, intimación —mira hacia arriba y sonríe, y no puedo evitar responder a su sonrisa—. ¿Estoy perdonado? —cuando asiento con la cabeza se endereza—. Y también puedo suponer que tú y Oskar no están... eh... ¿enredados?

Lo miro boquiabierta, y entiendo finalmente por qué Freya se ofendió.

—Sí. Por favor, supones bien —ahora *mi* rostro se debe haber sonrojado.

—Entonces, sin duda voy a verte por aquí —dice, mientras pliega la piel de castor sobre su brazo.

—Es el más seductor en este campamento —comenta Freya, cuando vamos camino al corazón de la comunidad, en el centro de la caverna—. El mayor carterista, también. Nunca se atrevería aquí, pero él ingresa en la ciudad... hay modos de hacerlo. Y siempre regresa con cosas —sostiene el nuevo cuchillo de Oskar—. Dudo que provenga de su honestidad.

Maarika está de rodillas frente al fogón comunitario, amasando en un receptáculo de piedra junto con otras dos mujeres. Sus ojos se encuentran con los míos a medida que nos acercamos, y ruego a las estrellas poder leer su mente. Freya agita la nueva adquisición frente a ella, y la mujer sonríe.

—Luce afilado y fuerte —dice en voz alta.

Las otras mujeres miran hacia arriba, y sus rostros se tuercen en idénticas muecas de desconfianza cuando me ven. La de la izquierda es una joven de mi edad; tiene cabello negro y grueso y ojos verdes, y parece particularmente amargada.

–Esa es Aira –susurra Freya–. Es la hija de Ismael, y siente algo por Oskar. Por eso odia que estés viviendo en nuestro refugio.

–¿No es quien ha corrido el rumor de que estoy embarazada de un mozo de cuadra? –pregunto, y Freya se ríe.

–Sería conveniente para ella que fuera verdad –responde, mientras la saluda con la mano y le echa una sonrisa dulce como el azúcar.

–Nos estábamos preguntando cuándo ibas a salir de tu escondite –dice la chica apenas nos acercamos a la artesa. Sus manos están cubiertas de una masa pegajosa de color café.

Echo un vistazo alrededor. Aparte de la otra mujer, que es mayor que Maarika y tiene un ojo nublado y otro azul brillante, solo hay un hombre. Este es delgado, no más alto que yo y tiene la nariz abollada. Me mira y gruñe.

–Sale sin problemas: cada vez que quiere espiar. Dime, niña, ¿cuándo van a aparecer los alguaciles y los sacerdotes?

–Esperemos que nunca. Pero si vienen, no será por causa mía.

Deseo que así sea por el bien de las personas, que busquen a la verdadera Valtia en lugar de perder el tiempo en tratar de encontrarme.

–Luukas –interviene Maarika con voz queda–. Elli estaba herida cuando llegó con nosotros –señala con un gesto mi mano derecha, las llamativas cicatrices rosadas y los dedos que faltan–. Para ser una espía, lleva un disfraz bastante elaborado.

El hombre se mastica el interior de la mejilla, mientras analiza mi mano; luego sus ojos se elevan a los míos:

–Entonces, ¿qué pasó contigo?

–Era una sirvienta –digo, y espero que no pueda oír el temblor en mi voz.

–¿En qué casa? –pregunta Aira.

Inclino la cabeza, y mi corazón palpita a un ritmo frenético.

—Preferiría... mejor no decirlo —hago un gesto hacia atrás, rogando a las estrellas que mi historia sea creíble—. Me acusaron de robar. Y no lo hice. Pero mi señora no me creyó. Ella me azotó y me echó. Y luego fui expulsada de la ciudad por robar un pastel de carne... es que estaba tan hambrienta —echo un vistazo hacia ellos y encuentro una desconcertante variedad de reacciones.

La simpatía parece surcar la frente de Maarika. La mujer del ojo nublado está al borde de las lágrimas. Los labios de Luukas están apretados, como si estuviera tratando de detectar el engaño. Y Aira tiene el ceño fruncido.

—Así que eres una ladrona —comenta ella—. ¿Y debemos creer en tu palabra de que fuiste desterrada? Podrías estar huyendo de un castigo peor. ¿Cómo sabemos a ciencia cierta que tu señora no ha enviado a los alguaciles detrás de ti?

—¿Por qué no confiarías en ella? —resuena una voz áspera detrás de mí. Es Oskar, que sale del túnel posterior con otros hombres. Su largo cabello está mojado; debe venir de lavarlo. Tiene los labios grises por el frío y su mandíbula está endurecida, como si estuviera tratando de evitar que sus dientes castañetearan. Se limpia el rostro con un paño de lana y lo deja caer por encima de su hombro, mientras se aproxima hacia nosotros junto a los otros—. ¿Cuántos aquí tienen historias similares? ¿Cuántos aquí han sido desterrados? No tenemos más remedio que confiar unos en otros.

—Lo siento, Oskar —dice Aira con voz sedosa y precavida—. Tengo el deber de proteger a las personas de estas cavernas.

Él se pasa la lengua por los dientes y le echa una mirada dura.

—¿Y crees que yo no?

–Sé que tú también –dice, desviando la mirada.

–¿Confías en ella? –pregunta un muchacho de la edad de Oskar, señalándome con el dedo. Es delgado, con una mirada cautelosa en sus ojos grises, y lleva varios trapos sucios debajo del brazo. Se aleja de Oskar y se coloca al lado de Luukas.

–Veikko, cuando la encontré, ella estaba tan cerca de la muerte como se puede llegar.

Oskar está tan cerca de mí, que veo la piel erizada en su garganta. El frío emana de él como las olas del Lago Madre, pero no me hace temblar como lo haría un viento fuerte. Tal como sentí cuando Raimo trató de curarme, este frío es algo que entiendo con la mente, aunque mi cuerpo parezca inmune a él. A lo que no soy inmune es a su mirada cansada y triste, mientras continúa hablando con Veikko.

–… las marcas de latigazos en la espalda de Elli son las peores que haya visto, salvo un caso.

Ahora me doy cuenta de que Veikko es el hijo mayor de Luukas que mencionó Maarika. Se muerde el labio y me mira de arriba abajo.

–Sí. Recuerdo –murmura–. De todos modos tenemos problemas más grandes.

–¿Averiguaste algo en la ciudad? –le pregunta Luukas, golpeándolo en la espalda.

–Creí que los alguaciles habían tapado el agujero en el muro de la ciudad. ¿Encontraste otra forma de entrar? –pregunta Aira, mientras se sienta sobre sus talones y comienza a quitarse la masa de las manos con un paño húmedo.

Veikko sonríe, revelando un pequeño espacio entre sus dos dientes delanteros que le da un encantador aire de pícaro.

–Hice otro. Se conecta a un callejón, al lado del camino de Lantinen.

Hay que arrastrarse por un basural, pero hace que la entrada sea difícil de ver —señala su cabello húmedo y agita los trapos sucios hacia Aira, que arruga la nariz. Ahora entiendo que esa es su ropa sucia.

—¿Entonces, Veikko? ¿Vamos a tener un buen invierno, o no? —le pregunta su padre, apretándole el hombro.

—Toda la ciudad habla de lo mismo —su sonrisa ya no está—: de cómo se ha congelado el suelo y que los jardines murieron. La explicación de los sacerdotes es que la nueva Valtia solicitó un aplazamiento de la coronación para poder llorar la muerte de la anterior.

Se me retuerce el estómago.

—¿Ha pasado esto antes? —pregunta Oskar con el ceño fruncido.

—No —responde la mujer del ojo nublado—. Pero tal vez la vieja Valtia no esté realmente muerta —sus manos llenas de masa revolotean sobre la artesa—. Creo que los ancianos inventaron toda la historia de la invasión de los Soturi para encubrir sus deseos de quedarse con el poder. Tienen a la Valtia encadenada en alguna parte, y le hacen cosas malas —su voz se eleva—. Préstame atención: son los ancianos quienes están al mando ahora. ¡Solo estaban esperando el momento oportuno!

El modo en que todos a su alrededor evitan mirarla, me hace pensar que este no es su primer arrebato.

—Josefina, silencio —dice Maarika, y empuja suavemente a la mujer con el hombro—. La Valtia es demasiado poderosa como para eso.

Esta niega con la cabeza, su cabello rubio encanecido se balancea alrededor de su rostro.

—La Saadella probablemente también esté encerrada —continúa con la voz entrecortada—. Los ancianos lo harían… lo harían —se apoya en Maarika, como si estuviera a punto de derrumbarse y tiene la frente bañada en sudor.

Observo con más detenimiento a Josefina, preguntándome si es una portadora de fuego, especialmente cuando Aira hace una mueca y se aleja tirando de su túnica, como si estuviera tratando de abanicar aire frío hacia ella.

—Yo estaba en la ciudad cuando se anunció la muerte de la Valtia —arriesgo—. Los ancianos salieron en busca de la nueva Saadella. No harían eso si la primera estuviera viva.

—Es cierto: se aventuran a salir cada día para encontrarla —comenta Veikko—. Incluso ofrecen una fortuna si su familia la entrega. Han duplicado la recompensa —sus ojos se encuentran con los de Oskar—. Pero entonces, ¿qué hay de malo con la nueva Valtia? ¡El aire está helado! ¿Por qué no nos da calor?

—¿Lo sienten aquí, en las tierras lejanas? —pregunto, mirando a Oskar. Y él me regala una pequeña sonrisa.

—No tanto como en la ciudad, me imagino. Tenemos un verdadero invierno aquí, pero ella ha mantenido el frío más duro alejado hasta este año.

La culpa crece dentro de mí. Oskar necesita ese calor, está sufriendo sin él.

Aira se levanta y se acerca a su lado. Frota la mano por su brazo.

—Gracias —susurra él.

Siento una punzada en el pecho mientras observo cómo sus dedos se deslizan por su brazo; desearía poder ofrecerle algo también.

—¿Y qué tal si la nueva Valtia murió de pena? —comenta Aira—. Tal vez por eso no hay calor.

—Ese es otro de los rumores —dice Veikko, aproximándose un poco a ella, como si esperara que también lo toque. Creo que es portadora de fuego y desprende calor, aunque apenas puedo sentirlo—. Las personas están exigiendo saber la verdad. Por qué no ha habido un funeral por la antigua Valtia, y por qué no se ha coronado a la nueva. No es bueno: sobre todo porque dicen que se han avistado barcos frente a la costa sureste.

–¿En Vasterut? –Luukas está pálido–. Más nos vale que el Lago Madre se congele pronto. Esos bastardos Soturi no se dan por vencidos. La Valtia puede haber destruido parte de su armada, pero esas no eran sus únicas fuerzas.

–¿Cómo lo sabes? ¿Qué tan grande es su imperio, y qué es lo que quieren? –indago. Fueron las mismas preguntas que los sacerdotes no quisieron responder, con la excusa de que lo sabría cuando estuviera lista, cuando realmente necesitara la información.

Luukas ríe.

–¿Qué quieren ellos? Cobre. Grano. Carne. Esclavos. Cualquier cosa que puedan tomar. Durante los últimos quince años han estado amedrentando a la gente de nuestra costa, con un par de incursiones anuales, pero no más que eso. Antes de que tomaran Vasterut, te hubiera dicho que eran solo un grupito de tribus desorganizadas, no un imperio.

–Pero sin importar lo que fueran antes, ahora tienen deseos de conquista –digo en voz baja. Recuerdo cuando la noticia alcanzó el templo, y llegó hasta mí gracias a los astutos ojos y oídos de Mim: el enviado de Vasterut rogó ayuda a la Valtia, pero los ancianos lo rechazaron sin darle una audiencia.

–Sí –asiente Veikko–. Deberíamos haber sabido que luego vendrían por nosotros.

–Pero la Valtia destruyó su armada –agrego, mientras mis dedos se retuercen doloridos al recordar las olas embravecidas y los truenos... y a Mim, apoyándome durante ese momento–. Eso hará que lo piensen dos veces antes de volver a intentarlo.

–No si se enteran de que no tenemos una Valtia –dice Oskar, con la mirada fija en el fuego.

–Sin Valtia, bien podríamos ofrecernos como esclavos ahora mismo –se lamenta Josefina, pasándose las manos cubiertas con masa por el pelo–. Los sacerdotes no nos salvarán. Ellos solo se preocupan de sí mismos.

–Y no tenemos ejército –añade Luukas–. Nunca pensé que diría esto, pero espero que los ancianos en el templo tengan un plan.

–Oh, sí que lo tienen –susurra Josefina, con sus mechones enmarañados que cuelgan sobre su rostro–. Siempre hay un plan –comienza a llorar. Maarika pone su brazo alrededor de la abatida mujer, la ayuda a ponerse de pie y la guía hasta un pequeño refugio, ubicado cerca de la entrada de la caverna.

Trago saliva a medida que las veo irse. Josefina tiene razón en algo: los ancianos están a cargo ahora. Pero los Kupari necesitan una Valtia. Con todo, me gustaría ser ella. Se suponía que iba a serlo. Y si lo hubiera sido, el pueblo y hasta estos extraños habitantes de las cuevas estarían más seguros.

Pero no soy nada.

Doy unos pasos hacia el túnel otra vez, mi pecho vacío ahora está lleno de desesperación.

–Yo... Necesito... –empiezo a decir, pero pensar una excusa es demasiado trabajo. Agito mi brazo hacia el túnel y avanzo hacia allí, con mi visión nublada por las lágrimas. Tengo que encontrar a Raimo. Necesito que me diga qué puedo hacer. Si se supone que puedo hacer una diferencia, ¿cuál es esta? Sé que yo existo para el pueblo: eso fue grabado en mi corazón cada día mientras fui Saadella. Y Raimo insistió en que nada ha cambiado. Entonces, ¿cómo puedo hacerme a un lado mientras todo se desmorona?

Antes de darme cuenta, ya pasé la cámara de alivio, la caverna con el arroyo helado donde los habitantes lavan su ropa y sus cuerpos, y he volteado la esquina para llegar al túnel que conduce a la guarida de Raimo. Sin antorchas, el camino es negro y denso como la tinta. Mis zapatillas se resbalan sobre las rocas mojadas, y mi propio jadeo resuena en mis oídos.

—¡Elli! —la voz de Oskar es un eco a través del túnel. La luz anaranjada del fuego hace retroceder a la oscuridad—. ¿Qué estás haciendo, por todas las estrellas del cielo?

Me reclino contra la pared áspera y fría del túnel mientras él se acerca, y las llamas de su antorcha hacen bailar nuestras sombras.

—Necesito encontrar a Raimo —digo con la voz quebrada.

—¿Estás enferma? —pregunta, confundido.

Niego con la cabeza. Pero entonces recuerdo que no debería contarle nada sobre mí, y asiento.

—Bueno, ¿sí o no? —su voz tiembla en el aire húmedo de este túnel.

—Eh... quería preguntarle... acerca de mis... —levanto mi mano derecha.

—¿Las ampollas? —dice, tras levantar la luz y observar la palma de mi mano. La acerca a mí y echo una ojeada a los callos que se van endureciendo.

—No —respondo. El dolor que me producen es satisfactorio. Significa que he trabajado duro—. En realidad... —señalo mis nudillos llenos de cicatrices y digo lo primero que se me ocurre—. Uno pensaría que, una vez cortados, realmente se han ido. Que no iba a sentirlos nunca más. Pero es todo lo contrario –mi voz se ha convertido en un chillido estrangulado–. Me duelen más ahora que cuando eran parte de mí –digo, me doy cuenta de que no estoy hablando solo de mis dedos. Estoy hablando de mi vida. Mim. Sofía. Mi futuro. Mi deber. Todo perdido, todo atormentándome.

Los ojos de Oskar se ven oscuros cuando se acerca. Me ofrece su abrazo, vacilante, como si pensara que podría asustarme. Pero me siento tan desdichada que lo acepto, apoyo la cabeza en su pecho, cierro los ojos con fuerza, el dolor de todos mis fantasmas me abruman. Él me acaricia el cabello y me calma como si fuera una niña.

–No sabía que te dolía tanto –dice en voz baja–. Parecías estar tan bien.

–Necesito a Raimo –mis manos se aferran de su túnica. Me gustaría poder cargar todo este peso en sus anchos hombros, porque estoy muy cansada de llevarlo sola–. Raimo me dejó ir demasiado pronto. Él tiene las respuestas que necesito.

–No lo encontrarás ahora, Elli. Desaparece cada invierno, y lo ha hecho desde que lo conozco. Si pensara que es posible ubicarlo, te llevaría yo mismo.

Creo que Oskar lo haría. Lo sé por el dolor en su voz. Oprimo mi frente contra su hombro firme, inhalando el olor a humo de leña, sudor y algo frío y astringente.

–No sé qué hacer. Todo se vino abajo, y no puedo reconstruirlo –susurro. El corazón de Oskar patea fuerte debajo de mi mano. Busco sus ojos, pero su rostro se dirige al techo del túnel.

–Sé lo que es eso –murmura. Su brazo se aleja de mí, y doy un paso atrás.

–¿Y qué hiciste? –pregunto.

—Seguí adelante. Continué con mi vida –me ofrece su mano libre, y cuando la tomo, baja la vista hacia mí.

–Lamento que duela.

Va a doler para siempre. Eso es lo que dicen sus ojos.

¿Pero qué puedo hacer? ¿Desmoronarme? ¿Gritar y llorar? No. Estoy destinada a algo grande. No estoy preparada para dejar de creerlo todavía.

Me limpio los ojos y dejo escapar un largo suspiro.

–Supongo que voy a seguir viviendo, entonces –digo, y mis palabras hacen eco a lo largo del túnel.

Oskar aprieta mis dedos. Con mi mano en la suya, me guía de nuevo a la caverna principal.

CAPÍTULO XII

A medida que los días se hacen más cortos y la oscuridad se extiende, sigo viviendo. Pero Oskar parece morir un poco cada noche. Se queda despierto hasta tarde mirando el fuego, pero finalmente se duerme y el hielo comienza su tortura nocturna. A pesar de que es doloroso de ver, no puedo dejarlo solo; aunque no ha vuelto a hablarme desde ese día en el túnel. No lo tomo como algo personal: no ha hablado con nadie más. Es como si todo su ser estuviera enfocado solo en su interior.

En la quincena que sigue, luego de que Freya y Maarika pusieran fin a mi escondite, me aventuro a salir todos los días. Almuerzo con las mujeres alrededor del fogón comunitario, le llevo el té a Oskar mientras juega a las cartas por las tardes. Me encuentro con los ojos de la gente. Les sonrío. Conversamos sobre el aquí y ahora: la mejor manera de engrasar las botas para evitar que la humedad se filtre, cómo afilar un cuchillo para separar de modo más eficiente la piel de la carne o cuánta agua añadir a la harina de maíz para mantenernos satisfechos y, a la vez, hacer durar lo que nos queda.

Pero hay un *ahora* que no nos deja en paz. Todos los días hablamos de si han hallado a la Saadella, por qué su familia no la ha entregado a los ancianos aún, cuán gruesa se ha vuelto la capa de hielo del Lago Madre... y si los Soturi se atreverían a cruzarlo a pie. Estoy tan hambrienta de respuestas como el resto, aunque tal vez más, porque tengo mucho que aprender acerca de este mundo y mi lugar en él. Sin embargo, cuando la conversación gira en torno a la Valtia y por qué nos ha abandonado, me excuso y salgo desesperada en busca de alguna tarea que hacer, con el estómago revuelto por una amarga mezcla de fracaso y vergüenza.

Un día Maarika me envía a vigilar a Kukka, mientras Senja hornea. La niña se deleita con su magia, creando carámbanos en las grietas de las rocas y haciéndolos crecer como frágiles ramas frente a mis ojos.

—Mami me enseñó —dice, y ríe, haciendo que me pregunte cómo serían los Kupari si los portadores de magia vivieran como todos los demás, y tuvieran familias como todos los demás. Si la magia se enseñara con la misma naturalidad con que los niños aprenden a hablar y a comportarse: bajo la mirada vigilante de sus padres; en lugar de en el templo, bajo la estricta guía de los sacerdotes. ¿Seríamos más fuertes como pueblo o más débiles? ¿Tendríamos más magia entre nosotros o menos?

Cuando Senja regresa, vuelvo al refugio y encuentro Maarika prendiendo el fuego.

—Oskar estará en casa pronto —murmura.

Me pongo en cuclillas junto a ella y comienzo a apilar piedras planas en el borde de la fosa: cuando él llegue, todo gris y tembloroso, podrá extender una capa allí y tener un lugar cálido para sentarse. Maarika observa mis movimientos y aprieta los labios.

—Siempre me pregunto si hoy será el día que no logre volver a casa —dice. Al tomar conciencia de sus palabras, una de las rocas se escapa de mi mano y cae junto al borde de la fosa, casi sobre mis pies. Ella deja escapar un silencioso suspiro para ahogar la risa, y me ayuda a recogerla—. Pienso en eso todos los días, pero rara vez lo digo.

Y ahora yo lo estoy pensando, y no me gusta en absoluto cómo me hace sentir.

—Oskar parece muy fuerte —digo.

—Lo sé —se encoge de hombros—. Pero en las tierras lejanas las personas se pierden en un instante. Siempre ha sido así —se sienta de nuevo para dejarme continuar mi trabajo, con la mirada muy lejos de aquí.

—Has perdido a alguien —mi voz es suave: temo ahuyentar sus palabras, porque Maarika las comparte muy poco.

—A mi marido, hace muchos años —sus ojos se fijan en mí y luego su mirada se pierde en la distancia—. Un accidente de caza. Y antes de eso, a mi hermano y a toda su familia. Ellos vivían en la costa, en la casa donde nací, donde murieron mis padres —lanza algunos trozos de corteza a las llamas—. Los visitábamos a menudo. La hija de mi hermano, la pequeña Ansa... —sonríe y se inclina rápidamente, sus dedos ásperos acarician mi pelo y luego los deja caer—. Tenía el cabello como el tuyo, y brillaba a la luz del sol. Ella y Oskar corrían carreras por las dunas, y Ansa siempre lo vencía.

—Las piernas de Oskar son muy largas, ella debe haber sido rápida —río con asombro.

—Oh, sí. Muy rápida —exclama tras varios segundos—. Era una cosita pequeña y feroz. Freya es un poco como ella —mira hacia otro lado. Pongo otra piedra en el borde de la fosa y espero. Ella finalmente susurra—: Fueron los Soturi, vinieron del Lago Madre una noche. Se robaron todo lo de valor y quemaron el lugar. Un día mi hermano tenía una vida perfecta, una familia, una hermosa hija y a la mañana siguiente, todos se habían ido. Cenizas y polvo. Hace que te cuestiones por qué creemos que habrá un mañana, por qué asumimos que tendremos el próximo minuto, y luego el otro y el otro.

—Pero tú lo crees —digo, señalando hacia el fuego, las rocas, el refugio—. Y sabes que Oskar también lo hace.

—Eh, sí. Tengo esperanza —esboza una sonrisa vacilante, y toca una piedra que se está calentando—. Y voy a protegerla hasta mi último aliento, con todas mis fuerzas, por pequeña que sea —sus ojos se encuentran con los míos, y leo el mensaje en ellos: Oskar es su esperanza; su familia es su vida.

Ella confía en mí y, al mismo tiempo, me advierte. ¿Sabrá que Oskar es un portador? ¿Sospechará que yo también lo sé? Siento tantos deseos de preguntarle por qué él se oculta, por qué sufre de ese modo, pero yo misma guardo demasiados secretos.

—Si tuviera mi propia familia —digo lentamente—, los protegería tal como tú.

—En este momento, nosotros somos tu familia —su mirada es inquebrantable.

—Entonces, trabajaré para protegerla. Incluso si todo lo que puedo hacer es calentar piedras junto al fuego.

Maarika me aprieta el brazo y luego desaparece en su espacio privado.

Miro fijamente el lugar donde ella estaba, y espero haber pasado la prueba a la que acaba de someterme.

Al día siguiente, por la tarde, voy con Freya hacia las oscuras cavernas traseras, donde la corriente subterránea conduce el agua helada hasta una amplia canaleta para luego desaparecer bajo la roca. Nos quitamos los calcetines para lavar.

–¿A ti te parece que Oskar está bien? –pregunto, obsesionada por el recuerdo de su sueño atormentado la noche anterior.

–Él siempre está de mal humor en invierno –responde, encogiéndose de hombros–, pero sin duda este año es peor.

–Es más que mal humor –digo, haciendo una mueca cuando las plantas de mis pies tocan el agua. Únicamente uso la mano izquierda para lavar, porque la derecha es terriblemente sensible al frío; algo que descubrí de la peor manera la primera vez que la sumergí en la corriente. Pasaron varias horas hasta que dejó de doler, y todo el tiempo pensé en Oskar, lo adolorido que parece cuando vuelve de los pantanos helados–. ¿Crees que podría estar enfermo? –indago. Estoy tan ansiosa de oír su respuesta que se me olvida ser precavida.

–Ey. ¿Qué es eso? –exclama de repente cuando ve la marca de la llama en mi pantorrilla.

–Es solo una cicatriz –digo con voz fuerte y chirriante, mientras me tapo con el vestido–. Una vez cuando era pequeña, estaba curioseando junto al fuego y me quemé con un atizador.

–Eso debió doler terriblemente –dice en voz baja–. Las quemaduras son lo peor.

–Sí. Nunca volví a hacer algo tan estúpido –agradezco a las estrellas que me haya creído.

Después de lavar, yo tiemblo por el agua helada y Freya extrañamente parece disfrutarlo. Regresamos al refugio donde tomamos dos cestas y salimos a recoger ramas para leña. Envuelvo mi mano derecha en tres capas de lana para tratar de protegerla del viento helado y realmente lamento no tener un par de guantes. Cuando salimos de la cueva, nos encontramos con Aira y su padre Ismael. Este tiene una espesa barba negra, una cicatriz que le divide una ceja y, según recuerdo, posee la capacidad de prender fuego a partir de hojas húmedas. Aira acarrea una sierra e Ismael trae una sarta de pescados. Ambos visten capas livianas a pesar del intenso frío.

Veikko está con ellos, y lleva puesta una gruesa capa de la piel y guantes gruesos.

—... por la puerta principal esta vez —les está contando—. Hay escasez de vegetales, así que cuando le ofrecí al alguacil una bolsa de patatas, ¡me dejó entrar sin más!

—De mal en peor —comenta Ismael, preocupado—. ¡Pronto va a ser la gente de la ciudad la que venga a asaltarnos a *nosotros*!

—La mayoría de los ciudadanos no tiene idea de cómo valerse por sí mismo —dice Veikko, mirando los pescados—. Están acostumbrados a las cosas fáciles. Se han echado a perder por el calor y la abundancia. Ahora que este se ha ido, son como pichones huérfanos —levanta las cejas—. Más les vale que una comadreja hambrienta no encuentre el nido antes de que su madre regrese.

—Si esa comadreja cuenta con *snekkars* y espadas anchas, puede que dé lo mismo —se burla Aria.

Freya y yo los encontramos en el área abierta, frente a la entrada de la caverna. Las paredes rocosas y escarpadas de las colinas que nos rodean ocultan a la vista la cueva. Aira me sonríe. Creo que ha notado que Oskar no me trata distinto a los demás, y ya no me considera una amenaza para sus esperanzas románticas. También sonrío, a pesar del dolor que siento en el pecho, ya familiar, cada vez que pienso en él.

—Si hay escasez de alimentos, ¿el templo podría compartir parte de su excedente con los ciudadanos? —pregunto—. Tienen comida en abundancia de sus propios jardines, y toda la magia que necesitan para mantener las plantas sanas.

—El templo no comparte nada con nadie —responde Veikko con el ceño fruncido—. Ahora está cerrado a cal y canto. Solo los ancianos se atreven a dejarse ver en la ciudad.

—Porque la gente les teme —recuerdo la forma en que abrían camino a medida que Aleksi y Leevi pasaban. Solía pensar que era admiración y respeto, pero ahora me pregunto si estaba equivocada, como lo estuve sobre tantas otras cosas.

—Exacto —asiente Ismael, rascándose la barba—. Nadie se atreve a acercarse a ellos. Pero a medida que la gente tenga más hambre, la desesperación será mayor que el miedo.

—Ya está sucediendo —comenta Veikko—. Ayer hubo disturbios en el mercado debido al precio de los alimentos y por el rumor de que los sacerdotes han acaparado toneladas de cobre que podría ser utilizado para comerciar. Algunas personas gritaban que había que asaltar el templo.

—Los ancianos están preocupados por la escasez de cobre —replico.

—Pero ¿por qué les importa tanto a los sacerdotes? —se pregunta Aira—. El consejo de la ciudad debería estar más preocupado.

—Porque el cobre es... —de repente me doy cuenta de que estoy parada sobre la capa de hielo más fina posible. Aira, Ismael y Veikko me están echando miradas igualmente curiosas—. Yo... estaba en una panadería buscando bollos para el desayuno de mi señora y escuché por casualidad a una de las criadas del templo decir que el cobre es la fuente de la magia de los Kupari.

—Una vez oí a Raimo decir lo mismo —afirma Ismael, haciéndome casi caer de alivio cuando los demás dirigen su atención a él. Pero luego añade—. Pero ¿cómo sabes que los ancianos están preocupados por la escasez, Elli?

–Mi... mi señor en la ciudad... –mi rostro arde ante el temor de haber revelado demasiado, pero continúo– él hizo negocios con uno de los ancianos hace poco y... cenó en el templo. Al parecer surgió el tema. Escuché por casualidad que se lo decía a mi señora esa noche.

–Escuchas por casualidad muchas cosas interesantes –observa Aira, con sus labios curvados con recelo.

–Tiene sentido, sin embargo –dice Veikko–. Esos mineros estaban desesperados por tener acceso a nuestras cuevas. Y volverán.

–Y podrían traer sacerdotes, ya que también se interesan en el cobre –Ismael mira por encima del hombro hacia la cueva principal, donde decenas de familias se ocupan de sus actividades cotidianas. Noto que luce un poco enfermo–. Supongo que podríamos estar agradecidos de que haya un poco de agitación en la ciudad. Espero que mantenga a todos ocupados durante algún tiempo más.

–Puede que no sea suficiente –dice Veikko–. Oí a dos de los alguaciles que vigilan la puerta contarse una buena historia –se inclina hacia delante, abrigándose en su capa de piel mientras una brisa helada nos rodea–. Uno de ellos declaró que un sacerdote le había enviado un mensaje: le pedía que continuara buscando a la Valtia.

Un frío brutal me corre por la espalda, pero Aira deja escapar una carcajada.

–¿Qué? ¿Como si ella pudiera estar vagando por las calles?

–Dijeron que se había vuelto loca de pena y huyó –se encoge de hombros–. Piensan que podría haber escapado a las tierras lejanas.

–Eso es una locura –digo en voz alta. Y siento que voy a vomitar sobre las piedras a mis pies–. ¿Cómo podía siquiera hacer eso? –me aclaro la garganta para ahuyentar el temblor de mi voz–. La reconocerían de inmediato.

–Tal vez –asiente Ismael–. Es difícil creer que podría ocultarse, especialmente si no está en su sano juicio. Da un poco de miedo pensar en ello, si me lo preguntas.

–Exactamente –dice Veikko.

–No se puede ocultar tanta magia –sentencia Aira, poniendo los ojos en blanco.

El rostro de Oskar aparece por un segundo en mi mente.

–Estoy de acuerdo –digo rápidamente–. Sobre todo si está desequilibrada. Suena como si el alguacil le hubiera estado jugando una broma a su amigo.

–Las historias que salen de esa ciudad son más locas cada semana –comenta Freya, riendo–. Vamos, Elli. Debemos ponernos en marcha o no regresaremos antes de que oscurezca.

No puedo alejarme lo suficientemente rápido. Mientras avanzamos, me envuelvo en mi capa, como si esta pudiera protegerme de mis propios miedos. Caminamos hasta el sendero empinado que va a los pantanos, luego giramos hacia el oeste y nos dirigirnos a un pequeño grupo de árboles en una colina que domina el Lago Madre. Todo el tiempo trato de convencerme de que tenía razón, de que el alguacil estaba haciendo una broma cruel. Los ancianos deben asumir que estoy muerta y me han dejado ir. ¿Sabrán que no soy la verdadera Valtia? De pronto, recuerdo lo que dijo Raimo: *¡Ellos nunca se dieron cuenta!* Y nuevamente me trago el temor, mientras junto ramas secas.

La luz del sol se desvanece y el aire frío muerde mis mejillas. Puede que no haya nevado aún, pero el invierno ha hundido sus dientes profundamente. Nunca he sentido tanto frío como en las últimas semanas. En el templo, siempre estaba agradablemente cálido o fresco. Ahora entiendo lo afortunados que éramos: mis dedos están tan rígidos que puedo sentir mi sangre convirtiéndose en hielo, mientras los muñones de mi meñique y mi dedo anular cosquillean brusca y dolorosamente.

–Entonces, ¿cuál es tu teoría? –pregunta Freya después de que llenamos nuestras cestas e iniciamos el regreso a las cavernas.

–¿Mi teoría?

–Acerca de la vieja Valtia. ¿Crees que está muerta?

–Sí –murmuro, y una punzada de dolor me atraviesa–. Creo que sí.

–Yo no estoy segura. Si lo está, ¿la nueva Valtia no debería haberse revelado ya a su pueblo? ¿Crees que realmente se volvió loca?

Siento esas ganas de vomitar de nuevo.

–¿Por qué aquí la gente se preocupa tanto por eso? –digo abruptamente–. ¿Es solo el calor? Es todo lo que la Valtia hace por las tierras lejanas, ¿verdad?

Ella permanece en silencio, y cuando la miro veo su ceño fruncido.

–Somos Kupari también –dice con voz temblorosa–. Solo porque estemos aquí no significa que no lo seamos.

Lamento haberla ofendido, y recuerdo la discusión de Sofía con los ancianos cuando quería ir a las tierras lejanas para ser vista por sus súbditos, más allá de los muros de la ciudad.

–¡Por supuesto que lo eres! No era mi intención sugerir que...

–Pero todo el mundo en la ciudad piensa que somos criminales, ¿verdad? Así es como nos llamaron los mineros ese día que vinieron a decirnos que nos fuéramos. Ladrones. Creen que estamos todos cortados por la misma tijera –sus labios se tensan–. ¡Me alegra que Sig los haya prendido fuego!

–¿Y cómo los prendió fuego? –la miro con los ojos abiertos de par en par.

–Él... –se muerde el labio por develar su secreto– es un portador.

—Hay muchos portadores en las cavernas... —pensé que los había conocido a todos en las últimas semanas, y ninguno me pareció tan poderoso—. ¿Cuál es?

Ella niega con la cabeza.

—Sig no ha estado por aquí desde aquel día. Muchos otros portadores se enojaron por lo que ocurrió, pensaron que eso atraería la atención de la Valtia y sus ancianos. Así que Sig y un grupo de sus amigos, que también son portadores, abandonaron las cavernas y no han vuelto desde entonces. Pero créeme, nadie maneja el fuego como Sig. Él *está hecho* de fuego.

Los rumores que Mim escuchó de Irina eran correctos después de todo. *Existía* un poderoso portador de fuego entre los habitantes de las cuevas.

—Si tiene tal afinidad por la magia de fuego, ¿por qué no está en el templo?

—¿Por qué querría estarlo?

—¿Para vivir una vida privilegiada y servir a la Valtia y a su pueblo? Un portador tan fuerte seguramente habría sido elegido aprendiz, con la garantía de llegar a ser sacerdote algún día. ¿Por qué preferiría vivir en una cueva en las tierras lejanas? —es algo que he estado deseando preguntar por semanas.

—¿Porque no quería ser castrado y afeitado, para empezar a hablar? —su carita luce una mueca divertida.

—¿Ca... castrado? —repito. Se me retuerce el estómago al recordar una de mis clases con Kauko acerca de cómo se aplica este procedimiento en los caballos machos para hacerlos más fáciles de controlar.

Freya se inclina hacia delante, con un balanceo de trenzas, y me habla en voz baja y cómplice.

–Es cuando le cortan a un muchacho sus...

–Está bien –sacudo la mano en el aire–. Lo entiendo –y pienso en los aprendices y en los sacerdotes más jóvenes. Son pocos los que tienen la altura de un hombre normal y muchos los de voz aguda. Pienso en todos los niños que he visto en los últimos años, llevados al templo después de haber sido alejados de sus familias. Y pienso en Niklas, el muchacho que fue atropellado por un carro antes de que Aleksi lo trajera. Este había dicho que el Niklas estaba ansioso por llegar al templo, ¿pero qué tal si hubiera estado tratando de *escapar*? Todas las cosas que he visto en los últimos años vuelven a mí, pintadas con un tinte mucho más siniestro. Por razones que no comprendo del todo, pienso en Oskar y sus pestañas congeladas. ¿Cómo es que los sacerdotes no lo descubrieron? Miro a su hermana a los ojos–. Los portadores que viven aquí no fueron expulsados de la ciudad, ¿verdad? Ellos eligieron vivir en este campamento en vez de servir en el templo. Están en la clandestinidad.

La boca de Freya se retuerce mientras digiere eso.

–A veces los chicos más grandes se dan cuenta de que pueden usar la magia y escapan antes de ser encontrados. Pero otras veces sus padres ven lo que pueden hacer y... –se mece hacia atrás como si ella misma estuviera atrapada en esa pendiente resbaladiza–. ¿Qué crees que Oskar nos traerá para la cena? –pregunta, acelerando el paso a medida que pisamos el sendero rocoso bien oculto que lleva a las cavernas.

Pero no puedo aguantar más.

–Oskar es un portador, ¿verdad?

Freya se detiene, sus dedos flacos sujetan firmemente el mango de su cesta.

–No sé dónde has escuchado eso, pero es mentira –dice con fiereza.

–Freya –le digo, adoptando el tono que Mim usaba cuando yo me negaba a que me lavara el cabello–. Lo he visto. Ayer por la noche –*todas las noches*–. Su rostro estaba cubierto de hielo mientras dormía.

–Él no quiere que nadie lo sepa –sus ojos brillan con lágrimas de rabia–. Me hizo prometer que no lo diría –y ahora es probable que ella sienta que lo está traicionando.

–No voy a contárselo a nadie –le prometo–. Estoy muy agradecida por todo lo que ustedes han hecho por mí. Nunca haría nada que pudiera dañar a Oskar o a tu familia. Lo sabes.

Me gustaría que se lo dijera a la gente –dice, aún enojada. Como un cachorro de oso pardo junto su hermano, un oso adulto–. No entiendo por qué lo esconde. Sig no lo esconde. Y dice que si nosotros nos uniéramos, seríamos tan poderosos como la Valtia.

–¿*Nosotros*? –esta vez no puedo ocultar mi sorpresa ante semejante declaración.

–Oskar me pidió que no hablara de esto –sus mejillas rosadas brillan–. Pero... yo puedo manejar un poco de fuego –se muerde el labio–. Aunque no es nada en comparación con lo que hace Sig.

–¿Sig cree que puede ocupar el lugar de la Valtia? –mi voz se quiebra cuando lo digo. Pensé que era tonta por creer que los ladrones de las cavernas eran tan peligrosos como había oído, y ahora me doy cuenta de que son más peligrosos de lo que jamás imaginé–. ¿Lo dice en serio?

Freya puede tener solo una década de experiencia de vida, pero claramente ha aprendido mucho. Echa una mirada furtiva a mi rostro, luego sonríe y lanza una risita.

–Estoy segura de que era una broma –dice, empezando a saltar en el terreno inclinado–. Él es así de chistoso –su respiración se entrecorta cuando damos vuelta una curva: hay varios caballos atados a un poste en el área abierta frente a las cavernas.

–¿Qué es esto?

–¡Vamos! –grita, mientras sonríe y tironea de mi brazo.

Mi corazón golpea acelerado, cuando ingreso con Freya a la cueva principal. Hay una multitud de personas reunidas alrededor de un joven que está junto al fogón comunitario. Parece de la edad de Oskar, pero no puede ser más diferente a este. Tiene estatura mediana –tal vez dos manos más alto que yo y una mano más bajo que Oskar– y es muy pálido. Sus pómulos son tan agudos que parece que podría cortar a alguien con ellos. Su pelo está muy corto y es de un tono rubio blanquecino, con mechas doradas que destellan a la luz de las llamas que lo rodean. Aunque la mayoría de la gente usa capas o túnicas gruesas, este hombre solo viste con un pantalón ceñido a sus delgadas caderas y un par de botas de cuero. Tiene un cuerpo anguloso; sus músculos están cincelados sobre los largos huesos. Sus ojos son dos puntos oscuros, lo único en él que no parece estar hecho de brillo. Con los brazos extendidos, está dando algún tipo de discurso. Su voz provoca tanto eco, que no llego a comprender sus palabras.

–¡Es él! –chilla Freya–. ¡Sig ha vuelto!

CAPÍTULO
XIII

Mi estómago se retuerce cuando nos acercamos a la multitud y oigo hablar a Sig:

–¡Este es el momento de pasar a la ofensiva! ¡Es nuestra oportunidad!

No suena como si estuviera bromeando. Y las personas a su alrededor se quejan.

–El invierno casi está sobre nosotros –grita un hombre–. ¡Sería conveniente que nos aseguremos de tener alimentos suficientes hasta la primavera!

Sig sonríe y sus ojos oscuros parecen brillar.

–Pero podrías pasar el resto del invierno en el templo –le responde al hombre, con una voz suave como el cobre fundido–. Estuve las últimas semanas explorando la ciudad, prestando atención a los rumores. Te aseguro, en el Templo en la Roca hay comida de sobra.

–¡Pero lo que sugieres es un acto suicida! –grita Josefina desde atrás–. La Valtia nos aplastaría, y los sacerdotes estarán de su lado.

Él niega con la cabeza, aún mantiene una sonrisa reluciente y confiada.

–Si hubiera una Valtia, tal vez... Pero ¿dónde está? ¿Por qué no se ha revelado? El calor para nuestro invierno no está en ningún lado. El templo fue cerrado a cal y canto desde el día en que la Valtia murió, y los sacerdotes salen a diario para buscar a la Saadella. Los ancianos dicen en público que la nueva Valtia está de luto, pero en la calle se rumorea que se volvió loca y escapó.

—¿Apuestas tu vida a que los sacerdotes están mintiendo? —pregunta Senja.

No es mi imaginación: sus ojos realmente brillan. Las pupilas oscuras titilan con las llamas de su interior.

—Por supuesto —asiente—. ¿Quién está conmigo?

—No somos suficientes —objeta Aira, poniéndose de pie—. El templo está lleno de portadores *entrenados*. Debemos reunir más gente antes de que podamos siquiera pensar en entrar a la ciudad, y mucho más si queremos tomar el templo.

Estoy boquiabierta. Además de los ancianos, hay treinta sacerdotes, treinta aprendices y una legión de acólitos dentro del templo, todos dispuestos a defenderlo hasta la muerte.

—Lamentablemente ellos nos superan en número —digo sin pensar. Y me estremezco cuando la cabeza de Sig gira en busca de la persona que hizo el comentario. No vuelvo a respirar hasta que sus ojos siguen de largo, sin verme.

—Tal vez sean más que nosotros, pero los sacerdotes son perezosos y están ablandados —replica después de unos tensos segundos. Luego, levanta sus brazos y aparecen dos bolas de fuego gemelas, que flotan sobre sus palmas. Se oye un murmullo de admiración entre la multitud—. Están demasiado acostumbrados al lujo como para desafiar a personas que conocen el trabajo duro —deja caer sus brazos y las llamas salen disparadas de sus manos hacia el gran fuego donde los hombres se reúnen para jugar a las cartas. Quedan chispas flotando en el aire, y una niñita grita. Me quedo estupefacta: nunca he visto a nadie más que la Valtia conjurar fuego de la nada.

Otro joven se acerca al fuego, uno que no había visto antes. Viste con una túnica ligera y tiene su cabello largo y rojizo recogido en una cola desalineada.

—Coincido con Sig: este es el mejor momento para entrar en acción —dice, y tan pronto percibo el zumbido profundo de su voz, lo reconozco. Es a quien Oskar llamó Jouni aquel día que me trajo a la cueva. Se frota las palmas en los pantalones con nerviosismo y sonríe cuando Sig asiente con aprobación—. No hemos tenido la primera nevada aún, así que creo que deberíamos…

—La primera nevada caerá esta noche —interrumpe una voz ronca detrás de Freya y de mí. Oskar está cerca de su refugio con una bolsa repleta de piezas de caza. Viste su pesada capa de piel, con la capucha puesta sobre la cabeza. Pero puedo ver sus ojos, de duro granito, mientras avanza hacia la multitud y se ubica junto a nosotras dos. Se quita la capucha y observa al grupo de Sig y Jouni—. Será de varios centímetros al menos —su mirada se cruza con la de Jouni—. Entonces, ¿qué estabas a punto de proponer?

—No importa —murmura. Y se lo ve abatido.

Por su parte, Sig parece disgustado.

—¿Asustado por una pequeña tormenta de nieve, Oskar?

—Estoy más preocupado por la tormenta de estupidez que se está gestando justo frente a mí —le responde.

Hay un jadeo audible en el grupo que rodea a Sig, luego este se hace paso entre la multitud y avanza hacia nosotros. Me tambaleo hacia atrás y tropiezo con Oskar, que coloca su mano sobre mi hombro y me hace a un lado, fuera del camino de Sig. A medida que el joven se acerca, percibo su aroma a humo y a algo metálico, como los olores que emanan de una fundición.

–Solo porque los mineros aún no hayan venido, no significa que no vayan a hacerlo –dice–. Ellos saben que estas cavernas están llenas de cobre que podrían intercambiar por comida con los del sur.

Echo un vistazo y veo que Ismael me mira, quizás preguntándose si otra vez voy a dejar escapar lo que sé. Esta vez guardo silencio, no quiero darle a Sig ningún otro motivo para atacar la ciudad o el templo, aunque parece que ya tiene todos los que necesita.

–Cuando la situación se vuelva lo suficientemente desesperada –continúa Sig–, los mineros regresarán con alguaciles y hasta con sacerdotes –su voz es baja, a pesar de que se encuentra a varios metros de distancia, como si no quisiera acercarse demasiado a Oskar–. Es solo cuestión de tiempo.

Contengo la respiración, rogando que Veikko no comente que los sacerdotes también querrían venir hasta aquí en busca de la enloquecida Valtia fugitiva, y afortunadamente Oskar habla antes.

–Por primera vez en años, estoy totalmente de acuerdo contigo –las grandes manos de Oskar caen a los costados–. Y es por eso que debemos custodiar nuestras casas, y no andar dando vueltas por las tierras lejanas con las cabezas repletas de sueños imposibles.

–Tiene razón, Sig –opina Ruuben en voz alta, mientras pone su brazo alrededor de Senja–. Este lugar es seguro para el invierno. Olvidémonos de lo demás por ahora.

–Oskar, no deberíamos tener que vivir así –Sig va bajando el tono de voz a medida que habla–. No deberíamos tener que ocultarnos. Ninguno *de los dos*. Esta es nuestra oportunidad de cambiar las cosas –hay una especie de suavidad feroz en sus ojos, una súplica. *A él le importa lo que Oskar piense.*

Sin embargo, la mirada de Oskar es helada y dura.

–No me estoy escondiendo. Estoy viviendo.

–Si puedes llamar a esto vida –Sig pone los ojos en blanco, pero brillan con una emoción apenas contenida–. Eres un cobarde. Siempre lo fuiste.

El rostro de Oskar está relajado y sus dedos, flojos.

–Quédate si quieres paz. De lo contrario, vete. Aquí nadie quiere ayudarte a iniciar una guerra.

–Estamos hechos para la guerra, Oskar, y lo sabes –Sig va girando poco a poco en su lugar, su pálida y suave piel contra el aire frío de la cueva. Enfrenta a la multitud, a sus rostros recelosos, a las bocas apretadas y los hombros tensos. Por un momento, sus ojos se encuentran con los míos. Su mirada es como una llama que atraviesa mi piel, intentando quemarme hasta la médula y ver lo que hay dentro. Él inclina la cabeza–. Tú eres nueva –da un paso hacia mí–. ¿Cuál es tu nombre?

El aire a mi alrededor se vuelve repentinamente tibio, luego caliente; Freya hace una mueca y se aleja, como si no pudiera soportarlo.

–¡Ya basta, Sig! –se queja.

Una vez más, siento el calor como si fuera un pensamiento, algo sin temperatura. Yo sé que está ahí, pero no me quema.

–Soy Elli.

–¿Eres portadora de hielo? –sus ojos oscuros se deslizan lentamente por mi cuerpo y mi rostro.

¿Qué? ¿Por qué me pregunta eso?

–Está bajo mi protección –responde Oskar, interponiéndose entre nosotros, la amenaza irradia de él en olas palpables de frío.

–Ay, Oskar –ríe Sig, con un sonido amargo–. Nadie me avisó que tenías una amiga.

Mi estómago hace una voltereta extraña, y giro para poder ver el rostro de Oskar mientras habla.

—Sig, vete. Ahora.

Este da un paso atrás, con una mueca.

—No puedo esperar el día en que pierdas los estribos, tú que siempre te controlas tanto. Entonces sí que nos divertiremos, tú y yo.

—Dije *vete* —gruñe Oskar.

—Encantado de conocerte, Elli —dice, volviendo su atención otra vez hacia mí—. Trata de mantenerte caliente —sonríe—. Aunque supongo que te agrada mucho el frío, ¿verdad? —por un instante sus ojos se fijan en los míos con deleite, y luego se aleja.

Con pasos largos, sale de la caverna hacia el invierno, como si fuera algo totalmente natural caminar por ahí medio desnudo. A medida que la luz suave del día lo alcanza, veo que su espalda está llena de cicatrices plateadas, desde la base del cuello hasta la cintura. *Las marcas de latigazos en la espalda de Elli son las peores que haya visto, salvo un caso,* había dicho Oskar.

Al menos ocho jóvenes —hombres y mujeres—, algunos con túnicas ligeras y otros con pieles pesadas, siguen a Sig fuera de la caverna.

—Estamos al noroeste, en las dunas de los acantilados de roble, para el que quiera salir de la cueva de este cobarde —anuncia Sig, mientras monta uno de los caballos. Y un momento después se aleja junto a los demás.

La temperatura de la cueva desciende a su habitual frío húmedo y la gente habla entre sí con nerviosismo cuando regresan a sus preparativos para la cena. Jouni mira hacia fuera, como si estuviera pensando en unirse a Sig y su grupo; pero luego sus hombros caen y se dirige al gran fuego con algunos de los otros hombres, uno de los cuales es claramente su padre. El hombre, con la piel curtida y manchada por la edad, lo abraza y le hace preguntas sobre la ciudad.

Oskar avanza con dificultad hacia el refugio; Freya y yo lo seguimos con nuestra leña. Luego, recogemos las cubetas y salimos a buscar agua.

—¿Eres portadora de hielo? —susurra ella, mientras caminamos hacia el arroyo subterráneo.

—Claro que no. Soy la persona menos mágica que jamás hayas conocido —trato de usar un tono alegre, aunque mi voz tiembla un poco.

—Pero el calor de Sig ni siquiera te afectó —comenta sorprendida—. Yo pensé que iba a desmayarme.

Mi corazón se acelera. Tomo una nota mental para al menos fingir que ese tipo de cosas me afectan en el futuro. De lo contrario, voy a dar lugar a preguntas que no puedo responder.

—Eh, supongo que soy solo una chica más del verano —digo mientras hundimos nuestros cubos en la corriente—. No me molesta el calor.

—Bueno, en eso eres como mi hermano. Él desearía que fuera verano todo el año.

Y además odia el invierno de manera tan obvia: que estoy casi segura de que está lleno de magia de hielo. Parece una terrible contradicción, y es otro asunto que los sacerdotes nunca me explicaron. No puedo creer la cantidad de cosas que nunca pensé en preguntar, lo ignorante que era en verdad. Sin embargo, cuando estoy a punto de hacerle más preguntas a Freya, otros vienen a buscar agua, así que las dejo para más tarde y volvemos al refugio.

Mi mano late, los muñones de los dedos faltantes me duelen como si tuviera un centenar de agujas clavadas allí, y mis músculos arden después de un día de trabajo duro. Como siempre, sin embargo, este tipo de dolor me hace sonreír. He estado en estas cuevas durante más de un mes, y no he sido inútil. Aprendí mucho.

En cambio, en lo que respecta a entender qué significa ser "un brazalete de Astia que vive, respira, *piensa*" no estoy más cerca que cuando llegué. Esas son las preguntas que parecen demasiado peligrosas para formular. Todo lo que sé es que puedo estar en presencia de un poderoso portador de fuego y no comenzar a sudar.

Para la cena Maarika preparó pan de maíz y carne seca de venado, y comemos en silencio. Oskar se ve sombrío y cansado mientras mastica su comida, y cuando termina, desaparece como lo hace todas las noches para ir a jugar a las cartas. Todavía está por ahí, cuando Freya y yo nos vamos a dormir.

Y como siempre, me despierta el sonido de sus pesadillas. Me arrastro hasta el límite entre mi cámara y la suya, y lo observo. Está encerrado en una batalla desesperada con el hielo, que parece decidido a reclamarlo: se extiende hasta su cuello y se desliza por su cabello. Esta noche hace que su largo cuerpo se curve en una bola, como si estuviera tratando de aferrarse a cualquier calor que pudiera encontrar. Sus anchos hombros tiemblan. Durante el día se ve tan feroz, tan tranquilo y sin miedo, pero cuando ahora vuelve su rostro hacia mí, veo la agonía y el miedo grabados en la fuerte línea de la mandíbula y en la amplia extensión de su frente.

Deja escapar un gemido ahogado, vulnerable, y es más de lo que puedo soportar.

Me arrastro hasta él, con mi corazón dolorido en el cofre hueco de mi pecho. Este sentimiento ha estado creciendo dentro de mí cada noche al verlo sufrir. Oskar me pudo haber dejado en el bosque para que muriera. Nadie hubiera sabido que pasó junto a mí, y nadie lo habría culpado. Yo era una chica sin nombre, herida, descartada. Pero él me salvó. No lo hizo por ninguna razón en especial, excepto que yo necesitaba ayuda. No fue la culpa, no fue porque yo le gustara, ni porque tuviera algo que él quería, tampoco porque yo fuera especial o mágica.

Lo hizo porque es bueno y valora la vida. Y cada día desde que lo conozco, me ha cuidado por la misma razón. Estoy desesperada por darle algo a cambio.

Extiendo mi palma, y la apoyo sobre su mejilla congelada.

Mi mente explota con imágenes de fragmentos de hielo, lo suficientemente afilados para destrozarme.

CAPÍTULO
XIV

Ya no es una ráfaga de copos, sino una tormenta rabiosa de nieve. Las avalanchas descienden con velocidad asesina hacia la cuenca rocosa de mi cráneo. Carámbanos afilados como cuchillos cortan y cincelan. Alejo mi mano de un tirón, y respiro con dificultad. He visto el Lago Madre congelado, la escarcha que recubre la hierba de los pantanos y riachuelos de hielo a lo largo de las paredes de la cueva; pero jamás experimenté nada como el gélido horror de los últimos segundos.

Oskar ya no tiembla. Sus largas y oscuras pestañas sombrean el hueco por encima de sus pómulos. Su boca es sorprendentemente suave, y tengo el impulso loco de rozar con mi dedo el pequeño arco de su labio superior. Exhala, y el aire ya no se condensa mientras descansa.

¿Qué es lo que acaba de suceder?

Coloco mi mano en su mejilla una vez más, y la embestida no es tan fuerte, aunque sigue siendo poderosa. Y, definitivamente, viene de él. ¿Estos son sus sueños? Están hechos de la fricción de hielo contra hielo, gruesas losas heladas que chocan y se destrozan, dividiéndose en innumerables fragmentos mortales. Son de un blanco brillante y cegador, tan frío que quema. Pero mientras me siento allí, mi palma contra su piel, la brutal sensación comienza a aplacarse. Los duros trozos de hielo se vuelven nieve pesada y húmeda. El hielo se hunde en la tierra.

Y eso es por *mí*, me doy cuenta. Observo el lugar donde mi piel toca la de Oskar. Y entonces cierro los ojos, y la magia helada cruza la barrera entre nosotros y llena mi pecho hueco.

Raimo me comparó con los pararrayos de cobre que adornan la mayoría de los edificios en la ciudad. Me dijo que podía amplificar la magia, aunque no tengo idea de cómo podría hacerlo, y también mencionó que podía absorberla. Eso debe ser lo que estoy haciendo ahora. Sonrío al sentir que la mejilla de Oskar pasa de gélida a fresca bajo mi mano.

Se aleja de mí, y mis ojos se abren. Los suyos brillan de furia, mientras se escabulle hacia atrás, envolviéndose en su capa.

—¿Qué estás haciendo, por todas las estrellas? —susurra.

—Estaba... —bajo la mirada hacia mi palma, y está húmeda por el hielo que se derritió en su piel.

—¿Cuánto tiempo has estado ahí? —se frota el rostro con la mano y pasa sus dedos por el cabello oscuro, que le cae suelto sobre los hombros.

—¿Solo unos pocos minutos? —vacilo, porque perdí completamente la noción del tiempo mientras lo tocaba—. Oskar...

Lleva sus rodillas contra el pecho, como si necesitara poner una pared entre nosotros.

—Has visto... —aprieta los dientes—. ¿Por qué has venido aquí? ¿No puedes respetar la privacidad de un hombre?

—Solo quería ayudar —le digo, acercándome un poco más.

—No necesito ayuda —sus cejas bajan.

—Parecía doloroso.

Sujeta la tela sobre sus piernas y mira hacia otro lado. Me doy cuenta de que está pensando en el hielo, la forma en que espera que se duerma para arrancarle la carne de los huesos. Pero luego sus ojos se estrechan y su mirada se vuelve bruscamente hacia mí.

–¿Me has hecho algo?

–¿Por qué? ¿Fue diferente?

–¿Por qué estás respondiendo a mi pregunta con otra pregunta?

Porque me las he estado guardando durante mucho tiempo. Demasiado tiempo. Me limpio palma de la mano con mi vestido.

–Simplemente te toqué. No estaba tratando de hacerte daño.

Él me mira.

–Puedes haberte hecho daño a *ti*.

Si Raimo está en lo cierto, eso no es posible. Pero él también me dijo que no se lo contara a nadie.

–No pensé que tocar tu rostro podría lastimarme –trato de sonar burlona, pero mi voz tiembla demasiado.

–¿Qué te motivó a hacerlo? –busca un lazo de su bolso y se sujeta el cabello hacia atrás.

–Vi lo que te estaba sucediendo, y quise ayudar –respondo. La comisura de su boca se contrae, y me echa una mirada desconcerta-da. Me hace sentir audaz–. Se está volviendo peor, ¿no es así? Puedo darme cuenta.

–No es cosa tuya –su mirada se convierte en un ceño fruncido.

–Dime qué eres.

Él gruñe.

–No soy nada –dice, levantándose del suelo y colocando las ma-nos sobre el fuego.

–Oskar –también me levanto–. No siento desprecio por la magia. Puede ser que no sea mágica, pero no tengo ningún prejuicio contra los portadores. Seguramente lo has notado a esta altura.

–Necesito emprender el camino. La nieve hará que sea más lento moverse, y quiero estar de regreso antes de la puesta de sol.

Trata de pasar junto a mí, pero no salgo de su camino.

–Ninguno de los otros portadores sufren como tú.

–No estoy sufriendo –su boca se vuelve un dibujo apretado.

–Nunca te haría daño.

–Yo no te conozco. Y tú no me conoces a mí.

–¿Por qué estás tratando de ocultar lo que eres?

–¿Por qué eres tan entrometida? –sus ojos grises se vuelven duros.

–¿Por qué estás tan asustado?

–¿Por qué eres como una patada en mi trasero?

Como me quedo boquiabierta, deja escapar una risa áspera, me toma de los brazos y comienza a moverme a un lado. Pero la ira estalla en mi pecho. No tengo derecho a sus secretos, pero me empuja el recuerdo de su expresión de agonía, del hielo congelando su piel, de lo terribles que son sus sueños. Y si estoy en lo cierto acerca de lo que acaba de ocurrir, entonces puedo ayudarlo. Tomo su mano, que está sujeta alrededor de mi brazo. Mis uñas se clavan al tratar de liberarme.

Su piel sufre un escalofrío, y sus ojos se abren de par en par.

–No –susurra, sujeta mi manga y aleja mi mano de la suya–. Lo siento mucho. No era mi intención hacer eso… –da vuelta mi palma. Desliza su dedo sobre mi piel y me echa una mirada buscando algo.

–¿Qué pasa? –pregunto.

–Dime por qué Raimo no te curó con magia –su voz es baja, y se acerca aún más, irguiéndose sobre mí.

–Le pedí que no lo hiciera…

–Estás mintiendo –sujeta mi muñeca izquierda y tira de mi palma hacia él, luego toca el centro con la punta del dedo. Entiendo que está frío, como entiendo que la hierba es verde, pero no lo *siento*. Lo que sí siento es: el peligro.

Libero mi mano de la suya y me tambaleo hacia atrás. Él inclina la cabeza, mirando el punto que tocaba. Arrugo mi rostro y me froto la palma.

—Ay —gimo.

—No te afectó en absoluto —dice, buscando mi mano de nuevo.

La llevo hacia mi pecho y retrocedo hasta que mis piernas golpean el muro de piedra que rodea el refugio.

—Por supuesto que sí —me quejo, deseando poder fingir un poco mejor—. Yo... —fijo la mirada en su ancho pecho, mientras toma suavemente mi mano izquierda con la suya, mucho más grande, y gira mi palma hacia arriba otra vez. Lo único que echa a perder mi piel son los callos ganados con el trabajo duro. El centro de mi palma es suave, liso y tibio, mientras él dibuja por encima con un dedo frío.

—Dime qué eres *tú* —susurra.

—Nada —las lágrimas arden en mis ojos. *Podrías ser su mejor recurso o su peor enemigo*, susurra Raimo en mis pensamientos. ¿Por qué arriesgarme revelando quién soy? Es tan estúpido. Aprieto mis puños, como si ocultar las manos hiciera que él se olvidara—. Oskar, lamento haberte tocado, lamento esas preguntas, lo siento por todo, pero yo puedo...

Él levanta sus manos.

—Detente —mi boca se cierra de golpe. Sonríe ante mi obediencia—. Espera aquí.

Desaparece dentro de la pequeña cámara de Maarika, y lo oigo murmurarle algo a ella. El miedo se apodera de mi corazón: ¿le está diciendo que hay algo raro en mí? Luego, sale con un par de botas de cuero hasta la rodilla y una capa de cuero grueso con forro de piel.

–Ponte esto –me lanza un par de guantes de cuero, forrados en piel–. Esto también.

Estrellas, me va a dejar en la nieve.

–Lo siento –digo con voz entrecortada–. Por favor, no lo hagas.

–Póntelos, Elli –se sienta junto a sus propias botas y mete dentro sus pies–. Muévete –dice cuando ve que todavía estoy ahí parada unos segundos después–. No estaba bromeando cuando dije que tenía que ponerme en marcha.

Puede ser que sea inmune a la magia de hielo, pero el temor me está enfriando por dentro. Con manos temblorosas, me pongo las botas y las ato torpemente. Me envuelvo en la capa. Meto las manos en los guantes. Una vez que Oskar termina sus propios preparativos, lo sigo mientras camina a través de la caverna principal, donde todavía está oscuro. No hay mucha gente despierta a esta hora, aunque veo el resplandor de pequeños fuegos en algunos de los refugios, y escucho el trino de la risa de la pequeña Kukka y a Senja, que la hace callar. Mis pies ya parecen dos bloques de hielo, incluso antes de salir de la cueva y ser recibidos por una gruesa capa de nieve.

–Tenías razón –murmuro.

–Siempre tengo razón respecto de la nieve –dice, y emprende camino por el sendero.

Me esfuerzo por mantener el paso, agradecida de que me haya dado estas botas, porque evitan que la nieve empape mis calcetines de lana. Avanzamos por el sendero estrecho que conduce a los pantanos. ¿Adónde me lleva?

–Oskar, por favor. Trabajaré más duro.

–¿Es posible eso? –me echa una mirada divertida de soslayo–. Pocas veces he visto a alguien trabajar más duro que tú.

—Voy a seguir así. Si dejas que me quede, yo...

Se frena.

—¿Por qué no dejaría que te quedes?

—¿Adónde vamos, entonces?

—Con suerte, a encontrar un par de liebres de la nieve. Hoy será fácil ver sus huellas.

—¿Por qué me traes contigo? —pregunto, confundida.

Su mirada se posa en mi mano derecha, dos dedos del guante prestado cuelgan sueltos.

—Porque si voy a hacer esto, no quiero que nadie vea ni oiga nada.

Miro hacia él con los ojos muy abiertos.

—Nunca le diría a nadie sobre ti —mi voz es un chillido ahogado.

Oskar comienza a reír, un sonido hermoso, profundo y *vivo* que no había oído durante semanas. Los cuchillos en su cinturón tintinean, mientras se inclina y pone las manos sobre los muslos.

—Tu rostro —dice, con los ojos llenos de lágrimas—. Lo juro, piensas que he amenazado con matarte... a ti... —deja de reír—. Espera. ¿Es eso lo que crees? —alzo las cejas y él se yergue de nuevo—. ¿De verdad cree que podría hacer eso?

Mi corazón se ha ralentizado un poco, pero los coletazos del miedo vibran a lo largo de mis extremidades.

—Como dijiste, Oskar. No te conozco. Me hablaste más cuando pensabas que estaba muriendo.

Un mechón de cabello oscuro se ha liberado de la cinta que lo sujeta, y él se lo quita del rostro.

—Hablé más antes de que Raimo me dijera que odiabas la magia, una mentira que obviamente inventó para ocultar el hecho de que hay algo muy extraño acerca de ti —me explica. Cruzo los brazos y me quedo mirando sus botas. Su dedo enguantado me obliga a subir el mentón–. Cuando era joven, vivimos en la ciudad –dice, mientras se coloca la capucha sobre la cabeza y retoma la marcha–. Mi padre era un cazador.

De pronto, tropiezo con mis propios pies y me tambaleo. Él me sujeta por la capa y me vuelve a la posición vertical.

–¿Estás bien?

–Solo me estoy recuperando de la sorpresa. Finalmente me has contado algo sobre ti.

Pone los ojos en blanco y empieza a bajar una colina.

–Yo no quería ser cazador. Quería estar adentro todo el día, justo frente al fuego, y tallar pequeños animales de madera –se ríe–. La cabaña estaba llena de estos.

Mientras, el sol se asoma por encima de los árboles, haciendo que las colinas a nuestro alrededor lancen chispas. Es una nieve esponjosa, seca, así que puedo seguir las largas zancadas de Oskar mientas se dirige al oeste, hacia las dunas que marcan el borde del Lago Madre. No me atrevo a retrasarme, porque me aferro a cada palabra que dice.

–Mi padre era un hombre duro –continúa–. Y pensó que yo era delicado. Desde el momento en que pude caminar, me llevó con él en verano y otoño a recorrer las tierras lejanas en busca de presas de caza. Lobos, osos y castores, para pieles que podríamos usar en el trueque y carne para mantenernos vivos. Cuando tuve ocho años, decidió que iría con él todos los días, sin importar el clima –se detiene y gira su rostro hacia el este, cerrando los ojos al sol, que nos ofrece un poco de calor–. Odio el frío. Siempre lo odié.

–No entiendo –digo, observando su pequeña sonrisa cuando el sol le acaricia la frente–. Tú eres un portador de hielo, ¿verdad?

—Ya sabes que lo soy —replica Oskar.

—¿Entonces cómo puede ser que el frío te moleste? ¿Por qué no eres, no sé, impermeable a él?

Por un momento parece pensativo.

—¿Sabes algo acerca de la Valtia?

Dejo escapar una risa que suena más bien a un graznido seco.

—Algo —aunque he aprendido más acerca de la magia en el último mes que en doce años en el templo.

—Entonces sabes que ella es portadora hielo y fuego a la vez en perfecto equilibrio.

—Cierto —mi voz suena tan hueca como me siento.

—Y que ella posee cantidades enormes de ambos —me llama con un gesto y empieza a caminar de nuevo—. Pero también sabes que muchas personas poseen este tipo de magia, aunque no tanto, y tampoco en forma equilibrada. Por eso, no pueden hacer las cosas que ella hace.

—Nadie puede —susurro, acurrucándome en mi capa cuando llegamos a un grupo de árboles al sur de las dunas blancas.

—Algunas personas tienen un poco de hielo, como Veikko, Senja y la pequeña Kukka, y otros un toque de fuego, como Aira e Ismael, y como Jouni, también. La mayoría de los portadores tienden más hacia uno que al otro, pero casi todo el mundo tiene una cierta cantidad de ambos elementos —continúa explicando Oskar—. A excepción de unos pocos, que solo tenemos una minúscula chispa de un elemento, y tanto del otro que casi nos mata —me guía a un árbol retorcido y señala con su brazo una rama que emerge al nivel de su cadera. Entonces, sin pedir ningún tipo de permiso, me sujeta de la cintura y me sienta sobre la rama.

Estoy conmocionada por el contacto de sus manos sobre mí, pero las retira rápidamente.

—Estarás más cómoda allí, con los pies fuera de la nieve.

—Gracias —le digo, un poco sin aliento, sorprendida por lo mucho que me gustaría que volviera a tocarme—. Así que... Me estabas diciendo que solo tienes magia de hielo.

—A veces siento como si estuviera tratando de partirme al medio —se frota el pecho, y tengo un recuerdo intermitente de las hojas de hielo que salían del cuerpo de Sofía, matándola de adentro hacia fuera—. Pero peor que eso, tengo tan poco fuego dentro que no puedo mantenerme caliente. Y es por eso que odio el frío.

Pienso en Sig, saliendo de la caverna hacia el aire helado sin camisa.

—Sig es lo contrario a ti, ¿verdad?

—Supongo que podrías definirlo así —dice, con una mueca.

—¿Por qué parece odiarte tanto?

—Solíamos ser amigos —inclina la cabeza—. Se unió al campamento hace unos cinco años. Estaba solo, y mi familia lo acogió. Lo había pasado realmente mal, pero se curó rápidamente. Raimo ayudó. Era bueno tener a Sig alrededor. Nos equilibrábamos uno al otro —aprieta sus puños enguantados—. Pero cada vez que los mineros, los alguaciles o los campesinos nos perseguían o quemaban nuestros campos, Sig se enojaba más y más. Y quería utilizar su magia para defenderse, a pesar del riesgo de revelar quiénes éramos. Y no le fue difícil traer a su alrededor a otros que compartieran su forma de pensar.

—Pero tú no.

Sus ojos se encuentran con los míos.

—Yo no quiero pelear. Solo quiero vivir.

—¿No tienes que luchar por algunas cosas? —en este momento

pienso en la jaula de bronce, cuando peleé con todo dentro de mí, solo por la oportunidad de tomar otra bocanada de aire.

—Cuando yo peleo, la gente muere —da un paso lejos de mí. Sus ojos no son inescrutables ahora. Están llenos de dolor. Busco su mano, pero desaparece debajo de su capa y él cierra los ojos—. Hay osos en el bosque. Osos pardos con la cabeza del tamaño de un caldero. Su piel puede comprar suficiente comida para alimentar a una familia durante dos meses —su voz es monocorde mientras deja salir esas palabras, como si estuviera andando sobre nieve muy, muy profunda—. Mi padre estaba decidido a encontrar uno. Colocó trampas, parecidas a esa en la que perdiste los dedos. Y un día de verano, fui con él a revisarlas. Cuando oímos el chasquido de una, corrimos. Yo creí que tenía tanta energía, que podría correr así para siempre. Corrí tan rápido que pasé a mi padre, tan rápido que no escuché sus gritos hasta que fue demasiado tarde —baja la mirada y observa la nieve—. En la trampa había caído un cachorro. Estaba chillando y gritando. Recuerdo haber visto la sangre que salpicó sobre las agujas de pino. Fue lo último que vi, antes de que la madre osa nos atacara —se echa la capa hacia atrás y levanta la túnica por un momento, dejando al descubierto las tres marcas de rasguños que cruzan sus costillas, anchas y rosadas—. Mi padre la golpeó antes de que pudiera matarme —levanta la cabeza—. Esa fue la primera vez que emergió mi magia. Fue como... —respira profundamente— una avalancha. Y cuando se detuvo, todo a mi alrededor estaba en silencio —tal como su voz en este momento—. La osa estaba congelada en un bloque sólido. Pero también mi padre.

Oh, estrellas. Oigo la voz del Anciano Kauko en mi cabeza, que me dice cómo la magia protege a su portador en una situación peligrosa o estresante: *Por lo general, irrumpe con tal fuerza...* Imagino a un niño, de cabello oscuro y ojos de granito, tambaleándose ante el surgimiento de su propio poder de hielo.

—¿Qué hiciste?

—Traté de despertarlo. Yo quería alejarlo de allí, todavía estaba entre las zarpas de la osa. Pero cuando di un tirón a su brazo, se... —su rostro se arruga— se deshizo —susurra.

Me tapo la boca. *Todo se vino abajo, y no puedo reconstruirlo*, me había dicho. Hago una mueca mientras contengo las lágrimas.

—Corrí a la ciudad. Sangraba tanto que casi no lo logro. Para cuando los alguaciles llegaron al lugar, todo se había derretido. El cachorro, la osa y mi padre estaban tumbados, inertes en el suelo. Los alguaciles no podían entender qué había pasado, y les mentí. Tenía tanto miedo —se estremece, y contengo las ganas de saltar de la rama e ir hacia él. No puedo evitar este tipo de frío—. Pero mi madre... el día después del funeral de mi padre, y a pesar de que yo apenas había sanado lo suficiente para viajar, nos cargó a mí y a Freya, que solo tenía unos pocos meses, y se dirigió a las tierras lejanas.

—Maarika me dijo que tu padre murió en un accidente de caza.

—Y supongo que tiene razón —hace una mueca.

—¿Sabe que eres un portador?

Arrastra su dedo a lo largo de la superficie rugosa de mi rama.

—Sospecho que siempre lo supo. Pero ella nunca dijo una palabra al respecto, y yo nunca he mencionado el tema —su dedo se detiene muy cerca de mi cadera—. Creo que los dos odiamos lo que soy.

El dolor salvaje en su voz hace que se me cierre la garganta.

—Pero negar lo que eres te hace daño —digo. Cuando sus dedos se aferran de la rama, su tensión vibra a través de mi cuerpo.

—Reconocerlo le haría daño a todos los demás.

No me hará daño a mí. Las palabras están en la punta de mi lengua, luchando para liberarse. Pero el miedo de lo que podría venir las detiene.

–¿Alguna vez la utilizas? ¿No necesitas hacerlo?

Parece que la magia sangra en él, lo quiera o no, y mi sospecha se confirma cuando Oskar asiente con la cabeza.

–Hay una cosa buena en todo esto –dice, y de pronto su voz adquiere un tono juguetón, a pesar de que no pierde la corriente de tristeza en la que flota. Mira hacia las dunas–. Te puedo mostrar ahora mismo, si quieres.

Asiento con impaciencia, y me indica que me quede donde estoy, luego se arrastra hacia el borde de los árboles. En la base de una duna, a varios metros de distancia de donde estamos, hay dos liebres blancas que saltan de un lado a otro en busca de algún brote tierno para mascar. Entonces, Oskar se pone en cuclillas al lado de un gran roble y mira fijamente a los pequeños animales. Un viento repentino sopla a través de la nieve esponjosa hacia ellos.

Sus cabezas se elevan de un tirón hacia arriba, como si hubieran olido a un depredador. Pero en vez de salir corriendo, las dos liebres caen derribadas de costado sobre la nieve. Oskar se levanta y trae a las dos criaturas hasta mí. Sus manos las sujetan rígidamente, mientras sus cuerpitos se balancean a su paso.

–¿Qué hiciste? –pregunto, mirando a los animales que obviamente están muertos.

Oskar baja la mirada a sus presas.

–Congelé su sangre –dice con sencillez.

Parpadeo lentamente, recordando lo que dijo cuando le pregunté si esa trampa para osos era suya. *Yo nunca uso de ese tipo.*

–¿Es *así* como cazas?

–Es más rápido que las trampas –se encoge de hombros–. Creo que es bastante indoloro para el animal –coloca las dos liebres en la nieve a sus pies–. Y me permite librarme de un poco de hielo.

Esa es la razón por la que sale todos los días, incluso ahora que el tiempo se ha vuelto frío y a pesar de que Maarika tiene tanta carne que ya no sabe qué hacer con ella.

–¿Los otros saben?

–Es probable que algunos sospechen. Pero yo cazo solo y nadie me ve cuando lo hago, así que nadie ve cómo mato –pisa con fuerza, aflojando parte de la nieve incrustada en la punta de sus botas.

–¿Y Raimo?

–Él sí lo sabe, porque cuando tenía trece años y las pesadillas se estaban volviendo muy malas, fui tan estúpido de ir y preguntarle si podía quitarme la magia. Ese día le prendió fuego a mis pantalones.

–¿Qué?

–Soporto el calor mucho mejor que el frío –dice secamente–. Pero al volver tuve que explicarle a mi madre cómo me había arruinado los pantalones –se golpea el muslo con la mano–. Raimo quiere entrenarme para que lo controle. Dice que soy algo llamado *Suurin*. Un extremo. Cree que Sig también lo es. Sig estaba más que dispuesto a aceptar la formación de Raimo, y mira en qué se ha convertido.

Por la forma en que Oskar lo dice, sé que cree que Sig no se convirtió en nada bueno.

–¿Cómo es que Raimo sabe tanto?

–¿Tal vez porque es viejo como el tiempo? –dice a la ligera–. Honestamente, no lo sé. Ha sido parte del campamento, de un modo u otro, desde mucho antes de que nos uniéramos, pero nadie recuerda cuándo se presentó. Él cura heridas y algunas enfermedades con su magia a cambio de alimentos y otras cosas. Y nunca se lo ve por ninguna parte durante el invierno –desliza sus botas a través de la nieve–. Así que... ¿por casualidad te dijo qué eres *tú*?

Rápidamente niego con la cabeza, incapaz de mirarlo a los ojos.

–Solo dijo que estaba completamente vacía de hielo y fuego y, por lo tanto, inmune a la magia que viene de ellos. Es un golpe de suerte –me imagino que Oskar me contó todas estas cosas con la esperanza de que yo haga lo mismo, pero *no puedo*.

–¿Te explicó en realidad qué significa ser un Suurin?

La comisura de su boca se contrae cuando hago volver la conversación bruscamente hacia él.

–No, a menos que deje que me enseñe –responde. Supongo que eso debe ser lo que Raimo le exigía a cambio de curarme.

–¿Por qué no quieres?

–Me haría usar la magia, y yo la uso lo menos posible. Para cazar, sí, porque necesito alimentar a mi familia. Pero si voy con Raimo...

Entonces tendría que aceptar el don mortal que mató a su padre.

–¿Y qué tal si te enseñara a controlarla? –insisto. ¿Acaso Raimo no dijo que no podían esperar mucho más? ¿Qué pasará con Oskar si no quiere aceptar lo que es?

–Mi magia no se puede controlar, Elli. Créeme, lo he intentado. No soy como otros portadores –su tono refleja sus esfuerzos inútiles–. Solo quiero que se vaya –se muerde el labio por un momento y luego, lentamente, levanta su mirada hacia mí–. Y después de lo que pasó esta mañana, me preguntaba si tú podrías ayudarme con eso.

CAPÍTULO XV

A pesar de que no le he contado a Oskar prácticamente nada acerca de mí, incluso después de que él se haya abierto tanto, me hace una sola pregunta. Es un pedido simple y tan esperanzado que no puedo decirle que no, aunque me causa dolor.

Esa noche, después de que estuvimos fuera casi todo el día y él cazó ocho liebres con su magia de hielo, volvemos a las cavernas. Oskar se niega a que lo ayude a desollarlas, insiste en que me quede cerca del fuego y mantenga las manos calientes, sobre todo la derecha. Preferiría ser útil, pero también me siento aliviada. La mano no me había dolido tanto desde que me lastimé, y me siento enferma por el dolor y los esfuerzos para ocultarlo. Sin embargo, es evidente que él puede verlo, y Maarika también. Ella me prepara un té con un fuerte sabor a corteza de árbol, y lo bebo con gratitud y evitando hacer muecas.

Oskar me mira de soslayo cuando desaparezco con Freya en nuestro pequeño dormitorio. Ella parlotea durante varios minutos sobre cómo Harri preguntaba por mí esta tarde, y cómo ella cree que él quiere "enredarse" conmigo. Escucho a medias, distraída por lo que estoy a punto de hacer. En el momento en que su voz se desvanece y su respiración se hace uniforme, me siento y espío a través del espacio entre la piel y el marco del que cuelga. Él me está esperando. Mi corazón late muy rápido. He pasado una parte importante de cada noche observándolo ahí, pero mientras me arrastro hacia delante para llegar a él, lo sé: esto es diferente.

No estoy segura de si quiero o no. Sí *quiero* tocarlo. Desde hace tiempo, y no solo para ayudarlo. Así de confuso como suena, cuando pienso en poner mis manos sobre él (y las pocas veces que ha pasado), se me encoge el estómago, como me ocurría cuando pensaba en esas cosas con Mim. No son nada parecidos: Mim era suavidad y confort, mientras que Oskar es áspero y duro. E incluso ahora, después de tantas semanas, pensar en ella suscita dentro de mí preocupación y deseos. Pero cuando miro a Oskar, no puedo negar el aleteo, el silencioso anhelo interior. Al mismo tiempo, no quiero drenar accidentalmente toda su magia, pese a que eso es lo que él espera que haga. Tengo miedo de lo que podría sucederle.

Oskar ha colocado su propio camastro junto al fuego y otro a su lado, con una manta de piel adicional encima. Lo veo tragar saliva cuando atravieso la cortina, y luce más temeroso de lo que esperaba, dada su satisfacción cuanto acepté hacer esto.

—Estás... —comienza, luego se aclara la garganta—. ¿Está todo bien? ¿Tienes suficiente espacio?

—Mi brazo no es tan largo —digo, al ver que mi camastro está a un metro del suyo. Y sus mejillas, con un bronceado que se va convirtiendo en la palidez del invierno, adquieren un tono rosado.

—Oh. ¿Cómo cree que deberíamos...? —hace un gesto de mi cuerpo al suyo.

Yo no tendría que estar haciendo esto. Si Raimo supiera, se pondría furioso. Pero cuando miro a Oskar, empujando mi camastro un poco más cerca, pero no *demasiado*, no puedo negarme. Si esto le trae algún tipo de alivio, estoy dispuesta a intentarlo. Si parece tener efectos negativos sobre él, voy a dejarlo.

–Vamos a tener que averiguarlo juntos –digo en voz baja. Me hundo en mi camastro, y la suave piel cosquillea en la palma de mi mano mutilada. El dolor de la tarde se ha atenuado ahora, pero aun así resguardo mi mano contra el pecho para protegerla.

Oskar se envuelve en su capa. Nos echamos sobre el costado, uno frente al otro.

–Por casualidad –la comisura de su boca se arquea hacia arriba–, escuché lo que Freya estaba diciendo sobre Harri...

–No quiero tener absolutamente nada que ver con él –aseguro. Mis mejillas deben estar en llamas. Y Oskar permanece en silencio, mirándome.

–Bueno –dice finalmente, luego se agacha y tira de la manta de piel hasta mis hombros–. Estoy agradecido de que estés dispuesta a hacer esto –murmura.

–No prometo nada.

–Entendido –tentativamente, desliza su mano hacia mí, la palma hacia arriba, callosa y fuerte. Eso nos hace detener. Esperamos. Una vez que haga esto, no podré esconderme, no hay vuelta atrás, no podré fingir que no hay algo raro en mí. Miro la mano de Oskar y luego su rostro. Él me está observando, con el ceño fruncido y los labios tirantes. Su mano se cierra formando un puño–. No tienes que hacerlo, Elli. Si dices que no, nada cambiará. Aún tendrás una casa aquí, durante el tiempo que la necesites.

Sus palabras apenas audibles llenan el espacio hueco que siento dentro. Mis ojos arden por las lágrimas, mientras coloco silenciosamente mi mano sobre la suya.

Es el instante más tranquilo, el más frágil de los momentos. Siento la frescura de su piel, pero también su textura, dura y blanda, áspera y suave, cuando sus dedos largos envuelven los míos. En cuanto nuestras miradas se encuentran, la magia helada corre por mi palma, alrededor de mi muñeca y serpentea por mi brazo hasta que se escurre en mi pecho, brillante y fría. Sus labios se abren. Se ve aturdido y quieto, como si se sintiera demasiado bien para hablar. La sensación de la magia se intensifica, volcándose en mí tan rápido que juro que percibo en mi rostro los besos diminutos y helados de los copos de nieve.

—Oh. Gracias —susurra, parpadeando con los ojos entrecerrados.

Observo cómo su rostro se relaja en una pequeña sonrisa a medida que cae en un sueño tranquilo. Respira de manera uniforme, un ritmo suave para su poderoso cuerpo, una tregua necesaria después de tanta guerra en su interior. Mi mente parpadea con témpanos en el Lago Madre, con carámbanos a lo largo de las ramas y rocas, con copos de nieve que caen juguetones por el aire. Verlo así de aliviado, me provoca una lágrima, y me inclino para besar sus nudillos, apretados sobre mi mano. Me entrego sin culpa ni vergüenza. Su piel tiene un sabor ligeramente salado, tal vez por mis lágrimas.

—Buenas noches, Oskar —cierro los ojos y doy la bienvenida a sus gélidos sueños en mi vacía oscuridad.

Durante los siguientes quince días desarrollamos una nueva rutina. Cada noche, Oskar espera, hasta que voy a él. Desvío sus sueños helados hacia mí, y en mi interior estos se descongelan. No duele. El hielo no puede conmigo. Ni siquiera puede hacerme temblar.

Pero Oskar puede, aunque no creo que se dé cuenta. Ahora que duerme tranquilo, se levanta temprano, cálido y renovado. Prueba siempre su magia en el cubo de agua cerca del fuego: lo único que logra hacer es congelar la superficie. Y en vez de estar horrorizado porque lo he vaciado de la poderosa magia de hielo, está encantado. Me prepara el té, como si le preocupara que sus sueños me causaran un resfriado. Nunca se pregunta cómo lo hago o por qué tengo este poder. En cambio, quiere saber si estoy demasiado cansada o si preferiría dormir con Freya en la otra cámara. Parece avergonzado. No creo que él entienda que es igual de bueno para mí. Había tenido miedo de lastimarlo de algún modo, pero cada día se ve mejor.

Tal vez lo mantengo a salvo de sus pesadillas y le permito descansar bien, pero él también me da algo, más que el nuevo par de guantes que apareció sorpresivamente debajo de mi manta una tarde, el de la mano derecha tiene un relleno extra donde deberían estar el anular y el meñique. Más aún que la delicada paloma tallada que encontré debajo de la almohada una noche, con sus alas de madera desplegadas para el vuelo y su cuerpo extendido, libre y extático.

No sé cómo procesar este sentimiento. Es tan elusivo como el adormecimiento que recorre mi interior. Todos los días, mientras las horas se arrastran, me descubro esperando nerviosamente que la alta figura de Oskar entre dando zancadas en la caverna. Y cuando lo hace, no puedo evitar que la sonrisa se despliegue en mi rostro: sobre todo porque sus ojos me buscan, y cuando me encuentran, él me sonríe. Eso de por sí es mágico y enciende una chispa de orgullo dentro de mí.

Le devolví a Oskar su sonrisa.

Un día, cuando voy a tender nuestra ropa cerca del fuego para que se seque, emerge de atrás de la caverna, perfectamente afeitado.

Algunos de los jóvenes, incluyendo a Harri, con su cabello rizado húmedo por el agua del arroyo, bromean con él.

–Dime, Oskar, ¿fue difícil matar a la pequeña bestia feroz que había hecho nido en tu feo rostro?

Él se pasa la palma por su mejilla. Harri no podría estar más equivocado: Oskar está lejos de ser feo. Parece un par de años más joven sin la barba, pero su quijada tiene una línea recta y fuerte.

–No fue fácil –dice y se ríe. Luego saca su cuchillo de caza y lo agita en el aire–. Pero era él o yo –cuando me ve observándolo, me muerdo el labio y me escondo de nuevo en el refugio.

A pesar de que estamos atrapados en las garras del invierno y de que hace tanto frío en las cavernas que mis huesos duelen sin cesar, nunca fui más feliz. Oskar esperaba que pudiera deshacerme de su magia para siempre, pero me da vergüenza admitir que me alegro de que esta crezca en su interior durante el día y lo deje temblando por la noche, necesitando que yo lo toque. Ese instante en que deslizo mi mano sobre la suya es el mejor segundo de cada día.

Cada mañana me despierto un poco más cerca de él, hasta que una mañana me levanto en sus brazos. No recuerdo cómo ocurrió, pero mi cabeza está sobre su hombro, y mi frente presiona la piel fresca de su garganta. Mechones de mi pelo cobrizo están pegados en su oscura barba incipiente. Sus dedos se pierden en mis gruesos rizos. Respira profundamente, todavía dormido, dulce y tranquilo. Pero mi corazón se acelera. Indecisa, deslizo mi brazo sobre su pecho. Siento sus contornos, memorizo la sensación. *Esto es lo que se siente al estar en los brazos de un amante*, susurra mi mente.

Nunca creí que experimentaría algo así, aunque lo imaginé más de un par de veces. Sé que somos amigos, que Oskar aprecia lo que hago por él y se preocupa por mí porque lo hago: pero cierro los ojos un instante y finjo. Su otra mano está en mi cintura, y uno de mis pies está escondido entre sus pantorrillas. Aspiro su olor: humo de leña, sudor y algo fresco y estimulante que solo me recuerda al tipo de hielo más puro. Estoy llena del loco deseo de introducir los dedos entre la tela de su túnica para presionar mis labios contra su piel y saborearlo. No puedo evitar pensar que tendría un sabor delicioso.

Debería moverme, pero no termino de juntar la voluntad. Quiero que esto siga y siga.

Debería tener frío, apretada contra el cuerpo de un poderoso portador de hielo, pero el calor corre por mis venas. Mi cuerpo se tensa, se curva hacia él, acercándose. No estoy segura de lo que estoy buscando, pero lo deseo como nunca antes he deseado nada.

El lento chasquido de su respiración deja de oírse. Y por un instante, sus dedos aprietan mi cabello más fuerte. Entonces se vuelve de costado, acomodándose sobre el codo. Su cabello cuelga hacia abajo, echando sombra sobre sus facciones, mientras su rostro se eleva encima del mío. Aun así siento sus ojos en mí. Temblando, me estiro y toco el pequeño arco en el centro de su labio superior. Su aliento cálido avanza en ráfagas sobre mis dedos cuando comienza a bajar la cabeza.

—No se preocupen por mí —dice alegremente Freya, cuando sale de su habitación y camina hacia la salida del refugio—. No quisiera interrumpir —desaparece, probablemente va a la cámara para aliviarse.

Oskar se incorpora bruscamente, sujeta su capa alrededor de su cuerpo y se aleja de mi lado. Se pone de pie, mientras frota su rostro.

—Yo, eh... debería... sí. Debería —sale también del refugio. Y me deja sentada en el suelo, con el cabello hecho un desastre y el corazón latiendo fuerte en mi pecho, que una vez más está vacío.

Freya vuelve unos minutos después y se sienta a mi lado, junto a las brasas.

—¿No habrán creído que me estaban engañando, escondiéndose cada noche?

—Creía que sí —coloco una manta sobre mi regazo, y entrelazo los dedos en el pelaje suave.

Su cabello café oscuro está suelto y ondulado, y tiene sus piernas flacas flexionadas contra su pecho y ocultas debajo de un camisón de lana gruesa.

—No eres demasiado sigilosa —comenta.

—¿Estás enojada? —trago saliva y miro hacia la cortina de pieles que cubre la cámara de Maarika.

—Ella lo sabe, Elli —dice Freya, y arroja unos trozos de madera al fuego—. Pero Oskar ha estado tan feliz en las últimas semanas... que es difícil estar enojado por eso —ella resopla—. Aunque se me ocurren un par de personas que podrían estar muy enojadas.

—Oskar y yo no somos... —no tengo idea de lo que no somos. O de lo que sí somos. Pero siento el persistente temor de que lo que acaba de pasar entre nosotros hace un instante haya complicado todo. Y a pesar de eso, quiero volver a vivirlo una y otra vez. Para entender, para saborear.

—Oh, *por supuesto* que no —Freya me golpea el brazo—. Puede ser que tenga diez, pero no soy estúpida.

—Bueno, que suerte la tuya —río—. Tengo dieciséis, y en este momento me siento *muy* estúpida —me pongo de pie y levanto una de las cubetas vacías—. Iré a buscar un poco de agua.

—Asegúrate de que Aira no esté por ahí cuando lo hagas —comenta, lanzándome una mirada descarada—. Podría empujarte al agua.

CAPÍTULO XVI

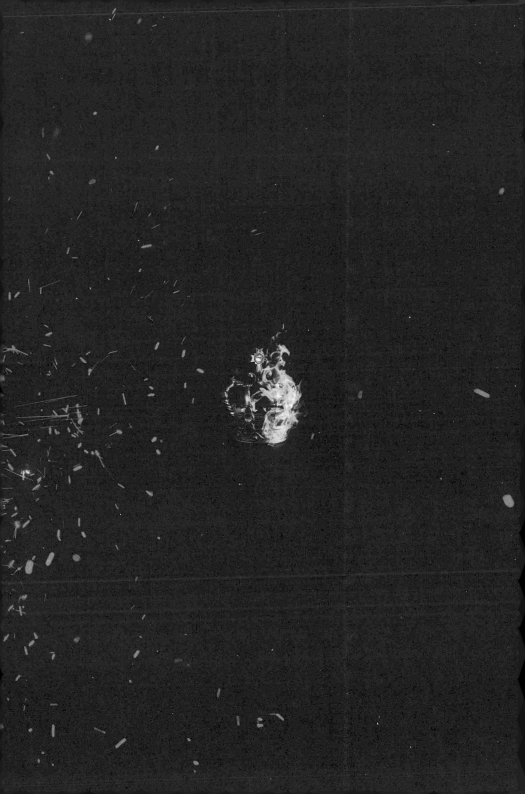

Uno de mis dedos del pie se traba con algo, y pateo para alejarme. Luego, me sujeta del tobillo y tira; emerjo del sueño abruptamente.

—Elli —susurra Oskar. Su forma completa el espacio vacío de la cortina.

—Ahí voy —digo, llena de alivio: él no regresó al refugio la noche anterior, y tenía miedo de que ya no quisiera dormir junto a mí. Me arrastro torpemente fuera de la pequeña cámara, y noto que lleva sus botas—. ¿Dónde has estado? —pregunto, tratando de sonar tranquila—. ¿Todo está bien?

—Habrá un deshielo hoy —golpea con la punta de su bota una piedra suelta—. Más cálido de lo que corresponde a la estación.

—¿Cómo lo sabes?

—Puedo sentir que está en camino —me regala una media sonrisa—. Me preguntaba si querías ir a dar un paseo.

Mis cejas se levantan. He ido a cazar con él un par de veces la semana pasada, sobre todo en los días terriblemente fríos, pues me preocupa que esté en la nieve, solo y sin un calor que lo guíe a casa. El dolor que roe mis nudillos durante esas horas vale la pena: si sostengo su mano, él resiste mejor. Pero ¿por qué me necesita en un día cálido?

Y ¿por qué me estoy haciendo tantas preguntas? La única que importa es: ¿quiero ir con él?

—Dame un momento —respondo, e inserto los pies en las botas. Ahora tengo mi propio par, que Oskar adquirió del padre de Jouni a cambio de una piel de lobo y varios kilos de carne de alce.

Me escabullo a la cámara para aliviarse, y luego corro por el sendero hacia el arroyo, donde me enjuago el rostro. Cuando vuelvo al refugio, Oskar está listo para salir. Coloca mi nueva capa sobre mis hombros —en este caso, Senja se la dio a cambio de cuatro pieles de liebre blanca que necesitaba para hacerle un abrigo a Kukka. También me ofrece una galleta seca, que mastico mientras salimos de la cueva.

En el camino, Oskar enciende una antorcha en las cenizas del humeante fuego central y, una vez afuera, tomamos el sendero.

Él tenía razón, a pesar de que todavía está oscuro, el aire está divinamente fresco.

—Vamos a tener un buen deshielo hoy —anuncia—. Las últimas semanas han sido horribles. Me pregunto si la Valtia finalmente se decidió a ofrecernos un poco de calor.

Me freno en seco, la pena me tira hacia abajo cuando los rostros de Sofía y Mim aparecen en mi mente. De inmediato, le sigue la culpa: ¿qué derecho tengo a ser tan feliz? ¿No debería estar preocupándome por ellas y mi pueblo?

En las últimas semanas los que ingresan en la ciudad nos han contado que Kupari está cayendo en el caos. Hay crímenes en las calles, alguaciles que aceptan sobornos, disturbios en los mercados, los granjeros con hoces afiladas que luchan contra ciudadanos hambrientos y la rabia latente en los corazones de las personas, contra los sacerdotes que acaparan cobre y contra la reina ausente.

¿Podrían haber hallado a la verdadera Valtia? ¿Es esa la solución para todo?

–Increíble –susurro. Es a la vez una punzada de tristeza y una carga que me quitan de los hombros–. ¿Estás seguro?

–No es un calor propio de la estación –dice Oskar–. Estamos en el mes más frío del año. Tiene que ser magia. La Valtia debe estar haciendo su dolor a un lado, gracias a las estrellas.

–Hubiera creído que la despreciabas. ¿No huyó tu madre de la ciudad para evitar que te llevaran al templo?

–Sí. Pero no tengo nada contra la Valtia en sí misma.

–¿Y contra los sacerdotes?

–Bueno –dice, mientras patea una piedra que sobresale entre la nieve derretida–, digamos que no desearía ser uno de ellos. Siempre me he preguntado cómo sería vivir encerrado en ese templo. Escuché que la Saadella no sale, a excepción de las Ceremonias de la Siembra y de la Cosecha, y que la Valtia emerge apenas un poco más a menudo. ¿Cómo puede eso ser bueno para una persona?

–Quizás si no conoce lo que hay afuera, no sabe lo que se pierde –respondo, encogiéndome dentro de mi capa.

–Como un animal salvaje que vive en cautiverio –gruñe él–. Creo que, dentro de su alma, la criatura sabe que le falta algo.

Sus palabras me golpean en el pecho. No puedo evitar recordar al viejo Mano de Néctar, el gordo y perezoso oso pardo que apenas podía caminar, y me pregunto cómo hubiera sido de haber tenido todo el bosque por casa.

Y entonces también pienso en lo mucho que he cambiado en las últimas seis semanas, y cómo en los doce años anteriores todas mis necesidades y caprichos fueron satisfechos sin que tuviera que solicitarlo siquiera.

–Pero sin duda está viviendo en una jaula de oro –murmuro.

—Una jaula de oro sigue siendo una jaula. Tengo que tener el sol, los árboles y la hierba. Quiero ir y venir como me plazca.

—No suenas como ese niñito que quería quedarse dentro todo el día junto al fuego, tallando animales de madera —sonrío—. Aunque todavía eres bueno en eso —he escondido la pequeña paloma tallada debajo de mi almohada, donde puedo verla cada vez que quiero.

Él ríe y sus mejillas se oscurecen.

—Bueno, no tuve muchas opciones una vez que dejamos la ciudad. Pero en el verano pocas veces voy al refugio. Se siente tan bien estar aquí afuera —su sonrisa es tan brillante como un amanecer—. Hoy es como un día de verano para mí.

Llegamos al inicio de los pantanos, donde hebras de hierba sobresalen entre la nieve. El sol no ha salido aún, pero hay rayos de color rosado, púrpura y anaranjados en el cielo. Oskar gira al sureste y camina hacia la luz, acortando sus largas zancadas para que pueda andar junto a él.

—¿Qué estamos cazando? —pregunto por fin. Las cavernas se elevan a nuestra derecha y hacia abajo hay una caída empinada. Un niño pequeño trató de tomar ese atajo hace unas semanas y se rompió ambas piernas. Necesitábamos a Raimo pero, por supuesto, el viejo no estaba por ningún lado—. Nunca hemos venido antes por aquí.

—Quería mostrarte algo —me guía por una curva y se desvía del sendero principal hacia un camino ascendente. Después de varios minutos, apunta con su antorcha un amasijo de rocas.

—Creí que tal vez... te gustaría ver la salida del sol.

—¿Me trajiste hasta aquí para ver el amanecer? —alzo la vista hacia él. En sus ojos brillan destellos de ansiedad.

—No tenemos que hacerlo. Solo que creo que es bastante bonito y...

—Claro, es precioso –lo interrumpo. Pero también es completamente confuso.

—¿Sí? –escudriña mi rostro.

—Claro que sí –aseguro. Él sonríe, toma mi mano y me lleva hacia las rocas a un ritmo que me obliga a correr.

Cuando llegamos, es evidente que *alguien* ha limpiado toda la nieve allí. Está seco, suave, como esperándonos. Oskar clava la antorcha en una grieta entre las piedras, me impulsa hacia arriba para trepar a una roca relativamente plana, y luego sube. Nos sentamos uno al lado del otro, con las piernas colgando y enfrentando al sol naciente. Soy un manojo de nervios y perplejidad, mientras su cadera empuja la mía.

—Yo lo veo desde aquí algunas mañanas, antes de salir de caza –me dice–. Este es el mejor lugar.

Fijo la mirada en el horizonte mientras una línea anaranjada se filtra desde el suelo y se propaga en un haz delgado sobre la tierra. En un primer momento se ve tan frágil, tan fácil de sofocar, pero entonces la cúpula dorada del sol se eleva, implacable e imparable. *Como la magia dentro de una nueva Valtia*, pienso con tristeza. Es algo que nunca experimentaré. No esperaba sentirme así, pero cuando imagino a otra chica en el templo, usando el brazalete de Astia y llevando la corona, no puedo evitar el dolor. Me alegro y me siento aliviada; pero también me recuerda todo lo que creí que era y cómo resultó ser una gran mentira.

Alejo esos pensamientos. Eso ya se acabó, el pueblo tiene lo que necesita y todo va a estar bien ahora que hallaron a la verdadera reina: no arruinaré este momento.

—Es hermoso. Me alegro de que me hayas traído hasta aquí.

–Quería hablar contigo –dice él, tras aclararse la garganta.

–Está bien –asiento, mientras los nervios aprietan mi estómago como un puño cerrado.

–Ayer por la mañana, yo... –hace una pausa y se mete un mechón de cabello suelto detrás de la oreja. Estrellas, mi rostro está tan caliente.

–Sé que probablemente te sentiste avergonzado cuando tu hermana nos vio –me adelanto.

–No, no me dio vergüenza –los ojos de Oskar se posan en mi mejilla, y luego sus dedos continúan el camino, lo que hace que mi piel se sonroje y se encienda aún más. Suspira–. Oh, este calor –dice en voz baja–. Me desperté con el calor apretando contra mí –su mirada desciende hasta mis labios, y mi estómago da un pequeño vuelco–. Fue la mejor sensación que he tenido. Mejor que mil días de verano.

Casi no puedo respirar cuando su dedo se desliza por mi cuello.

–Para mí también –susurro. Cada parte de mí hormiguea.

–No sabía qué hacer con el deseo que despertó en mí –se inclina, y su frente toca la mía–. Y... estaba asustado.

–Yo también –nunca he estado tan cerca de alguien, ni siquiera de Mim. Los labios de Oskar están a unos pocos milímetros–. Pero no tengo miedo de ti.

La comisura de su boca se curva hacia arriba, y luego posa sus labios sobre los míos. Son frescos y suaves, y todo acaba demasiado pronto. Nos miramos.

–¿Puedo volver a hacerlo? –susurra, mientras sus dedos acarician mi cabello.

Asiento, y mi nariz roza la suya con impaciencia cuando le ofrezco mis labios. Mi cuerpo está tenso y tiembla. Él se inclina y presiona su boca contra la mía, suave pero seguro. Y a pesar de que está hecho de hielo, me enciende de deseo, incertidumbre y miedo. Envuelve mi cintura con su brazo, y me acerca más hacia él, mientras nuestros labios se tocan, chocan, se empujan y deslizan. Su pulgar recorre mi mandíbula y su lengua acaricia mi labio inferior. Cada lugar que toca se estremece con su magia. No tengo idea de si estoy haciendo las cosas bien, o es él quien las hace, pero sí sé que se siente muy bien. Y quiero más. *Mucho más.* Mi mano se levanta para descansar sobre su pecho. Su corazón late tan rápido como el mío, y eso me resulta extrañamente tranquilizador.

—Estrellas, eres tan hermosa, Elli —dice y besa la comisura de mis labios.

Mis dedos se deslizan por su mejilla áspera, su barba incipiente me pincha la piel.

—Tú también.

—*Nunca* han dicho eso de mí —se ríe.

—Pero seguro debes saberlo —he visto a Aira observándolo. Y cómo lo sigue con la mirada cuando él sale de las cavernas: y ella no es la única—. Muchas chicas desearían estar en mi lugar.

—Ah, bueno, no sería así si realmente me hubieran besado. Podría congelar nuestras bocas por accidente —se ríe—. Eso me pasó la primera vez que besé a una chica.

Mi estómago da un vuelco, a pesar de que él sigue sonriendo.

—Debido a tu magia de frío. No me di cuenta de que afectaría...

Se frota la parte posterior del cuello.

—Si bajo la guardia, el hielo crece rápidamente —sonríe—. Pero contigo no tengo que preocuparme por eso.

Mi mano cae de su pecho, mientras el espacio hueco del mío se abre por completo.

—Eso te viene bien —comento. De repente la duda surge como la magia de Oskar, poderosa e imparable: ¿me besa por lo que soy o por lo que hago por él?

—No quise decir... —su sonrisa se tambalea.

—Está bien —digo, pero mi garganta se ha cerrado, y mis ojos arden. El aire sale de mis labios inestable y lento. Odio que esta duda pueda devorarse mi felicidad tan rápido—. Yo... nunca esperé besar a nadie —balbuceo—. No sé lo que estoy haciendo.

—¿*Nunca* esperaste besar a nadie? —repite, asombrado.

Aparto la mirada, el pánico se ha abierto camino y me desgarra por dentro. Oskar va a pensar que estoy loca. Recuerdo los momentos en que me preguntaba cómo sería estar en brazos de alguien, y saber que no estaba allí por una orden, sino porque lo deseaba tanto como yo. Ahora él está junto a mí, guapo y fuerte, preguntando si de verdad puede tocarme y besarme... y todo lo que puedo hacer es plantearme si su afecto es real o si siente por mí lo que el pueblo siente por la Valtia. Sí, claro, la aman, pero cuando su magia no les sirve, ¿cuánto dura la adoración?

Me inclino y beso su mejilla áspera, lo que hace que sus cejas se eleven de pura perplejidad.

—Lo siento. No soy buena en esto —susurro, y parpadeo para barrer mis tontas lágrimas. Por todas las estrellas, ¿qué me sucede?—. Y tengo tareas que hacer —me acerco al borde de la roca y me deslizo hacia abajo.

Los pies de Oskar golpean en el suelo al mismo tiempo que los míos.

—¡Espera, Elli! ¿No querías que te besara? —suena perplejo. Y frustrado. Yo también lo estoy. Mi mente es un lío de preguntas, temores, anhelos y deseos, y todo lo que sé es que tengo que alejarme de él o voy a llorar. Empiezo a caminar, pero no doy más que unos pocos pasos antes de que él se plante frente a mí–. ¿Qué hice mal?

–Nada –le digo honestamente, mientras trato de esquivarlo–. Sucedió tan rápido. Estoy... no estoy segura de estar lista... –hago una mueca, inclinando la cabeza para asegurarme de que no me vea. Y él me toma por los hombros.

–Si no estás lista, puedo aceptarlo. Pero me cuesta creer que eso es todo lo que está pasando –me jala más cerca, con su mirada dura fija en la mía . Por favor. Me he contenido tantas veces. He intentado no entrometerme. Pero sé que hay una guerra en marcha detrás de esos ojos, y estoy desesperado por entender qué sucede.

–Oskar, si no hubieras descubierto lo que puedo hacer, ¿estaríamos aquí ahora?

–¿Cómo podría saber eso? –toma mi rostro entre sus manos–. Lo único que sé es que hace un minuto te tuve en mis brazos y me devolviste el beso. Se sentía bien –duda–. ¿No es así?

Se sentía *tan* bien. Pero algo dentro de mí está muy mal. Quiero contarle todo para que me ayude a resolverlo, pero las advertencias de Raimo me hacen mantener mis secretos bien guardados en mi interior. Mientras estén allí, nunca conoceré la verdad acerca de los sentimientos de Oskar, porque él nunca sabrá quién soy. Si *yo* apenas sé lo que realmente soy.

Pongo mis manos en su pecho.

–Esto no es justo para ninguno de nosotros ahora. Yo... creo que sería mejor que dejáramos las cosas como estaban.

¿Qué estoy diciendo? Oh, estrellas, ¿*Por qué* estoy diciendo esto?

–Si es lo que quieres –sus ojos grises parpadean de dolor.

No, no lo es. De hecho, quiero que me discuta, que me rete. Quiero que diga otra vez que tenemos razón, que esto es bueno, que no puede dejar que me vaya porque su corazón no lo permitirá. Quiero que *luche*.

Pero en vez de eso se hace a un lado y se pasa las manos por el cabello.

–No quise forzarte a nada.

–Todavía voy a desviar tu magia –digo rápidamente, porque está alejándose, sin mirarme a los ojos–. Todavía puedes... Todavía podemos tocarnos por la noche. No tienes que preocuparte por eso. Nada tiene que cambiar.

Él mira hacia el cielo y deja escapar una risa ahogada y ronca.

–Cierto. Qué alivio. Nada ha cambiado –da una vuelta–. Será mejor que vaya a cazar. Los otros probablemente ya estén en el bosque –se dirige por el sendero.

Lo sigo, deslizando mis manos sobre mis ojos, detrás de su estela. Me siento más vacía que nunca. Si la duda no hubiera crecido como un hongo venenoso dentro de mí, tal vez aún estaríamos en esas rocas, sus labios sobre los míos, sus manos en mi cuerpo.

Ahora parece que nunca volverá a tocarme. Y quizás debería estar contenta, porque he protegido mi corazón y el suyo del peligro de mis secretos, pero en lugar de eso quisiera recostarme sobre la hierba dura y llorar hasta cansarme.

Un grito fuerte y tembloroso perfora la mañana, y le siguen otros. Los hombros de Oskar se vuelven rígidos, luego se sacude y corre a toda velocidad por la colina hacia el ruido. Corro detrás de él, tan rápido como puedo, pero para cuando llego a la cima de la colina, él se dirige directamente hacia la pendiente que conduce a la entrada de la caverna.

—¡Oskar! —chillo, pero una ráfaga de fuego sube en espiral desde la boca de la caverna, y él acelera y con sus largas piernas destruye la distancia.

No frena al llegar al borde elevado, salta al espacio abierto y desaparece de mi vista. Me toma unos segundos, cargados de gritos, chillidos y humo, llegar hasta allí.

Lo que veo me hace ahogar de miedo. Dos mujeres yacen quemadas en la entrada de la caverna, tienen los rostros negros y el cabello y la ropa chamuscados. Oskar, que de algún modo se las arregló para saltar los casi seis metros de altura sin hacerse daño, está allí de pie con los brazos extendidos, y el odio destella en sus ojos.

Frente a él hay una docena de alguaciles de la ciudad, con sus gorras color café, capas rojas y los bastones en la cintura. Pero se están echando hacia atrás. No están a cargo. Delante de ellos hay cinco sacerdotes, incluyendo al Anciano Leevi. Este señala con el dedo esquelético hacia Oskar, que se destaca por su cabeza y sus hombros erguidos.

—Tenemos todo el derecho de buscar en estas cuevas —dice con su voz fina y aguda que desentona con su postura amenazante.

—No lo tienen —ruge Oskar—. No estamos dentro de los muros de su ciudad, ¡y han atacado una caverna llena de mujeres y niños!

—Estas dos —replica Leevi, señalando a las mujeres que yacen en el suelo— eran portadoras no autorizadas de magia. Nos atacaron.

El rostro de Oskar se retuerce de rabia.

—¡Porque invadieron sus casas!

Caigo de rodillas, mis dedos se aferran a las hierbas resbaladizas del borde de la pendiente. O no hay Valtia y los ancianos trabajaron juntos para crear este calor por sí mismos, o ella está en el trono y los ha enviado aquí. De cualquier modo, eligieron una estrategia perfecta para hacer su viaje más fácil y alejar a los hombres de la caverna, deseosos de cazar y pescar en un día sorprendentemente tibio. Siento que la rabia forma un nudo dentro de mí, y la confusión lo aprieta cuando veo a Harri de pie entre los alguaciles. Está muy quieto, como si deseara que Oskar no se fije en él.

–Nos iremos en la primavera –dice Oskar–. Diles a los mineros que serán bienvenidos en estas cuevas una vez que llegue el deshielo.

–Esa es una gran promesa, viniendo de un grupo de ladrones y asesinos. Pero no es por eso que estamos aquí. Simplemente queremos echar un vistazo a las jóvenes –dice Leevi con una sonrisa, mientras dos sacerdotes salen de la cueva, dando un gran rodeo para no pasar junto a Oskar.

–Están encerradas en una pequeña caverna en la parte trasera –dice uno de ellos–. Al menos una es portadora de fuego.

Oskar palidece, y sé que está pensando en Aira y Freya.

–Nos llevaremos a los portadores no autorizados de regreso al templo una vez que encontremos a quien estamos buscando –anuncia Leevi, y se vuelve hacia Harri–. ¿La reconocerías a simple vista?

La mirada de este se clava en Oskar, cuyos ojos se abren como platos al darse cuenta de que el ratero de cabello negro está trabajando con los sacerdotes.

–Podría hacerlo –asiente Harri.

–¿Qué haces, Harri? –pregunta Oskar, sin quitarle los ojos de encima.

–No tenemos que hacer esto con violencia –le responde Leevi, mientras palmea a Harri en el hombro–. Estamos buscando a niñas de cabello cobrizo y ojos azules como el hielo.

–Te aseguro que la nueva Saadella no está aquí –gruñe Oskar–. Ninguna de nuestras niñas tiene el cabello de ese color –lanza a Harri una mirada pétrea–: Y lo sabes.

El anciano se pasa los dedos por debajo del mentón, y sus gruesas cejas rojas se elevan.

–Ah, pero no solo buscamos a una pequeña Saadella. También a la nueva Valtia, una joven de dieciséis años de edad.

Oskar frunce el ceño, y Leevi parece satisfecho.

–Verás –explica el anciano–. Estamos en una situación desesperada. Cuando la Valtia anterior murió trágicamente defendiéndonos de la invasión de los Soturi, su sucesora se volvió loca de tristeza. Se escapó, y estamos preocupados por su seguridad, pero también por cualquiera que entre en contacto con ella. Revisamos cada callejón y cada choza de la ciudad y nada, entonces sospechamos que huyó a las tierras lejanas. Luego, rastrillamos todas las propiedades en la península, y comenzamos a preguntarnos si se las había arreglado para salir de Kupari; hasta que este joven tan valiente nos informó que estaba aquí. Si te preocupas por las mujeres y los niños, permite que echemos un vistazo para ver si la Valtia que perdimos está entre ellos, tal como creemos. Cabello cobrizo y ojos azules como el hielo. Podría haber buscado refugio aquí en algún momento, en las últimas seis semanas más o menos. ¿Te parece?

Las palabras de Leevi parecen golpear a Oskar, como una ráfaga de aire helado. Él parpadea y da un paso atrás. Y luego su mirada busca la mía, llena de preguntas, antes de alejarse. A Harri no se le ha escapado. Se vuelve y me ve colgando en el borde de la bajada. *No*, ruego. *Por favor, no lo hagas.*

–¡Allí está! –grita con la voz quebrada, señalándome.

La mirada de Leevi sube hacia las rocas hasta que aterriza sobre mí. Su boca se abre.

—Es ella —chilla.

Me pongo de pie de un salto, cada fragmento de mi cuerpo zumba de terror.

Mis botas se resbalan en la nieve derretida y mis brazos cuelgan. A mi alrededor siento el fuego, el aire helado y el viento fuerte. Pero es culpa de la hierba resbaladiza.

Mientras caigo, oigo la voz de Oskar que grita mi nombre.

CAPÍTULO XVII

Intento sujetarme del aire, y mis manos aletean tratando de no caer. Si yo fuera la Valtia, podría usar mi magia para frenar la caída. Podría convocar un viento caliente que me alce o pedir que el hielo se eleve y me ataje.

Pero solo soy como el brazalete Astia. Y eso me hace impotente.

Aterrizo con un resoplido, pero no en el suelo. Los brazos de Oskar se cierran sobre mí, y él cae de rodillas sin dejar de abrazarme con fuerza. Jadeo por el impacto, con la frente de Oskar contra mi mejilla. Su cuerpo me separa de los sacerdotes, que disparan ráfagas de hielo y fuego sobre nosotros.

Y Oskar lo está soportando todo. Y cuando una ráfaga de fuego lo golpea en la espalda, su rostro es una máscara de agonía. Su pecho se estremece y gruñe con los dientes apretados.

No siento el fuego, pero al ver el dolor de Oskar, la ira comienza a brotar en mi interior y desborda. Miro por encima de su hombro, directo hacia Leevi, y noto en su rostro la fuerte y amarga determinación de destruir a Oskar para llegar a mí. Él y sus sacerdotes se acercan con las palmas extendidas.

Voy a matarte por esto, pienso, mientras el anciano le envía una ráfaga de hielo. Mis manos se enredan en el cabello de Oskar cuando esta choca contra su espalda. Él deja escapar un grito ahogado, desgarrador.

—Dámela —le susurro, y presiono mi rostro contra su cuello.

Él se estremece, y luego se pone de pie. Sus ojos aún están cerrados, es como si se hubiera vuelto hacia sí mismo solo para sobrevivir. Sin embargo, continúa cargándome entre sus brazos con desesperación y firmeza, al tiempo que vierte el exceso de magia de hielo por los lugares donde nuestra piel está en contacto.

Uno de los sacerdotes se acerca al gran fuego central de la cueva, y las llamas saltan hacia él como animales amaestrados. Sus ojos brillan al lanzarlas contra nosotros.

Mis dedos se enroscan en el cuero cabelludo de Oskar con ímpetu al descubrir el infierno que está por venir. Entrecierro los ojos y tenso los labios sobre mis dientes apretados. *No, no van a tocarlo.*

Una ola de frío rueda sobre la piel de Oskar, y entonces, él gira bruscamente —todavía sosteniéndome— y abre los ojos:

—¡Basta! —ruge mientras extiende su brazo libre hacia afuera, con la mano abierta, para luego cerrarla en un puño.

Todo mi mundo gira y una extraña sensación llena mi pecho. El hielo y la nieve generan remolinos en el aire, y estos provienen de todas partes: del suelo que nos rodea, de la colina, de la pendiente, de los cristales que se funden sobre la hierba. Se oye un ensordecedor *bum*, y Oskar se derrumba. Aterriza encima de mí y mi espalda choca contra las piedras.

Estamos rodeados de silencio. Los sacerdotes ya no nos atacan.

Oskar levanta muy despacio la cabeza de mi pecho. Está temblando y su respiración forma vapor frente a su rostro. Su cabello y pestañas están cubiertos de cristales de hielo que se derriten rápidamente, pero su frente y mejillas están perladas de sudor. Con una punzada de terror recuerdo la agonía de Sofía, en parte congelada y en parte ardiendo.

–¿Elli? ¿Qué...? ¿Qué...? –dice, con la voz cargada de dolor. Y coloco mis manos en sus mejillas frías para drenar la magia que le hace daño.

–¿Estás bien?

Él parpadea.

–Yo... no lo sé –su cuerpo grande aplasta el mío, y siento cómo sus músculos se contraen en breves espasmos.

–¡Uy! –grita una voz. Es Jouni. Oigo botas que se deslizan por el terreno rocoso–. ¡Por todas las estrellas del cielo! –grita. Y a su exclamación le siguen varias más, llenas de asombro y miedo.

Oskar se arrodilla con los brazos levantados, en actitud defensiva: como si de repente recordara la amenaza. Pero luego se pone rígido. Varias personas, probablemente alarmadas por el ruido, han regresado corriendo a la caverna y ahora se amontonan en la pendiente, con sus rostros cargados de espanto.

Estamos frente a un escenario devastador, un momento literalmente congelado en el tiempo. Pues a partir de unos pocos pasos de donde estamos sentados y hasta la entrada de la caverna, todo es un enorme y cristalino bloque de hielo.

Tiene el tamaño de un edificio, y dentro están atrapados los alguaciles, los sacerdotes, Harri el traidor y el Anciano Leevi. Muchos de ellos quedaron suspendidos varios metros sobre el nivel del suelo, como si hubieran sido arrojados por el aire cuando el hielo se formó, y con sus brazos extendidos para detener el ataque. Sus ojos están abiertos de par en par ante el horror, pero nublados por la súbita muerte. También sus bocas permanecen abiertas, llenas del hielo implacable que ha saturado sus gargantas, narices y oídos. Los rayos del sol iluminan toda la escena, añadiéndole un brillo feliz al ataúd transparente.

Jouni silba y arroja a un lado su gorra, luego se pasa la mano por el cabello sucio.

—Oskar, ¿tú hiciste...? —su mirada se aleja de la escena y gira hacia nosotros. Pero de inmediato, su mandíbula se afloja.

Oskar percibe la sorpresa de Jouni y también se vuelve hacia mí:

—Oh, estrellas, Elli, tú... tú eres... —se frena.

Y entonces me doy cuenta: estoy desnuda. Puede que sea inmune a la magia, pero mi ropa no. Todo lo que queda de mi vestido y mis calcetines son manchas de ceniza. Mis botas son trozos de carbón que se deshacen al mover los dedos de los pies.

Oskar se quita de un tirón su capa de piel —ahora ennegrecida y agujereada—, y se inclina para cubrirme con ella.

—Espera —le dice Jouni, y retiene la muñeca de Oskar antes de que pueda tapar mis piernas—. ¿Qué es eso? —su dedo apunta a la marca con forma de llama carmesí en mi pierna pálida.

Pero Oskar suelta su brazo y me cubre.

—Jouni, los sacerdotes y alguaciles atacaron a las mujeres. Ve y asegúrate de que estén a salvo.

—¿Esa marca es lo que creo que es? —insiste Jouni, mientras sus ojos se pasean sobre mi pelo y mis ojos—. ¿Ellos vinieron aquí a buscarte? Oí que...

—Jouni —lo interrumpe Oskar—. Ahora no es el momento.

—¡Pero oí que la Valtia se volvió loca y huyó! ¿Elli hizo eso? —señala la montaña de hielo, a la que más hombres se han ido aproximando para contemplar el terror de los que perecieron ahí—. Nunca he visto magia de hielo como esa.

—No. Yo lo hice —le responde Oskar, y me lanza una mirada de soslayo.

–Sig me dijo que eras un portador –ríe Jouni–, pero para este tipo de cosas tendrías que...

–¡Deja de discutir y ve a ver si los demás están bien! –la voz de Oskar se quiebra mientras cae vacilante en el suelo. Sus dientes castañetean, y a través de los agujeros de su túnica puedo ver que su espalda está llena de ampollas. El hielo que lleva dentro debe haber ayudado a que su ropa soportara el ataque, pero aun así está herido.

Me siento, sujetando la capa quemada sobre mi pecho y flexionando las piernas contra mi cuerpo. Tengo tantos deseos de tocar a Oskar que me duelen los dedos. Pero Jouni todavía está de pie frente a nosotros, con su mirada fija en mí.

–Harri mencionó que los sacerdotes estaban ofreciendo una recompensa para cualquiera que ayudara a encontrarla. Y luego los trajo *aquí*.

–No soy la Valtia –digo en voz baja. Oskar me echa una mirada aguda, escrutadora–. *No* lo soy.

Jouni me observa un instante más antes de rascar un punto en su mejilla sin afeitar y darse vuelta.

–Seguro –dice, y camina hacia la entrada de la caverna, con los hombros tensos.

Al momento siguiente mis manos están en el cuello de Oskar, porque no puedo aguantar más. Suspira y se reclina cuando lo toco, pero luego se aleja bruscamente, y cae sobre las manos y las rodillas.

–No necesito tu ayuda –gruñe, levantándose torpemente.

–Oskar –su nombre suena como una plegaria en mis labios. ¿Me echa la culpa de esto?

Se detiene, de espaldas a mí.

–Ahora que se ha ido, dime la verdad.

–Oskar, no soy la Valtia. Lo juro –me levanto, acomodando la capa alrededor de mi cuerpo desnudo. Las rocas se clavan en las plantas de mis pies.

–No puedo creer que haya estado tan ciego. Explica tus ojos, tu cabello, tu marca y también tu capacidad para resistir la magia. Y luego explica eso –señala hacia la tumba de hielo.

–Tú hiciste eso –murmuro.

–Puede que yo tenga magia de hielo dentro de mí. Mucha –me mira sobre su hombro–. Incluso puede que sea un Suurin –su mandíbula se tensa, mientras clava su dedo en el hielo–. Pero nunca he hecho algo así.

–Tú sabes que no poseo magia –pero ahora estoy recordando lo que dijo Raimo sobre cómo podría no solo absorber y anular la magia, sino también amplificarla y proyectarla, al igual que la Valtia cuando lleva el brazalete de Astia.

Parpadeo al ver a esos muertos congelados en el hielo, y el peso de sus miradas vacías casi vence mi espalda.

Oskar no hizo esto: al menos, no lo hizo solo. Él tiene magia, pero quizás yo fui el arma que la proyectó, que la convirtió en la poderosa fuerza que destruyó todo a su paso. Si eso es cierto, entonces los dos juntos acabamos de matar a veinte hombres. Mi estómago se retuerce. Esta es la razón exacta por la que él no quería tener magia. Nunca quiso tomar otra vida.

–Solo sé lo que me has dicho, Elli, y me has dicho muy poco –su mirada de granito me está aplastando.

–Raimo me aconsejó que no hablara –digo con la garganta casi cerrada–. Que mi vida dependía de ello.

Oskar acorta la distancia entre ambos y me toma por los hombros.

–Tienes todas las marcas de la Valtia –susurra–. Y ella tiene una magia tan equilibrada que no sería difícil de ocultar, si quisiera hacerlo. Podría incluso parecer inmune, como tú, porque podría contrarrestar la magia más fuerte con la suya propia.

–Tal vez, pero Raimo habría sido capaz de curarme si yo fuera la Valtia. ¿De verdad crees que no habría aceptado ese regalo si pudiera tenerlo?

–Si estabas tan desesperada por esconderte, tal vez –replica.

Estoy a punto de darle una patada de pura frustración.

¡Dime entonces cómo hago para desviar tu poder! ¡Ni siquiera la Valtia puede hacer eso!

–¡Y tú dime quién eres! –grita. Me estremezco cuando me aprieta más fuerte, sabiendo que ya no puedo escapar de esta verdad.

–Raimo dijo que yo era el Astia.

–¿Qué? –sus ojos se estrechan–. ¿Quieres decir el brazalete de...?

–Sí. Es por eso que puedo absorber tu magia sin resultar afectada, y por eso, juntos podemos... –mis ojos se desvían hacia la tumba de hielo.

–¿Sabías qué iba a pasar? –Oskar también la mira.

–No. Por favor, créeme –mi voz es un chillido–. Yo era la Saadella, pero cuando la Valtia murió, la magia no vino –le cuento brevemente sobre mi huida y él todo el tiempo me observa, anonadado.

–¿Por qué estaban tratando de matarte? Espera, ¿*ellos* son los que te azotaron? –antes de que pueda detenerlo, levanta la capa de mis hombros y le echa un vistazo a mi espalda desnuda, maldiciendo–. ¿Por qué? –pregunta, con las palabras impregnadas de fría rabia.

–Dejé que lo hicieran cuando creí que eso iba a extraer de mí la magia. Y ellos pensaron que matándome podrían despertar la magia en un nueva Valtia. Lo más probable es que todavía lo crean.

—¿Saben que eres una especie de... brazalete de Astia humano? *Que ni siquiera se supone que debería existir.* Niego con la cabeza.

—Pero Raimo, sí. Creo que debe de haber sido sacerdote en algún momento. Me dijo que podía hacer estas cosas la noche que me llevaste con él, pero nunca me explicó cómo. Desviar tu magia: eso simplemente sucede. Y tampoco sé cómo ayudé recién a proyectarla, solo sé que estábamos en contacto cuando ocurrió. Pero Raimo me advirtió que lo mantuviera en secreto. Puesto que cualquier portador de magia me vería como un enemigo, o un arma… algo que usar para incrementar su poder.

La mirada de Oskar cae a sus dedos que se cierran alrededor de mis brazos desnudos, y rápidamente me suelta.

Maarika viene corriendo desde la caverna antes de que tengamos la oportunidad de volver a hablar.

—¡Oskar! —chilla. Su cabello castaño generalmente recogido, vuela alrededor de su rostro. Él gira para tomarla en sus brazos, pero ella prácticamente se arroja sobre él—. Estás herido —grita al ver su túnica chamuscada—. Oh, estrellas —su voz suena espesa por las lágrimas.

—Voy a estar bien —dice en voz baja.

Freya está allí, a poca distancia, mirando el hielo.

—¿Oskar...?

—Yo lo hice —dice, y se libera de las manos de su madre—. Elli vio todo —se vuelve hacia mí, con el rostro liso e inexpresivo—. Ven a la caverna. Tenemos que conseguirte un abrigo antes de que enfermes.

Maarika me mira, y sus cejas se elevan.

—¿Qué pasó con tu vestido y tus botas?

—Se quemaron cuando nos atacaron —responde Oskar, señalando con la cabeza hacia el bloque de hielo—. Usé mi magia para protegerla.

Maarika me mira, y luego a su hijo.

—Entonces me alegro de que los hayas congelado —dice con la mandíbula tensa—. Se merecen eso y más.

Luego extiende su brazo, y mis ojos arden cuando doy un paso adelante y lo deja caer sobre mis hombros, jalándome más cerca de ella. Con su otro brazo envuelve la cintura de Oskar. Entonces aparece Freya a mi otro lado, y pone sus dedos flacos dentro de los agujeros de la capa. No me siento digna de esto, pero de ninguna manera voy a rechazarlo. Maarika tenía razón, ellos son mi familia ahora, para amarme y protegerme. Su aceptación entibia mi cuerpo de un modo en que el fuego mágico nunca conseguiría hacerlo.

Llegamos con dificultad a la caverna, donde nos enfrentamos a la angustia. Ruuben sostiene uno de los cuerpos quemados en sus brazos, y no necesito verlo para saber que es Senja. Convulsionado por los sollozos se inclina sobre ella, mientras Aira intenta confortar a Kukka, que está llamando a gritos a su madre.

—Senja y Josefina intentaron protegernos —dice Maarika, enjugándose las lágrimas—. Los sacerdotes no tuvieron piedad.

Olas de aire helado salen de Oskar, mientras recorremos el lugar. Sospecho que la muerte de Harri es algo de lo que Oskar no se arrepiente, y yo tampoco. Ese chico trajo este combate hasta el umbral de nuestra casa.

Pero yo hice lo mismo.

Esa idea me golpea como un rayo y, a diferencia de la magia, no puedo absorberla fácilmente. Más bien se derrama por mis huesos, dejando a su paso solo tierra arrasada. Si hubiera prestado atención a los rumores en lugar de dejarme caer en la fantasía —de tener una familia, de pertenecer y ser normal, de Oskar, sus necesidades, su cuerpo y su boca, de palomas talladas, guantes calientes y ojos de granito indescifrables– me habría ido hace tiempo. Por no haberlo hecho dos mujeres están muertas, y quienes las amaban sufren. Una niña ha perdido a su madre. Y Oskar... ha matado contra su voluntad, ha sido arrastrado a una pelea que no quería, y ahora atraviesa la caverna oscura y fría con la espalda cubierta de ampollas.

A medida que las familias se reúnen, los niños se aferran a las rodillas de sus padres, las mujeres abrazan a sus hombres, todos observamos por un instante la tumba de hielo que bloquea buena parte del ingreso a la cueva.

Oskar, Freya, Maarika y yo nos dirigimos a nuestro refugio. Jouni me echa una mirada curiosa, mientras sale de la caverna. Ismael y otros portadores de fuego ya están ahí fuera, con las palmas extendidas para derretir el hielo y disponer de los cuerpos.

Puede que todos estemos pensando lo mismo: esto es solo el principio. Vendrán más. Más armas, más magia, más furia. Ya no habrá tregua este invierno.

Y es mi culpa.

Cuando entramos al refugio, Freya se dirige a la habitación de su madre y sale con un par de botas –las que yo solía usar antes de tener mi propio par– y un vestido color café muy gastado, con agujeros en los codos. Maarika comienza a cortar la túnica de Oskar, que tiene algunas partes pegadas a su piel lastimada, mientras yo voy a una de las cámaras traseras para cambiarme. Con un nudo en la garganta, busco la delicada paloma tallada debajo de la almohada y la pongo en mi bolsillo.

Para cuando salgo, Maarika ya tiene sus botas puestas y Freya está empacando pieles en una cesta para que la madre se lleve.

—Hay una granja a unos pocos minutos hacia el sur –me comunica Maarika–. Puedo cambiarlas por las hierbas que necesito para tratar sus quemaduras.

—¿No hay manera de encontrar Raimo? –pregunto–. Estas heridas fueron causadas por la magia, y creo que la magia sería la mejor medicina. ¿Nadie sabe adónde ha ido?

Oskar está acostado boca abajo sobre un camastro de piel de oso junto al fuego.

—No-no lo veremos hasta el-el deshielo de primavera –balbucea tembloroso. Para eso faltan al menos dos meses.

Freya hace una mueca al escucharlo hablar así.

—Voy a buscar más combustible para el fuego –dice. Agarra otra cesta y sale a paso firme del refugio.

—Cuida de él –los ojos de Maarika se encuentran con los míos.

—Sabes que lo haré.

Ella asiente rápidamente y se va.

Espero algún reconocimiento de Oskar, pero no llega. Con mis pensamientos aún confusos, voy al arroyo a buscar agua y regreso al refugio con la cubeta llena, tengo los dedos doloridos. Me deslizo al interior y encuentro a mi portador de hielo donde lo dejé, ampollado y tembloroso. Coloco la cubeta al lado del fuego para calentar el agua, luego me arrodillo junto a Oskar. Tiene la frente contra el dorso de sus manos, los músculos de su espalda están tensos, mientras intenta resistir el dolor.

—¿Qué es mejor, fría o caliente? –le pregunto, humedeciendo un trozo de lana en el agua fresca.

—No sé –susurra–. Las dos. Ninguna –su tono dolorido me parte el corazón.

—¿Y esto? —descanso mi palma contra una zona de piel sana en su hombro, y él se tensa, quizás al sentir que la magia de hielo lo abandona.

—De-detente —dice con los dientes castañeteando.

—Lo necesitas —y yo lo necesito con la misma intensidad.

Su cuerpo se estremece y envía vibraciones por mi brazo. Pero de repente, el frío que fluye dentro de mí retrocede como la marea y vuelve a su piel, dejándome vacía. La habitación da vueltas y me tambaleo, mareada.

—¿Qué haces? —susurro.

—Quítame las manos de encima.

Obedezco, y tan pronto como mis manos se alejan, lo mismo ocurre con el vértigo.

—¿Qué quieres que haga, Oskar?

Deja escapar una risa ahogada, sin gracia.

—De nuevo, no lo sé —gira la cabeza, y me echo de lado, así estamos cara a cara, como lo hemos estado todas las noches durante las últimas dos semanas—. Pero ahora entiendo. No lo comprendí esta mañana en las rocas —sus mechones oscuros caen sobre su rostro, y muero de ganas de acomodarlos.

—¿Por qué no dejas que te toque?

—Porque *entiendo* —sus ojos se cierran, y los míos arden. Inclina la frente otra vez contra el dorso de las manos, ocultando su rostro—. Tra-trata de descansar un poco. Debes estar dolorida.

—No voy a sentarme aquí a verte sufrir —aprieto los puños.

—No tienes por qué cui-cuidarme. Ya hiciste demasiado.

Oprimo los labios para no gritar y miro hacia el techo de la cueva, que extiende sus garras rocosas hacia nosotros, ocultando demasiados secretos en sus sombras oscuras. No veo cómo volver a estar como estábamos hace unos días, antes de que me despertara en sus brazos. Mis dudas acerca de sus sentimientos hacia mí me hicieron alejarlo, y ahora parece decidido a permanecer lejos.

Fijo la mirada en su cuerpo largo, que transpira y sufre escalofríos. He desviado mucho frío de su interior en las últimas semanas, pero la magia crecer nuevamente para llenar otra vez el espacio. Mi contacto le ofrece un alivio, pero no es la solución permanente que él ansiaba. Y ahora está negándose a sí mismo hasta eso, solo por... No tengo idea de por qué. Honor. Orgullo. Pura tozudez.

O tal vez me cree culpable. Y está en lo correcto.

—Cuando esta noche los sacerdotes y alguaciles no regresen a la ciudad los demás sabrán que algo salió mal —digo. Oskar no habla, pero sus hombros y brazos lucen como granito cincelado—. ¿Qué harás cuando el resto venga hasta aquí? Porque créeme: su magia es poderosa. Sé que te interesas por cada una de las personas de estas cuevas —vi la mirada en su rostro cuando se interpuso entre los habitantes y los sacerdotes.

—Nos iremos —dice, cansado—. Mañana por la mañana. Hay una mina abandonada unos tres kilómetros al noreste.

Pero los sacerdotes los perseguirán, los encontrarán y los matarán. La certeza crece dentro de mí.

—Entonces será mejor que me permitas ayudarte a descansar y sanar. Necesitarás tu fuerza para protegerlos.

—Si piensas que voy a dejar que me toques después de todo lo que pasó... —los pasos de Maarika suenan en las piedras sueltas fuera del refugio, y yo me alejo de Oskar con el corazón encerrado en un cofre de hielo.

Una parte de mí quiere obligarlo a mirarme, pero otra parte se alegra de no poder ver sus ojos. Hace que lo que debo hacer sea mucho más fácil.

–¿Cómo está? –me pregunta Maarika, y deja la cesta de hierbas en el suelo. Está jadeante y despeinada, parece que corrió todo el camino.

–Terco –respondo, y ella se ríe. Me pongo de pie. No es fácil alejarse, pero la alternativa sería mucho peor–. ¿Conseguiste lo que necesitabas para su espalda?

–Sí, ahora solo necesitamos que aparezca Freya con la leña –dice.

Y esa es mi oportunidad.

–Puedo ir a buscarla.

–Ve si quieres. Probablemente recogió más de lo que puede cargar –se quita su capa y me la ofrece, pero la rechazo.

–Está bien. No estaré fuera mucho tiempo –doy un paso atrás, con el corazón acelerado. Quiero agradecerle por su silenciosa amabilidad y paciencia. Quiero rogarle a Oskar que me perdone por traer la muerte y el asesinato de nuevo a su vida, pero es demasiado tarde para eso. Le echo una mirada más, recordando que solo fue ayer que estaba apretada contra su cuerpo, más feliz que nunca–. Adiós –susurro.

Mi rostro se arruga cuando salgo del refugio y camino hacia la entrada de la caverna. Cada paso es un acto de voluntad. Ignoro el miedo que me susurra al oído. Nada importa ahora, porque esta ya no es mi casa. Estas personas estarán más seguras, porque ya no estaré aquí.

Salgo a cielo abierto. Mis botas chapotean en el agua que se derrite del enorme bloque. Los portadores de fuego continúan trabajando en eso, y aún no han podido liberar un solo cuerpo. Sin embargo, el pie de Harri sobresale, y la mano de uno de los alguaciles se asoma por un costado, rígida y gris. Los portadores me miran nerviosos, mientras paso arrastrando los pies. Es evidente que todos los habitantes ya lo han oído, pero parecen demasiado asustados para preguntar. ¿Soy yo la Valtia que enloqueció?

No tienen ningún motivo para tenerme miedo, no volverán a verme. Me dirijo por el sendero estrecho que asciende en zigzag y conduce a los pantanos. Varios habitantes de la cueva pasan a mi lado, traen consigo caballos con montura: los alguaciles y sacerdotes deben haber dejado casi dos docenas de animales bien alimentados. Cruzo los brazos sobre el pecho y mantengo la vista baja, rezando para que Freya no haya elegido estos minutos para volver. No creo que pueda ocultar el dolor de otro adiós.

Al salir del sendero de la caverna, un viento helado arranca la pañoleta de mi cabeza, y mis rizos cobrizos se retuercen con las ráfagas. Me estremezco, el invierno se muestra una vez más, y aún me esperan varios kilómetros hasta la ciudad. Sin embargo, después de semanas de acostumbrarme a este tipo de caminatas, creo que puedo llegar a las puertas esta noche.

Cerca de aquí debería estar la extensa franja de bosque donde Oskar me encontró aquella noche, aunque el lugar concreto debe quedar un poco más al norte. Sonrío cuando me acuerdo de la primera vez que lo vi, lo asustada que estaba de ese joven con aspecto de oso, la rapidez con que el miedo se volvió admiración y luego, lentamente, afecto. El viento sopla y me empuja hacia delante; me alejo de la zona boscosa para tomar la senda que se conecta con el camino a la ciudad.

Liberados de la nieve por el deshielo natural de esta mañana, los tallos de hierba del pantano crujen y silban; mientras que las ramas de los árboles se frotan unas con otras. Suenan como si estuvieran gritando.

Incluso como si estuvieran gritando *mi nombre*.

Detrás de mí estalla un trueno. Y luego una ráfaga de brisa, pero cálida. Miro a mi izquierda y percibo algunos movimientos entre los troncos de los árboles.

El trueno se convierte en el *clomp-clomp* de caballos. Jadeo y observo a mi alrededor. Dos hombres se aproximan rápidamente al galope. Retrocedo y tropiezo al ver que uno de ellos empuña un bastón, como el que usan los alguaciles. Giro para correr, pero mi cabeza explota con un dolor agonizante y caigo.

Al abrir los ojos veo borroso: una figura encapuchada está de pie frente a mí. Se quita la capucha, revelando su cabello rubio, casi blanco, y ojos oscuros.

—¿Es ella, Jouni? —pregunta Sig, inclinándose sobre mí. Intento deslizarme lejos de él, pero mi cabeza palpita y contengo las ganas de vomitar. Algo pegajoso y tibio gotea sobre mi oreja.

—Es ella —responde Jouni con su voz profunda y zumbona.

—Excelente —sonríe Sig, y en sus ojos destellan las llamas de la guerra.

CAPÍTULO XVIII

Abofeteo el rostro de Sig cuando trata de agarrarme, pero Jouni desmonta su caballo y enrolla una gruesa cuerda alrededor de mi cuerpo, inmovilizando mis brazos a los costados. Sig monta su caballo, y Jouni me sube para que quede junto a él. Trato de defenderme, pero estoy muy mareada y apenas puedo mantener la cabeza erguida.

–Lamento haber tenido que golpearte –dice Sig, con su aliento caliente contra mi oreja, y ancla su brazo alrededor de mi cintura–. Tuve que tomarte por sorpresa, ya que no me gustaría que mi piel se quemara –percibo un pinchazo a mi lado, es la hoja de un cuchillo que destella a la luz del sol–. Pero si siento que intentas algo, estaré listo.

Con eso, espolea al caballo a moverse, y todo lo que puedo hacer es tratar de no vomitar. Mi cerebro rebota contra mi cráneo y mi estómago se retuerce cada vez que los cascos golpean el suelo. El brazo de Sig es una barra de bronce contra mi cintura, y su pecho, un horno contra mi espalda. El viento abofetea mi rostro y enreda mi cabello. No sé en qué dirección vamos o el tiempo que hace que estamos cabalgando, pero me gustaría poder cerrar los ojos y hacer que todo se detenga.

Finalmente Sig frena el caballo, y salgo de mi estupor. Parpadeante por el sol del mediodía, vislumbro las dunas de arena y el cielo azul mientras me baja de la silla. Mi cabeza cae sobre su hombro, y me lleva por un camino corto entre dos dunas, a un área de pura arena. No hay nieve por aquí, y me pregunto si lo provocó el deshielo o si Sig mismo derritió todo. Un enorme fogón ocupa el centro del lugar, y está rodeado de camastros e implementos de cocina. Una mujer joven, con el cabello largo color café anudado detrás de la cabeza, está asando lo que parece ser una liebre. Observa a Sig, mientras este me deja caer sobre un camastro. Giro el rostro hacia la manta de lana, luchando contra las náuseas que burbujean dentro de mí.

–¿Dónde están los demás? –pregunta Jouni.

–Los envié a la ciudad ayer por la noche para que busquen algunos suministros e información –responde Sig, y se acuclilla a mi lado–. Ayer por la mañana me enteré de que los sacerdotes abrieron el templo, y quise saber qué estaba pasando –me da unas palmaditas en el hombro–. Pero quizás ahora ya lo sabemos. Ni siquiera se me ocurrió cuando te vi por primera vez. Te llamas Elli, ¿verdad?

–No soy la Valtia –gimo.

–Te dije que diría eso –comenta Jouni–. Pero le vi la marca. Echa un vistazo si dudas de mí.

–Dudo de todo el mundo –ríe Sig y desliza su mano por mi cadera. Pero se detiene sobre mi bolsillo: sus dedos buscan en el interior y emergen con mi paloma de madera tallada. Su mirada se detiene en sus alas, mientras mis dedos se flexionan de deseo, porque es todo lo que me queda de Oskar–. Oh, cielos. No había visto una de estas en mucho tiempo –dice en voz baja.

Sus ojos se encuentran con los míos, están llenos de especulación y de una oscuridad que no sé cómo traducir. El ave se ve tan frágil allí, entre sus dedos pálidos. Trato de fijarla en mi memoria, y espero para ver cómo le arranca las alas y la echa al fuego. Sin embargo, lentamente la vuelve a guardar en mi bolsillo. Y no tengo tiempo para sentirme aliviada, porque él levanta la falda de mi vestido.

–¿Qué pierna?

–No me toques –susurro.

–Izquierda –le indica Jouni.

Sus dedos cálidos están en mi muslo, y yo aprieto los puños, deseando poder detenerlo mientras empuja mi calcetín hacia abajo, más allá de la rodilla y la pantorrilla, hasta encontrar la marca carmesí. Luego, silba y vuelve a cubrirme las piernas con la falda.

–¿Cómo lograste ocultarte tanto tiempo?

–Porque *no soy* la Valtia. Sé que tengo todas las marcas, pero te juro que no lo soy.

–Entonces –frunce los labios–, ¿cómo hiciste para encerrar a todos esos hombres, muchos de ellos portadores de magia, en un gigantesco bloque de hielo?

–Y hasta convenció a Oskar de hacerse responsable –ríe Jouni.

–¿Qué? –Sig levanta la cabeza de golpe, y la sonrisa del chico se evapora.

–Él estaba con ella, jactándose de que...

–Oskar nunca se jacta de nada –lo interrumpe bruscamente–, mucho menos de algo así. No mencionaste que él estaba allí.

–No creí que fuera importante –se excusa Jouni, mientras se acomoda la gorra sobre su alborotado cabello rubio–. Me dijiste que tenía magia de hielo, pero nunca lo he visto hacer nada con ella.

–No es porque no pueda –Sig se deja caer sobre la arena junto a mi camastro, pensativo–. Oscar la estaba protegiendo, Jouni, ya sea por quien es o por quien no es. Pero yo necesito saberlo –una luz destella en sus ojos cuando se pone de pie. Sus brazos cuelgan a los costados, da unos pasos hacia atrás y se quita la capa. Debajo no lleva túnica, solo pantalones y botas. Extiende los dedos, y dos esferas gemelas de fuego surgen de la nada y flotan a pocos centímetros de sus palmas.

Me fuerzo a sentarme, y aprieto los ojos frente al dolor. Mis brazos siguen atados.

–Déjame ir –le suplico.

–Libérate tú misma, Valtia –dice. Y entonces lanza una de las esferas hacia mí. Esta golpea en mi pecho; la cuerda que me sujeta se quema y cae. Él arroja la segunda bola de fuego directo a mi rostro. Puedo sentir el beso de su calor en las mejillas, un saludo educado, antes de que el fuego desaparezca por completo.

El ceño de Sig se frunce y la luz en sus pupilas oscuras brilla aún más. Jouni maldice y da un paso atrás, al igual que hizo Freya cuando Sig calentó el aire de la caverna. Sig mismo está sudando ahora, se cocina en el fuego que él mismo genera. Una gota brillante se desliza por su rostro, mientras me observa: estoy ahí sentada, sin sentir nada en absoluto.

–Tuuli –ladra finalmente.

La mujer deja la liebre a medio asar sobre una pila de piedras planas.

–¿Quieres hielo? –le pregunta, y cuando él asiente con la cabeza, ella sonríe–. Como desees –se acerca, mirándome con sus ojos grises.

Le sonrío con fastidio. Estoy tan harta de que la gente me dispare con su hielo y su fuego, que ya no puedo fingir más: es imposible simular quemaduras graves y el ardor de la congelación, y siento tanto dolor real que no puedo montar una actuación convincente.

Las manos de Tuuli se elevan, tiene los dedos brillosos por la grasa. Ella oprime sus labios, mientras sus brazos tiemblan por el esfuerzo de manejar la magia en su interior. Tal vez esté tratando de congelar mi sangre, pues el aire a mi alrededor se enfría; pero no puedo evitar pensarlo: ella no es *nada* en comparación con Oskar. Por supuesto, el más leve recuerdo de él me provoca un nudo en la garganta. ¿Se sentirá aliviado cuando descubra que me fui?

El mentón de la joven tiembla y su cuerpo se estremece con la escarcha de su propia magia. Hasta Sig tiene ahora erizada la piel de su pecho pálido. ¿Y yo? Lo único que me da frío es saber que Oskar podría estar feliz de haberse librado de mí.

—Se ven helados —les digo a los portadores.

Tuuli deja escapar un suspiro de frustración, y sus brazos caen a los costados. Le echa una mirada nerviosa a Sig.

—Yo… eh… podría intentar…

—No te molestes —exclama él, mirándome a mí. La chica se encoge de hombros y vuelve a ocuparse de la comida, pero Sig parece más intrigado que decepcionado.

—Solo alguien con magia equilibrada podría resistir el fuego y el hielo de esa manera —dice, acercándose una vez más—. Pero ¿por qué no nos has atacado?

Me salvo de responder por el relincho de unos cuantos caballos más allá de las dunas. Sig había dicho que estaba acampando en los acantilados de roble, un tramo de la costa noroeste de la península. La ciudad debe estar a solo una hora de viaje de aquí, al noreste por el bosque. Si pudiera escapar… tal vez robar un caballo…

—¡Ey! ¡Sig! —grita una voz ronca.

—Aquí —llama Sig.

Un hombre bajo y fornido, con una espesa barba y el cabello cobrizo trota entre las dunas.

–Han encontrado a la Saadella –resopla, apoyando las palmas sobre sus muslos–. El heraldo lo anunció esta mañana en la plaza. Al parecer, la descubrieron anoche mientras sus padres trataban de sacarla a hurtadillas de la ciudad. Y el templo acaba de anunciar que la coronación de la Valtia será al atardecer. Ella estuvo de acuerdo en poner fin al duelo y aparecer.

–Pero... –Sig parece confundido–. Usko, creí que me habías dicho que estaban buscando a la Valtia –me mira y luego gira hacia el recién llegado.

–Exacto –se rasca la barba y asiente–. Eso es lo que había oído de un alguacil, pero la versión oficial de los sacerdotes ha sido siempre que ella estaba de luto.

–Entonces, ¿por qué siete de ellos, incluyendo a un anciano, fueron esta mañana a las cavernas para buscarla? –se burla Jouni.

–¿Eso hicieron? –deja de rascarse, y me lanza una mirada–. Ehm... ¿quién eres tú?

–¿Quién crees que es, idiota? –le responde Jouni, poniendo los ojos en blanco.

–Entonces –indaga Sig, mientras se pone en cuclillas a mi lado–. ¿A quién van a coronar al atardecer, Elli?

Mi corazón golpea fuerte contra mi pecho.

¿Será que los ancianos hallaron a la verdadera Valtia, la que siempre debió haber estado allí, a la que le robé el lugar? ¿Es ella la que está a cargo ahora, tal como Oskar y yo sospechamos esta mañana? ¿Los sacerdotes quieren matarme para silenciarme o se han dado cuenta de lo que soy y decidieron que soy su enemigo? ¿La verdadera Valtia me recibirá como su hermana o Aleksi y los otros la envenenaron contra mí?

La rabia contra los ancianos me quema por dentro, y Sig debe sentir el calor, porque sus ojos se fijan en los míos. Inclina la cabeza, y luego me ofrece su mano.

—Ven conmigo —dice. Cuando vacilo, retuerce sus dedos de pura inquietud—. Prometo que no te haré daño. No todavía, al menos.

Honestamente, ¿qué opción tengo? Deslizo mi palma sobre la suya, y sus largos dedos se cierran alrededor de mi mano. Me sujeta del codo y me ayuda a levantarme; me aferra cuando me tambaleo.

—Tuuli, un paño, por favor —dice. Después de que ella se lo alcanza, él lo presiona contra mi cabeza y lo aparta manchado de rojo—. Por aquí —murmura, llevándome lejos de sus amigos. Ninguno de ellos dice nada. De hecho, a medida que caminamos entre las dunas, conversan sobre lo que Usko y los demás vieron en la ciudad.

Avanzamos lentamente hacia una zona donde la nieve ha formado rígidos picos helados yacen sobre la arena como una armadura puntiaguda. Sig arranca un trozo, lo envuelve dentro de la tela y me lo ofrece, señalando la hinchazón a un lado de mi cabeza.

—Me pregunto si he sido un poco cabrón.

Me río, y luego gimo al sentir que mi cabeza palpita. Presiono el paño frío contra mi sien.

—¿Un *poco*? Me golpeaste la cabeza y trataste de quemarme.

—Bueno, en mi defensa —me ofrece una sonrisa tímida—, pensé que eras la Valtia y quería defenderme. Todavía sigo creyendo que podrías ser ella.

—Sig —suspiro—, si yo fuera la Valtia, en este momento serías una pila de huesos y cenizas.

—Si no lo eres, entonces, ¿qué eres? —se vuelve hacia mí, y toma mi rostro entre sus manos. Siento su olor fuerte y caliente en mi nariz.

Mi mano libre se eleva para apartarlo, pero me retiene con fuerza–. No mientas. Conozco muchas formas de hacerle daño a una persona sin usar la magia.

Mi mente da vueltas mientras analizo la necesidad de mantener mi secreto y la necesidad de convencer a Sig de que no soy la Valtia. Me concentro en la sensación de sus manos sobre mis mejillas, preguntándome por qué no siento el torbellino de fuego de su magia filtrándose por mi piel y concentrándose en mi pecho vacío.

–Soy... otra cosa. No estoy segura exactamente de qué –me decido por la verdad, pero solo la mitad que funcionará a mi favor–. A veces yo... absorbo la magia.

Aleja las manos de golpe, como si se hubiera quemado.

–¿Qué? –frota las manos contra sus pantalones, y se me hace difícil ocultar mi sonrisa.

–No puedo evitarlo. Soy inmune a la magia de fuego y de hielo, y si toco a un portador, a veces la desvío –explico, y él me mira como si fuera venenosa.

–¿Lo sabía Oskar? ¿Lo supo todo este tiempo? –se ríe, amargo y duro–. Oh, déjame adivinar. ¿Te suplicó que drenaras toda su magia? Debes haber sido la respuesta a todas sus oraciones desesperadas.

–Pareces muy interesado en un hombre al que consideras un cobarde.

Sig patea la arena, y la punta de su bota deja una huella profunda.

–¡Él desperdicia su don! Y no va a mover un dedo para luchar por sí mismo.

–Pero sí va a pelear por los demás –replico, y me quito el paño frío de la sien–. Yo estaría muerta si él no hubiera luchado por mí –arrojo el paño manchado de sangre al suelo, y meto la mano en el bolsillo.

Mi mano se cierra alrededor de la paloma de madera–. Puede que lo conozcas, pero no lo entiendes.

El rostro de Sig se arruga y rápidamente se aleja, dejándome ver las marcas plateadas del látigo en su espalda.

–Es mi hermano –dice en voz baja–. No de sangre, sino por la magia y las circunstancias. Parece haberse olvidado de eso, pero yo nunca lo haré –toma mi codo de nuevo y me lleva hacia delante, hasta la superficie rocosa de los acantilados. Más allá se extiende el Lago Madre congelado, su hielo de invierno brilla bajo el sol de la tarde–. ¿Te ha dicho algo de mí?

–Oskar no es una persona muy habladora.

–Es cierto –deja escapar una risa corta, divertida.

Noto una pequeñísima chispa de anhelo en su mirada profunda. Estaba equivocada: él no odia a Oskar, lo echa de menos. Algo que tenemos en común.

–¿Te gustaría contarme algo *de ti*, Sig? –sugiero.

Me lanza una mirada cautelosa, pero a continuación la oculta tras una sonrisa.

–¿Por qué no? Tal vez haga las cosas más fáciles –su sonrisa se vuelve feroz–. Y hasta quizás encontremos que ambos tenemos un enemigo en común.

Coloca su mano sobre el suelo, sobre un amplio parche de nieve crujiente, y este se derrite al instante. El agua hierve y luego se evapora. Sig no se detiene hasta que la arena queda seca. Me guía para que me siente, y percibo el calor que se filtra vagamente a través de mi vestido.

–Cuando tenía catorce años era aprendiz de mi padre, un cerrajero. Mi madre murió cuando yo era muy pequeño –sus dedos pálidos trazan el contorno de una llave en la arena–. Un día los sacerdotes convocaron a mi padre para que instalara una nueva cerradura en una de las cámaras del templo. Y él me invitó a acompañarlo. Dijo que era un gran honor. Bromeó con que tal vez veríamos a la Valtia. O quizás a la Saadella. Para entonces ella debía tener unos once años –se inclina y susurra–. Lo que significa que ahora debe tener cerca de dieciséis.

Mis mejillas arden y se ríe.

–Me lo imaginaba. Eras tú. Y déjame adivinar: ¿te torturaron cuando resultaste ser un fracaso mágico?

–Pensé que ibas a contarme acerca *de ti* –protesto, y aprieto los dientes.

–Está bien –su alegría se desvanece–. Yo no quería ir al templo. Traté de salir de allí. Estaba aterrado.

–Sabías que tenías magia.

Él asiente con la cabeza, y continúa trazando esa llave en la arena.

–Pero me las arreglé para mantenerlo oculto. Un año antes, mi amigo Armo accidentalmente congeló el agua de una bomba justo delante del edificio del consejo de la ciudad. Los sacerdotes llegaron esa noche y se lo llevaron, y recuerdo pensar que era como si hubiera muerto.

–Armo es un aprendiz ahora –digo, y no voy a mencionar que fue él quien me azotó–. Un día será sacerdote.

–Qué bien –ironiza, y deja salir un remolino de arena blanca y dorada de su puño cerrado–. Eso es lo último que yo querría ser. Y creí que siempre y cuando pudiera ocultar la magia podría vivir tranquilo. Supongo que fue necio pensar que iba a funcionar –suspira–. Fue uno de los ancianos quien se dio cuenta. Él nos acompañó dentro del templo y mientras mi padre trabajaba, me preguntó por mis estudios.

Intenté ser educado. Se ofreció a mostrarme algunos de los escritos sobre las estrellas, y fui con él.

–¿Sabes cuál de los ancianos?

–No. Ojos oscuros. Sombra de cabello oscuro en la cabeza afeitada. Vientre redondo.

–Aleksi. O... Kauko, tal vez –ambos son oscuros–. Solo los distingues por sus acciones.

–¿Cuál es más cruel, entonces? –susurra, y mira hacia el Lago Madre. Se estremece ante un recuerdo helado–. Cuando entramos en una gran cámara abovedada, me preguntó cómo dormía por la noche.

–¿Y le contaste sobre tus pesadillas de fuego? –siendo Sig tan poderoso, no puedo imaginar que sus sueños sean pacíficos.

–No –inclina la cabeza–. No me gusta hablar de ellas. Pero creo que el anciano sintió mi magia de todos modos. Mientras yo estaba mirando el mapa de las estrellas, me sujetó del brazo, y sentí que me atravesaba el dolor más agudo, caliente y luego frío –hace una mueca–. Y no pude evitarlo.

–Tu magia apareció –afirmo en voz baja. Protege a su portador, hasta que lo destruye.

–El mapa de las estrellas se incendió –su rostro sigue tenso por los recuerdos–. Las ropas del anciano estallaron en llamas. La placa de cobre debajo de mis pies se derritió. No podía controlarlo en absoluto. Y entonces me desmayé del calor –se frota las manos sobre los ojos–. Cuando desperté, estaba encerrado en las catacumbas, y mi cabeza había sido afeitada. Otro de los ancianos me dijo que sería iniciado en la mañana.

–¿Y tu padre?

–Supongo que le contaron acerca de la magia de fuego y le dieron una recompensa –y por las llamas en los ojos de Sig, me animo a decir que él jamás perdonó a su padre por eso.

–¿Qué hiciste?

–Traté de escapar. La primera vez me atraparon, y el anciano oscuro supervisó personalmente los azotes.

–¿No pudiste... no sé, derretir las cadenas o algo así?

–Él utilizó hielo para contrarrestar mi magia –dice con voz afilada–. Es portador de ambos, como todos los ancianos. Y creo que quería que sufriera. Quería que sangrara. Él... de hecho, creo que él hizo algo con mis heridas... –se retuerce y golpea sus omóplatos–. Estrellas, no sé. No estaba en mis cabales. Tengo los recuerdos más extraños de esa noche.

Se me eriza la piel. Apuesto que el anciano oscuro era Aleksi. No creo que ningún tipo de crueldad fuera demasiado para él.

–Pero obviamente lograste escapar.

Sig se vuelve hacia mí, despide calor en olas mortales y el sudor baña su frente.

–Soy el hijo de un cerrajero –barre con su mano la arena sobre la que dibujó una llave, y hace girar la arena suavemente–. Cuando el anciano terminó conmigo, me puso en una celda. Estaba emocionado. Dijo que no podía creer que hubiera pasado tanto tiempo sin revelar quién era. Y me aseguró que si yo existía, había otro como yo al que aún no habían encontrado.

–Oskar –murmuro–. Él sabía que tú eras un Suurin.

Sig se inclina hacia atrás, luce sorprendido.

–Él realmente te dijo lo que era –su mirada se clava en mi bolsillo, donde está la paloma–. Yo no sabía de qué estaba hablando el anciano en ese momento. Solo presentía que tenían planeado algo terrible para mí. Pero no se imaginaron que yo sabía cómo abrir puertas, no importa de qué lado de ellas esté. El único regalo que mi padre me dejó. Tan pronto como el anciano fue a buscar a los demás, abrí la celda y escapé. Encontré el camino hasta el muelle del templo y nadé por mi vida. Salí de la ciudad y finalmente encontré el campamento –resopla–. Bueno. Oskar terminó por encontrarme a *mí*, para ser honesto.

–También me encontró a mí –sonrío.

Sig permanece en silencio un momento.

–Oskar me dijo que nunca debía mostrar a los demás lo poderoso que soy, para que nadie tuviera la tentación de vender esa información a los sacerdotes. Dijo que estaría más seguro si los ancianos pensaban que había muerto. Y lo he intentado. Por *tanto* tiempo –observa un parche de arena, y ante mis ojos, lo funde hasta formar vidrio–. Pero ahora ya no voy a ocultarme.

Me pregunto si su odio hace que el fuego arda más caliente.

–Ahora quieres acabar con los sacerdotes antes de que la Valtia tome el control de nuevo –infiero, y él deja escapar un gruñido de risa sin humor.

–He querido hacerlo desde hace años. Dame una buena razón por la que deban permanecer en el poder. Explícame por qué castran, afeitan y torturan a los jóvenes portadores solo para quebrar su voluntad. Dime por qué mantienen a la Saadella y a la Valtia lejos de su pueblo; y por qué utilizan a la Valtia hasta que su cuerpo se destruye, mientras ellos viven largas, largas vidas. Y luego –dice con la voz convertida en una llama– cuéntame por qué los portadores de magia no pueden elegir la vida que quieren. Por qué deben ser convertidos en esclavos.

–Los aprendices y acólitos parecen bastante contentos con sus destinos, y también los sacerdotes.

–Entonces explícame por qué hay exactamente treinta sacerdotes, todos ellos hombres, y exactamente treinta aprendices para reemplazarlos, y sin embargo hay un centenar o más de acólitos en cualquier momento, además de los que son llevados al templo todos los meses. ¿Alguna vez has visto a un acólito viejo?

El viento del invierno abofetea mi espalda.

–No, pero permanecen enclaustrados después de cierta edad. Viven alojados dentro de las catacumbas.

–Mmm. Entonces no son más que otra clase de habitantes de las cavernas –entrecierra los ojos–. ¿Y cuántos crees que hay ahora? ¿Quinientos? ¿Mil? ¿Más que eso? ¿Cómo hace toda esa gente para vivir en completo aislamiento? ¿Cuánta comida se requiere para alimentarlos? ¿Realmente crees que eso es lo que pasa con ellos?

–¿Qué crees tú? –un escalofrío agita mi pecho, y no tiene nada que ver con la brisa fría.

–No sabría decirte –sacude la cabeza–. Pero te diré que he vagado por ese laberinto subterráneo durante horas buscando una salida. Vi una cámara tras otra, repletas de cobre, barras y monedas, pero ni una vez me crucé con un acólito enclaustrado, ni hablar de cuartos destinados a albergar a cientos de ellos.

Cruzo los brazos sobre el pecho y froto mis hombros.

Sig comienza a deslizarse más cerca, pero extiendo mis manos para detenerlo.

–Te ofrecía un poco de calor –protesta.

–Estoy bien –pongo los ojos en blanco.

–Solo intento ser agradable. No te hagas ilusiones.

–No me atrevería a soñar con eso –en realidad es un alivio oír la falta de interés en su voz–. Y sin importar tus quejas contra los sacerdotes, la Valtia es la única persona que podría cambiar las cosas. Ella es la que...

–¿Cuándo una Valtia ha movido un dedo para ayudar a los acólitos o a cualquier portador de magia? –ladra Sig.

–¡Tal vez ella no sabe lo que está pasando! –exclamo. Claramente yo no lo sabía.

–O quizás solo sea una marioneta –se pone de pie, y se sacude la arena de los pantalones–. Si ella está realmente a cargo, ¿por qué no hay mujeres sacerdotes? ¿Por qué una mujer con tanto poder puede permitir que otras mujeres sean afeitadas y encerradas? –me ofrece su mano.

La hago a un lado y me levanto por mi cuenta. Me sigue doliendo la cabeza, pero estoy tan furiosa que apenas lo noto.

–La Valtia no es una marioneta –gruño.

–Entonces, ¿es malvada? Es la única explicación que se me ocurre. Está bajo el control de los ancianos o es tan mala como ellos.

–¿Cómo te atreves? –aprieto los puños, mientras busco las palabras entre un mar de nuevas dudas que han brotado en mi mente–. La Valtia es una reina dispuesta a sacrificar todo por el bien de su pueblo. Y si la han encontrado, lo mejor será que abandones tus planes de atacar el templo.

Sig me sonríe, con su cabello corto alborotado por el viento y fuego en sus ojos.

–Muy bien –su voz tiembla con una energía extraña, enfermiza–. Si la han encontrado, voy a hacer exactamente eso –me ofrece su brazo–. Elli, ¿quisieras asistir a la coronación real conmigo?

Si voy, podría ver a la Valtia yo misma y encontrar el modo de hablar con ella. Raimo dijo que yo sería poderosa, pero que las estrellas me crearon para mantener el equilibrio. Ella puede haber emergido para dirigir a los Kupari, pero tal vez me necesite. ¿Y si pudiera salvarla del destino de Sofía? ¿Querrá escuchar lo que tengo para decir?

Incluso si no lo consigo, si los ancianos me atrapan y me cortan la garganta, valdrá la pena: no tendrán motivos para volver a las cavernas en busca de la Valtia perdida. Oskar estará más seguro, al igual que todos los que viven allí. Tendrá la paz que anhela, y deseo eso tanto como ayudar a la verdadera Valtia.

En cualquier caso, mi viaje termina donde comenzó.

–¿Cuándo nos vamos? –tomo el brazo de Sig.

CAPÍTULO
XIX

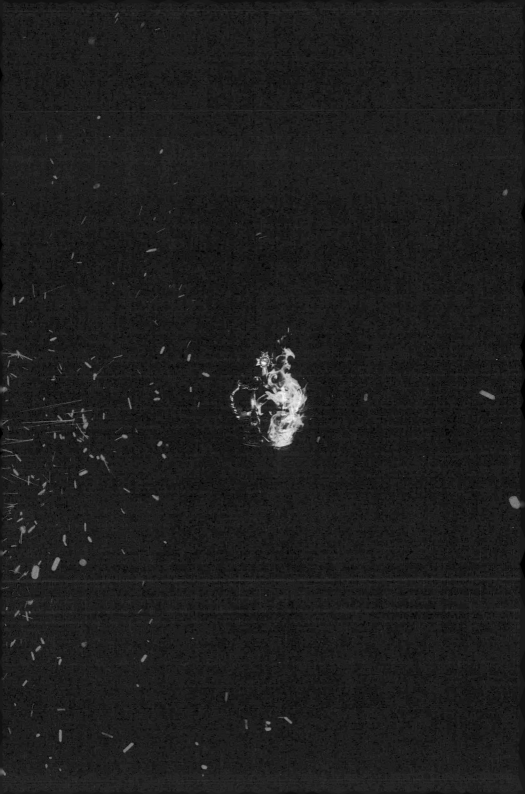

P ara cuando Sig y yo regresamos al campamento, varios portadores han vuelto montando caballos robados. Un muchacho alto y delgado llamado Mikko, que tiene una nariz ganchuda y una trenza larga y oscura que le cae por la espalda, ha traído un equipo de caza y ropa. Sostiene una bolsa para presas y una trampa para osos, muy parecida a la que se llevó mis dedos.

–Dijiste que necesitabas otro disfraz –le dice a Sig, mientras yo tiemblo.

Y así nos ponemos en camino, como cazadores que regresan a la ciudad después de un largo día en el bosque. Sig me hace montar junto a él, y envuelvo mis brazos alrededor de su delgada cintura mientras espolea a su caballo. Está usando su capa, y eso me ahorra la incomodidad de estar apretada contra su espalda desnuda.

Seguimos un sendero que atraviesa los bosques esqueléticos. No hay nieve en el suelo; se fundió toda esta mañana cuando aparecieron los sacerdotes, y por lo que es fácil creer que la primavera está aquí, a pesar de que no está previsto que llegue hasta dentro de un par de semanas. Miro un pequeño estanque que hay en el terreno, ahí fue donde me encontró Oskar, ahí tomó la decisión de salvarme. Estando cerca de Sig es difícil no desear la bendición de la piel fresca de Oskar, la solidez tranquilizadora de su cuerpo. Por un instante, esta mañana tuve eso, y luego lo arrojé a la basura.

Porque quería su corazón.

El suelo del bosque se convierte en un manchón de color café mientras me limpio las lágrimas. No debería llorar por lo que nunca tuve, y debería dirigir mis pensamientos hacia lo que se avecina.

–Cuando lleguemos a la ciudad, mantén tu capucha baja –me indica Sig, cuando ingresamos a los pantanos que conducen a la carretera del norte–. Si haces algo para llamar la atención, voy a…

–Si llamo la atención –lo interrumpo–, los sacerdotes me llevarán a las catacumbas y me matarán. No es necesario que me amenaces.

–Lo siento. Es la costumbre.

–Sig, siento pena por ti.

–Apuesto a que sentirás otra cosa cuando esté mirando hacia el Lago Madre desde el balcón de la Valtia.

–¿Qué hay de los Kupari? ¿Piensas en ellos cuando sueñas con destruir el orden de las cosas? –pregunto, y percibo cómo los músculos de su estómago se contraen.

–Pienso en cuántos han sido esclavizados por ese orden –responde con voz aguda–. Y también en cómo los demás han cambiado libertad por comodidad, cómo se deleitan con el calor durante todo el año y no piensan en lo que les cuesta. Así que sí, supongo que sí.

La rabia en su interior calienta su piel. No me quema, pero su capa se siente húmeda contra mi pecho, mientras nuestro caballo trota por el camino fangoso. El blanco sol de invierno está descendiendo lentamente hacia el oeste, pero todavía hace que Sig bizquee frente a su luz.

–Debes odiar el verano.

–No tienes ni idea. Apenas puedo soportar estar al aire libre en los meses de verano. ¿Te contó Oskar cómo somos iguales? –estira la mano y palmea el bulto en el bolsillo de mi vestido, el pequeño tesoro tallado–. Debes significar mucho para él si te dio eso. ¿Cuánto te ha dicho acerca de lo que es?

–Ya sabes que me contó que es un Suurin –quito su mano de mi muslo–. Aunque no está seguro de lo que eso significa.

–Porque *no quiere* saberlo. Cuando me di cuenta de que Raimo sabía, hice que me enseñara todo.

–¿Como qué? Oskar no cree que su magia se pueda controlar.

–¡Porque todo el tiempo intenta comprimirla, aplastarla, en lugar de aprender a usarla! –se queja–. Un portador no puede ser realmente bueno a menos que tenga al mismo tiempo fuerza y control, y Oskar tiene una cosa, pero no la otra. Cree que él mismo es un peligro: y tiene razón.

–¿Y tú no lo eres?

–Por supuesto que sí, porque elijo serlo. Hay muchas maneras de ser un portador, pero la mayoría solo hace una magia algo torpe, difusa; como calentar o enfriar el aire o el agua. Si practicaran, podrían aprender a concentrar eso y utilizar su magia como una espada, canalizando todo el fuego o el hielo que poseen en un área más pequeña.

Como cuando él fundió una pequeña franja de arena y la convirtió en vidrio.

–¿En verdad puedes usar el fuego o el hielo como una espada?

–Si trabajas en ello –ríe Sig–. Aunque si posees poca magia, es como luchar con un palillo de dientes. Yo tengo una espada *ancha* a mi disposición –mira por encima del hombro y me guiña un ojo.

–Bien por ti –aparto la mirada.

Estamos avanzando lentamente por la carretera del norte hacia la ciudad. Falta poco para llegar.

–Es mejor que ser incapaz de protegerse a uno mismo –comenta.

–Creo que Oskar es perfectamente capaz de protegerse a sí mismo.

–Él nunca se enfrentó a un portador entrenado.

Hasta esta mañana, cuando peleó contra siete de ellos. Pero todavía me estoy preguntando cuánto tuve que ver yo con eso, así que no se lo recuerdo.

–No quiere hacerle daño a nadie –murmuro.

–¡Entonces debe aprender a controlarlo! Es probable que ni siquiera sepa la diferencia entre ejercer y portar. Solo aquellos con una gran cantidad de magia pueden ejercerla. Ninguno de los habitantes de la cueva podría hacerlo, excepto yo y Raimo –Sig me enseña la palma de la mano y el fuego estalla hacia arriba en remolinos de color naranja brillante, sin combustible de ningún tipo. Jouni, que cabalga a nuestro lado, lo observa; entonces aprieta la mandíbula y espolea a su caballo para adelantarnos. Sig ríe–. Él solo es un portador, necesita que haya una llama ya encendida si quiere arrojar fuego de verdad. Creo que eso lo hace sentir menos hombre.

Jouni mira hacia atrás y nos observa con el rostro enrojecido. La temperatura se eleva, y Sig deja escapar un suspiro tembloroso.

–Lo siento. Es sin ánimo de ofender –le grita, con el sudor goteando por la parte posterior de su cuello. Podría desviar el calor si me lo permitiera, pero sé que nunca lo haría. El chico vuelve a mirar hacia delante y el calor se eleva.

–Sig, ¿Oskar puede ejercer el hielo? Nunca lo vi hacer eso –solo lo he visto congelar cosas. Y cuando congeló a los sacerdotes, utilizó el hielo, la nieve y el agua que nos rodeaban.

–¿Alguna vez lo has visto cuando duerme? –resopla–. Él lo ejerce sin siquiera *intentarlo*.

—Es cierto —recuerdo el hielo formándose de la nada, arrastrándose sobre su piel y encerrándolo—. Yo no sabía qué estaba ocurriendo.

—Oskar y yo estamos benditos y malditos. Cada uno de nosotros tiene la mitad de la magia de la Valtia. Podemos hacer mucho; pero sin nada del otro elemento, somos incapaces de realizar algunas cosas que otros portadores poderosos sí hacen. Como mover objetos fácilmente, para ello se necesita magia caliente y fría —sus músculos se tensan—. Tampoco tenemos el poder de curar. Si la Valtia es equilibrio, nosotros somos todo lo contrario.

¿Cómo es que toda esa magia desequilibrada no te destruye? —pregunto. Y entonces pienso en Oskar, la capa de hielo que cubría su piel y volvía grises sus labios. Lo *estaba* destruyendo.

—Ninguno de los dos llegaremos a viejos —responde tras un largo silencio—. Raimo me lo dijo hace mucho tiempo, cuando fui a él en busca de ayuda. Me explicó que los Suurin son armas. Él me entrenó, y le he sacado el mayor provecho a lo aprendido. Dijo que la guerra se avecina y es por eso que existimos.

—¿Le preguntaste cómo lo sabe? —también a mí me advirtió que la guerra estaba llegando.

—Cuando lo hice, agitó un pergamino rasgado frente a mi rostro y se rio a carcajadas diciendo que todo se estaba cumpliendo. Parecía una especie de profecía.

Con un sacudón me doy cuenta de todo.

—Una profecía... Raimo lo supo todo este tiempo —y me dijo que había estado esperando—. ¿Te ha dicho más de lo que estaba anunciado?

—No hizo falta —los dedos de Sig retuercen las riendas—. Siempre he sabido quién era mi enemigo. Y si soy un arma, también soy el que la empuña. Nadie más volverá a controlarme.

Espolea al caballo y pasamos a Jouni, Usko y Tuuli, cada uno con su capucha baja y cuchillos al cinto. Otros cinco vienen detrás de ellos, refugiados que escaparon del templo o la ciudad hace años, todos dispuestos a seguir a Sig adonde quiera que vaya. La ciudad de Kupari se encuentra más adelante. Ahora puedo ver el alto arco de madera de la puerta oriental. En el interior, nuestro destino nos espera.

Cuando llegamos a la puerta, el mismo alguacil de cabello y dientes negros se encuentra en servicio. En sus ojos hay un temor que no estaba allí la última vez que lo vi. No respiro hasta que su mirada se desliza sobre mí sin mostrar mayor interés. Me pregunto si me veo diferente después de semanas de habitar en una cueva.

Sig le dice que somos cazadores y que traemos regalos para la nueva Valtia, deseosos de celebrar su coronación. Como prueba, Usko y Tuuli se adelantan con sus caballos cargados de pieles. Trato de no pensar a quién se las habrán robado. Esos cazadores probablemente estén quemados o congelados, tirados en lo profundo de los bosques del norte. Esto hace que la angustia ascienda por mi garganta.

Resulta sorprendentemente fácil ingresar a la ciudad. El alguacil acepta un soborno, una exquisita piel de conejo, y sin preguntar nada nos hace un gesto para que avancemos. Las calles fangosas están repletas de gente que se dirige a la plaza. Se cubren con capas y abrigos largos, mientras sus botas chapotean sobre los charcos. Tienen las manos rojas y agrietadas, poco acostumbradas al brutal invierno: esta es la primera vez que experimentan su verdadero peso. Nos observan a medida que pasamos, y noto en sus miradas una extraña variedad de emociones: desconfianza, hambre, esperanza y miedo. Tan diferente de antes, cuando estaba la Valtia, que sus ojos brillaban de orgullo y confianza.

Veo otros signos de las dificultades que han experimentado desde que me fui. Las ventanas solían estar abiertas, pero ahora todo está cerrado o abandonado. Las únicas excepciones son algunas tiendas, pero es porque han sido saqueadas. Sus puertas permanecen abiertas como bocas que conducen a cáscaras vacías. Las personas se están volviendo unas contra otras. Desconfían y se temen. Mi corazón sufre por ellas. Esto es lo que sucede cuando no hay Valtia. Con todas mis fuerzas, rezo porque ella esté allí ahora.

Sig, Usko, Tuuli y los demás atan sus caballos cerca de la plaza, y Sig toma mi muñeca, con sus dedos firmes sobre mi manga. Desde que le conté que podía desviar la magia, ha evitado el contacto prolongado con mi piel. Yo no creo que tenga nada que temer. Después de lo que sucedió con Oskar en nuestros últimos momentos juntos, supongo que Sig tendría que estar dispuesto a darme su magia para que yo sea capaz de tomarla. Pero no voy a decirle eso.

—¿Listo, Elli? ¿Puedo confiar en ti? —pregunta cuando sus ojos oscuros encuentran los míos.

—Solo quiero verla —le digo. Realmente no puedo saber qué va a pasar cuando lo haga.

—Yo también —asiente con una sonrisa lenta y juguetona. Y me lleva hacia la multitud, pasando entre los carros y los grupos de espectadores. Estoy sorprendida de lo diferente que es todo desde aquel Día de la Cosecha, cuán acobardados y aplastados están ahora.

Cuando ingresamos en la plaza, echo un vistazo a la plataforma, el lugar donde presidí tantas ceremonias con mi Valtia, y sus escalones están llenos de gente, y todo el mundo tiene su atención fija en ellos. El Anciano Aleksi se encuentra a pocos pasos de la parte superior, sus labios delgados forman una profunda arruga entre los pliegues de su rostro suave. Sostiene un cojín de lana, sobre el que descansa la corona de la Valtia con su ágata reluciente. El anciano está completamente inmóvil, como si hubiera sido congelado en el lugar, pero sus ojos se deslizan sobre la multitud de una manera que me hace anhelar un escondite. Los sacerdotes están agrupados por debajo de él, con la mirada fija en el suelo y las manos metidas en los pliegues de sus túnicas. Los cuento con nerviosismo, y noto que ya reemplazaron con aprendices a los que murieron esta mañana. Armo está entre ellos, luce cansado y nervioso. Sig se queda duro al reconocer a su antiguo amigo, su mirada es calculadora, pero mi atención ya está puesta en las ocho personas reunidas en los escalones por debajo de los sacerdotes.

No son habitantes del templo.

Ni siquiera Kupari.

Cinco hombres y tres mujeres, y todos se ven como guerreros. Sus capas son de color negro y están sujetas por los hombros, dejando la mano derecha libre para alcanzar la espada de hierro que llevan en sus gruesos cinturones de cuero. Debajo de sus brazos musculosos sostienen cascos de metal. Una mujer joven y un hombre mayor están un paso por encima de los demás. Ella tiene cabello castaño claro muy corto y su cuerpo es estrecho y anguloso; sus ojos bien separados y azules, sus pómulos altos y la barbilla estrecha le dan una delicada ferocidad. El hombre tiene una barba rubia y canosa, hombros enormes; y podría ser su padre pues la forma de sus labios es similar. Pero mientras la chica se ve recelosa, él parece divertido. Superior. Arrogante. Hay algo en él que me atrae y repele al mismo tiempo.

Estoy horrorizada. Los murmullos se deslizan como serpientes entre nosotros. *Soturi*. Aquí, en la ciudad. Han enviado una delegación, tal vez de Vasterut, y por alguna razón se les permite presenciar una de nuestras ceremonias más sagradas y cruciales: la coronación de la nueva reina. Nuestros concejales están ubicados torpemente detrás de ellos, observando con nerviosismo a estos aspirantes a invasores.

—El aire apesta a desesperación —susurra Sig en mi oído—. ¿Lo hueles?

Percibo olor a hierro y sudor, pero no mucho más. Sin embargo, no me parece que sea desesperación. Es el olor de la guerra.

—¿Qué crees que estén haciendo aquí? —inclino mi cabeza hacia los Soturi, algunos de ellos están mirando a la gente en la plaza con las manos colgando sobre las empuñaduras de sus espadas.

—Están aquí por la misma razón que nosotros —dice, tironeando de mí. Avanzamos entre la multitud hasta llegar al centro de la plaza—. Perciben la debilidad —su odio vibrante trepa por mi brazo cuando observa al anciano en la plataforma. Me bajo la capucha un poco más al ver la oscura mirada de Aleksi sobre nosotros, pero Sig se aproxima unos pasos más.

El sonido de una trompeta corta al medio los ansiosos murmullos para indicar la salida de la procesión desde el Templo en la Roca. Levanto la mirada hacia la cúpula verdosa que se eleva por encima de los edificios a ambos lados de la carretera norte. Ahí viene ella. Mi corazón se acelera. Siento los dedos firmes y calientes de Sig sobre mi muñeca. La multitud deja escapar un sonido de júbilo. Muchos gritan su agradecimiento a las estrellas. Sus voces son desesperadas y se quiebran, como un gemido más que un rugido.

Primero llega a la plaza la pequeña Saadella, y percibo la alegría y el alivio de las personas que nos rodean. *Es ella. Fue encontrada. Alabadas sean las estrellas.* En cuanto la veo surge un dolor palpitante y feroz en mi pecho, y tengo el extraño impulso de abrirme paso hacia ella y tomarla en mis brazos. No tiene más de cuatro o cinco años, pero se sienta rígida en la gran silla, que sus asistentes llevan muy alta. Su cuerpito viste el mismo pequeño vestido color cobre y rojo que una vez usé yo. Sus ojos son redondos y sombríos. Tiene la frente ancha y lisa, y su rostro está pintado de blanco, con carmesí en los labios y brillantes remolinos cobrizos a lo largo de sus sienes y párpados. Sobre su cabello perfectamente recogido descansa la diadema tachonada de ágatas. Me pregunto si Mim se quedó para ser su doncella, enseñando a la niña a permanecer absolutamente inmóvil para que no se agriete su exterior perfecto. Busco a Mim en el entorno que sigue la procesión hacia la plaza, con la esperanza de no estallar en lágrimas de felicidad si la veo.

Los porteadores de la Saadella la llevan hasta la base de la escalera. Hoy no va a estar sobre la plataforma, porque este día es solo de la reina. Desde donde estoy puedo ver la parte superior del palanquín, pero no a la pequeña. Contengo a duras penas el impulso de correr hasta ella. Parece tan frágil y vulnerable frente a esos Soturi que están de pie a menos de un metro de distancia de ella. La joven guerrera la observa con asombro y curiosidad, pero los demás la ven con pura diversión en sus ojos, y me doy cuenta de que Sig tiene razón. Estos bárbaros están aquí para verificar si somos lo suficientemente fuertes como para detenerlos. Y en todo lo que nos rodea —las tiendas saqueadas, el mercado vacío, las calles llenas de baches fangosos y las mejillas hundidas de nuestros ciudadanos— tienen su respuesta.

Aprieto los puños y la esperanza late en mi pecho al mirar hacia la carretera del norte, esperando que aparezca la nueva Valtia. Los acólitos y aprendices marchan dentro la plaza y ocupan sus lugares alrededor de la Saadella, mirando al norte con sus vestimentas negras. Y luego aparece un anciano nuevo, que recuerdo como sacerdote: Eljas, el primero que manifestó en voz alta sus dudas acerca de mí en las catacumbas. Como de costumbre, Kauko debe haberse quedado para presidir el templo, lo que hace que Eljas sea el encargado de la procesión. Su nariz chata brilla de sudor y sus ojos azules echan miradas a los Soturi. Desde la plataforma, la papada de Aleksi tiembla tanto como él.

Están *nerviosos*. Me pongo tensa cuando las trompetas anuncian la llegada de la reina. Sus porteadores aparecen a la vista; giran tan pronto como entran en la plaza para subir los escalones hasta la cima de la plataforma. Los sacerdotes y los enviados han dejado un camino libre. La corona de la Valtia brilla a la luz moribunda del sol y de las llamas de los cientos de antorchas que rodean la plaza. El aire se llena con el aroma del humo. La gente vitorea cada vez más fuerte, expectante. Parecen dispuestos a perdonarla por tomarse tanto tiempo para aceptar la corona. Los fuegos se reflejan en los ojos de Sig, mientras observa todo el espectáculo.

La nueva Valtia se sienta muy erguida; sus pálidos dedos envuelven los brazos de su gran silla y el cuello alto de su traje protege su perfil de la multitud. La falda y las mangas de su vestido brillan mientras es transportada a la parte superior de la plataforma, luego sus porteadores giran para enfrentar a la multitud.

Mi sangre corre fría como el hielo. Su rostro es redondo, blanco y suave, y sus labios carmesí tienen una curva familiar. El maquillaje ceremonial no puede ocultar lo que hay debajo, no cuando conozco las facciones de su rostro tan bien como las mías.

—No —susurro mientras observo su cabello. Los rizos cobrizos están trenzados y enrollados en la parte superior de su cabeza, y brillan con elegancia. Pero su cabello no debería ser así, debería ser color café–. ¿Mim? –tengo la garganta tan apretada que apenas puedo emitir sonido alguno.

Al verla, mi pecho vacío se llena con deseo y pesar, y todo mi cuerpo la llama en voz alta. Mi visión se torna borrosa por las lágrimas. Sus ojos miran a lo lejos, carentes de todo el afecto y la vida que tenían hace menos de dos meses, cuando me dio la oportunidad de vivir. Cuando le dije que la quería. Cuando me alejé y la dejé atrás. Ahora su rostro es suave, inexpresivo.

No mira a nadie. No ve a nadie.

El horror me está comiendo viva.

¿Qué han hecho con ella? El pánico y la confusión sacuden mis huesos.

Aleksi levanta una mano, y la multitud hace silencio.

–Hoy coronamos a una nueva reina para conducir a nuestro pueblo –su boca tiembla por un momento como si estuviera masticando las próximas palabras–. Como un gesto de amistad y buena voluntad, damos la bienvenida a nuestros amigos del norte como testigos: Jefe Nisse –inclina la cabeza hacia el guerrero de barba rubia, quien le devuelve una sonrisa– y Jefa Thyra –hace un gesto hacia la joven delgada y majestuosa, que se yergue un poco más alta al oír su nombre– y demás representantes del pueblo Soturi.

Un silbido largo y bajo surge entre la multitud, que por otra parte permanece en silencio, tal vez incrédulos, como yo, de que estamos reconociendo formalmente a nuestros enemigos en este día sagrado. Hay tantas cosas que están terriblemente mal.

Quizás sintiendo la tensión de la gente, el anciano se vuelve rápidamente hacia Mim, que sigue inmóvil en su silla.

—La reconocemos como portadora de la magia que protege a nuestro pueblo —su voz se eleva mientras mira por encima del hombro a los enviados Soturi—. La reconocemos como la que destruye a nuestros enemigos y nutre nuestra tierra. La reconocemos como nuestra reina —camina hacia ella, y Eljas avanza hacia delante para encontrarse con él frente al palanquín.

Mim mira al frente, como si no fuera siquiera consciente de su presencia.

Eljas levanta la corona del cojín que sostiene Aleksi.

—A partir de este día y hasta su último aliento, usted nos guiará —exclama en voz alta, frágil—. A partir de este día y hasta su último aliento, nos protegerá y gobernará. ¡A partir de este día y hasta su último aliento, usted es la Valtia! —coloca la corona sobre su cabeza y da un paso atrás, volviéndose a la multitud con una amplia sonrisa—. Nosotros, los Kupari, ¡podemos celebrar ahora a nuestra nueva reina!

La multitud entra en erupción, un poderoso rugido que seguramente puede ser escuchado desde lejos. El alivio es inmenso. Sig silba, y también lo hacen los portadores de magia a mi alrededor, pero yo no puedo gritar ni aplaudir. Solo busco resolver el rompecabezas del vacío en los ojos de Mim, que solían brillar de energía y hacer que mi corazón brincara cada vez que me miraba.

Eljas se inclina hacia delante y toca su codo, y ella se levanta bruscamente de su gran silla. Levanta rígidamente los brazos, dejando al descubierto el brazalete de Astia en su muñeca derecha. Las antorchas alrededor de la plaza estallan con violencia, las llamas se alargan y giran en el aire. Los ciudadanos gritan de alegría ante su demostración de poder. Algunos de ellos agitan sus puños hacia los Soturi, que fruncen el ceño mientras el fuego se extiende anormalmente largo y se eleva como barras de oro, encerrando a los bárbaros junto a nosotros. Las miradas de los ancianos siguen el arco de las llamas que bailan y se entrelazan por encima de la plaza, creando un manto de luz.

Sig se ríe, con un sonido candente y peligroso.

—Estrellas, no viene de ella —dice con voz temblorosa—. ¿Puedes sentirlo, Elli?

Todo lo que siento es odio hacia los ancianos. Le han hecho algo a Mim. La han herido. Lo sé. Están montando un espectáculo para impresionar a los Soturi, pero a expensas de la mujer que me cuidó desde que éramos apenas unas niñas, una mujer que amaba con todo mi corazón. Su mirada está vacía pero también llena de dolor mientras permanece de pie con los brazos en alto. *Una marioneta*, dijo Sig. Tenía tanta, tanta razón.

Él da un paso adelante mientras el fuego gira por encima de nosotros, arremolinándose en hermosos diseños, haciendo que las personas griten de alegría y los Soturi permanezcan boquiabiertos por la sorpresa. Con la frente cubierta de sudor, me arrastra más allá de unos pocos hombres y mujeres que vitorean. Nos lleva peligrosamente cerca de los sacerdotes y los ancianos, que en este momento pueden tener otras cosas en mente, pero estarían felices de recapturarme si se dan cuenta de que estoy frente a ellos.

—Sig, espera —aferro su mano para liberar mi brazo.

Gira la cabeza hacia mí, sus ojos brillan y su hermoso rostro está iluminado de alegría.

—Es una impostora —dice con una risa desquiciada.

Mis dedos se enroscan sobre el dorso de su mano, pero él eleva la otra por los aires, con la palma extendida. El fuego encima de nosotros sube en una espiral repentinamente alta, formando un sólido pilar de llamas que casi llega al cielo. Los ojos de Eljas y Aleksi se abren de par en par cuando dejan de poder controlarlo. Y la mirada vacía de Mim se ilumina de color naranja, cuando inclina la cabeza hacia arriba para seguir la dirección de las llamas.

Algo se desgarra dentro de mi pecho cuando Sig cierra el puño y lo deja caer como un martillo.

La columna de fuego se arquea sobre la plataforma y cae de golpe: justo sobre Mim.

CAPÍTULO XX

Estoy casi cegada por el infierno que envuelve la plataforma. La plaza se convierte en una masa que se retuerce de pánico. Nos empujan hacia atrás y caemos al suelo. Sig está encima de mí, con su cuerpo empapado en sudor. Me sujeto y pateo tratando de levantarme, de ver lo que está pasando. Vamos a ser aplastados.

Unas manos se cierran sobre los hombros de Sig y lo levantan. El cabello de Jouni está pegado a sus mejillas, y su rostro está rojo. Sig se inclina sobre él, con los ojos fuera de foco –al igual que estaba Oskar cuando encerramos a nuestros enemigos en un bloque de hielo. Un dolor agudo me traspasa el estómago cuando miro hacia la plataforma, y el grito se abre paso desde mi garganta, uniéndose al de miles de personas. La silla de la Valtia es un monstruo espiralado de llamas y humo, mientras los ancianos a ambos lados usan su magia de hielo para detener el fuego. Aleksi parece intacto, pero las manos y el rostro de Eljas están rojos y ampollados.

–¡Mim! –grito con voz ahogada, e intento ir hacia delante, pero Jouni tira de mí y de Sig.

–Vamos, muchacha. ¡Tenemos que salir de esta plaza! –exclama.

–¡Él mató a Mim! –chillo, tratando de desprenderme de la presión de sus manos. Mi Mim, que me quería, que me dio una vida. Sig la destruyó...

–¡Cállate, idiota! ¿Quieres que nos atrapen? –sujeta el cuello de mi capa y me jala hacia atrás.

Los demás portadores de magia nos rodean, llevándonos hacia el este, lejos del fuego de la plataforma. Vislumbro algunos destellos, la forma ennegrecida en el trono, la corona caída sobre los escalones, la Saadella de pie y sola en su silla, las lágrimas que corren por su maquillaje blanco y sus ojos ensanchados por el terror mientras grita llamando a su padre. Uno de los acólitos la sujeta y varios otros se reúnen a su alrededor, abriéndose paso a través de los concejales para llegar al camino que va al templo.

Los Soturi desaparecieron. Probablemente estén satisfechos, con ganas de informar sobre esta catástrofe y organizar su fuerza invasora. Casi no me importa. Mi dolor por Mim es demasiado grande como para permitirme dedicar siquiera un pensamiento al miedo por mí o por nuestro pueblo.

Lucho y lloro, mientras Jouni me arroja sobre el lomo de un caballo, como si fuera un saco de grano.

–El camino sur –ordena Sig con voz entrecortada, y luego se desploma contra Tuuli–. Sé cómo salir de aquí.

Jouni monta el caballo, incrustando sus rodillas contra mi pecho y muslos y presionando su mano contra mi espalda. Me aferro al borde de la silla y trato de patearlo, pero cuando el animal comienza a trotar, todo lo que puedo hacer es respirar. El barro de la carretera salpica mi rostro, mientras los portadores de magia espolean los flancos de sus caballos y huimos del caos. Somos un río de cuerpos, caballos, carros, mujeres que chillan y niños que lloran. Entre todo ese pánico nadie me echa una segunda mirada, una chica colgada como una alforja sobre el lomo de un caballo.

—¡La magia de la Valtia se volvió hacia ella! —grita un hombre que trata de abrirse paso dentro de una choza, con suerte la suya propia—. ¡Las estrellas nos han maldecido!

Cuanto más lejos viajamos, más escucho ese lamento. *Las estrellas nos han maldecido. La Valtia se ha destruido. Ahora vendrán los Soturi. No tenemos ninguna protección.*

Nuestro camino se oscurece cuando Sig dirige a Tuuli por una serie de calles. Finalmente, un callejón sin salida nos lleva hasta una antigua y ruinosa puerta con barrotes de cobre verde. Un enorme candado cuelga del pestillo. Sig se desliza torpemente del caballo de Tuuli y saca dos púas de metal de su bolsillo.

Un momento después Usko y Mikko abren la puerta. La madera gastada raspa contra una saliente de piedra y luego se balancea sobre las hojas podridas del suelo. Los portadores hacen pasar a sus caballos y luego cierran la puerta otra vez. Estamos fuera de la ciudad, dentro de un denso grupo de árboles.

—¿Qué es lo que acaba de ocurrir? ¡Por todas las estrellas, Sig! —grita Usko—. No nos advertiste nada.

—Yo no… —se pasa la mano por el cabello rubio—. No quise… —sus ojos se estrechan y me mira con recelo—. Solo quería arrebatarles el control a los ancianos. Me di cuenta de que la chica en el trono no estaba manejando la magia, y quería que todos lo supieran. Y entonces… sentí esa loca ráfaga de energía dentro de mí.

Los otros sacuden las riendas y ponen a sus caballos en movimiento, nos alejamos más allá de los muros de la ciudad. El sonido de las trompetas y los gritos de terror todavía se elevan en el cielo, y el aire sobre Kupari está cargado de humo, iluminado por las antorchas. Puedo oler el pánico de mi pueblo. El rostro de la Saadella mientras gritaba por su padre no se irá de mi mente. Quiero saltar de este caballo, trepar los muros, encontrarla y protegerla de lo que viene. Pero Jouni me sujeta firme como el hierro, mientras dirige su montura por el sendero.

Sig y Tuuli van junto a nosotros, pero ahora él lleva la delantera. Miro las botas de Sig, cuando golpean contra los flancos del caballo.

—Elli tuvo algo que ver con esto —les explica a los demás—. Me dijo que absorbe la magia, pero estaba mintiendo: hace lo contrario.

—¿De qué estás hablando? —pregunta Usko.

—Ella me estaba tocando —responde él, y en su voz suena esa energía vacilante y excitada otra vez—. Y cuando tomé control del fuego, era como si pudiera hacer cualquier cosa con él. Lo que quisiera.

—¡Mataste a una joven inocente! —le grito con una voz quebrada. La rabia me recorre.

—¿Inocente? Por favor. Estaba ayudando a los ancianos a engañar a su pueblo.

—¡Ellos la lastimaron! Yo la *conocía* —los sollozos me ahogan, y mi cuerpo se convulsiona de tristeza.

—¿Qué? —la voz de Sig suena ronca por la sorpresa.

—Ella era mi doncella —mi primer amor, mi primera protectora, mi amiga más fiel. No puedo dejar de pensar en su rostro, su sonrisa, sus ojos brillantes. Cómo era ella antes de renunciar a todo por mí.

Cabalgamos en un denso silencio hasta llegar a un claro, por donde pasa un pequeño arroyo, y sin decir nada los portadores desmontan y llevan a sus caballos a beber. Todo lo que tenemos es la luz de la luna, que pinta con su brillo blanco las ramas desnudas de los árboles que nos rodean. El aire es cálido, pero sé que se debe a los portadores de fuego. Tuuli y Mikko, ambos de hielo, están temblando y se frotan los brazos. Jouni me baja de su caballo y me sujeta cuando me tambaleo.

—¿Qué quieres que haga con ella, Sig?

—Consíguele un poco de agua —se baja la capucha—. Ofrécele comida. Haz que se sienta cómoda.

El chico aprieta los dientes, pero me indica que me siente y luego obedece. Sig se pone en cuclillas frente a mí. La luz de la luna hace destellar la hoja del cuchillo que está dando vueltas entre sus dedos.

—Ahora cuéntame todo lo que no me dijiste antes —me habla en voz baja—. Dices que maté a esa chica, pero tú sabes que tuviste algo que ver con eso.

Llevo las rodillas contra mi pecho e inclino la cabeza.

—Te equivocas —miento. Pero no puedo enfrentar la verdad, que fui la espada que partió a Mim por la mitad. Es tan cruel. Ella era la última persona a la que hubiera querido hacerle daño. Con el Anciano Leevi y sus sacerdotes fue distinto, querían matar a Oskar. Y cuando este atacó sentí miedo, pero no esta terrible culpa que me perfora. Aunque, sin embargo… ¿estoy realmente así de maldita? ¿Debo ser una herramienta sin voluntad en manos de poderosos portadores? Creo que prefiero morir.

—Lo sentí, Elli —Sig me levanta el mentón—. Tomaste mi mano derecha cuando yo estaba tratando de alcanzar el fuego. Y lo que hice… —deja escapar una risa temblorosa—. Nunca sentí nada parecido. Con ese tipo de poder, podríamos tomar el templo. Podríamos gobernarlo.

—No voy a ayudarte —niego con la cabeza.

Sus largos dedos se cierran alrededor de mi garganta, y me jala hacia él. Sus ojos profundos se encuentran con los míos.

—Puedo sentirlo tan pronto como mi piel toca la tuya —susurra, deslizando sus labios a lo largo de mi mejilla hasta que su boca queda contra mi oreja—. Si quisiera, podría prender fuego todo este bosque.

–Te odio. Y prefiero morir a dejar que me controles.

–No puedes detenerme –sus ojos adquieren un vacilante resplandor dorado. Su pulgar baja por mi garganta como una caricia–. Incluso ahora, con todo ese desprecio, podría utilizarte para hacer llover fuego sobre las tierras lejanas.

–Odias que otros te controlen, pero quieres hacérmelo a mí –replico.

Mis ojos arden. Él hace una mueca, y sus pupilas brillantes resplandecen de emoción.

–Piensa en tu doncella. Si los habitantes del templo la lastimaron y la utilizaron como dices, ¿no te parece entonces que todos ellos merecen morir?

Quizás. Pero no puedo olvidar la bondad de los acólitos en mis peores momentos. El rostro de la Saadella no se borrará de mi mente. Los gritos de la gente no serán silenciados. Y ahora que los Soturi saben que estamos indefensos todo está en juego. No puedo buscar venganza sin pensar en todo eso. ¿Sig me escucharía si se lo dijera? ¿Le importaría?

Lo miro a los ojos y todo lo que veo es fuego. Él quiere sangre y venganza. Quiere tomar el templo para sí mismo, no para la gente.

Tengo que escaparme.

–Voy a pensar en eso –murmuro–. Ahora déjame tranquila.

Su cálida mano se cae, y el aire frío se precipita y acaricia mi garganta.

–Podríamos ser aliados. Podríamos hacerlo juntos.

–Necesito descansar.

–También yo –se calma–. Pero mañana reuniremos más portadores, y volveremos a la ciudad. Nunca habrá otra oportunidad como esta.

Me recuesto de costado, tirando de la capucha de mi abrigo para proteger mi mejilla de las hojas podridas que serán mi cama por esta noche. Todo lo que puedo pensar es cuán diferentes son Sig y Oskar. Ambos tan poderosos, pero uno está gobernado por el dolor y el odio, mientras que el otro por su sed de paz. De *vida*.

Aprieto los ojos con fuerza y me acurruco en los pliegues de mi capa de piel robada. Mientras tanto Sig y los demás montan un campamento, arman un pequeño fogón y comparten los suministros que les arrebataron a los cazadores. Hablan de lo que hizo Sig y especulan si tocarme funcionaría para todos ellos. Jouni quiere probar, pero Sig le dice que va a tener que esperar hasta mañana. Cuando Jouni se acerca a ofrecerme una galleta y un trozo de carne, finjo que estoy dormida hasta que desaparece.

Podrías ser su mejor recurso o su peor enemigo. Eso fue lo que Raimo dijo. Pero ¿cómo puedo ser un temible enemigo cuando no tengo poder por mi cuenta? ¿Cuando no puedo decidir cómo soy utilizada? La frustración me destroza por dentro, convirtiéndose en el dolor sin fin de la desesperación.

Una y otra vez recuerdo el horror en los ojos de Mim al ver el fuego. Juro que un momento antes de que la golpeara hubo una chispa de alivio en su rostro, pero esto no disminuye la culpa en absoluto. Ella desafió a los ancianos y me ayudó a escapar. Ahora sé por qué nunca llegó a reunirse conmigo aquella mañana. La imagino, encadenada en las catacumbas y el látigo contra su piel suave. Durante semanas estuve cómoda y segura en una cueva, volviéndome más fuerte día a día, libre de entregar mi tonto corazón a otra persona: gracias a ella. Y todo ese tiempo, en cambio, ella sufrió por mi culpa. Mis puños están tan apretados que tiemblo.

Si lo hubiera sabido, si pudiera haber tomado su lugar, lo habría hecho.

Y si puedo ser utilizada para matar a alguien que amo, creo que no debería existir.

Sig y los otros se callan después de un rato. El bosque está en silencio, salvo por el ulular de un búho en algún lugar a la distancia. Aunque el ruido en mi cabeza no cesa: los gritos de la Saadella, la desesperación de los Kupari. El aire está helado, entumece los dedos de mis pies y hace que mi mano derecha tiemble con el dolor punzante que el frío siempre trae. La temperatura parece bajar a cada minuto que pasa.

Un suave gemido viene del otro lado del claro.

Me asomo por los pliegues de mi capa y veo las siluetas de los portadores dispersas cerca de los árboles o del fuego. Ahora Usko ronca, y también Jouni. Mikko y Tuuli están arropados juntos. Y Sig... su cabello rubio dorado lo hace fácil de detectar. Está dormido lejos del fuego, sin camisa en esta noche de invierno. Su piel pálida brilla por el sudor, mientras el humo se eleva en volutas perezosas desde la capa sobre la que yace.

Se está quemando de adentro hacia fuera. Sufre como Oskar, solo que por las llamas, y no por el hielo.

Podría acercarme a él y aliviar su dolor. Podría tomar ese infierno dentro de mí y domarlo. Él está dormido, incapaz de detenerme. Me incorporo. Cuando se retuerce, atrapado en el fuego, veo las cicatrices plateadas en su espalda. El dolor en su rostro casi me arrastra a través del claro.

Pero el conocer sus planes para mañana me hace quedarme donde estoy.

No voy a ser utilizada. No voy a ayudarlo a sembrar el caos y la desgracia en la ciudad. Con cuidado, me pongo de pie. Mi capa casi no hace ruido cuando la levanto de la tierra húmeda. Mis dedos se aferran a la prenda hecha de piel mientras doy un paso atrás. Nadie se mueve.

Probablemente creyeron que no iba a tener fuerza para correr. O tal vez saben que no tengo adónde ir. Pero ahora eso no me importa, siempre y cuando me vaya lejos de aquí. Doy otro paso hacia atrás. Luego, me doy vuelta y me alejo del claro en puntas de pie. Me muevo lentamente, por miedo a despertarlos. Cuanto más me alejo, más frío está el aire, y me estremezco al avanzar por el sendero.

Escucho las suaves pisadas demasiado tarde... Alguien se arroja sobre mi espalda y caigo hacia delante, mientras una mano caliente sella mi boca.

—No lo harás —es la voz de Jouni—. Sig dijo que debía echarte un ojo —se ríe—. Por todas las estrellas, lo siento. Es exactamente como Sig lo describió —su palma arde contra mi piel y las llamas se disparan de entre sus dedos—. ¿Quién dijo que yo no podía manejar el fuego?

Mis uñas tratan de aferrarse al suelo blando, pero él me levanta hacia arriba de un tirón. Intento golpearlo y patearlo con todas mis fuerzas, mientras sofoca mis gritos con su mano implacable. Por las ráfagas de aire caliente a mi alrededor, creo que intenta someterme con el calor, pero cuando se da cuenta de que eso no funciona, sus brazos se cierran sobre mí con tanta firmeza que duele. Echa mi cabeza hacia atrás.

—Hay una buena cantidad de cuerda en el campamento, y tiene escrito tu nombre —comienza a arrastrarme, pero de repente se tambalea y me deja caer.

Golpeo mi rostro contra el suelo y la capucha cae sobre mi cabeza. La echo hacia atrás y veo una forma oscura que se eleva detrás de la silueta encorvada de Jouni. Me levantó sobre mis manos y rodillas justo cuando el portador de fuego embiste a su atacante, envolviéndole la cintura con sus brazos. Pero el hombre golpea con su codo entre los omóplatos de Jouni, haciéndolo caer al suelo. Este se da la vuelta, pero el otro se agacha y le cierra la garganta con su mano enorme.

–Deja de resistirte –susurra Oskar, inclinándose más cerca del rostro de Jouni–. Detente.

Pero este no lo hace. Clavado contra el suelo del bosque por el fuerte apretón de Oskar, mueve sus piernas hacia arriba y se agita violentamente tratando en vano de llamar a sus amigos. Sus palmas chisporrotean cuando sujeta la capa de Oskar, y el aire se llena de olor a piel quemada.

–*Por favor*, dejar de luchar –le ruega Oskar desesperado, y los ojos del chico se vuelven grandes como platos–. No quiero hacerte daño.

Los dedos de Jouni presionan a través de los agujeros que ha abierto en las mangas del atacante. Sus nudillos están pálidos, y el brillo en sus ojos se va apagando lentamente. Sus talones dejan surcos profundos en la tierra, y luego sus piernas quedan inertes. Pero sus brazos permanecen aferrados a Oskar hasta que el portador de hielo se desprende de él.

Me cubro la boca cuando Oskar se pone en pie, dejando a Jouni de espaldas, con los ojos muy abiertos y cubiertos de escarcha, los brazos extendidos. La mitad superior de su cuerpo está congelada.

–Lo siento, Jouni –murmura. Gira hacia mí con la mandíbula apretada.

–Oskar... –susurro. Él me extiende su mano y cuando la tomo, me pone de pie de un tirón.

–¿Puedes correr? –pregunta.

Asiento con la cabeza.

Entonces aferra mi mano y comienza a trotar; yo levanto mi falda y lo sigo, rogando que la lucha no haya despertado a los demás. Estoy temblando por lo que acabo de ver, sabiendo que Oskar ha vuelto a matar, y comprendo con dolor que lo hecho *por mí*. Mi corazón late al ritmo de nuestros pasos. Finalmente, llegamos a un camino ancho que conduce hacia el sur más allá del bosque. Oprimo su mano. Soy más fuerte de lo que solía ser, pero no puedo correr para siempre. Oskar afloja el paso.

–Freya vio cuando tomabas el camino que conduce a la ciudad. Y luego a Sig ir detrás de ti.

–¿Cómo me encontraste? –quiero saber. Él me encontró. *Me encontró.*

–Fui al campamento de Sig, pero estaba abandonado; así que seguí el sendero a la ciudad. Acababa de llegar a la plaza cuando el fuego... –hace una pausa cuando siente la presión de mi mano.

–Sig lo hizo –digo con la voz entrecortada–. Pero él estaba sosteniendo mi mano. Fue como esta mañana con el hielo. Fue mi culpa, Oskar. Y matamos a alguien a quien quería mucho –me doblo sobre la cintura, enroscándome alrededor del dolor.

–¿A quién? –me toca la espalda.

Y le explico sobre Mim lo mejor que puedo, quién era ella para mí, cómo me salvó, y lo que creo que pasó después. Una parte de mí se pregunta cómo va a reaccionar Oskar cuando admita mi amor por mi doncella, pero él se queda en silencio, con su mano descansando sobre mi columna.

—Esto no fue tu culpa, Elli —dice cuando termino—. Te vi en la plaza después de que ocurrió todo. Oí la desesperación en tus gritos y leí el horror en tus ojos —deja escapar un suspiro—. Supongo que ambos somos responsables de lastimar a los que nos rodean, pero también creo que ninguno de los dos lo haría si pudiera evitarlo.

—¿Eso importa, si el resultado es el mismo?

—Tengo que creer que sí —su mano se aleja de mi espalda.

Me enderezo, movida por el dolor en sus palabras. Entiendo la necesidad de creer eso, especialmente para Oskar. Jamás podría quitarle eso.

—Entonces importa —digo en voz baja.

Avanza otra vez hacia delante, a un ritmo firme y seguro.

—Para ser honesto, incluso si no importara, de ningún modo iba a dejarte ir.

Más adelante la luna brilla sobre una amplia extensión de hierba del pantano. Ya casi estamos fuera del bosque.

—¿Por qué?

Deja escapar una risa como un ladrido, dura y hueca.

—¿Por qué te fuiste?

—¿Por qué estás respondiendo a mi pregunta con otra pregunta?

Él sonríe cuando repito su desafío de nuestra última discusión, entonces tira de la cinta de su cabello desordenado y la vuelve a atar para que no le tape el rostro.

—Lo hiciste por nosotros, ¿verdad? Lo hiciste creyendo que así mantendrías alejados a los sacerdotes. Ibas a entregarte a ellos.

—Hubiera sido egoísta que me quedara.

—Fue egoísta que te fueras —me mira con el rabillo del ojo.

—¿Cómo puedes decir eso? —trato de retirar mi mano de la suya, pero sus dedos se aferran a los míos.

Se inclina hacia mí, su silueta oscura bloquea la luz de la luna.

–Me hiciste creer que regresarías, y luego te marchaste sin decir una palabra.

–Estabas tan dolorido, ¡y eso también era mi culpa!

–¿En serio? ¿Tú obligaste a los ancianos y los alguaciles a atacarnos? Asombroso.

–No habrías resultado herido si no hubieras tratado de protegerme.

Con un gruñido de frustración me sujeta por los hombros.

–¿Tienes alguna idea de cómo me habría sentido si te hubieran hecho daño? –me sacude suavemente–. Te dije que entendía por qué me apartaste después de que nos besamos. Pero lo que ahora está muy claro para mí es que *tú* no entendiste.

Alejo la vista de la intensidad de su mirada, con mis manos apoyadas contra su pecho para mantener la distancia entre ambos.

–No quiero pelear –mi voz suena tan destrozada como lo está mi corazón.

–Entonces no peleemos. Pero vas a tener que escucharme –dice. Me suelta los hombros y empieza a caminar de nuevo, pero sostiene mi mano izquierda con fuerza. Su magia fría palpita hacia mí, y cierro los ojos para sentir los copos de nieve fundiéndose en mis mejillas.

–Te escucho –murmuro.

–Bueno –pero entonces se queda en silencio durante mucho, mucho tiempo, y comienzo a preguntarme si se ha quedado sin palabras. Tomamos un sendero que atraviesa la hierba de los pantanos, con el suelo helado y duro bajo las plantas de nuestros pies. A nuestra derecha, las dunas brillan, y más allá se encuentra el Lago Madre. Las cavernas ya están cerca–. Te atas mal las botas –dice finalmente, su voz es baja, pero igual me sobresalto entre tanto silencio–. Siempre me he preguntado por qué. Al principio pensé que tal vez era por tus dedos. Cada vez que te veía anudar las tiras, quería acercarme y atarlas por ti. Aunque nunca lo hice.

—¿Por qué? —echo un vistazo a la punta de las botas, que asoman por debajo de mi falda a cada paso.

—Siempre te veías tan concentrada y decidida; y cuando terminabas, tu sonrisa era tan brillante como una estrella. Yo no quería quitarte eso —la pálida luz de luna acaricia sus mejillas sin afeitar.

—Bueno, ahora me siento tonta —me pregunto si escucha el temblor en cada palabra.

Oprime mi mano izquierda, tirando de mí hacia su otro costado. Su brazo envuelve mi cintura, y toma delicadamente mi mano derecha mutilada con la suya. Luego baja la mirada a mi palma, y acaricia con su pulgar los callos en las almohadillas carnosas de los dedos restantes.

—Los primeros días que estuviste con nosotros tenías tantas ampollas, y yo sabía que te dolían —dice, y dejo de respirar cuando levanta mi mano y besa el centro de la palma—. Conozco cada una de tus marcas, Elli —dice en voz baja—. Esta es por moler maíz —acaricia el firme callo bajo mi dedo medio—. Estas son por el telar —besa las tres yemas de los dedos, y siento cada roce de su boca abajo, en mi vientre. Es tan dulce, casi me quita de encima el peso de la tristeza y el dolor—. Esta es por desollar pieles —sus labios se deslizan sobre la carne entre el pulgar y el dedo índice—. Cada vez que veía una nueva, quería hacerte a un lado y colocarte un vendaje.

—Pero no lo hiciste —desearía poder dejar de temblar.

—Porque estabas orgullosa de ellas —sus ojos se encuentran con los míos—. Te vi mirarlas con admiración; te vi cuando las acariciabas con tus propios dedos, haciendo una mueca y luego sonriendo. Y al fin cuando entendí por qué, cuando supe quién eras y pensé en lo que debía haber sido tu vida anterior, estaba aún más sorprendido.

¿Por qué tiene que decir esto ahora, cuando todo se cae a pedazos? No creo que pueda quedarme con él. La guerra está llegando, la ciudad es un caos y muy cerca de aquí se encuentra un grupo de portadores de magia que saben lo que puedo hacer. Y vendrán por mí. No falta mucho para eso.

Mientras esté viva, puedo ser utilizada. Una herramienta para el asesinato y la destrucción.

Me fuerzo para que mi voz suene ligera.

–¿Te preguntabas por qué una doncella de la ciudad era tan inútil y mimada? ¿O pensaste que fue *por eso* que me azotaron?

Deja escapar una risa desconcertada.

–Supongo que se me pasó por alto. Vivimos de forma diferente aquí. O tal vez estaba demasiado metido contigo como para cuestionar tu magia.

–Magia –me burlo.

Él sonríe, con una de esas escasas sonrisas que hacen que sus ojos se arruguen.

–Cuando te encontré no me afectó, pero cada día, su poder sobre mí se hizo más fuerte. Y ya hoy tu risa me hace sentir como si me estuviera cayendo. Cuando me miras, me siento repentinamente acalorado. Cuando te veo, mi corazón late más rápido. ¿De verdad crees que la única magia en este mundo viene del fuego y el hielo? –voltea mi mano y besa la brillante cicatriz rosada que está donde antes tenía mis dos dedos, y eso hace que las lágrimas empiecen a correr por mis mejillas–. Ahora dime si no fue egoísta haberte ido.

–No quería ser un deber o una obligación –murmuro.

–No eres nada de eso –toma mi rostro entre sus manos, las palmas frías contra mis mejillas calientes–. Tampoco eres un recurso útil, una herramienta, un arma o, por todas las estrellas, una reina, aunque tienes toda la gracia que hace falta. No. Para mí eres solamente Elli –se inclina y toca mi frente con la suya–. Y tienes que entender que eso es más que suficiente.

Si trata de protegerme, podría resultar herido. Si me quedo para protegerlo, podría ser usada en su contra por otro portador. ¿Somos los dos juntos lo suficientemente fuertes como para mantener a raya a nuestros enemigos? Estas ideas me hacen doler la cabeza, cuando todo lo que quiero hacer es perderme en Oskar.

–¿Entiendes, ahora? –barre una lágrima perdida con su pulgar. Cierro los ojos y asiento, estirando las manos para mantener las suyas contra mis mejillas. Besa mi frente–. Entonces, dime que sientes lo mismo o me voy a sentir muy avergonzado.

La risa estalla dentro de mí, repentina y real, y abro los ojos para ver su sonrisa devastadora. Me pongo de puntillas, intentando alcanzarlo. Quiero absorber algo más que su magia de hielo. Quiero congelar este momento en toda su perfección, para tenerlo conmigo cuando más lo necesite.

–Estabas equivocado cuando dijiste que no tenías calor –observo con una risa ronca.

–Siempre me siento cálido cuando me tocas –toma mi mano y la aprieta contra el costado de su cuello–. Solo hay una cosa que hace que me sienta mal –cuando ve la pregunta en mis ojos, continúa–. No creo que esto pueda ser igual de bueno para ti.

La mirada en sus ojos me derrite por dentro.

–Te equivocas, otra vez –susurro.

Nuestras respiraciones se vuelven irregulares al chocar uno contra otro. Su barba oscura e incipiente raspa mi rostro, mientras sujeto la parte delantera de su capa y jalo hacia abajo, acercándolo más. Lo beso con todas mis fuerzas, todo mi agradecimiento, mi deseo por él; mi dulce y feroz Oskar.

Estos momentos frenéticos me distraen del dolor por Mim, pero aún más que eso, son ligeros como el aire y calientes como una chispa en mi palma. Su piel fría me hace estremecer. Incluso con su magia helada vertiéndose en el hueco de mi pecho y llenando mi cabeza con imágenes del Lago Madre congelado, me siento como si pudiera prenderme fuego en cualquier instante.

Espera. Magia helada que se vuelca en mí. *No.*

Lo empujo lejos.

El amor que Mim sentía por mí la llevó a su perdición, y ahora estoy poniendo en riesgo también a Oskar.

–¿Es por Mim? –se pasa el pulgar por el labio inferior–. Sé que tu dolor aún está fresco.

–Sí. No. En realidad, eres tú –tartamudeo, mientras luce confundido–. Me estás dando demasiada magia. No es seguro. La necesitas –cuando nos encontramos por primera vez, él podía tocarme sin que el hielo fluya en mí, pero ahora...

–Cuando estás tan cerca de mí, quiero darte todo. No quiero contenerme –dice, con una mirada tímida. Coloco mi mano en su pecho.

–Lo siento –reconozco el regalo que representa, pero no puedo aceptarlo.

Suspira y vuelve su rostro hacia el este, donde el sol empieza a asomarse en el horizonte.

—Será mejor que lleguemos pronto a las cavernas. Ya todos deberían haber empacado.

—¿Adónde iremos?

—A algún sitio seguro. Tal vez la costa noroeste del lago Loputon. Hay un sistema de cuevas más pequeñas que nos pueden brindar refugio hasta la primavera.

Me muerdo el labio. Esto no está bien.

No tengo ninguna intención de dejar que Sig me use para destruir el templo, pero huir mientras los Kupari están sufriendo no es correcto tampoco. No con la amenaza de los Soturi sobre nosotros, no con el caos destruyendo la ciudad.

—¿Dónde quieres ir, entonces? —pregunta él, al ver mi vacilación.

—Todavía no estoy segura. Pero Raimo dijo que estaba hecha para servir —durante los últimos doce años, he pensado en ello todos los días: cómo mi pueblo me necesitaba, cómo era mi responsabilidad protegerlos y cuidar de ellos—. No puedo huir de eso —a pesar de que no tengo ni idea de lo que se supone que deba hacer.

Oskar toma mi mano.

—Una vez que Freya y mi madre estén seguras, iré adonde me necesites. Lo enfrentaré contigo —pone mi mano en su pecho—. Puedes usar mi magia como si fuera tuya.

La esperanza crece dentro de mí.

—Está bien —pero dudo ante su intento de llevarme otra vez por el sendero—. No creo que los habitantes de las cuevas estén felices de verme. Soy la razón... —un nudo en la garganta hace que me sea difícil hablar—. Senja —es todo lo que puedo susurrar.

—Al igual que muchas otras cosas, no fue tu culpa. Y les dije que no eres la Valtia. Una vez que lo pensaron mejor, les pareció obvio.

–¿Pero saben lo que soy? –pregunto seria.

Él resopla y deja escapar una risa acallada.

–Eso es un poco más difícil de explicar. Pero esto es lo que les dije –espera que mire hacia él–: Ahora eres parte de mi familia. Si tienen un problema contigo, van a tener que enfrentarse conmigo –el ángulo de su boca se eleva–. Y con mi madre. Y Freya.

–Oh, eso debe haberlos intimidado –me estremezco y río al mismo tiempo.

–Estaban aterrados –sonríe. Deja caer su brazo sobre mis hombros–. Vamos.

A medida que el sol se eleva, nos dirigimos por el camino y llegamos a la zona abierta, frente a la entrada de la caverna principal. Hay actividad por todas partes, y las familias están cargando los caballos con sus pertenencias. Algunos parecen asustados o preocupados de verme, pero nadie cuestiona mi presencia. Los cuerpos de los ancianos y los alguaciles ya no están, y el espacio está repleto de fardos de pieles, utensilios de cocina y herramientas, todo dispuesto sobre mantas.

–¡Oskar! –grita Freya, saliendo de la cueva–. La encontraste –sus trenzas ondean mientras corre hacia nosotros y me echa los brazos encima–. Traté de advertirte, pero no quisiste escucharme.

Oskar le acaricia el cabello y luego me la quita de encima.

–¿Ya está todo empacado?

Ella asiente y apunta a un caballo ruano con el lomo cargado.

–Ese es el nuestro.

–Ve a decirle a Maarika que tenemos que irnos ahora.

–¿Ya? Está cocinando el desayuno.

Los ojos de Oskar encuentran con los míos.

–Tiene que ser ahora –le da un pequeño empujón, y ella sale corriendo–. Ni pienses en huir de nuevo –me dice, mientras alejo la idea de hacer exactamente eso–. No me gustaría tener que atarte a nuestro caballo –su voz suena burlona, pero puedo percibir su incertidumbre y preocupación.

Tengo miedo de dejarlo, y tengo miedo de estar con él. Enlazo mis dedos con los suyos.

–Solo estoy asustada.

Se quita un mechón de cabello del rostro. Su sonrisa es tierna. Abre la boca para hablar, cuando una ráfaga de fuego lo golpea de lleno en el pecho, arrancándolo de mis manos.

CAPÍTULO XXI

Oskar retrocede tambaleante, con un gesto agónico en su rostro, mientras Sig y otros ocho portadores surgen del estrecho sendero con las manos extendidas. Con un fuerte giro de su muñeca, Sig lanza otra bola de fuego directo hacia mi portador de hielo, y este apenas se las arregla para levantar sus manos justo a tiempo y destruirla. Hace una mueca cuando las llamas lamen su piel. La ansiedad aparece en sus ojos en el momento en que ya no tiene suficiente magia para defenderse de todos ellos.

Muchos de los habitantes de las cuevas se dispersaron, y corrieron dentro a resguardarse. Ismael, Aira y Veikko se quedaron cerca de la entrada y observan alternativamente a Oskar y a los portadores que han venido a derribarlo. Estoy congelada por el pánico. No sé qué hacer para protegerlo.

El cabello de Sig está erizado, y sus ojos oscuros lucen salvajes al mirar a Oskar.

—Debí haber sabido que vendrías por ella en cuanto vi ese ridículo pájaro que lleva en el bolsillo. Pero temo que voy a necesitar que me la devuelvas.

—Elli, métete en la caverna —dice Oskar en voz baja. Respira de manera dolorosa e irregular, y tiene los ojos clavados en la silueta esbelta de Sig.

Los otros portadores se abren en abanico, rodeándonos.

Ismael trata de empujar Aira detrás de él, pero ella insiste en permanecer de pie junto a su padre, con sus manos levantadas y sus ojos verdes llenos de determinación. Echa un vistazo hacia las brasas del fogón central, probablemente preguntándose si será suficiente.

–Sig, ya hemos enfrentado un ataque ayer –dice en voz alta–. No hagas esto. ¿Qué somos, si estamos dispuestos a volvernos unos contra otros?

–Pienso lo mismo que tú, Aira –los dedos de los Sig se crispan–. Así que, ¿por qué no le preguntas a él qué le hizo a Jouni?

Ella le echa una mirada interrogante a Oskar.

–Elli –repite Oskar, esta vez más apremiante.

Camino hacia él y busco su mano, sabiendo que me necesita ahora más que nunca.

–No voy a irme.

–No lo toques –exclama Sig y levanta las manos.

–¡Elli! –chilla Maarika, desde algunos pasos a mi izquierda. Surgió de repente y, antes de que pueda detenerla, se arroja frente a mí con los brazos extendidos para protegerme.

Justo cuando Sig lanza su fuego.

Oskar grita el nombre de su madre, al tiempo que las llamas alcanzan su falda. Sig se tambalea hacia atrás, con los ojos muy abiertos; pero los que están con él toman el hielo de los charcos a su alrededor y el fuego de las antorchas, y dirigen todo hacia Oskar. Maarika grita, y voy hacia ella, con la intención de arrojarme encima y sofocar el fuego, que como está hecho de magia no puede hacerme daño.

Antes de que pueda alcanzarla, mi portador de hielo cae al suelo con su manto echando humo, los brazos extendidos y los dedos muy cerca de las llamas. Sus ojos están llenos de miedo y desesperación. Espero que el hielo y el frío surjan de él; sin embargo, el fuego se desprende del vestido de Maarika y salta hacia su palma. Oskar lo encierra entre su puño y lo lanza hacia los portadores. Estos abren sus ojos de par en par al ver la bola rugiente que se dirige hacia ellos, cada vez más grande. Usko empuja a Sig para quitarlo del camino, mientras los otros se echan al suelo. El fuego choca contra la escarpada pared de roca, que explota y queda convertida en nada.

Maarika cae hacia atrás y Aira la atrapa, palmeando frenéticamente su vestido ennegrecido. Sus piernas están sonrojadas por el calor, pero no se ha quemado. Con el corazón zumbando, me vuelvo hacia los portadores. Siguen en el suelo, y observan a Oskar con la sorpresa pintada en sus rostros.

Él está boca abajo. Con un grito ahogado, caigo de rodillas a su lado.

—Oskar. *Oskar* —su piel está helada. Trato de llevarme el frío, pero es como un bloque de hielo sólido debajo de mi palma. No puedo desviarlo.

—Él arrojó el fuego —murmura Sig, sin quitarle la mirada.

—Porque no quería hacerle daño a Maarika —gruñe Veikko, y su ira hace crecer carámbanos a lo largo de la pared de roca junto a él. Si él hubiera utilizado su hielo, podría haber congelado a su propia madre. Tal como hizo con su padre.

—Creí que Oskar no podía manejar el fuego —digo con voz entrecortada, tratando de voltearlo. Veikko se apresura a ayudarme, y hacemos rodar a Oskar sobre su espalda. Está rígido y frío, oh estrellas aún no...

—Él no puede manejar el fuego —dice una voz chirriante. Raimo surge del fondo de la caverna. Tiene su cabello blanco enrollado alrededor de la cabeza, y sujeta un bastón en su mano nudosa y una caja de madera debajo de su brazo descarnado–. Y es por eso que se está muriendo.

Ismael, que está inclinado sobre Maarika y su hija, se endereza.

–Raimo. Todavía es invierno –dice sorprendido.

–Alguien me despertó con un deshielo –responde, clavando su bastón en Sig.

–No fui yo –se defiende este.

–Fueron los sacerdotes y alguaciles que vinieron a buscarla *a ella* –responde Aira y me señala.

–Elli, ¿qué has estado haciendo? –dice el anciano, cuando sus ojos se encuentran con los míos.

–Oskar necesita ayuda –son las únicas palabras puedo pronunciar. Mi mano está sobre su mejilla, pero no ocurre nada. Me cuesta respirar mientras observo su pecho inmóvil.

La mirada de Raimo se fija en Oskar, pero de inmediato se vuelve a Sig.

–¿Has terminado de causar estragos?

Este se pone de pie y levanta el mentón desafiante.

–Vine a buscar a Elli. Voy al templo y la llevaré conmigo. No hay Valtia, y la ciudad es un caos. Nuestro momento es *ahora*. Vamos a...

–¡Yo no voy a ninguna parte! –grito con la voz quebrada–. Eres... un... –si tuviera magia, lo congelaría en un bloque sólido y luego lo haría añicos.

–Iremos al templo –dice Raimo en voz baja, y su mano se cierra sobre mi muñeca–. Debes hacerlo. Pero primero vamos a devolverle su chispa a nuestro Suurin de Hielo, antes de que su corazón se detenga para siempre.

–¿Su chispa? –pregunto.

—Oskar no puede controlar el fuego —me mira impaciente—. Nunca estuvo destinado a hacerlo, pero es muy fuerte y estaba lo suficientemente desesperado como para manejarlo igual. Sin embargo, al arrojarlo se desprendió de su única chispa de fuego mágico.

Cierro los ojos y vuelvo a ver esa bola de fuego crecer más y más a medida que se aproximaba a los portadores, tan grande que lo único que pudieron hacer fue esquivarla.

—Y ahora se está congelando por dentro.

—En pocas palabras, sí —Raimo hace señas a Veikko, a Ismael y a otros hombres que están cerca—. Llévenlo adentro y recuéstenlo junto al fuego —indica. Entre cinco lo levantan del suelo con la cabeza colgando y lo cargan hasta el gran fuego en la caverna principal. Luego, Raimo se dirige a los portadores que vinieron con Sig—: Ustedes permanezcan afuera. Si entran, los destruiré —y murmura en voz baja algo así como "pequeños detestables", después señala a Sig con un dedo tembloroso—: Y tú, ven conmigo. Le debes una disculpa a Maarika, y a Oskar su vida —pero Sig no se mueve. La temperatura desciende repentinamente, y el joven se estremece. Raimo lo observa, mientras su figura escuálida emite frío—. No puedes hacer esto sin tu colega Suurin —dice en voz baja—. Te lo dije.

—Oskar ha dejado en claro que no tiene ningún interés en ser mi aliado.

—Eso no cambia nada.

Sig lo mira y parpadea. Y luego obedece.

Oskar está acostado sobre varias pieles. Veikko va acumulando piedras planas a un lado, mientras Aira e Ismael las calientan con su magia de fuego. Maarika está sentada junto a su hijo, y distribuye las piedras calientes alrededor de sus hombros, la única protección que puede ofrecerle. Su pelo cuelga en mechones sudorosos sobre su cara, la mitad de su vestido está quemado y su piel, cubierta de ceniza. Sin embargo, ella no parece darse cuenta de lo que pasa a su alrededor: solo se concentra en Oskar, su esperanza, su vida.

Freya se arrodilla junto a la cabeza de su hermano, y le acaricia el pelo largo apartándoselo de la cara. Sus ojos verdes se entrecierran cuando ve a Sig.

–Pensé que te preocupabas por nosotros –sisea.

–Lo siento, Maarika –murmura él, mirando el suelo–. No fue mi intención hacerte daño.

–Sí, sí lo fue –espeta ella–. Pero ibas a hacerlo hiriendo a Elli. Y a mi *hijo* –levanta la cabeza y su mirada está cargada de furia–. Hubo un tiempo en que te quise como a uno de los míos –oprime los labios, y mira hacia otro lado.

Los ojos de Sig brillan por las lágrimas; y su mandíbula se tensa cuando lucha por mantenerlas dentro.

–Paz, Maarika –interviene Raimo suavemente–. Él va a ayudar a arreglar a tu hijo.

Me arrodillo al lado de Oskar. Su piel es de un azul grisáceo espantoso. Pongo mi cabeza en su pecho. Su corazón golpea una vez, lento y débil, pero es el mejor sonido que he oído en mi vida.

Con un sonido estrepitoso, Raimo apoya su caja de madera en el suelo de piedra. Se lo ve muy frágil, pero su voz está llena de autoridad cuando dice:

–Toma su mano, Elli.

Aira e Ismael observan desconcertados cuando deslizo mi mano izquierda en la derecha de Oskar. Sus dedos están rígidos y helados. Los aprieto.

—Ahora toma la mano de Sig.

—¿Qué?

Raimo pone los ojos en blanco.

—Sig, ven aquí —indica, y el portador de fuego se acuclilla a mi lado. Me echa una mirada de desconfianza, mientras apoyo de mala gana mi mano mutilada sobre su palma. Sus ojos recorren mis cicatrices, y cierra cuidadosamente sus dedos alrededor de los míos—. Elli, concéntrate en dejar que la magia de Sig fluya a través de tu cuerpo. Amplifica su fuerza y transmítesela a Oskar.

—Espera. ¿La magia fluye *a través* de ella? —interrumpe Aira, mirándome con suspicacia.

—Prioridades, muchacha —le dice Raimo, agitando la mano hacia ella—. Te lo explicaré una vez que Oskar respire de nuevo.

Cierro los ojos, esperando que la magia de fuego corra por mi brazo. Pero no siento nada. Abro los ojos y miro a Sig.

—Tienes que dármela.

—La lucha se avecina. La necesito.

—Morirá si no lo haces.

—Y yo podría morir si lo hago —baja la mirada hacia nuestras manos unidas.

—¿Quién es el cobarde ahora?

Un destello de calor explota por mi brazo, pero retrocede por donde vino un segundo después. Hundo mis tres uñas en la carne de Sig, mientras la rabia llena mis espacios vacíos. Cuando Oskar me toca ahora su magia fluye libremente, como si estuviera ofreciéndose a sí mismo. Sus sentimientos por mí son la razón por la que estaba tan débil cuando Sig lo atacó. Su amor por su madre es por lo que está muriendo ahora. No puedo dejar que esto suceda.

–Sig, mírame –le pido, y él se asoma por sus pestañas doradas, con su cuerpo temblando por la tensión–. Si haces esto, si lo salvas, iré al templo contigo. Te ayudaré a acabar con los sacerdotes.

–Júralo –dice, con ferocidad en sus ojos. Puedo oler su miedo. Se ha pasado la vida sobreviviendo, dudando de todo el mundo, valiéndose por sí solo. Está tan apegado a su magia, que teme quedar indefenso sin ella.

El fuego es todo lo que él es, me doy cuenta. Sin el fuego, Sig no existe.

–Tienes mi palabra –mi voz es una caricia. Aliso mis dedos sobre las marcas que dejaron las uñas–. Ahora ayúdame a salvarlo. Sé que no quieres que muera.

Sig cierra los ojos e inmediatamente siento el calor que se desprende de su palma y se arremolina a lo largo de mis huesos. Mi mente se convierte en un mar de hierro fundido. Relámpagos. Chispas. Hogueras furiosas. Jadeo mientras el fuego arrasa mi cuerpo y me enciende.

–Construye sobre lo que te está ofreciendo y dáselo a Oskar, Elli –me instruye Raimo.

–No sé cómo –murmuro, atrapada en las llamas danzantes.

Él me golpea en el hombro.

–Cualquiera podría pensar que eres un inútil trozo de cobre, muchacha. ¿No tienes voluntad? ¡Utilízala!

Me muerdo el labio y me concentro. Reúno el calor dentro de mi pecho vacío, y me imagino prendiendo el fuego, luego sacándolo hasta mi hombro y dejando que se deslice por mi brazo directamente hasta la mano de Oskar. Pero solo se balancea y hace remolinos en mi interior, para luego retroceder otra vez.

—Creo que tal vez no quieres que él viva –se burla Raimo.

Sig presiona mi mano con más fuerza, y me ofrece más fuego. Este desborda mi pecho y corre por mi brazo izquierdo, mi muñeca, los dedos. Pero golpea contra la pared de hielo de la piel de Oskar y se contrae otra vez. Empujo con todas mis fuerzas. Oskar es más que hielo. Es más que magia. Sin ella sigue siendo una persona completa, capaz de amar, proteger, reír y vivir. Mi mano tiembla al forzar el calor hacia él, esperando que su corazón mueva la sangre caliente por su pecho, esperando que su cuerpo acepte lo que le estoy ofreciendo, que encienda la chispa que necesita para sobrevivir. Poco a poco derrito la barrera congelada. Y entonces, de pronto, se entrega y el calor entra en él.

Deja escapar un suspiro tembloroso, un aliento empañado brota de sus labios. Arranco mi mano de la de Sig y me arrojo sobre él, presionando mi mejilla a la suya, ofreciéndole la calidez que tengo.

—¿Madre? –susurra.

—Estoy aquí –dice ella, con el rostro arrugado por la preocupación–. Estoy bien. Sin quemaduras.

—¿Elli?

—Estoy aquí –coloco mis manos en sus mejillas ásperas y lo beso suavemente en la frente.

—Pero es hora de irnos –dice Sig. Se pone de pie y sus botas patean algunas piedras sueltas.

Los ojos de Oskar se abren de par en par, oscuros como una nube de tormenta. Se sienta conmigo todavía en su pecho y aterrizo en su regazo. Enrolla su brazo alrededor de mi cintura. El frío late a través de él, más fuertes de lo que era antes.

—Ella no irá a ninguna parte contigo.

–Sí. Claro que lo hará –dice, con una sonrisa fantasmal–. Pregúntale.

–Tengo que hacerlo –susurro, cuando su mirada se fija en la mía.

–Elli llegó a un acuerdo con Sig –le explica Raimo, usando su bastón para ponerse de pie–. Pero eso apenas importa. Todos iremos.

Aira, Ismael y Veikko se miran confundidos.

–¿También nosotros? –pregunta Veikko.

–Sí. Es el momento –afirma Raimo.

–¿Qué? –exclama Oskar, totalmente desconcertado.

Raimo suspira, y está tan encorvado que es apenas una cabeza más alto que Oskar, que está sentado en el suelo.

–Por mucho tiempo hiciste esto a un lado –le dice–, pero ya no puedes negar lo que eres o lo que estás destinado a hacer.

–No estoy destinado a hacer nada –replica Oskar, corriéndome de su regazo para poder ponerse de pie–. Excepto a cuidar a mi familia.

–¡Eres el Suurin de Hielo! –grita el anciano, sacudiéndole los brazos sin soltar su bastón–. Esta guerra va a encontrarse contigo, lo desees o no –lo mira cuando Oskar me ayuda a levantar y me aprieta junto a él–. Ya lo ha hecho, diría yo.

–Dinos lo que sabes, por favor –toco su mano nudosa–. No puedes esperar que Oskar, o cualquiera de nosotros, entre en esto a ciegas. Todos estamos aquí. Necesitamos entender.

Raimo mira su caja de madera, dubitativo.

–Supongo que todos ustedes *están* aquí –deja escapar una risa desconcertante–. Estuve esperando este momento durante tantos años que me resulta extraño que finalmente esté ocurriendo.

–Fuiste un sacerdote –asumo abruptamente–. Y de algún modo has tomado posesión de la profecía que falta en el templo desde hace mucho, ¿verdad? Así es como sabes todas estas cosas.

—La robé —sonríe, mostrando sus dientes amarillos.

—¿Pero no estaba guardada en el templo? —pregunta Oskar.

—No. Todos estábamos viviendo en la antigua Fortaleza del lago —responde, mientras toma su caja y camina hasta el corazón de la comunidad. Se hunde en una piedra con la caja en su regazo—. El templo todavía estaba en construcción en esa época.

Todos nos quedamos boquiabiertos.

—El Templo en la Roca tiene más de trescientos años —tartamudeo.

Raimo nos echa a todos una mirada divertida.

—Cierto. Y yo también.

Capítulo XXII

Nos ubicamos alrededor de Raimo, hambrientos de respuestas y aturdidos por saber que es mayor que el templo mismo. Sin embargo, por alguna razón no dudo de sus palabras y, al mirar a los demás, descubro que ellos tampoco lo hacen. Extrañamente, parece tener sentido.

Los dedos del anciano se deslizan sobre la superficie tallada de la caja.

—Al contrario de lo que muchos quieren creer, los Kupari no son nativos de estas tierras. Nuestros antepasados llegaron aquí algunos cientos de años antes de mi nacimiento, huyendo de las violentas tribus guerreras del extremo norte.

—¿Los Soturi? —pregunta Veikko pasmado.

Raimo asiente con la cabeza.

—Sospecho que son los mismos, a pesar de que solo recientemente han cruzado el Lago Madre. Nuestros antepasados realizaron el gran viaje guiados por las estrellas, creyendo que estaban a salvo en esta península rodeada de aguas profundas. Y lo estuvieron, durante mucho tiempo. Descubrieron el cobre que corre por las venas de esta tierra, y aquí se establecieron.

—¿Sabían que la magia provenía del cobre? —pregunto.

—No. Eso fue un proceso lento, misterioso, tan gradual que por varios siglos el vínculo no estuvo claro. Nuestra gente se alimentó de la magia en estas tierras, y cada generación se fue haciendo más fuerte mientras se filtraba en nuestra sangre. Y luego, aquí y allí, empezó a manifestarse. Nacieron los portadores –me mira–. Surgió la primera Valtia, tan poderosa con su hielo y su fuego que fue nombrada reina. Gobernó desde la Fortaleza, en la orilla noroeste. Ahora está en ruinas. La plataforma en la plaza está construida con algunas de las piedras originales. Pero fue dentro de esas paredes que los primeros sacerdotes iniciaron su servicio –su pulgar juguetea con el abrir y cerrar de la caja–. Los portadores eran libres, pero muchos de nosotros estábamos deseosos de aprender y de servir a la magia, y a la reina que parecían tener tanta. Pero si bien cualquier portador puede aprender a controlar y a perfeccionar su poder –su mirada pálida se posa en Oskar–, solo tiene la cantidad de magia con la que nace. Y no todo el mundo estaba satisfecho con eso, entonces algunos fueron en busca de métodos para aumentarla.

–Como encerrarse dentro de cofres de cobre sólido –digo y me estremezco.

Raimo pone los ojos en blanco.

–Sí, y otros métodos igualmente poco aconsejables. Algunos ayunaban, otros se hacían azotar o se ponían en situaciones al borde de la asfixia o el ahogamiento, y algunos decidieron librarse de sus... –se aclara la garganta y hace un movimiento de tijeras con los dedos. Los hombres que nos rodean se encogen en silencio, pero Raimo ríe a carcajadas–. Personalmente, siempre creí que era una práctica estúpida. Y nada de esto funcionó, excepto para unir a los que habían pasado por eso en una especie de extraña hermandad –abre la caja. Lo único que hay en el interior es una hoja de pergamino rasgada y arrugada–. Pero algunos volvimos los ojos a las estrellas, tal como nuestros antepasados lo habían hecho, en busca de sabiduría, respuestas, presagios sobre el futuro. Después de todo, las estrellas nos habían mostrado cómo sobrevivir al flagelo de nuestros enemigos y nos permitieron encontrar un refugio donde vivir en paz. Creamos los mapas y discutimos acerca de sus predicciones –se ríe, débil–. Qué tiempos entretenidos.

Oskar se sienta junto al fuego. Luce abatido y cansado, pero aun así mucho mejor que hace algunos minutos, cuando pensé que lo había perdido.

–Tiempos entretenidos... hace trescientos años –comenta, mirando a Raimo como si esperara que le salgan alas o cuernos.

El anciano gruñe.

–Los presagios divinos hablaron de un objeto para amplificar la magia, por lo que creamos el brazalete de Astia para que la Valtia usara a medida que envejecía.

–¿Vivió hasta ser una anciana? –pregunto.

–Las cosas no siempre fueron como ahora –afirma Raimo–. Y por entonces no sabíamos que otra podía surgir tan pronto como ella muriera. Éramos todos tan nuevos en la magia.

Observo el pergamino en la caja. Tiene las mismas runas que cubren la superficie gruesa y cobriza del brazalete de Astia.

–Pero si los sacerdotes hallaron un modo de crear algo que amplificaba la magia, y querían aumentar su propio poder, entonces ¿por qué no se hicieron sus propios brazaletes? Tenemos tanto cobre en esta tierra que no sabemos qué hacer con él, bueno, lo teníamos, especialmente en aquella época, así que ¿por qué no todos los portadores tienen uno?

Raimo ríe de nuevo, su pecho tiembla lo suficiente para hacerme estremecer.

–Otra vez, crees que el Astia es solo un trozo de metal. No es de extrañar que tengas tan poca consideración por ti misma –agita la mano, mientras el calor inunda mis mejillas–. Oh, es una buena pregunta, Elli. Y la respuesta está ahí, justo frente a ti –su mirada encuentra a Sig–. El brazalete de Astia fue creado utilizando la sangre de dos Suurin, los únicos que existieron antes de ustedes dos. Ellos fueron el comienzo de todo, tan devotos de la Valtia que estaban dispuestos a morir por ella.

–¿Morir por ella? ¿Para crear una pieza de joyería glorificada? Qué desperdicio –comenta Sig con una mueca de disgusto. Y mira a Oskar, que está contemplando el pequeño fuego en el centro del fogón de piedra.

–Los Suurin conocían su destino –se encoge de hombros–. Optaron por ofrecer su magia a las generaciones venideras en lugar de forzarla a quedar limitada por la breve duración de su vida terrenal –explica. Y Sig también fija su mirada en las llamas, que se ensanchan como si reconocieran a su amo.

–Su sangre está en las runas rojas –digo, recordando las formas carmesí que brillan en la superficie cobriza del brazalete.

–La sangre es poderosa. Especialmente la sangre mágica –continúa Raimo–. Y ese descubrimiento fue lo que hizo que todo se torciera terriblemente –se rasca la barba enmarañada–. Uno de los ancianos que creó el brazalete tomó parte de la sangre de los Suurin.

–Recuerdo que mencionaste que algunos de tus colegas estaban un poco sedientos de sangre. Quisiste decir exactamente eso.

–Sí, Elli. Tan pronto como la probó, debe haber sentido el poder –nos lanza una sonrisa dolorida–. Me tomó mucho tiempo averiguar lo que estaba haciendo, pero para ese momento, había arrastrado a muchos a compartir sus ideas. No todo el mundo puede tener un brazalete de Astia, pero todos podían tomar parte de la sangre, si estaban dispuestos a hacerlo. Y si tenían una fuente.

Un temblor sacude a Sig, y da unos pasos hacia atrás como si hubiera sido empujado por una idea terrible.

—Entonces la vieja Valtia murió y surgió una nueva —continúa—. Fue en ese momento que comprendimos que su magia era especial. Al igual que la magia de los Suurin, era tan grande que sobrevivió a su recipiente. La nueva Valtia tenía las mismas características que nuestra reina muerta: el pelo, los ojos, la marca. Había sido una chica normal hasta que la Valtia murió, y luego la magia comenzó a rugir dentro de ella —las uñas sucias de Raimo raspan las runas talladas en la caja—. Ella era poderosa. Pero no era más que una niña. No tenía cómo enfrentarse a un viejo portador que estaba dispuesto a castrarse y beber sangre solo para tener la oportunidad de incrementar su poder. Él fue la insistente voz en su oído, su guía en cada paso del camino. Ella debió aislarse de su familia y amigos. Debió mantener su cuerpo puro e intacto, para ser usado como recipiente mágico —su voz ahora destila desprecio—. Y entonces este anciano bebedor de sangre y los que estaban alineados con él la convencieron de cambiar las leyes. Todos los portadores de magia debían ser llevados al templo. Al igual que la Valtia, estaban destinados a servir al pueblo Kupari. Fue bastante fácil hacérselo creer a los ciudadanos. Después de todo, la desconfianza y la envidia habían comenzado a brotar entre los que podían manejar la magia y los que no. Y los sacerdotes apilaron monedas de bronce en las manos de cualquier padre que llevara un niño mágico a los escalones del nuevo y grandioso Templo en la Roca, facilitando el camino a la opresión con la promesa de una vida de disciplina y servicio.

–Pero eso no es lo pasó con esos niños, ¿verdad? –pregunta Sig, vacilante.

–De algún modo sí –responde Raimo. Sus ojos azules parpadean de rabia–. Los niños fueron castrados y las niñas afeitadas, para robar sus identidades y controlarlos. Todos ellos fueron entrenados para confiar en los ancianos. Y todos estaban desesperados por recibir algún reconocimiento, porque los sacerdotes tomaron a sus favoritos para convertirlos en aprendices. Pero los otros, aquellos cuya magia era desequilibrada, o que hacían demasiadas preguntas, o que parecían dispuestos a desafiar su autoridad, o que tenían la gran desgracia de ser mujer en un templo lleno de viejos asustados y egoístas... fueron destruidos. Y su sangre es lo que mantiene a los sacerdotes y ancianos poderosos y jóvenes. Miren a los ancianos, y luego a mí. ¿Quién es más bonito? –nos lanza una horrible sonrisa–. He encontrado una manera de prolongar mi vida, pero tiene su precio. Cinco meses todos los años, para ser exactos.

El suelo gira debajo de mí y me siento pesada.

–Los sacerdotes beben la sangre de los acólitos... los supuestos acólitos de clausura –aprieto las manos sobre mis ojos, pensando en esa bonita acólita de rostro ancho que iba a ser enclaustrada en cuestión de días, y ahora probablemente esté muerta.

Sig comienza a caminar de un lado a otro, los dedos van a su espalda y frotan las cicatrices. Su cara se retuerce de disgusto.

–No era mi imaginación –dice entre dientes, con voz tensa, casi como si estuviera a punto de llorar–. Realmente sucedió –se rasca los omóplatos. El aire se calienta, y Maarika sujeta Freya por los hombros y la aleja. Aira e Ismael caen al suelo, marchitándose por el calor.

–Sig –dice Raimo–. Cálmate.

—¡Él bebió mi sangre! —ruge, con los ojos anaranjados de rabia—. Cuando yo estaba encadenado y sangrando por los latigazos, ¡ese anciano la lamió directamente de mi piel!

Oskar maldice en voz baja. Olas de frío surgen de él, y contrarrestan el calor.

—Ahora comprendes el mal —Raimo se dirige a Oskar—. Ya ves por qué tienes que luchar. Miles de acólitos han sido sacrificados, solo para mantener a unos pocos viejos vivos y a cargo más allá de su tiempo.

—Pero ¿qué hay de ti? —pregunto—. Si supiste que esto estaba ocurriendo, ¿por qué no intentaste detenerlo?

—Con cada gota de sangre, se hicieron más fuertes —se hunde y encorva los hombros—. Cuanto más poderoso es el portador, más poderosa es su sangre, por lo que nadie estaba a salvo. Los sacerdotes comenzaron a volverse unos contra otros. Era imposible saber quién era un aliado y quién quería beberse tu sangre para la cena —cacarea de nuevo, pero es un sonido de pura amargura—. Y unos pocos se elevaron por encima del resto. No podían ser detenidos, porque estaban dispuestos a hacer lo que nadie más haría —sus ojos se fijan en los míos—. ¿Por qué crees que las Valtias rara vez viven más de tres décadas, cuando la primera gobernó durante casi un siglo?

La imagen de los brazos vendados de Sofía se cierne en mi mente.

—Los ancianos beben de ella —respondo. Quiero gritar de rabia.

—No de manera constante, pero incluso un poco de su sangre es suficiente para darles una ventaja. Ya ves cómo controlan las cosas. La forma en que la controlan *a ella*. Cuando comienza a darse cuenta, a cuestionar lo que le han enseñado, cuando entiende que tiene dentro lo necesario para ser la verdadera gobernante, quizás incluso para mejorar las cosas, la debilitan lo suficiente como para derribarla.

Dejo caer las manos a los costados, luchando contra el impulso a sollozar.

Sofía. Estaba destinada a vivir una vida larga y gloriosa. Todas las Valtias lo estuvieron.

–¿Por qué no se lo dijiste a nadie?

–¿Qué te hace pensar que no lo hice? –responde con sus espesas cejas blancas levantadas–. Traté de agitar a los pocos sacerdotes que no se habían corrompido. Intenté construir una coalición que pudiera desafiar a los ancianos. Sin embargo, uno por uno, mis aliados fueron convertidos, o murieron. Y los ancianos sobornaron al consejo de la ciudad y a los ciudadanos hasta que estuvieron tan cómodos, plenos y felices que no tuvieron ninguna razón para cuestionar lo que estaba ocurriendo en el templo. Incluso fui a la propia Valtia –se frota la nariz–. Ella me escuchó. Estaba horrorizada. Pensé que me ayudaría –levanta la cabeza–. Pero luego enfermó y murió en el lapso de una semana, y la nueva Valtia confió en los ancianos por completo.

–Podrías haber luchado contra ellos –ladra Sig–. Podrías haberlo intentado.

–¿Tienes alguna idea de lo fuertes que son? –se burla Raimo–. No fue mi poder lo que me mantuvo vivo hasta a este momento. Tuve que confiar en mi ingenio. Así que en lugar de cometer un suicidio noble e idiota desafiándolos, robé los conocimientos que ellos necesitan para tomar el control para siempre. Me los llevé y me fui yo mismo muy lejos hasta que el cosmos me enviara a los aliados que podrían ayudarme a salvar Kupari –levanta el pergamino de la caja–. Después de todo, era mi culpa que existiera ese conocimiento, ya que fui yo el que hizo la profecía para empezar a hablar.

–¿Qué decía exactamente? –pregunta Oskar.

–Ah, esta es la parte interesante –sonríe, y toda su cara se arruga–. Depende de cómo lo interpretes –desliza las punta de sus dedos sobre las runas del pergamino–. Los Kupari solían leer las estrellas. Solían creer en ellas. *Ellas* nos guiaban, no los ancianos, no la creencia ingenua de que la Valtia estaba a cargo. Nuestra fe en las estrellas está en nuestro propio lenguaje, ¿a qué le rezas? ¿Qué dices cuando estás sorprendido o frustrado? Pero ¿quién de ustedes sabe algo acerca de ellas?

–Mi abuelo me contó algunas historias –responde Ismael mientras se peina la barba con los dedos–. Sobre el oso celeste que mueve al sol a través del cielo. Sobre una gran manada de lobos, al mando de la reina de la noche y el rey de las estrellas, que vienen de lo alto para protegernos de nuestros enemigos.

Como las tallas del templo. Salvo que me habían dicho que simbolizaban la magia de la Valtia.

–Nunca me contaste esas historias –le dice Aira a Ismael.

–Y así es como se nos olvidó quiénes éramos, de generación en generación –dice Raimo, y asiente con la cabeza–. Así es como llegamos a adorar a nuestra reina y a nuestro propio poder en lugar del cosmos. Pero yo sabía cómo leer las estrellas. Pongo *toda* mi fe en ellas –voltea el pergamino, dejando al descubierto parte de un mapa estelar, círculos concéntricos salpicados por los habitantes del cielo y todo tipo de cálculos garabateados. Sus dedos tiemblan mientras los desliza sobre los puntos–. Karhu, el oso, la criatura que vive mil vidas, el que trae sabiduría y equilibrio –dice, señalado una estrella antes de pasar a otra–. Y Susi, el lobo, el guerrero implacable. Juntos, simbolizan una poderosa Valtia. Estaban alineados con el planeta de los anillos, Mahtava: el presagio de guerra. Y aquí mismo –traza una línea invisible hacia un conjunto de puntos– está Vaaden, el caballo. El mito dice que ayuda a lo divino en su búsqueda de artefactos mágicos. ¿Ven cómo su columna vertebral crea este ángulo agudo con la alineación? –levanta la vista hacia nosotros, lee las miradas vacías en nuestros rostros y pone los ojos en blanco–. Se habló de un gran poder que surgiría en tiempo de guerra –dice–. El recipiente vendría al mundo cuando Karhu y Susi se alinearan. Esta alineación fue verdaderamente excepcional. Mis cálculos no eran precisos, pero yo sabía que no volvería a ocurrir durante casi tres siglos.

–Y me tocó nacer durante esa alineación –digo en voz baja.

–Y también nació *ella*. La Valtia –dice Raimo, bajando la vista al pergamino de nuevo–. Pero eso es lo que los ancianos no sabían. Había confiado en un amigo, mi último supuesto aliado; pero este les contó a los ancianos sobre la profecía, y ellos exigieron saber lo que había predicho. Les permití leer la parte que había completado. Cuando vi la codicia en sus rostros, supe que había llegado el momento de tomar medidas. Ellos querían este poder para sí mismos, no para nuestro pueblo. Esa noche, después de mirar las estrellas a través de un lente de hielo, después de completar la profecía y darme cuenta de lo que significaba, supe que no podía quedarme –se pasa los dedos por la barba–. Mi único objetivo fue sobrevivir el tiempo suficiente para ver que la profecía se hiciera realidad, y hacer mi parte para respetar la voluntad del cosmos.

–Y, ¿cómo sabes que los ancianos no lo hacen? –pregunto.

–Los ancianos pensaron que este recipiente sería una sola persona. ¿Y por qué no? Se podía leer de ese modo. Pero como he completado el mapa, y vi *esto* –clava su dedo en una esquina del pergamino–. El planeta Vieno en retroceso, justo encima de la alineación. Eso complica todo. Siempre es un signo de desunión. Tan pronto como lo vi, sospeché que serían dos, que el poder y el equilibrio no habitarían en el mismo recipiente.

–¿Pero cómo supiste de Sig y de mí? –pregunta Oskar–. ¿Qué dice la profecía sobre nosotros?

–¿Quieres que te explique cómo leí las estrellas, o simplemente que te cuente lo que dijeron?

–Lo que dijeron –responden Sig y Oskar al unísono. Y Raimo deja escapar un resoplido de risa.

–La segunda parte de la profecía predijo a los Suurin, que surgirían solo cuando ninguna otra cosa pudiera salvarnos. Pero también predijo que estarían junto al Astia –frota el pulgar en otra parte del mapa–. Una triple conjunción de planetas: Jatti, Vieno y Kaunotar. Trabajan juntos. Cada uno es necesario para la victoria.

Oskar me echa una mirada.

–Pero ¿cómo sabemos que la profecía no es solo sobre el brazalete, el artefacto mágico? Tal vez se supone que debemos usar eso, y no a Elli.

El viejo envuelve su capa remendada alrededor de sus hombros huesudos, a pesar de que está sentado muy cerca del fogón.

–Las señales eran diferentes de las que presagiaba el brazalete. Sí, la presencia de Vaaden indica un artefacto, pero el aspecto indica oposición. Tensión. Algo *empujando* hacia atrás. Esto sumado a la indicación de que el gran poder se dividiría en dos componentes: el poder y el equilibrio. Esta vez, las estrellas predijeron un Astia con *voluntad* –levanta la cabeza, y sus ojos pálidos se fijan en los míos.

Una voluntad. La frustración corre a través de mis venas. ¿Importa esa voluntad cuando es sobrepasada por el poder de los portadores que me utilizan?

—Así que aquí estamos —deja caer el pergamino de nuevo en su caja—. Los Suurin nacieron, tal como las estrellas predijeron, y ahora se han convertido en hombres. El Astia ha surgido. Yo diría que todo esto demuestra que soy brillante.

—¿No estás olvidando algo? —dice Oskar, cruzándose de brazos—. De esta Valtia extraordinariamente poderosa que, a diferencia de las Valtias pasadas, no tiene equilibrio porque Elli lo tiene todo.

—Solo las estrellas saben dónde está, pero al menos no la tienen los ancianos —suspira Raimo—. Estoy realmente sorprendido de que ella no se haya revelado. Si no fue criada en el templo, no necesariamente sabrá lo que le está ocurriendo. Sin embargo, suponemos que está viva, porque la Saadella no ha tomado el poder aún —su frente se arruga—. ¿Correcto? Siento que me he perdido algunos eventos importantes.

—No, la Saadella no tiene poder —digo en voz baja—. Pero los ancianos la tienen a ella. Es solo una niña —que quisiera tener en mis brazos. Protegerla. El impulso es fuerte e instintivo, un tipo de magia particular.

—¿La encontraron? —maldice—. Eso no es bueno.

—Aparte de lo obvio, ¿por qué? —pregunta Oskar.

—Porque si la Saadella muere, la línea mágica desaparece —sus ojos brillan—. Solo la muerte de una Valtia puede crear una Saadella, y una vez que ella es creada, no hay ninguna posibilidad de hacer otra hasta que muera la siguiente Valtia. ¿Por qué creen que los sacerdotes buscan de modo tan frenético a la nueva Saadella cada vez que una Valtia perece? —me señala con su dedo—. ¿Por qué creen que la encierran en el templo y se ocupan de todas sus necesidades? Sí, quieren controlarla, para asegurarse de que no tenga voluntad o pensamientos propios. Pero además, su muerte significaría la pérdida de la magia, y la magia es lo que los mantiene en el poder.

—Entonces la niña no debería estar en peligro —dice Sig—. ¿No deberían protegerla a toda costa?

Raimo murmura algo en voz baja y niega con la cabeza.

—Todo es diferente ahora —su voz chirriante se vuelve imperiosa—. El último cobre que tenemos está siendo extraído ahora, ¿y quién sabe qué va a suceder con la magia cuando este se haya terminado? El fuego y el hielo podrían desaparecer, o podrían volverse contra los que desangraron la tierra de donde surgió. Los ancianos lo saben, y no tengo dudas de que lo han estado planeando.

—Ellos quieren asegurarse de tener todo el poder cuando llegue el momento —comento, enroscando las manos en mi falda.

—Exacto. Realmente estamos parados al borde del desastre.

Oskar se pone de pie, elevándose sobre nosotros tres.

—Ya oí suficiente. Estoy listo para pelear.

—Era hora —sonríe Sig—. Esto va a ser divertido.

Oskar responde con otra sonrisa y camina hacia él hasta quedar a pocos pasos de distancia.

—Sabía que dirías eso —dice, y su puño describe un arco hacia delante e impacta contra la mandíbula de Sig. El Suurin de Fuego cae al suelo, con la cabeza floja y los ojos desenfocados. Con los nudillos sangrando Oskar se inclina sobre él, y la amenaza rezuma por cada centímetro de su ser—. Pero entiende, Sig: arroja hacia mí tanto fuego como desees. No me importa. Pero si vuelves a hacerle daño a alguien que amo, tú y yo seremos enemigos para siempre. Y lo prometo: morirás con hielo en las venas.

CAPÍTULO XXIII

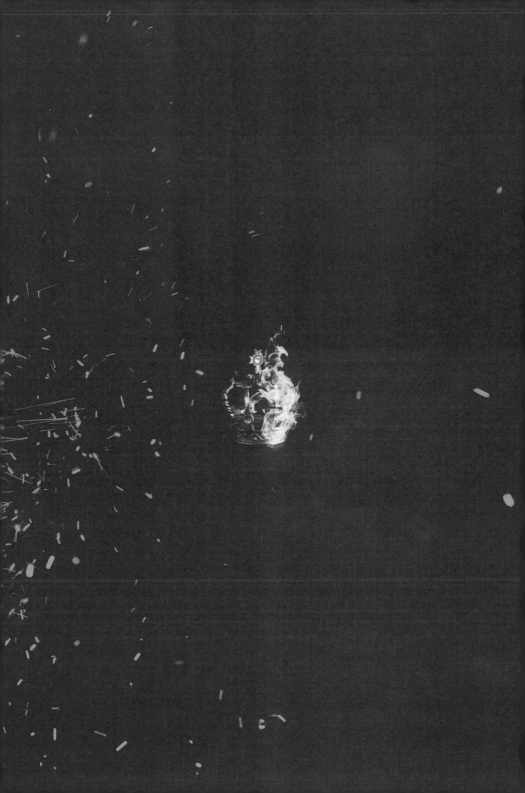

Oskar baja la mirada hacia Sig durante un largo rato, luego le ofrece su mano. La cueva entera permanece en silencio. Nadie respira. Los portadores parecen listos para defenderse en caso de que Sig ataque. Sus manos están extendidas a ambos lados de su cuerpo. Sig parpadea unas cuantas veces y mueve la mandíbula de un lado a lado, la sangre gotea de la comisura de su boca. Sus ojos oscuros se centran en la cara de Oskar, y deja escapar una risa de dolor.

—Está bien, es lo justo —acepta la ayuda de Oskar para ponerse de pie, y todos dejamos escapar un suspiro de alivio.

—¿Cuál es el plan? —le pregunta Oskar a Raimo.

—Tomamos el Templo y alejamos a los ancianos de la fuente de su poder: sangre y cobre —sonríe—. Luego rescatamos a la Saadella y liberamos a los acólitos. Aunque me sentiría más seguro si hubieras estado preparándote para esto durante los últimos años.

—Tal vez lo habría hecho, si en verdad me hubieras contado algo.

—Asombroso. Estoy de acuerdo con él —dice Sig, con la voz fundida y manchas de sangre en su mentón y el dorso de la mano—. Durante años nos ocultaste esta información.

—Y qué hubieran hecho, ¿eh? —Raimo se pone de pie tambaleándose y empuja el pecho sudoroso del Sig—. Idiota de carácter ardiente. Habrías caído derecho en las garras de los ancianos, y te hubieran dejado seco. Puede que sean poderosos, pero no eran más que unos chicos, y sin el Astia, no son lo suficientemente fuertes como para hacer frente a Tahvo y a los demás.

—¿Tahvo? —repito, confundida—. No hay ningún anciano con ese nombre.

—Corona. Eso es lo que significa. Irónico, ¿no? Es posible que haya tomado otro nombre con los años.

Una cara oscura de labios finos y papada floja surge en mi mente:

—Aleksi, el peor de ellos. Siempre estaba tratando de decirle a la Valtia qué hacer. Parecía ansioso de que muriera —echo un vistazo a Sig—. ¿También habría tratado de beber mi sangre?

—La sangre del Astia... —dice Raimo, mientras se retuerce la barba con los dedos—. Veamos, es una idea interesante. No sabían lo que eras, así que no lo habrían hecho. ¿Pero si lo hubieran...? Hmm. No sé qué hubiera pasado —responde, pensativo.

Por un momento parece que le gustaría averiguarlo. ¿Mi sangre le quitaría los poderes a Aleksi o lo haría más fuerte, amplificando su propia magia a niveles incalculables? La idea de sus labios delgados cubiertos de mi sangre me hace estremecer.

Oskar busca mi mano, pero me alejo antes de que sus dedos se cierren sobre los míos. No voy a dejar que me toque ahora. Frunce el ceño mientras su brazo cae a su lado.

—¿De verdad cree que el Anciano Aleksi es la misma persona?

—¿Oscuro? ¿Vientre redondo? —pregunta Raimo.

—Eso describe al anciano que... —interviene Sig, mirando hacia otro lado y frotándose la espalda de nuevo.

Siento escalofríos al recordar su dura sonrisa mientras yo sufría.

—¿Realmente tiene cientos de años?

–Si posee fuego y hielo relativamente equilibrados –dice Raimo–, más el conocimiento de cómo funcionan, puede hallar algún modo.

No se me escapa la mirada vacía que intercambian Sig y Oskar. Son lo contrario de equilibrio, únicos en su poder y vulnerables.

–¿Todos los ancianos son así de viejos y fuertes? –pregunta Sig.

–El de cabello cobrizo fue bastante fácil de matar –comenta Oskar.

–Ese era Leevi –digo–. Recuerdo cuando se convirtió en anciano. Era el más nuevo de los tres.

–Probablemente también el más débil –dice Raimo, planta su bastón en una grieta en la piedra y se apoya en él. Siempre ha sido flaco, pero se ve más inestable que cuando lo conocí. Leevi y los otros sacerdotes provocaron el deshielo que lo despertó dos meses antes de lo previsto, pero justo a tiempo para que nos ayude. Solo espero que sea lo suficientemente fuerte para hacerlo–. Los sacerdotes son un grupo engañoso, peligroso –dice–. Ninguno de ellos confía en los demás. Y no he estado en el templo en siglos, así que no conozco a los jugadores. Pero no tengo dudas de que Tahvo sigue ahí. En el momento en que hui, él era por mucho el más hábil y poderoso de todos. Probablemente estaba esperando la ascensión de la Valtia de la profecía: si tomaba su sangre, podría ser capaz de igualar su poder. Es por eso que estaba dispuesto a matar a la Saadella. No pensó que la necesitara, y no querría que nadie subiera a desafiarlo. Con el brazalete de Astia, podría gobernar Kupari.

–Por lo que sabemos, el brazalete no es más un trozo de cobre fundido en este momento –digo.

Sig y yo le contamos a Raimo lo que ocurrió en la ciudad, cómo llevamos el fuego sobre la pobre Mim, que usaba la corona y el brazalete mientras las llamas la devoraban.

—El brazalete es igual que tú, Elli —replica Raimo—. Inmune a la magia. No puede ser destruido de esa manera. Tahvo podría utilizar esta crisis como excusa para reclamarlo, junto con el trono.

—A menos que los Soturi ataquen primero —agrega Sig—. Los enviados bárbaros estaban presentes en la coronación. Los ancianos montaron un gran espectáculo para ellos.

—Y tú revelaste la mentira —del modo más ardiente y horrible. Mi voz se rompe al recordar que nunca más veré el rostro hermoso y amable de Mim.

—Tú me ayudaste —replica él secamente.

Inclino mi cabeza. Tiene razón. Y a pesar del hecho de que canalicé toda esa energía, me siento más impotente que nunca.

—La utilizaste —le reprocha Oskar, ubicándose entre ambos.

—Y algo me dice que tú también —se defiende Sig con una carcajada—. ¿Cómo lograste controlar y enviar tanto hielo para encerrar a veinte hombres? Es posible que tengas infinita magia de hielo dentro de ti, pero nunca has aprendido a manejarla. Ni siquiera quisiste intentarlo.

—Pero la tengo, y voy a manejarla ahora —responde Oskar en voz baja.

—Solo porque estás perdidamente enamorado de ella.

La temperatura en la cámara cae tan bruscamente que Raimo se estremece.

—¿Acaso importa por qué estoy haciendo esto? —dice Oskar bruscamente—. Durante años quisiste que luchara a tu lado, y aquí estoy.

El calor sube para apaciguar el frío.

—Aquí tienes —Sig se estira alrededor de Oskar y me aferra del brazo—. Y esta es la razón por la que vamos a ganar. ¿Has sentido el poder al tocarla, hermano? Somos capaces de derribar el templo con los ancianos en su interior. Esta es la guerra que estamos destinados a luchar, con ella a nuestro lado.

–¡No! –grito, apartando la mano sudorosa de Sig y antes de que Oskar tenga oportunidad de hacerlo–. Vamos a ir para destruir a los ancianos y recuperar el templo. Pero no voy a ayudarlos con nada más. Los acólitos y los aprendices son inocentes. La Saadella es una niña. Y los Kupari necesitan protección, ¡sobre todo ahora! Destruir el templo, los destruirá a ellos: sus esperanzas, su voluntad... y con los Soturi en nuestras fronteras. No voy a dejar que suceda –mi boca se cierra de golpe, pero mi voz se sigue haciendo eco a lo largo de la caverna. Los ojos de todos los habitantes de la cueva están en mí.

–Has hablado como una reina –dice Raimo divertido–. ¿Escucharon eso, todos? –me señala–. Si pueden manejar la magia, acompáñennos. Es hora de recuperar el Templo en la Roca.

Nos alistamos una hora más tarde, y para entonces el miedo y la esperanza están tan retorcidos dentro de mí que apenas soy consciente de lo que pasa a mi alrededor. Sin embargo, las cosas pequeñas se filtran. La ruidosa pelea de Oskar con Freya acerca de si ella puede venir, y la explosión de calor que ella le envía para tratar de convencerlo de que está preparada para ayudar. La risa de Sig mientras observa, y la forma en que hace que el aire a su alrededor se vuelva tan caliente que la pequeña se sonroja y empieza a llorar. La mirada de agradecimiento de Oskar cuando ambos salen de la caverna y la dejan atrás, a salvo en los brazos de su madre. Los inescrutables ojos grises de Maarika siguiendo la alta figura de su hijo, que camina hacia la luz del sol invernal.

—Todavía tiene quemaduras por toda la espalda —me dice ella—. Casi muere hace apenas una hora.

—Haré todo lo posible para protegerlo —la beso en la frente y me alejo, preguntándome si podré mantener esa promesa. ¿Qué sucedería si tengo que elegir entre protegerlo a él o a la Saadella?

Tenemos veinte portadores en total. Dos Suurin. Un tambaleante anciano de varios siglos de antigüedad. Los ocho portadores de Sig, incluyendo a Usko, a Mikko y a Tuuli, que nos miran recelosos a Oskar y a mí. Y nueve habitantes de las cavernas, Veikko, Ismael, Aira y otros seis, todos sombríos y pálidos, cuando abrazan a sus familias y buscan los atados de ropa y comida de sus caballos. No mudamos el campamento hoy.

Vamos a la guerra. Nosotros contra treinta sacerdotes y tres ancianos poderosos. Treinta aprendices y al menos un centenar de acólitos que podrían luchar por cualquiera de los bandos. Podemos tener la mejor oportunidad que jamás haya existido, pero aun así nuestras posibilidades no parecen buenas.

Oskar, con su cabello recogido hacia atrás y sombras debajo de sus ojos que indican todo lo que ha pasado en el último día, se une a mí, mientras acaricio el cuello de la yegua ruana.

—¿Qué pasará si tenemos éxito? —se pregunta.

—¿No es una pregunta para Raimo? —murmuro.

—No lo creo —responde. Y aparta un mechón cobrizo de mi frente.

—Soy un arma en esta guerra. No me engaño creyendo que soy nada más —le digo a los ojos.

—Creo que sí te engañas —sus labios esbozan una media sonrisa.

—Tú lo dijiste: no soy reina —replico, y su mirada en mi rostro es una caricia.

–Dije que no eras una reina para mí. No me corresponde decir qué eres para los demás.

–No tiene sentido pensarlo ahora –me aparto de él, jugueteando con las riendas del caballo que resopla suavemente. Y él suspira.

–¿Quieres cabalgar conmigo?

–No. Necesitas tu fuerza.

–Tengo mucha, Elli. Más de la que quisiera a veces.

–¿Puedes hacer esto, Oskar? –mis dedos acarician el cuello cálido y sedoso de la yegua–. Nunca quisiste ser parte de esto. Nunca has peleado...

–Basta –dice en voz baja. Su mano fría se cierra sobre mi hombro–. Raimo dice que fui hecho para esto.

–Pero Sig me contó todas esas cosas que puede hacer, como portar y manejar la magia, convertirla en un espada... ¿Sabes tú algo de eso?

–Si te dijera que aprenderé rápido, ¿me creerías?

–No –digo con voz entrecortada.

–Entonces no sé qué decir, excepto que lo siento –su pulgar acaricia mi omóplato–. Negué mi magia durante tanto tiempo, pero no puedo alejarme de ella o de esta batalla más que tú.

–Pero es lo que deseas.

–No.

–¿Por mí?

Él me da un apretón, y yo me balanceo, con ganas de sentir sus dedos deslizándose a lo largo de mi cuello, de inclinarme hacia atrás y sentir sus brazos alrededor de mí, de levantar mi cabeza y dejar que su barba rasposa restriegue mi mejilla.

–Creí que debía salvarte –dice–. ¿Cómo pudo haber sucedido por casualidad? Parece que las estrellas predestinaron nuestro encuentro.

Incluso entonces, yo era tuyo, tu espada, tu escudo, tal como tú lo fuiste para mí. En cuanto a lo que siento por ti... —coloca un frío beso en la parte superior de mi cabeza—. Eso se siente... separado. Quiero guardarlo, conservarlo para mí. No es la razón por la que no me voy lejos de aquí. Ahora que sé lo que está pasando en el templo con los acólitos, no puedo ignorarlo. Quiero que dejes de sentirte culpable, Elli. Tengo que ayudarlos.

Me río, pero estoy estrangulada por las lágrimas.

—Porque no hay nadie más para hacerlo —le susurro, haciendo eco de sus palabras de hace semanas, la razón por la que dijo que me salvó. Quisiera guardarlo a él hasta que todo sea seguro—. Sabes por qué no puedo cabalgar contigo. Tengo miedo de tocar tu piel ahora —aunque quiero hacerlo. Estrellas, sí que quiero.

—Está bien —su mano se desliza lejos de mi hombro—. No vas a cabalgar conmigo. Pero ¿al menos sabes cómo montar a caballo? —me pregunta divertido.

Aprieto los labios. Honestamente, no tengo ni idea.

—Si te dijera que aprenderé rápido, ¿me creerías?

Deja escapar una carcajada cuando imito sus palabras.

—Conociéndote, no cabe duda de que lo harás. Pero sería una tragedia que te rompieras el cuello antes de llegar siguiera a las puertas de la ciudad.

—Elli cabalgará conmigo —exclama Raimo—. Oskar, tu peso ya es suficiente para romperle la espalda a la pobre yegua —y luego viene ese cacareo, que esta vez me hace sonreír.

Doy una vuelta alrededor de Oskar, pero mientras lo hago cierro los dedos sobre su manga. Sus músculos poderosos se sienten tensos al tacto. Es difícil dejarlo ir.

El anciano está sobre la montura de un caballo negro que sacude impaciente sus patas delanteras. Ismael se acerca y me ofrece su rodilla. Tomo su mano callosa, que late cálidamente, y dejo que me suba detrás de Raimo, cuyo olor rancio me hace arrugar la nariz.

—Elli —me susurra—, ¿qué le hiciste al Suurin de Hielo?

Echo un vistazo a Oskar de pie junto a la yegua, mirándome de un modo que siento como una suave caricia.

—Me dijiste que me quedara cerca de él —respondo.

—Nunca te dije que tomaras el corazón del muchacho o que le ofrecieras el tuyo.

—Solo pasó —murmuro.

Ocurrió tan profunda y completamente que estoy teniendo dificultades para pensar en otra cosa que no sea mi preocupación por él, a pesar de que me pidió que no lo hiciera.

—Te arrepentirás de este amor —advierte Raimo, taloneando ligeramente el flanco del caballo—. Es mejor que lo sofoques ahora, cuando apenas se está encendiendo. Confía en mí.

Mis manos se aferran a su cintura flaca cuando el caballo trota camino a los pantanos.

—¿Quieres decirme por qué?

Sacude la cabeza, sus mechones blancos ondean con las ráfagas de viento frío. Detrás suenan los cascos de los otros que nos siguen.

—A veces, saber el futuro es una maldición.

Siento como si me hubiera pateado el estómago. Me concentro en respirar; en la huella delante de nosotros, que serpentea a través de matas de hierba del pantano color café pálido, otra vez congeladas y rígidas por el frío implacable. Oskar debe estar helado. Está envuelto en sus pieles, pero sé cómo le duele el invierno.

Alejo la idea de que no está conmigo, al menos por ahora. Tengo que mantener mi mente en lo que debemos hacer y en cómo debemos hacerlo.

—¿Cómo vamos a tomar el templo?

—Deja que el Suurin te utilice para proyectar su poder. Juntos, contigo amplificando su magia, ellos serán tan fuertes como la Valtia con el brazalete de Astia.

Eso es lo que también dijo Sig.

—Pero apenas se hablan el uno al otro —miro por encima del hombro y los veo montar a la par, Sig con un manto liviano sobre el torso desnudo, su pelo dorado casi blanco que brilla bajo el sol, y Oskar, oscuro, sombrío y con aspecto cansado, sus anchos hombros encorvados para protegerse del frío. Ninguno parece notar la presencia del otro a su lado.

—Van a trabajar juntos cuando llegue el momento. En el fondo, ellos entienden que se necesitan mutuamente, y saben que comparten el mismo destino. Su vínculo no es fácil de romper, no importa cuánto ambos lo deseen a veces.

Suena como una base débil sobre la que se debe construir la guerra.

—¿Cómo pueden trabajar tan bien juntos? La Valtia es una persona que controla los dos extremos.

—El Astia no es diferente.

Mis cejas se elevan. Es como lo que dijo Oskar, acerca de dejarme empuñar su magia como si fuera mía, de ser mi espada en lugar de que yo sea la suya. Y no tiene sentido.

—¡No podía ser más diferente! La Valtia ejerce su magia con el control absoluto, mientras que yo... —la frustración me está asfixiando—. Otras personas me manejan.

–Solo porque tú lo permites, muchacha estúpida. Tú y Oskar cometen el mismo error, creen que no pueden controlar las cosas cuando en realidad sí pueden.

–Cuando Oskar o Sig quieren retener su magia, pueden hacerlo. Ambos lo han hecho conmigo. Y cuando se deciden a ofrecerla, lo hacen. Pero yo no puedo retener nada. Cuando Sig me tocó en la plaza tomó el poder de mí, a pesar de que yo nunca hubiera herido a Mim.

–Tú forzaste el calor dentro de Oskar.

–Sí, cuando estaba casi muerto y era incapaz de resistirse.

La figura flaca de Raimo se agita en la montura cuando el caballo comienza a galopar. Sus palabras aparecen entre su aliento irregular:

–Mientras pienses así, serás tan descerebrada e indefensa como el verdadero brazalete de Astia. Utiliza tu voluntad, Elli, porque seguramente tienes una. ¿De qué otro modo sobreviviste a la tortura que casi te mata? ¿O en el bosque? ¿Cómo puede ser sino que estés aquí, después de pasar semanas de invierno viviendo en una cueva, por el amor de las estrellas, luciendo más fuerte y más sana de lo que esperaba? Sin voluntad, mi trasero –se burla–. Recuerda quién eres. Date cuenta de lo que eres capaz. Haz ambas cosas, o serás completamente inútil o demasiado peligrosa para ayudar a alguien.

Mis pensamientos se agitan. Estamos a solo una hora de la ciudad, y no tengo tiempo para aprender a hacer todo lo que Raimo dice que soy capaz. Pero eso no cambia nada. Los Kupari –todos los Kupari, no solo los que viven en la ciudad, sino también los portadores que escaparon a las tierras lejanas, los acólitos condenados a morir en las catacumbas y la pequeña Saadella a merced de los ancianos–, necesitan sentirse seguros. ¿Pero es eso lo que estamos haciendo? ¿O estamos destruyendo el último jirón de seguridad que poseen?

—Raimo, creo que deberíamos tratar de hablar con los ancianos. Si estaban tan desesperados para hacer pasar a una doncella por la Valtia, realmente les temen a los Soturi. Estaban intentando hacer una demostración de fuerza. Tal vez...

—Y qué, ¿crees que estarán de acuerdo en dejar de vivir de la sangre de los portadores jóvenes, para debilitarse, envejecer y morir? Piensas que van a renunciar y permitir que la Valtia gobierne realmente la tierra, y que van a cambiar las leyes y liberar a todos los portadores, para que estos tengan hijos que serán más fuertes y tendrán más magia, la suficiente como para cuestionarlos, ¿solo porque se los pedimos de buena manera? Claro que sí, deberíamos probar.

Mis mejillas arden mientras cabalgamos hacia el noreste. Más adelante, un humo oscuro todavía se cierne sobre la ciudad distante. Dentro de esa neblina, la enorme cúpula verde del Templo en la Roca se eleva alta y siniestra.

—Los Soturi vendrán —le digo—. Es solo cuestión de tiempo.

—Entonces, quizás los Kupari necesiten gobernantes sensatos, en vez de un grupo de hechiceros bebedores de sangre más interesados en mantener sus posiciones que en proteger a su propia gente... y hasta dispuestos a dejar que el pueblo se proteja solo.

Sig y Oskar acercan sus caballos al nuestro.

—¿Puedes verlo? ¿Puedes sentirlo? —dice Sig, con una gran sonrisa en su rostro—. Caos —murmura.

Echo un vistazo a Oskar, que señala con la cabeza hacia la puerta de la ciudad.

—Está abierta —indica—. Nadie la custodia.

Miro a la distancia; tiene razón. Cada minuto nos acercamos más, y ahora veo la carretera oriental que conduce a la plaza.

–¿Qué ha pasado? –pregunto. No pueden ser los Soturi, sin duda los habríamos visto en el camino.

–Matamos a la Valtia, Elli –responde Sig, y cada palabra destila triunfo–. Hemos vuelto el mundo al revés.

Mi corazón se contrae como un puño al aproximarnos al umbral de nuestra gran ciudad. Ayer se veía mal, pero hoy se ve devastada. Las calles están vacías, a excepción de la basura; y las casas, asaltadas y saqueadas. Algunos rostros asustados se asoman por los callejones o las puertas abiertas, pero nadie se pregunta por qué veinte caballos a medio galope ingresan a la ciudad. Nadie intenta detenernos. Pasamos calle tras calle, y los signos del caos están por todas partes. Hay decenas de carros abandonados con sus ruedas de madera rotas. Una mancha de sangre en las piedras del edificio del consejo. Y entonces...

–Los oigo –dice Sig, taloneando a su caballo para que se apresure.

Raimo maldice y hace lo mismo; Oskar y los otros portadores lo siguen de cerca. Me sujeto firmemente al anciano, los dos vamos jadeando por el esfuerzo de permanecer en la silla de montar. Estamos casi en la plaza, y ya podemos ver a una multitud con los puños en alto y agitando los brazos, que avanzan apretujados por la carretera del norte.

–Parece que no somos los únicos que decidimos asaltar el templo –comenta Oskar.

Llegamos a las afueras de la plaza, que está repleta de gente enfurecida. Todos portan armas, las que han sido capaces de encontrar, pero más que nada sus herramientas de trabajo: como guadañas, arcos y martillos. Los Kupari nunca tuvimos un ejército. Nunca lo necesitamos: los ancianos no querían que nadie desafiara su poder, así que nos convencieron de que la Valtia cuidaría de nosotros por siempre.

Y ahora, sin ella, estamos indefensos.

—¡Ey! ¿Qué está pasando? —grita Oskar, a la multitud.

Un hombre corpulento con el pelo rubio rizado y la cara agrietada por el viento nos echa una mirada perpleja.

—¿Dónde estuvieron ayer? Los sacerdotes se han encerrado con nuestra nueva Valtia dentro del templo, ¡y queremos verla! Los bárbaros estarán llegando en cualquier momento, por tierra o por el lago, ¡y queremos saber qué hará ella al respecto!

—Déjanos pasar —grita Sig.

—¿Crees que puedo mover mágicamente a miles de personas fuera de tu camino? —replica el hombre, mirándolo como si estuviera loco.

Los ojos de Sig brillan y levanta su mano, lenguas de fuego gotean de sus dedos.

—No, pero yo sí puedo —una bola de fuego brota de su palma, y la lanza sobre los manifestantes.

Oskar deja escapar un sonido de frustración, desliza su brazo a través del aire y realiza movimientos en sincronía con los de Raimo. Extinguida por su magia, la bola de fuego desaparece justo antes de caer sobre la gente.

—Maldito asno —sisea Oskar—. Podrías haber matado a docenas de personas.

—Eso es lo que vine a hacer aquí, hermano —su sonrisa es guerra pura. Talonea su caballo hacia delante. Pero la multitud simplemente grita y se agita, demasiado apretada y confundida para hacerse a un lado.

Mi estómago se aprieta: si entran en pánico, vamos a tener una estampida y personas inocentes van a morir.

Raimo saca su bastón de la parte posterior del caballo y empuja al hombre corpulento, que mira a Sig en aterrado silencio.

–Debes ayudarnos, porque tengo a la verdadera Valtia aquí. Ella conseguirá que los sacerdotes abran la puerta.

–¿Qué? –exclama el hombre, sin poder salir del estupor.

–¿Qué haces, Raimo? –susurro.

–No la reconoces sin su maquillaje ceremonial, pero acércate y mira –continúa el anciano, con voz divertida–. Cabello cobrizo, ojos de color azul pálido –me da un codazo en el estómago–. Muéstrale la marca.

Más personas se han vuelto hacia nosotros y el ruido de la multitud ha menguado un poco. Mis labios apenas se mueven, cuando murmuro en la oreja peluda de Raimo.

–Sabe tan bien como yo que no soy...

–¡Ay, es tan modesta! –grita de repente–. No quería ser vista sin su maquillaje y su bonito traje.

Más gente gira hacia nosotros. Tengo que apartar la mirada de Oskar al ver la preocupación pura en sus ojos.

–¿Quieres llegar al templo sin hacerles daño o prefieres que Sig incendie la ciudad por completo? –susurra Raimo–. Muéstrales la marca, y yo me encargo del resto.

Tiemblo mientras me levanto la falda y bajo el calcetín de mi pierna izquierda. Es una cosa íntima, extraña de hacer frente a un público de curiosos. Mi corazón se acelera cuando revelo la llama en mi piel. Un enorme vacío se instala en la plaza, y a este le sigue una oleada de murmullos ansiosos.

–¿La otra era una impostora?

–Pensamos que su magia se volvió hacia ella, ¿pero era todo falso?

–¿Quién es esta muchacha? Podría ser la que huyó...

–¡Déjennos pasar! –grita Sig nuevamente–. ¡Tengo a su Valtia aquí! ¡Háganse a un lado!

Oskar acerca su caballo, como si estuviera dispuesto a matar a cualquiera que intente tocarme. Pero la multitud ya obedece, y despeja el camino. Olas de frío amargo fluyen de mi portador de hielo a medida que avanzamos.

—Sigue así y vas a matar a tu caballo —le dice Raimo.

En lo alto de la plataforma de la Valtia aún están los restos quemados del palanquín ceremonial, con gotas de cobre solidificado a lo largo de sus lados. Fijo la mirada allí para evitar los ojos de los ciudadanos, que me observan como si yo fuera su salvación. Me duele ofrecerles una segunda Valtia falsa en tan pocos días, especialmente cuando escucho los susurros de júbilo.

—¡Realmente es ella! ¡Ha regresado! ¡Las estrellas nos salvaron, regresó!

Hablan sobre cómo me reconocieron, a pesar de que algunos de ellos probablemente me echaron fango a la cara el día que fui expulsada de la ciudad. Se preguntan en voz alta dónde he estado, y si realmente me volví loca como se rumoreaba. Todos hablan de mí como si no pudiera oírlos, y estoy feliz de fingir que es verdad.

Sig está a mi derecha y Oskar a mi izquierda. Ambos con los dientes apretados y las miradas feroces, y algo de lo más extraño está sucediendo a mi alrededor: el aire forma remolinos con volutas de frío y de calor, ráfagas que azotan mi cara y mi pelo.

—Cuando dé la señal —indica Raimo en voz baja.

—Cuando des la señal, ¿qué? —susurro.

—No estoy hablando contigo —murmura.

Al mirar entre los dos edificios que delimitan el camino del norte, puedo visualizar nuestro trayecto hasta las puertas ceremoniales. Los alguaciles y los concejales están a varios metros de distancia. Llevan sus capas de color café bien apretadas, mientras discuten en tono apremiante. Siempre han esperado que los ancianos les indiquen cómo la Valtia quiere que manejen la ciudad, y a cambio de su cooperación se han vuelto ricos, gordos... e indecisos.

Allí está Topias, el jefe del consejo, y al que he observado durante varias Ceremonias de la Cosecha, cuando pasaba sus peticiones de favores a la Valtia mediante los ancianos. Ahora que nota nuestra llegada, da un paso adelante.

–¿Qué es esto que oigo acerca de la Valtia? –dice con una voz que retumba. Al hablar su espesa barba castaña acaricia el pesado medallón de cobre de concejal–. Sabemos que los ciudadanos quieren acción, pero estamos tratando de negociar con los ancianos...

–No tienen que hacerlo, porque aquí tengo a la verdadera Valtia –responde Raimo, golpeando mi pantorrilla hasta que la extiendo y le muestro al concejal mi marca.

–Si usted es realmente la reina, tendrá que probarlo –dice Topias, mientras me echa una mirada cautelosa y se quita la gorra de terciopelo, para pasarse la mano sobre las pocas hebras de pelo de su cabeza.

Me siento más erguida en la silla detrás de Raimo, pese a que el miedo casi no me deja respirar. Su fría mano se cierra sobre la mía, y siento el latido de su poder amplificado por el mío.

–Muy bien –respondo en voz alta, temblorosa.

–Puertas –susurra Raimo.

Entonces levanto la mano izquierda y apunto hacia ellas. Estas brillan y crujen. Puedo sentir a Raimo jalando más poder dentro de mí. Los concejales se alejan de las placas de cobre sólido, que ya ondulan con el calor. Y luego una ráfaga repentina de aire helado y feroz se abre paso, haciendo que las puertas estallen hacia dentro.

—¡Ella ha regresado! ¡Estamos salvados! —gritan los concejales.

La multitud vitorea.

—Buen trabajo, Valtia —dice Raimo, mirándome por encima del hombro. Y se vuelve hacia delante justo a tiempo para ser golpeado en la cara por una ráfaga de hielo.

Mientras los concejales se dispersan aterrados, Raimo choca contra mí, permitiéndome ver la Plaza Blanca por entre las puertas destrozadas.

Allí hay al menos un centenar de acólitos de túnicas negras, con las manos extendidas, listos para defender el templo hasta su último aliento.

CAPÍTULO XXIV

Alcanzo a ver a los sacerdotes y aprendices que salen por la entrada del templo antes de que Sig me arranque de la silla de un tirón. Trato de sujetar a Raimo, pues es tan frágil que la caída podría matarlo, pero ya ha desaparecido por el otro lado del caballo.

–Lo tiene Oskar –dice Sig. Luego me aferra la mano con fuerza y envía una terrible explosión de llamas a través de las puertas. Los gritos de los acólitos recorren mi espalda, mientras Sig me arrastra hacia un costado, detrás de una columna de mármol. Un ruido terrible y desgarrador detrás de nosotros me indica que al menos uno de los caballos fue golpeado por el hielo o el fuego. Los portadores que vinieron con nosotros también están ubicados a ambos lados de las puertas, con sus espaldas contra los muros bajos de piedra. Los ojos de Aira están iluminados por el miedo. Las manos de Veikko tiemblan. Oskar se coloca a mi lado un momento después, jadeante, con Raimo en sus brazos.

–Elli –dice, pero ya estoy acercándome al anciano. Sujeto sus manos inertes para desviar el exceso de frío. Los ojos claros de Raimo parpadean y se abren.

–Vas a tener que pasar a través de ellos. O convencerlos para que se unan a nosotros.

Los acólitos están luchando junto a los mismos hombres que planean beber su sangre. Es algo tan retorcido, pero a medida que las ráfagas de fuego y hielo atraviesan la Plaza Blanca, no estoy segura de cómo hacer que nos escuchen.

–Debemos demostrarles el poder de la Valtia –propone Oskar, mirándome–. Si queremos avanzar sin matarlos, tienes que hacérselos creer.

–No me molestaría matar a algunos pocos –gruñe Sig, pero alejo mi mano cuando él trata de alcanzarla; no estoy dispuesta a dejar que me utilice antes de tener la oportunidad de resolverlo.

–¿Prefieres eliminar nuestra única ventaja? –pregunta–. Eso es lo que sucederá si nos separamos. ¡Raimo dijo que teníamos que luchar juntos!

Miro alrededor de la columna y veo a un pequeño acólito que se tropieza con su propia túnica, demasiado larga, en la parte inferior de la escalera. Cuando se echa hacia atrás la capucha, reconozco a Niklas, el niño que Aleksi llevó al templo semanas atrás.

–Tal vez esta no sea la guerra que Raimo profetizó. No estoy segura de que tengamos que combatir en este momento.

Sig deja escapar un sonido de pura frustración.

–Vamos, entonces. Solo recuerda: puede que seas inmune a la magia, pero eso no quiere decir que no puedan hacerte daño.

–Él tiene razón –dice Oskar, tocando mi manga.

–Vale la pena el riesgo –digo, tras un largo y lento suspiro–. Si los sorprendemos, tal vez se detengan el tiempo suficiente para escucharnos. Y si no quieren, confío en ustedes para que me ayuden a salir de ahí.

–Oskar, utiliza las fuentes. ¿Puedes hacerlo? –pregunta Raimo.

Con sus mechones de pelo oscuro pegados contra sus mejillas, él mira hacia las dos enormes fuentes de la plaza, cada una burbujea durante todo el año debido a que el templo se calienta con magia. Las estatuas gemelas de la Valtia se elevan por encima de ellas.

—Puedo intentarlo —dice en voz baja, lanzándome una mirada ansiosa—. Mi control...

—Yo te ayudaré —afirma Raimo con cansancio—. Tú tienes el poder, pero yo tengo la técnica.

Oskar asiente con la cabeza, pero está preocupado; y no puedo culparlo, la respiración de Raimo es superficial e inestable y apenas puede mantener la cabeza erguida.

—Lo haremos, pero luego te vas a quedar atrás —le dice Oskar—. Si vas allí dentro, morirás.

Raimo parece demasiado débil para discutir.

—Yo me ocupo —dice Sig, como si ya percibiera lo que van a hacer—. Ellos tienen que ver hielo y fuego al mismo tiempo.

—Y yo haré mi papel —murmuro.

—Mueve las manos —dice Oskar— para que crean que viene de ti.

—Sig podía percibir que la magia no procedía de Mim. Ellos lo...

—No les daremos tiempo —afirma Raimo—. Apúrense.

Sig me da un pequeño empujón, y salgo de atrás del pilar. Los acólitos aprietan los dientes y el aire parece combarse junto a mí. Sig maldice, y camina hacia delante con rapidez para desplazar el calor lejos de él. Los ojos de los acólitos se abren de par en par mientras avanzo a pasos largos hacia la Plaza Blanca, con mis brazos elevados a los costados y mi pelo cobrizo que se revolotea sobre mi cara. El agua cristalizada de las fuentes de repente sube en espiral por el aire. Es como si la columna helada estuviera drenando el líquido directamente desde el Lago Madre, cada vez más gruesa y más blanca, para formar un arco sobre las losas de mármol de la plaza que supera en altura a las imponentes estatuas, casi tan alto como la cúpula del templo. Los acólitos a mi alrededor y los sacerdotes y aprendices en los escalones observan fijamente cómo el hielo se transforma y brilla, creando una intrincado encaje sobre mi cabeza.

Y luego se rompe y se derrite, cae como lluvia, pero se evapora antes de tocar el suelo. Los acólitos bajan sus manos y me miran con la sorpresa grabada en sus rostros.

—He vuelto a reclamar mi trono —digo, rogando a las estrellas que solo yo pueda oír el temblor en mis palabras—. Los ancianos y sacerdotes han perdido su camino, pero yo puedo arreglar las cosas.

Uno de los acólitos se adelanta y las manchas en su cara agitan mis recuerdos. Ella fue un rayo de bondad en una tormenta de crueldad.

—Valtia —dice Meri con la voz quebrada—, ¿es usted?

—Soy yo, Meri —le sonrío y le extiendo mi mano.

Ella se echa atrás la capucha negra y camina hacia mí, con el rostro iluminado de alegría. Pero su sonrisa se transforma en un grito, cuando su túnica estalla en llamas. Los acólitos a su alrededor se tambalean hacia atrás, mientras ella grita de dolor, con el fuego devorándola y el humo que se eleva en el aire.

Miro a través de la plaza, hacia las escaleras que conducen hasta el templo, y veo al antiguo aprendiz Armo, con el rostro contraído y las manos como garras mientras quema a Meri. Entorno los ojos; la rabia late dentro de mí: ella era su amiga.

—¡Esa muchacha es un fraude! —grita—. No tiene magia. ¡Destrúyanla!

Oskar grita mi nombre, y los acólitos se lanzan hacia mí. Sus manos frías y calientes desgarran mi ropa. Tan pronto como uno me sujeta del cabello, una ráfaga de viento helado aparta a todos de mi lado. Sopla a través de la plaza, golpeando a todos menos a mí. Miro por encima del hombro y veo a los portadores, con Oskar y Sig al frente, que ingresan por las puertas. Raimo no está, y solo puedo esperar que esté a salvo.

La magia entra en erupción a mi alrededor, pero no me toca. Es casi como si el tiempo se hubiera detenido, silenciado. Los sacerdotes y los aprendices descienden por los grandes escalones hacia la plaza, flanqueando al grupo de amedrentados acólitos para atacar a los portadores rebeldes. Oskar corre hacia mí, pero el hielo de la fuente se arquea y se derrumba formando un muro entre nosotros. Se funde un momento más tarde, el tiempo suficiente para dejarme ver la piel pálida y los cabellos dorados de Sig, y luego otra vez se convierte en astillas que vuelan por el aire: directamente hacia mí.

Son cuchillos de hielo en manos de sacerdotes alimentados de sangre. Mi muerte se parece a muchísimos diamantes que brillan a la luz del sol. Oskar y Sig están peleando: no pueden detenerlos. Pero justo antes de que las cuchillas congeladas den en el blanco, se desvían de su rumbo y pasan volando nítidas y silenciosas junto a mí, tan cerca que siento su beso helado. Los acólitos gritan cuando el hielo atraviesa sus cuerpos, caen y se retuercen sobre el piso de mármol.

Nada mágico puede hacerme daño. Miro detrás de mí, y hay una multitud de túnicas negras que me separan de los Suurin, que están luchando por sus vidas contra una horda de sacerdotes y aprendices. Si no pueden llegar hasta mí, no puedo amplificar su poder. Pero incluso así, el pequeño grupo de rebeldes está resistiendo y hace retroceder al enemigo. Oskar y Sig están hombro con hombro ahora, protegiéndose el uno al otro y a los demás como una sola fuerza, a pesar de que el fuego y el hielo los ataca con precisión.

Y yo estoy de pie en medio de la plaza. Olvidada. Sin respuestas. Observo el largo tramo de escaleras que conducen a la Gran Sala del templo. Allí están la pequeña Saadella y los ancianos. La furia se retuerce dentro de mí. Camino hacia delante, apenas consciente de las estatuas de las Valtias sobre las fuentes agrietadas, del piso de mármol que explota hacia arriba cuando el frío y el calor intensos lo saturan. Sus fragmentos caen a mis pies, pero ni uno solo me golpea. Pero luego un muro en llamas estalla contra mi espalda y las cenizas de mi vestido al rojo vivo invaden el aire. Con una punzada de dolor entiendo que mi paloma tallada se quema, pero dejo que la prenda encendida resbale de mis hombros. Mis botas se convierten en carbón cuando el mármol se calienta como un horno.

Desnuda y descalza, sigo adelante. El instinto es así de profundo. De repente comprendo por qué Sofía fue tan amable y cariñosa conmigo. Puede que no haya heredado la magia, pero he heredado esto. Con cada partícula de mi ser, amo a esa pequeña Saadella, tanto como a mí misma. No sé su nombre, pero no me hace falta. Ella es mi hermana, mi hija, mi corazón. Jamás permitiré que los ancianos le hagan daño.

Hay sangre, sufrimiento y muerte en todas partes. No puedo mirar. No quiero saber a quién hemos perdido. Mis ojos arden cuando pienso que podría haberse evitado. Subo los escalones, dejando huellas grises sobre el mármol blanco e inmaculado y la reluciente placa de cobre. Mi cabello está enredado por el viento que otros sienten como un vendaval. Nada de esto puede detenerme. Escucho mi nombre y miro hacia atrás. Oskar y los demás están avanzando: ya han alcanzado las fuentes destruidas. Mi Suurin de Hielo de cabello oscuro se ve fuerte y valiente, mientras coordina con Sig sus movimientos para manipular la temperatura y así levantar un trozo de estatua por el aire. El enorme bloque de piedra se tambalea, y Sig le grita a Oskar para que concentre el frío por encima de la roca y lo mantenga allí. Juntos, lo lanzan contra los sacerdotes, que apenas consiguen desviarlo.

Los ancianos deben estar al tanto de lo que está pasando, pero no han salido del templo. Cuentan con que sus acólitos y sacerdotes mueran por ellos, mientras se esconden con la Saadella.

¿Y si le están haciendo daño?

¿Y si están escapando?

Subo rápidamente por las escaleras hasta llegar al piso semicircular que marca la entrada al templo. Las columnas de mármol se erigen fuertes y poderosas cada cinco metros o menos, y son las que sostienen la enorme cúpula de cobre por encima de nosotros. La batalla ha avanzado hasta el pie de las escaleras, y cuando miro más allá, veo a la gente que inunda la plaza. Personas no mágicas con hoces y palas. Rodeados por los portadores vestidos de negro, Sig y Oskar desvían de su camino las lanzas de hielo y trozos de mármol. Un pequeño grupo de acólitos levantan sus manos en señal de rendición, pero los cuerpos de los portadores cubren la amplia extensión: aplastados y apuñalados, quemados y congelados. La magia puede matar de muchas maneras diferentes. Los ancianos deben conocerlas todas.

Pero ninguna funcionará conmigo, y tal vez esa sea la razón por la que estoy aquí. Cuando Oskar y Sig comienzan a subir los escalones ingreso en la cámara abovedada, mi único pensamiento está dirigido a la niña indefensa que los ancianos tienen prisionera.

—¿Se supone que tu desnudez hará que nos distraigamos? —dice la voz dura a la que más temo—. Lamento decepcionarte —el Anciano

Aleksi sale del ala de la Valtia dando largos pasos, y con sus ojos oscuros llenos de odio.

En su muñeca está el brazalete de Astia.

Bajo la vista hacia mi propio cuerpo, blando, desnudo. Se ve tan ordinario.

—Mis ropas no son a prueba de fuego, por desgracia —respondo, levantando la cabeza.

Por un instante la inquietud atraviesa su rostro, pero pasa los dedos sobre el brazalete de cobre y se vuelve audaz de nuevo.

—¿Dónde has estado todo este tiempo? ¿Reuniendo un pequeño ejército para desafiarnos? Debería congelarte aquí mismo y dejar que tu cuerpo decore nuestra sala principal —levanta su brazo para atacar.

Permanezco inmóvil.

—¿Dónde está la Saadella?

—Lahja está a salvo de tu influencia —sus labios delgados están tensos.

—Lahja —su nombre es como una gota de dulzura en mi lengua—. Tengo que verla.

—¿Tienes alguna idea de lo que has hecho?

—¿Y ustedes? —me quedo en mi lugar, mientras él se adelanta. En cualquier momento Oskar y Sig entrarán en el templo, y juntos vamos a poner fin a esta locura—. Me di cuenta de que eran malvados. Pero nunca supe cuánto.

—Hemos custodiado y protegido a los Kupari toda la vida —sus carrillos tiemblan—. Nos sacrificamos de una manera que nunca podrías entender. Hicimos todo lo posible para el pueblo. Y no solo has hallado un modo de negar la magia que debería haber sido tuya, también ¡hay traído la rebelión cuando lo que necesitamos es unidad!

–Unidad –aprieto los puños–. ¿Los acólitos sienten esa unidad a medida que los desangran hasta morir? ¿Cuántos has degustado, Aleksi? ¿Cuántos has matado?

–Esa es una acusación ridícula –protesta, y palidece un tono.

–Entonces, ¿dónde están los acólitos de clausura?

Una gota de sudor baja desde de su cabeza calva y se desliza por su mejilla.

–Yo no te debo ninguna respuesta. Destruiste a este gran pueblo, Elli. Tus rebeldes fueron responsables del incendio de ayer, ¿verdad?

–¿Por qué Mim? –pregunto, con el dolor apretando mi garganta.

–Los Soturi anunciaron que iban a venir para reunirse con nuestra reina, y se necesitaba a alguien para el papel –dice con sencillez–. Y ella no tenía magia propia, ni voluntad. Sabíamos que no iba a causar problemas.

–¡Porque la torturaron! –chillo, caliente como el hierro.

–Al igual que tú, ¡no valía nada! –se burla–. Pero tú eres incluso peor. Te creíste con derecho a lo que nunca has merecido. En vez de obediencia y sumisión, tú...

–¿Obediencia y sumisión? ¡Se supone que la Valtia es la reina!

–Estás lejos de serlo –exclama con desprecio–. Tus rebeldes traerán a los Soturi a nuestras fronteras. Sus jefes probablemente ya están galopando directamente a Vasterut para reunir sus fuerzas. Cuando estén aquí, ¡nuestra caída será culpa tuya! –sus dedos se crispan y ráfagas de fuego explotan a mi alrededor, un muro de llamas que se arremolina, danza y ruge.

El calor me lame como si fuera una tierna caricia, y a pesar del instinto de encogerme, camino hacia delante. Las llamas se hacen a un lado para permitirme pasar.

Los ojos de Aleksi se abren como platos. Levanta su brazo, y el frío desciende, incapaz siquiera de erizarme la piel.

–Estaban preparados para matarme. Me azotaron, casi me ahogan, y luego iban a descartarme. ¿Tenían planeado beber mi sangre, también?

Él retrocede hacia el ingreso a las catacumbas, mientras lanza miradas nerviosas al ala de la Saadella. Toca el brazalete de Astia e intenta otra ráfaga de fuego, pero esta se extingue rápidamente.

–Encontraste tu magia –dice.

Sonrío al oír la voz de Oskar justo afuera del templo, gritándole a Sig dónde dar el siguiente golpe.

–Creo que podrías llamarlo así –doy unos pasos hacia atrás. Quiero que Oskar y Sig me alcancen pronto.

–¡Ya están aquí! –grita Armo, que ingresa tambaleándose a la sala. Tiene las manos quemadas y parches de piel congelada en su cabeza calva–. ¡No podemos detenerlos! –se tropieza y cae, y luego se arrastra por el suelo hasta que queda encima del sello de la Saadella–. Anciano, por fav... –el fuego rueda entre dos pilares y se despliega por su espalda. Su ruego se convierte en un grito, al tiempo que Sig entra en la cámara abovedada y se queda mirando a su viejo amigo con llamas en los ojos.

Aleksi gruñe y levanta el brazo, pero su ataque no está hecho de hielo, sino de calor puro. Y Sig no tiene frío para contrarrestarlo. Voy hacia el Suurin de Fuego, desesperada por protegerlo, pero el anciano se adelanta y me sujeta. Golpeo mi codo contra su vientre y él jadea, con sus dedos regordetes retorcidos en mi pelo. Sig cae de rodillas, con la piel roja y los ojos fuertemente cerrados.

El anciano me aprieta contra él, mientras envía otra ráfaga de fuego hacia Sig. Sin embargo, esta choca contra un muro de aire helado.

Oskar está aquí, y su mirada tormentosa se clava en la escena: desnuda, con las piernas recogidas contra el pecho, lucho para liberar mi pelo de las garras despiadadas de Aleksi sin tocarlo. Pues no quiero que tenga mi poder, o que sepa que lo poseo siquiera.

Por desgracia, eso significa que no puedo liberarme del anciano por ahora.

Oskar engancha a Sig por debajo del brazo y lo levanta sobre sus pies. El portador de fuego recupera el aliento y toma profundas bocanadas del aire frío que destila Oskar, mientras el sudor fluye por su torso desnudo. Su capa húmeda cuelga de sus hombros, y se reclina sobre el Suurin de Hielo para mantenerse de pie.

—Estás cometiendo tu último error, Anciano —le dice Oskar, con voz suave y la mandíbula apretada.

—¡Los únicos errores son los de ustedes! —grita Aleksi—. Destruyeron la Plaza Blanca. ¡Tantos portadores jóvenes! ¡Nuestro futuro!

—¡*Su* futuro! —le replica. Su voz rechina de disgusto, ha matado una y otra vez y luce enfermo al pensar en eso—. ¿Cuántos futuros has robado para garantizar el tuyo?

—He vivido para servir a la magia de los Kupari —dice y me arrastra hacia atrás—. Todo lo que he hecho ha sido con ese objetivo —a medida que nos acercamos a la entrada de las catacumbas, me desespero, y mis uñas se entierran en su piel. Él deja escapar un gruñido y sujeta mi mano derecha, frotando los muñones de los dedos perdidos con los suyos, lo que me hace gritar de dolor. Baja la vista al brazalete que se cierra sobre su muñeca gruesa y luego a mí. Su papada tiembla mientras una de sus manos desaparece en su manga holgada—. ¿Por qué no se nos ocurrió esto? —sus ojos brillan y el pánico llena mi pecho vacío—. ¿Por qué no lo adivinamos?

Oskar y Sig dan un paso al frente, pero el pinchazo agudo de un cuchillo en mi cuello los detiene en seco.

—Acérquense más, y su sangre teñirá estos terrenos sagrados.

Miro a Oskar. *Congela su sangre. Puedes hacerlo.* Pero la preocupación empaña sus facciones. Es probable que tema no ser lo suficientemente rápido, que Aleksi pueda sentir la magia de hielo y matarme. Y por lo que sé, el anciano tiene el poder para contrarrestarlo, sobre todo porque está usando el brazalete.

—Hay tantas cosas que no sabes —le digo, con la esperanza de distraerlo para que el Suurin ataque—. Los ancianos han estado bastante ciegos durante todos estos años. ¿Y cuántos han transcurrido, Tahvo? —tan pronto como pronuncio ese viejo y malvado nombre, él hunde un poco más la hoja contra mi garganta. La línea de dolor arde y se siente caliente y fría al mismo tiempo.

—Sé exactamente quién te dio ese nombre. Y eso explica mucho. Pero son ustedes los que han estado medio ciegos.

Oskar y Sig atacan juntos, enviando dos explosiones de magia hacia nosotros. La mano ancha de Aleksi se cierra sobre mi cuello, y siento el tirón de su magia cuando intenta utilizarme para responderles. Cada músculo de mi cuerpo se convierte en piedra, el horror de ser una herramienta para herir a los Suurin es más de lo que puedo soportar. Mientras el fuego y el hielo estallan a mi alrededor, me retiro dentro de mí misma, buscando hacerme tan pequeña como sea posible, para blindar el pozo sin fondo dentro de mí que los portadores usan para amplificar su poder. No voy a rendirme ante Aleksi. Primero tendrá que matarme.

Como si escuchara mis pensamientos, la hoja del cuchillo se eleva, y levanto la vista para ver cómo va cayendo en arco hacia mí. Me arrojo hacia atrás para evitar el corte, al tiempo que el calor de Sig hace tambalear a mi agresor. Doy tumbos y quedo fuera del alcance del anciano. Estoy a mitad de camino de los portadores cuando los dedos de Oskar rastrillan el aire. Aleksi deja escapar una tos ahogada, se golpea el pecho y deja caer su cuchillo.

Oskar corre hacia mí, y Sig lo sigue de cerca. Mi portador de hielo llega a tomar mi mano, pero de pronto es levantado del suelo y arrojado contra la pared de piedra frente al ala de la Saadella. La fuerza del golpe es tan intensa que el suelo vibra a mis pies. Grito y me lanzo hacia él, pero la mano de Aleksi me sujeta el tobillo y caigo hacia delante, perdiendo el aire cuando golpeó contra el piso. Oskar cae al mismo tiempo, deslizándose hacia un lado, con los ojos cerrados y los brazos inertes, su gran cuerpo tiembla y se agita. Mis ojos se encuentran con los de Sig. Ese golpe no vino de Aleksi.

—¡Ayúdame, señor! —clama Aleksi, cuando una silueta de túnicas oscura se mueve en mi periferia—. Elli es... ella es...

—¡No hay tiempo! —dice una voz familiar—. ¡Deténgalos!

Sig rueda alrededor, mientras el Anciano Kauko corre fuera del ala, con una niñita en sus brazos. Ella lucha, tiene su pelo cobrizo enredado sobre su cara y sus mejillas redondas están surcadas de lágrimas.

La Saadella, Lahja. Todo mi ser vibra con su angustia y terror.

—¡Es él! —grita Sig, justo antes de que Aleksi le dispare con fuego. Salto entre las llamas, dejando que acaricien mi espalda desnuda, mientras Sig se tambalea con el calor, sin dejar de gritar—. ¡Es él, Elli! ¡Él lo hizo! —señala frenéticamente a Kauko, que desaparece en las catacumbas con la Saadella. Y luego sus ojos brillantes se alejan de ese pasaje oscuro y su voz se convierte en un gruñido gutural—: Ni se te ocurra.

Aleksi aúlla con voz mortificada. El cuchillo que había estado a punto de hundir en mi espalda cae de sus dedos ampollados. Su piel arde, y él llora cuando su túnica comienza a incendiarse. El cobre bajo sus pies se derrite y burbujea. El anciano va cayendo y aun así, Sig no se detiene. Parece decidido a reducirlo a un montón de cenizas.

Corro hacia Oskar, coloco mis palmas en sus heladas mejillas y siento una avalancha dentro de mi pecho vacío. Jalo de la magia con todas mis fuerzas, arrancándola de sus venas, sus huesos y su mente, y él gime. Pero tan pronto como sus párpados empiezan a moverse, Sig me arranca de su lado.

—Tenemos que ir detrás de él —dice, con la voz monocorde por la furia—. Oskar vivirá, y necesito tu ayuda.

Para matar a Kauko. Que tiene a Lahja. Y que abatió al Suurin de Hielo con un golpe hábil. Todos estos años, Kauko ha sido el médico de cabecera de las Valtias. Él desangró a Sofía, y ahora sé por qué.

—Tienes razón, siempre ha sido él —murmuro. Toda esa amable paciencia y misericordia ocultaban tanto mal. Aleksi lo llamó "señor", como si fuera el padre de todos ellos.

Me obligo a soltar a Oskar y dejo que Sig me ayude a ponerme de pie. Se arranca la capa de los hombros y la envuelve alrededor de mí.

—No puedo hacer esto sin ti —dice, sus ojos brillan pero también están llenos de súplica—. Se está escapando.

El manto húmedo ondea alrededor de mi cuerpo, mientras nos dirigimos a las catacumbas, donde Kauko ha descendido, llevándose el futuro de nuestra magia con él.

—Vamos.

CAPÍTULO XXV

—Unos pocos sacerdotes y aprendices siguen luchando —dice Sig, mientras pasamos por encima del cuerpo quemado de Aleksi. Su palma sudorosa sujeta mi mano—. Mientras que otro grupo escapó hacia la ciudad, más interesados en que huir que en luchar. El verlos correr minó la voluntad de los restantes. Y los ciudadanos están de nuestro lado. Es un desastre, pero estamos ganando.

—¿Seguimos ganando, con tantos portadores muertos? —susurro.

Sig aprieta la mandíbula y sigue avanzando.

Clavo los talones cuando veo el brillo del cobre en la figura destruida de Aleksi.

—Espera —me pongo en cuclillas junto a su cadáver y quito el brazalete de su muñeca roja y negra, arrugando la nariz ante el olor a carne asada. El brazalete de Astia destella mientras lo acuno en mis manos. La magia sangra de él, cae por mis dedos en gotas invisibles—. Creo que vamos a necesitarlo.

Coloco el brazalete en el pálido y esbelto antebrazo de Sig. Sus ojos parpadean con las llamas.

—Oh —exclama, con la respiración agitada y sus dedos crispados. Una ola de calor brota de él deformando el aire. Baja la mirada a nuestras manos unidas, y luego observa el brazalete—. Siento que puedo hacer cualquier cosa.

–Aunque no puedes –replica Oskar, que camina con paso inseguro hacia nosotros; lleva su brazo izquierdo doblado sobre el pecho–. Si ese anciano te envía fuego, Elli no será capaz de alejarlo por completo. Él es demasiado poderoso.

–Pero estás herido –digo.

–Solo mi brazo. Creo que se ha roto –responde, con los dientes castañeteando.

–¿Te sientes lo suficientemente fuerte?

–Puedo mantener el calor lejos de Sig –sus ojos se encuentran con los del otro portador–. Tú tendrás que hacer el resto.

Además de proteger a Oskar del frío y el hielo. Sig responde con una breve inclinación de cabeza. Juntos, llegamos a los escalones de piedra que conducen a la oscuridad. Sig crea una bola de fuego que flota por encima de nuestras cabezas e ilumina nuestro camino. Él va primero, luego yo y a continuación Oskar, cuyos pasos no son tan estables como yo quisiera.

–Oskar...

–Estoy bien –susurra–. Deja de preocuparte.

Las palabras de Raimo se deslizan por mi cabeza. *Te arrepentirás de este amor.* Sujeto los bordes de mi capa prestada y me quedo mirando la espalda de Sig.

Sig se tensa cuando llegamos a la base de la escalera, gira la cabeza a un lado y al otro cuando el laberinto se estrecha frente a nosotros. Su bola de fuego desaparece, hundiéndonos en la oscuridad. Y entonces él toma mi mano.

–A la izquierda –murmura, al mismo tiempo que Oskar. Ellos sienten la magia. Lo que significa Kauko también sabrá que nos estamos acercando.

La mano de Sig se siente caliente sobre la mía, mientras me empuja hacia delante. Estiro mi mano derecha deformada hacia atrás, para que mis dedos rocen la piel de la capa de Oskar.

Su mano fría se cierra suavemente sobre la mía. Me tenso, esperando que el flujo de hielo de su magia entre en mí, pero no ocurre nada. La está conteniendo, reservándola para cuando la necesite. Pero la sensación de su mano contra la mía es una pequeña isla de seguridad. Cierro los ojos mientras se me eriza la piel. Cuando los abro, me doy cuenta de que no estamos en la oscuridad total. Hay una pequeña luz al final de este largo y húmedo túnel. Y sé exactamente adónde conduce.

—Puede estar llevándonos a una trampa —advierte Oskar.

—O tratando de escapar —le digo—. Este camino conduce al muelle del templo. Hay un barco.

—No tiene idea de lo poderosos que somos —Sig me sujeta la mano tan fuerte que duele.

Un pequeño sollozo agudo resuena por el túnel, seguido de un ruido metálico.

—Lahja —susurro, como si ella pudiera oír mi voz, como si pudiera llegar a ella—. Tenemos que salvarla.

—Lo haremos —murmura Oskar, apretando mis dedos.

Sig jala de nosotros por el túnel, su odio lo hace lanzar un calor tan extremo que el aire se llena de vapor.

—Anciano —lo llama con voz nerviosa, excitada—. Nos gustaría intercambiar con usted algunas palabras —damos vuelta en una esquina, luego se detiene en seco y maldice.

La cámara está iluminada por varias antorchas. El Anciano Eljas se encuentra en la mesa que ocupa uno de los lados de la sala, con su rostro de nariz plana vuelto hacia nosotros. Está oscurecido y ampollado por el fuego de ayer. Sus muñecas están rojas e hinchadas, lastimadas por sus esfuerzos por liberarse de las ataduras que lo mantienen prisionero. Sus ojos albergan un grito silencioso, pero ya se están apagando. Su cuerpo está tembloroso y pálido, y es evidente que no tiene la energía suficiente para usar su magia. Una de sus mangas está subida hasta el hombro. La sangre fluye sin cesar de varios cortes profundos a lo largo de la parte interna de su antebrazo, que está colocado sobre un agujero abierto en la superficie de la mesa. El sonido de las gotas al caer hace eco, mientras la sangre se acumula en una jarra ubicada debajo del agujero.

Al lado del taburete hay una taza volcada, con un hilo de sangre en el borde. El Anciano Kauko probablemente se haya saciado de ella, robando la magia de Eljas para acrecentar su propio poder. En la parte posterior de la cámara está la entrada al amplio corredor de piedra que conduce al muelle. Una bola de fuego flota dentro del pasaje para revelar la silueta del anciano, que arrastra a la niña hacia la puerta de metal oxidado al final del túnel. Al otro lado de ella se encuentra el muelle y el barco.

–¡Detente! –grita Sig, pero Kauko gira perversamente rápido y nos envía una pared de hielo. Siento la magia de Sig reverberar a través de mí, cuando lanza un infierno a su encuentro. El túnel se llena de vapor que hace que los cristales de hielo caigan sobre las piedras a nuestros pies.

Kauko aferra a Lahja por el pelo y la coloca enfrente de él, mientras ella grita.

–Atácame otra vez, y morirá.

Aprieto la mano de Sig y él se detiene. Estamos a unos veinte metros del anciano. Los muelles están un poco más lejos.

—Déjala ir, Anciano Kauko. Sé que hay una chispa de bondad y misericordia en ti —no puedo creer que sea él. Me gustaría que no fuera cierto.

—Siempre te he tenido cariño, Elli —dice, con una sonrisa amable y triste a la vez—. Entendías cuánto necesitábamos la magia.

—Pero para la gente. No para los ancianos y sacerdotes.

—Es lo mismo. Somos la magia que define a los Kupari. No son nada sin nosotros. Pero lamento que hayas quedado atrapada en ella. Todos creíamos que eras la Valtia. Fue un terrible error.

Asiento con la cabeza hacia la niña, que lucha aferrada contra el torso carnoso de Kauko.

—No quieres hacerle daño.

—Y tú tampoco, así que nos dejarás ir —responde él—. ¿No has matado lo suficiente por hoy? —arrastra a Lahja unos pasos atrás—. ¡Estoy tratando de protegerla! —su mirada oscura y desesperada se clava en la mía, rogándome que lo entienda.

—¿No me recuerdas, anciano? —pregunta Sig, tambaleándose hacia adelante con el cuerpo listo y vibrante.

—¿Debería? —Kauko arquea las cejas.

—Tengo una espalda llena de heridas de látigo que dice que sí —sisea. El calor sale de él como nunca antes, provocando que el agua que brota de las paredes de la caverna hierva y se evapore.

Lahja empieza a llorar cuando su piel se sonroja.

—¡Basta! —grito, jalando la mano de Sig. Está aplastando mis dedos.

Oskar contrarresta el calor y el aire se refrigera.

—Sig —dice en voz baja, como una advertencia—. La niña...

Kauko entorna los ojos mientras evalúa a Sig.

—Eres el único que escapó. Y sé lo que eres. Yo lo probé —sus dedos se enroscan sobre el pecho de Lahja y sus ojos se desvían hacia mí, llenos de acusación.

—Elli, ¿tienes idea de lo peligroso y desequilibrado que es? Nos va a matar a todos. Él no debería estar libre. ¿Qué has hecho?

Hay tantas cosas que podría responder a eso, pero ninguna parece importante cuando miro a la pequeña figura acurrucada contra el vientre redondo del anciano. Su vestido rojo está húmedo en el dobladillo y sus zapatillas, empapadas. Sus labios rosas tiemblan de terror.

—He venido a llevarme a la Saadella —digo—. Ella debe estar conmigo.

—Ella debía estar con la Valtia —gruñe Kauko, y los labios contraídos revelan la sangre en sus dientes.

—Y planeas utilizar a la niña para atraerla —dice Oskar, con voz afilada.

Ahora Kauko evalúa a Oskar.

—Portador de hielo —parpadea, mientras la temperatura en el túnel cae repentinamente. Hay un atisbo de sorpresa en su mirada, pero lo juro, también veo hambre.

—Kauko —ladro, atrayendo su atención—. Te dejaremos vivir si la dejas ir.

El calor sube ardiente por mi brazo, pero Sig permanece tranquilo.

Kauko retrocede unos pasos más. Lahja gime.

—No sé cómo convenciste a todos estos portadores de seguirte, pero eres una impostora. Solo la quieres para reclamar un trono que no te corresponde. ¡Ni siquiera deberías estar involucrada en esto!

Sig da otro repentino paso adelante. Siento como si mi brazo estuviera atrapado en las garras de un oso, jalando sin cesar del poder que albergo en mi pecho vacío.

–Ella está lejos de ser una impostora, Tahvo –dice.

Los ojos de Kauko se ensanchan, pero luego controla su sorpresa.

–No había oído ese nombre en mucho tiempo –su sonrisa se convierte en una mueca de ira–. Raimo tomó algo que les pertenece a los sacerdotes. Me gustaría que lo devuelva.

La energía late a través de Sig, y huele a odio y a una profunda y amarga sed de venganza. Su cuerpo pálido brilla en la oscuridad del túnel, como si estuviera iluminado desde dentro.

–Oh, sí que voy a devolverlo –dice en esa voz familiar, temblorosa.

–Sig –le digo, tratando de separar mi mano de la suya, cuando siento que su magia está tomando del pozo dentro de mí.

–¡Sig! –grita Oskar, cuando también percibe el calor.

Pero sorpresivamente el portador de fuego gira y le envía una ráfaga de fuego devastadora; esta lo lanza contra la pared del túnel, dejándolo aturdido y humeante. Luego, Sig me arrastra fuera del alcance de Oskar, y es como si estuviera raspando con sus dedos el interior de mis costillas, absorbiendo la energía y preparándose para lanzársela al anciano.

Hace solo unos pocos minutos pude evitar que Aleksi me usara como arma, pero el odio y la determinación de Sig son puros. Su magia es afilada y corta, hambrienta como un lobo, y no tiene equilibrio para templarla. Me echo hacia atrás con todas mis fuerzas, pero no logro detenerlo.

Kauko mira boquiabierto cómo el portador avanza conmigo, mientras lo jalo hacia atrás, tratando de desprenderme de su mano. Lahja grita cuando ve el fuego en los ojos de Sig. Cae de rodillas, finalmente libre; mientras Kauko aprieta sus dientes ensangrentados y levanta ambas manos para defenderse.

No puede. Sig es un volcán. Es un incendio voraz. Es todo lo que él es.

Y Lahja queda indefensa cuando el anciano cae. Su corazón late en mis oídos. Su miedo se cristaliza como un diamante en el centro de mi pecho.

No voy a jugar un papel en su muerte.

Tengo una voluntad. Y no soy un arma para que Sig me maneje.

Dejo de resistir a su atracción. Con una estocada desesperada, lo rodeo. Mi mano izquierda sigue sujeta a su diestra, pero envuelvo los tres dedos de la mano derecha sobre el brazalete de Astia en su brazo izquierdo. Nos convertimos en un círculo de carne y hueso.

Justo cuando estalla la magia.

Sig se arquea cuando su propio poder de fuego empieza a circular a través de mí, y de nuevo vuelve a él. Mi mente se llena de luz crepitante. El mundo se vuelve dorado y silencioso, y el dolor me chamusca por dentro. La magia se mueve como un relámpago, que gira entre nosotros, una y otra vez, aumentando, volviéndose cada vez más tensa y apretada, hasta que finalmente explota. Caigo hacia atrás mientras y Sig se desprende de mi mano. Mi espalda se estrella contra la roca fría.

Estoy ciega. Lo único que puedo ver es blanco.

—¡Lahja! —grito, arañando el aire mientras caen piedras sobre mi vientre y mi cara. ¿Está herida? ¿La matamos?

Un brazo musculoso se enrolla alrededor de mi cintura. Me agarro de los hombros cubiertos de piel y siento las vibraciones de un amplio pecho presionado contra el mío; él está gritando.

—Nunca —su voz suena distante.

—¡Lahja! —grito mientras me levanta del suelo.

No puedo saber dónde está el arriba ni el afuera. Solo sé que el mundo está colapsando. Parpadeo frenéticamente.

–¡Nunca! –es Oskar. Estoy en sus brazos, y del cielo está lloviendo roca.

–No, ¡tenemos que ir por ella! –mi visión vuelve, borrosa e indistinta. Su forma amplia titubea frente a mí, como si estuviéramos bajo el agua. Pateo y lucho.

–¡Lahja!

La cara de Oskar aparece justo en frente de la mía. Sus ojos grises son feroces. Sus labios se mueven, exagerando cada movimiento.

–Yo. La. Tengo –sus manos me aferran en un agarre implacable. Mis oídos se llenan con el sonido de rocas que se agrietan y se desmoronan.

Me suelta por un breve instante, y luego alguien se retuerce contra mi cuerpo. Mis brazos se enrollan alrededor de ella mientras llora. Las lágrimas caen de mis ojos, e inclino mi mejilla contra sus rizos, que están recubiertos con polvo de piedra arenosa.

–Oh, mi amor –me oigo decir–. Te tengo. Te tengo.

Oskar sujeta mi mano de nuevo.

–Te necesito –dice entre dientes–. Por favor, Elli, trabaja conmigo. No puedo hacerlo sin tu ayuda.

Tengo a Lahja en mis brazos y dejo que Oskar me lance a lo largo de un camino brutalmente frío. Está jalando de mí tan fuerte como lo hizo Sig, pero en vez de resistir, le ofrezco todo lo que tengo, dejando que fluya fuera de mí y llegue a él. Estamos rodeados de oscuridad, mientras su magia brota de él, empujando delante de nosotros. Hay hielo bajo mis pies descalzos.

–¿Oskar?

—Está cediendo. Estoy usando el hielo para mantenerlo en pie hasta que podamos salir.

Juntos nos tambaleamos hacia una luz parpadeante. Lahja está firmemente aferrada: con sus brazos alrededor de mi cuello y sus piernas rodeando mi cintura. Detrás de nosotros está el ruido sordo de las rocas que caen, y me vuelvo para ver, pero Oskar me jala hacia delante. Casi me caigo a medida que comenzamos a correr.

Nos sumergimos en la sala iluminada con antorchas justo cuando el túnel que iba a los muelles se derrumba por completo.

Oskar cae de rodillas y usa su palma para sostenerse contra las piedras, con el brazo roto pegado al cuerpo. Jadeante, mira la pared de piedra que se derrumbó detrás de él. Su frente está perlada de sudor y sus dientes están rechinando. Sus ojos se encuentran con los míos.

—Debemos llegar a la superficie. No sé qué tan estables son estas catacumbas.

Acaricio el cabello de Lahja, mi cuerpo hecho de instinto. Ella está temblando, con la cara apretada contra mi cuello.

—Kauko la dejó ir —murmuro.

—Elli... —él sacude la cabeza y lentamente se pone de pie.

—Tenía que hacerlo, Oskar —aunque no estoy del todo segura de lo que hice—. No podía dejar que Sig la lastimara. La venganza era más importante para él que su vida.

Pero sus ojos de granito están sombreados con una emoción que no entiendo.

—Todo sucedió muy rápido. Los dos se convirtieron en una luz cegadora, pero entonces tú explotaste hacia un lado —inclina su cabeza hacia Lahja—. Ella fue liberada, pero Kauko...

—¿Está muerto?

–No lo sé –observa el túnel colapsado–. Cuando Lahja cayó, la sujeté, y luego te sujeté a ti –se vuelve hacia mí y pasa una mano gentil por la espalda Lahja–. El túnel estaba cediendo, y fue todo lo que puede hacer para sacarlas a ustedes dos.

El temor burbujea en mi estómago.

–No era mi intención hacerle daño a Sig.

–Tomaste una decisión –dice en voz baja, envolviéndome con su brazo. Nos dirigimos fuera de la cámara–. Y yo también –me deja ir y arranca una antorcha de la pared, luego la sostiene delante de él mientras nos conduce hasta el túnel.

Tomé una decisión. Y debido a esa decisión, probablemente Sig esté muerto. Eso se siente mal. No porque no haya tomado la correcta, sino porque no debería haber tenido que elegir en primer lugar. Si mi voluntad hubiera sido lo suficientemente fuerte, ¿no podría haber detenido su magia, arrojarla fuera de su alcance?

Juro, si las estrellas me dan más días que esto, que aprenderé a controlar mejor este don.

Pero ahora tengo algo más que atender. Presiono mi cara contra el pelo de Lahja, que huele a miel caliente y roca fría. Ella gime y me abraza con más fuerza.

–Estás a salvo –le susurro–. Y yo voy a cuidar de ti.

Llegamos a las escaleras que conducen a la Gran Sala. Oskar camina delante de nosotras. Siento su poder helado latiendo en él. No sabemos lo que nos espera arriba.

–Gracias –susurro, tocando su espalda. En caso de que no haya otra oportunidad para decirlo.

–Soy tuyo –me mira por encima del hombro–, puedes manejarme como quieras.

Llegamos a la parte superior de la escalera. Oskar se pone delante de mí.

—Raimo —dice.

—¿La tienes? —es la respuesta chirriante.

Oskar se hace a un lado y me guía hacia la sala con la Saadella todavía aferrada contra mi cuerpo.

Estamos rodeados. El lugar está lleno de gente. Raimo se apoya en su bastón, con sus ojos claros brillantes. Usko tiene la mitad de su barba cobriza chamuscada. Los dedos de Veikko están grises por la congelación. Tuuli, con el cabello castaño suelto alrededor de su cara, todavía tiembla pero está ilesa. Aira tiene el cuello y las manos quemados y ampollados. Sin el corpulento Ismael. Sin Mikko con su ganchuda nariz. Pero hay al menos veinte alguaciles con los bastones en sus cinturones e innumerables ciudadanos, todavía con hoces, martillos y pinzas, con las caras manchadas de ceniza. También, unas pocas decenas de acólitos con sus ropas desgarradas —algunos de ellos sangrado, algunos quemados, otros estremeciéndose con escalofríos. Y los concejales, todos mirándome a mí: mi desnudez cubierta solo por la capa de Sig y la niña acurrucada contra mi pecho.

Topías, el concejal principal, se quita la gorra y da un paso hacia delante, con la cabeza inclinada.

—Mi Valtia —dice en voz baja. Se arrodilla delante de mí—. Nosotros la reconocemos como nuestra reina.

Mi corazón golpea con fuerza en mi pecho vacío, cuando todos en la cámara abovedada imitan su reverencia y con sus frentes tocan el mármol.

Capítulo XXVI

Entro en su habitación con mi ofrenda en la espalda. Se me hizo tarde porque me he pasado la mitad del día en reuniones con Topias y los demás concejales. Lahja ya se ha vestido con el nuevo traje escarlata y cobre hecho especialmente para ella, y lleva sus rizos domesticados con trenzas recogidas en la parte posterior de su cabeza. Está echada sobre su estómago en una alfombra suave frente al fuego; sus pies abrigados con calcetines dan patadas al aire mientras observa un libro de imágenes. Su doncella, que también es su hermana mayor, Janeka, es una niña tranquila de unos doce años, con el pelo largo y negro. Se sienta cerca de ella, mientras le teje una nueva gorra. La elegí yo misma. Quise que Lahja tuviera una cara conocida dentro de estas paredes. Quiero que sepa que está segura.

Los ojos de Janeka se abren enormes cuando me ve de pie en el borde de la alfombra, y lanza un chillido de sorpresa. La cabeza de Lahja se eleva de golpe y luego ella se da vuelta. Luce asustada.

—Solo soy yo —digo en voz baja mientras me arrodillo—. Te traje algo —le muestro mi regalo, una muñeca que Sofía me había dado y que encontré escondida entre mis pertenencias, las cuales Mim empacó antes de que yo escapara y ella fuera llevada a las catacumbas. La sostengo frente a Lahja.

Ella es una criatura tan exquisita, con su frente amplia y lisa, sus grandes ojos azules y sus labios que parecen un capullo de rosa. Pero su expresión grave y cautelosa me indica que ha pasado por mucho. No hubo Valtia para abrazarla cuando fue llevada al templo. Algunas de las criadas me dijeron que no ha dicho una palabra desde que llegó, aunque su hermana me contó que solía ser muy charlatana.

—¿Te gusta, cariño? —pregunto, mientras ella se inclina hacia delante para observarla. La muñeca está pintada tal como yo seré maquillada en breve. Mi coronación es hoy, y todos mis temores pesan dentro de mí, lo suficiente como para bajarme a la tierra. Acaricio la pequeña mano de Lahja cuando toca la cara de la muñeca, pero mantengo mi mano derecha escondida debajo de la figura de porcelana, temiendo que mis dedos faltantes la asusten.

Ella frota su pulgar sobre la tela suave y sedosa del vestido de la muñeca, y una diminuta y frágil sonrisa aparece en sus labios. Asiente con la cabeza y siento que mi pecho se comprime con fuerza.

—Bien —le susurro—. Más tarde vamos a jugar con ella. Ya es hora de que me aliste. Solo quería verte antes de vestirme.

Antes de lucir como Mim en los últimos minutos de su vida.

Los ojos de Lahja encuentran los míos. Se inclina hacia delante y me besa la mejilla. Lentamente coloca sus brazos alrededor de mi cuello, y la abrazo en silencio con la promesa de hacer lo correcto por ella. Ella no es mía. Yo no soy suya. La verdadera Valtia debería estar aquí, no yo. Pero hasta que llegue, estaré entre Lahja y cualquier peligro que se acerque.

La beso para despedirme y camino por el pasillo. No voy a dejar que me lleven en un palanquín, si soy perfectamente capaz de trasladarme por mis propios medios. Entro en la Gran Sala. Ha sido limpiada y reparada durante las últimas dos semanas. Algunos de nuestros acólitos están poniendo velas alrededor de las paredes, en preparación para la procesión. Entre ellos está Kaisa, la chica de ojos azules y un lunar en la mejilla. Su cabeza está cubierta de una pelusa corta y rubia. Es ridículo que los acólitos se rasuren la cabeza, a menos que realmente quieran hacerlo, y eso les dije. Me saluda con la mano mientras camino hacia el ala de la Valtia, y le devuelvo el saludo.

Si sabe que no soy la verdadera reina, no dice nada. Nadie dice nada. Su necesidad de creer es tan fuerte y desesperada que silencia toda duda.

Nunca dudes, susurra Sofía. No dejaré de echarla de menos.

Mi estómago se tensa cuando ingreso en la cámara ceremonial. Seré solo yo esta vez, no voy a dejar que pinten a Lahja para esta ocasión. Es demasiado joven, y temo que lo asocie con lo que tuvo que pasar, el hecho de ver a Mim ardiendo ante sus ojos. Hoy va a venir conmigo en mi palanquín, y estará cómoda. Me aseguraré de ello. Hoy necesitamos su sonrisa.

Miro por la ventana hacia el Lago Madre. Su armadura de invierno se está rajando, pero aún no se ha descongelado. Nunca pensé que temería la primavera, pero ahora la idea de que llegue me aterra.

Raimo viene desde el balcón, vestido con una túnica negra nueva y un cinturón de cuerda de cáñamo. Él se ha hecho cargo de la cincuentena de acólitos y aprendices que vivieron la batalla y no se decidieron a huir de la ciudad, como sí hicieron los sacerdotes sobrevivientes. Creemos que al menos una docena escapó con sus aprendices, y no ha habido ninguna señal de ellos. Una preocupación más para añadir a mi lista, lo que me hace sentir aún más agradecida por tener al frágil anciano frente a mí... y más me atemoriza pensar que su aparición temprana fuera de la hibernación pueda tener consecuencias graves. Su bastón golpea contra el suelo de piedra, y su barba desprolija se balancea de un lado a otro al acercarse.

—El consejo me ha concedido el acceso a los archivos —le digo.

—¿Y?

—Las noticias no son buena. Tres niñas nacieron durante la alineación, incluida yo. Y las otros dos están muertas. Sus muertes se inscribieron en los registros —uno de los nombres me dio una punzada de dolor: era Ansa, la querida sobrina de Maarika, que murió cuando la hacienda de su familia fue atacada por los Soturi.

—Y eso significa que el nacimiento de nuestra Valtia probablemente no se registró —suspira—. Ya sea porque su familia vivía fuera de los muros de la ciudad o porque eran mendigos sin hogar, demasiado pobres para pagar el impuesto para inscribirla.

—¿Qué hacemos ahora?

—Seguimos buscando —sus cejas se crispan—. Ella no puede ocultarse para siempre.

—¿Y tienes noticias? —pregunto—. Te agradecería especialmente que fueran esperanzadoras, y no malas.

—He hablado con los jinetes de relevo —responde, sacudiendo la cabeza—. Los alguaciles en la frontera no han visto ni rastro de los Soturi todavía. Me pregunto si están esperando que el Lago Madre se descongele. Podrían atacar simultáneamente por tierra y agua de ser así.

Dejo escapar un suspiro tembloroso. Es solo cuestión de tiempo hasta que los bárbaros vengan por nosotros, y estoy decidida a detenerlos con la ayuda de mi pueblo.

—Está bien.

—Esta mañana —se aclara la garganta— terminaron de despejar el túnel que conecta el puerto con las catacumbas.

–¿Y? –una aguda puñalada me atraviesa.

–Sig y Kauko no estaban por ningún lado –el nudo en su garganta desciende cuando traga. Y yo cierro mis ojos.

–¿El barco?

–Desapareció.

–Sig –susurro. Lo lastimé. Lo quemé. Y luego lo dejé a merced del hombre que lo había azotado y bebido de su sangre–. ¿Crees que sobrevivió?

Raimo me echa una mirada de dolor, su cara es un laberinto de arrugas.

–Kauko, como lo llaman ahora, ha sido siempre un buen curandero.

Coloco una mano sobre mi estómago, me siento enferma. Tomé una decisión, y no elegí al Suurin de Fuego. Y ahora...

–¿Qué va a hacerle a Sig?

–Es difícil saberlo, Elli. Pero no va a ser bueno.

–Tenemos que encontrarlo.

–Sí, Oskar dijo lo mismo.

–¿Hablaste con él? –pregunto cuando nuestros ojos se encuentran. Mi corazón se acelera.

Raimo sonríe, pero el gesto está teñido de inquietud.

–Ha tenido bastante éxito. Conoce todos los campamentos que albergan portadores a lo largo de la península. Tomará algún tiempo ganar su confianza, pero está trabajando en eso.

–¿Quién está con él? –quiero saber. ¿Quién cuida su espalda? ¿Quién enciende el fuego cuando él se estremece por las noches?

–Usko, Veikko, Aira, Tuuli y algunos otros de las cavernas. No debes preocuparte por él, Elli –el tono de Raimo está lleno de sombría advertencia.

Me aparto de él. No quiero que vea mi cara. Sería como abrir el pecho y dejar que mire mi corazón. Mi mano se desliza en el bolsillo y aferra la paloma de madera que siempre llevo conmigo, una nueva que hizo, después que Raimo curó su brazo roto... y antes de irse a las tierras lejanas.

—Estás desperdiciando tu energía —deja escapar un suspiro exasperado—. Él es grande, fuerte y muy capaz de protegerse a sí mismo, incluso sin magia. Es reconocido en las tierras lejanas, y respetado por portadores y no portadores por igual. En verdad, no podrías tener un reclutador mejor para la rama mágica de este ejército que estás creando.

—¿Cuántos tenemos hasta ahora?

—Oskar no lo dijo. Pero parece decidido a conseguir a cualquier persona que pueda siquiera encender una vela o congelar un charco, siempre y cuando lo hagan con magia y están dispuestos a entrenar y trabajar juntos.

—No es suficiente, Raimo.

—No podemos estar confiando solo en los portadores —sujeta su bastón con más fuerza—. Estás haciendo un buen trabajo, Elli —cacarea—. Me atrevería a decir que esos concejales se sorprendieron cuando entraste en la primera reunión.

Sonrío a mi pesar. Sus grandes ojos y las mandíbulas caídas eran cómicos. Pero el miedo ante mi poder los hizo escuchar. Los Kupari se han vuelto dependientes de la magia, y Sig tenía razón: cambiaron libertad y responsabilidad por seguridad. Lo primero que les dije fue que no tendríamos calor mágico este invierno, pero que los suministros de alimentos del templo serían distribuidos entre las personas. Les expliqué que teníamos que centrar nuestra atención en los Soturi y enfrentarnos a ellos como pueblo. No todo el mundo está contento. Estoy segura de que tengo enemigos. He dicho de un modo u otros que el templo proveería, pero ahora es momento de que *todo el mundo* se ponga de pie. Ahora necesitamos cada brazo y cada mente. Tenemos magia, pero no es todo lo que somos. No podemos serlo, porque el cobre que nos ha creado fue arrancado de la tierra, tal como la sangre era drenada de los acólitos. Una vez que se acabe, también nuestro poder podría abandonarnos.

Muchos han dado un paso al frente para ofrecerse a sí mismos.

—Tenemos quinientos hombres en nuestras fuerzas no mágicas hasta ahora, y los herreros creen que pueden forjar armas para unos mil antes del deshielo. Tenemos otros trescientos hombres y mujeres que se han ofrecido como arqueros. Algunos de los cazadores están trabajando para fabricar los arcos, y Topias cree que tendremos suficientes para todos los reclutas. Pero...

—¿Nuestros soldados sabrán qué hacer con ellos? —pregunta Raimo, completando mis pensamientos.

En comparación con el enemigo, nuestras fuerzas son ínfimas y mal preparadas. Sí, Sofía diezmó la marina Soturi, pero como señaló uno de los habitantes de las cuevas, era solo una parte de sus recursos. Somos vulnerables, pero tenemos una cosa que ellos no tienen. Cuando llegue el momento, voy a enfrentar al enemigo en el frente con nuestro ejército, junto a Oskar y sus portadores.

Voy a ser su escudo y él será mi espada.

Pero necesitamos a Sig, el Suurin de Fuego. Necesitamos el brazalete de Astia. Necesitamos una Valtia. Necesitamos un ejército bien entrenado. El riesgo es grande y se cierne sobre mí como una poderosa ola a punto de romper.

Levanto la cabeza y enderezo los hombros.

—Gracias, Raimo.

—Voy a estar en la plataforma durante la coronación —sus dedos nudosos se cierran sobre mi brazo—. Todo va a estar bien. Nadie lo sabrá. Y no vas a estar sola —el sonido de sus pasos irregulares señala su partida.

—Entonces, ¿por qué me siento de ese modo? —susurro. Camino hasta el espejo de cobre y me hundo en la silla. Me quedo mirando mi reflejo, a continuación cierro los ojos. *Usted ha nacido para esto*, susurra Mim mientras se forma un nudo en mi garganta. Casi puedo sentir sus suaves manos sobre mis hombros—. Lo siento, Mim. Nunca me perdonaré por haberte dejado atrás.

Cuando abro los ojos, juro que veo su sombra en el espejo, los rizos castaños, la suave sonrisa. *Estoy orgullosa de servirle, Elli, siempre será mi reina.*

—Estás en mi corazón —digo con voz entrecortada—. Y siempre estarás a salvo allí.

—¿Qué? —pregunta Helka, cuando entra apresurada a la habitación, con su pelo rubio encanecido recogido en una trenza, enroscada en la base de su cuello.

—Nada —me paso las manos por la cara y parpadeo para disimular las lágrimas derramadas—. Estoy lista.

Comienza a cepillar y trenzar mi pelo mientras me siento erguida e inmóvil. He llegado a creer que el maquillaje ceremonial era solo otro modo en que los ancianos silenciaban a la Valtia encerrándola en una máscara de belleza, pero los cambios que planeo deben venir poco a poco. Hoy voy a usarlo, porque los Kupari acaban de aprender a pararse sobre sus propios pies y a poner a prueba su propio poder, y necesitan un símbolo que les dé confianza hasta que tengan suficiente confianza en sí mismos.

Durante el tiempo que me necesiten, eso es lo que voy a ser.

La coronación fue un éxito. Las personas vitorearon. Los alguaciles fueron capaces de reclutar a varias docenas de jóvenes para nuestro nuevo ejército. Al verme con el ajuar completo su patriotismo se elevó, y me alegro: todos tenemos un papel que desempeñar en nuestra propia salvación. Lahja sonrió y saludó, levantando los ánimos. Cuando Raimo hizo que las antorchas se elevaran y giraran, ella apretó la cabeza contra mi pecho pero no gritó.

Siento los miembros muy pesados cuando salgo de la tina y dejo que Helka me seque. Ella ha bailado esta danza muchas veces, razón por la que pedí que regresara al templo como mi doncella. Cepilla mi pelo y lo trenza no muy apretado. Sé por la densa lentitud de sus movimientos que está pensando en Sofía, todos los días que compartieron juntas; muchos pero no los suficientes. Su mentón con un hoyuelo tiembla cuando me coloca el vestido por encima de la cabeza, y yo suspiro mientras se desliza sobre mi cuerpo y cae hasta mis tobillos, suave y reconfortante.

—¿Está despierta Lahja? Prometí ir a jugar con ella.

Helka deja escapar una risita.

—Cuando bajé para asegurarme de que su vestido estaba adecuadamente guardado, Janeka me dijo que ya estaba durmiendo. Hoy fue un día cansador.

Contengo mi decepción. El cálido peso de su cuerpo me tranquiliza, me da un propósito... y combate la soledad, por un momento al menos.

–*Mi* Valtia, Sofía, te amaba como tú amas a esta niña –dice, y me acaricia el brazo–. Tenías la edad de Lahja cuando llegaste aquí y Sofía odiaba no verte. Pero ella se aseguró de que le informaran sobre tus actividades cada día.

Mi cara se arruga con la pena de los años perdidos. Los ancianos nos mantuvieron separadas. Otra parte de su plan para romper la voluntad de la Valtia, para doblegarla a sus deseos, todo bajo el pretexto de mantener su magia fuerte y pura. Y como había dedicado su vida a ser todo lo que los Kupari necesitaban, obedecía. Pero nos hacía daño a ambas, y no voy a permitir que eso ocurra con Lahja.

–Las cosas son diferentes ahora. La veré mañana.

–Me alegro, mi Valtia –dice con voz ronca y una sonrisa. Acomoda hacia atrás un mechón de pelo rubio encanecido de su frente arrugada–. ¿Necesita algo más?

–No. Gracias –murmuro–. Que tenga una buena noche.

El vacío en mi pecho bosteza amplio y entumecido, mientras abro las puertas de mi balcón y salgo al aire de la noche. Tenemos un mes más de invierno a lo sumo. El viento helado se arremolina a mi alrededor, enviando escalofríos desde la parte superior de mi cabeza hasta la planta de mis pies descalzos. La luna cuelga alta en la oscuridad, brillando sobre el rostro blanco y agrietado del Lago Madre. Las estrellas iluminan, misteriosas y en silencio, nuestro futuro tallado en esa expansión de ébano.

Mis dedos se enroscan sobre la barandilla de mármol, y cierro los ojos, dejando que la ligera brisa helada sople en mi cara, fingiendo que es la magia de Oskar. Se desliza a lo largo de mi cuello y debajo del borde de mi vestido, y me eriza la piel.

–Te extraño –suspiro.

Soy la reina ahora. No puedo ser amada por uno. Especialmente no, si se trata del Suurin de Hielo. La advertencia de Raimo nunca está tan lejos de mis pensamientos. Pero tampoco lo está Oskar.

—También te extraño —susurra el viento frío.

Doy la vuelta, con el corazón dando tumbos en mi garganta. Oskar está en el otro extremo del balcón. Da un paso fuera de las sombras: su espeso manto cuelga de sus hombros, sus pasos son silenciosos a pesar de su tamaño. Su cabello está suelto sobre los hombros, y no se ha afeitado en más de una semana. Huele a tierra, a caballo y a humo, las rodillas de los pantalones están manchadas y sus botas tienen costras de barro.

Nunca lo vi lucir mejor.

—Pensé que estabas en las tierras lejanas.

Se pasa la mano sobre una mancha de suciedad en su capa. No dejo de percibir su estremecimiento cuando el viento sacude su pelo.

—Lo estaba. Y mañana iremos a la costa occidental, la zona donde se encuentra con el lago Loputon. Hay informes de incendios en el cielo.

—¿Más portadores? —alguien lo suficientemente poderoso como para enviar fuego por encima de las altas colinas de la costa—. ¿Crees que podría ser ella? —arrugo la frente.

Él no está solo buscando reclutas: también a nuestra Valtia. Podemos estar tomando medidas para protegernos nosotros mismos, pero la necesitamos más que nunca.

—No hay modo de saberlo hasta que lleguemos allí. Siempre podemos tener esperanzas.

—Ten cuidado —digo bruscamente—. Podrían ser los sacerdotes que escaparon. O Kauko, que probablemente tiene a Sig y...

—Raimo me lo dijo —sus ojos brillan con hielo en su interior—. No tengo ninguna intención de dejar que ese bebedor de sangre tenga al otro Suurin. Y tampoco voy a abandonar a Sig. Si él está ahí, lo traeré de regreso —se ve tan feroz que es fácil creerle.

Levanto la mano y paso el dorso de mis dedos a lo largo de su mejilla áspera y helada.

—¿Por qué viniste?

—¿No lo sabes? —arquea las cejas.

Sonrío.

—¿Cómo llegaste aquí?

—Durante tu coronación. No fue difícil. Tenemos que hablar con Raimo sobre los guardias de tu ala y la de Lahja —sus ojos se detienen en los míos. Está preocupado, pero trata de no decirlo.

Mi boca se retuerce evitando una sonrisa.

—¿Así que has estado temblando aquí en mi balcón todo el tiempo, mientras mi doncella me desnudaba y me bañaba?

—Bueno —se aclara la garganta—. Ansioso como estaba de verte, pensé que era mejor no meter la cabeza mientras estabas...

—No hay nada que no hayas visto antes —como casi todo el mundo en el templo. Lo que daría por un vestido a prueba de fuego.

—¿Me perdonarías si te digo que ese recuerdo me mantuvo caliente mientras esperaba?

Ahí está, ese tirón abajo en mi vientre. Solo se pone peor cuando su mirada se desliza de mis pies descalzos hasta mi cara, sin perderse ni un centímetro en el medio.

—Sí.

Busca mi mano derecha, la cicatriz ahora hormiguea dolorosamente por el frío, y me atrae hacia él, besando cada nudillo.

—Y no solo me pasé el tiempo pensando en ti —la comisura de su boca se arquea hacia arriba—. Estuve practicando.

Vuelve la palma de la mano hacia arriba. A medida que la observamos, cristales de hielo brotan de la nada y se agrupan en el aire. Bailan y se arremolinan como una espiral hacia abajo, juntándose en mi mano y entrelazándose hasta que forman una estrella de ocho puntas. Una de las puntas es redondeada y otra sobresale larga y afilada, pero los defectos no disminuyen mi asombro ante eso: ni ante él.

—Mi control es cada vez mejor —dice en voz baja, recogiendo la estrella y examinándola. La sostiene cerca y sopla aire helado entre sus labios, y la estrella se desintegra con un brillo de polvo cristalino—. A veces la magia pequeña es la más difícil.

—¿Se siente bien? —pongo mi mano en su mejilla.

—Me da vergüenza haberlo evitado durante tanto tiempo —inclina la cabeza.

Pero él tenía todas las razones para tener miedo, y lo entiendo por completo.

—Debes estar orgulloso de lo que estás haciendo ahora —le sonrío—. También tengo algo que mostrarte.

—Por favor —arquea las cejas.

Me concentro en nuestra conexión, mi piel contra la suya, e imagino buscar a través de él, hundiendo la mano en el mar interminable de hielo que tiene dentro. Temblando, extiendo mi otro brazo con la palma hacia arriba. Mis ojos están cerrados y el sudor se forma en mis sienes, pero cuando escucho a Oskar jadear, sé que lo he hecho. Abro los ojos para ver la masa de nieve que se derrite en la palma de mi mano, y mi risa nerviosa se empaña con la noche.

—Raimo me ha estado dejando a practicar con él.

—Podía sentirte... dentro —se frota el pecho.

—¿Dolió?

—De ningún modo. Te dije que podías manejarme como quisieras.

Y eso es probablemente por lo que fui capaz de hacerlo. Raimo dice que tomará más trabajo sacar la magia de un portador que se me esté resistiendo, pero con esto solo ya me he agotado. Me apoyo en Oskar, y mi pulgar acaricia su pescuezo oscuro hasta su mandíbula.

—¿Cómo están Maarika y Freya?

—Están bien —sonríe—, pero Freya todavía no me ha perdonado por no dejarla unirse al ejército. Le dije que estaba siguiendo tus órdenes. *Tú eres la reina*, después de todo —deja de parecer divertido cuando me mira—. Te veías preciosa en la plaza, regia —sus dedos se deslizan por mi mejilla, y su magia helada hormiguea a lo largo de mi piel, girando dentro de mi pecho—. Pero te ves mil veces más hermosa ahora.

—Porque solo soy Elli —murmuro.

—Y sabes que es más que suficiente —desliza su brazo alrededor de mi espalda.

—Lo sé —realmente no hay dudas, pero de algún modo solo hace que este momento sea más frágil, un tesoro que no se supone que debía tener.

Sus labios están frescos y los míos calientes. Me estremezco cuando me toma de la nuca y me lleva hacia él. Es la deliciosa fricción del hielo y el fuego, duro y suave. Su cuello me raspa la cara, y me pongo de puntillas. Quiero mirarme en el espejo mañana y ver por mis propios ojos los labios hinchados, el color rosado de mis mejillas y mentón. Quiero saber que esto fue real, más allá del recuerdo de su cuerpo duro y musculoso contra el mío, más allá de la imagen de su hermoso rostro, más allá del eco de su voz en mi cabeza.

Su magia llena mi pecho hundido, rugiente y feroz, con pura energía helada. Pero sus manos están casi tibias al acariciar mi piel enrojecida. Su cabello sedoso cosquillea en mis mejillas y frente mientras se echa hacia atrás, besando la comisura de mis labios.

—Estrellas, si no nos detenemos, no voy a ser capaz de irme —susurra. Su frente toca la mía y cerramos los ojos, aferrándonos con todas nuestras fuerzas.

—No importa si nos detenemos —digo con la garganta apretada—. Ya no puedo dejarte ir.

Me besa de nuevo, esta vez lento y profundo, deslizando sus dedos por debajo del cuello de mi vestido para acariciar mi hombro desnudo. Esto es tan injusto. Cada cosa se siente correcta y perfecta. Quiero que dure para siempre.

Pero estamos predestinados por las estrellas, nuestras vidas están escritas en los mapas y predestinadas. No puedo olvidar eso, y sé que él tampoco cuando se retira una vez más para besar mi frente.

—Yo sé que sería un escándalo terrible si me encontraran aquí contigo, pero qué no daría por volver a dormir a tu lado de nuevo —dicen sus labios contra mi frente y una lágrima se desliza desde el rabillo de mi ojo. Él la barre con su pulgar.

—Echo tanto de menos esas noches, tanto que me duele.

—Tal vez algún día, cuando todo esto termine —su sonrisa es triste.

Mi estómago se siente tan hueco como mi pecho.

—Tal vez algún día —en este momento es mejor fingir.

Me vuelvo hacia el Lago Madre, y Oskar me envuelve con sus brazos, cubriéndome con su capa. Apoyo la cabeza contra su pecho y elevo la vista hacia la luna, atesorando estos minutos, saboreando cada uno como si fuera el último. Porque sé que podría ser así.

Nuestro futuro se precipita hacia nosotros como una tormenta en el Lago Madre, y nuestros enemigos son poderosos.

Kauko está ahí afuera, liderando a quizás dos docenas de sacerdotes y aprendices rebeldes. Él tiene el brazalete de Astia. También tiene al Suurin de Fuego y cientos de años de astucia alimentados con sangre.

Y los Soturi, hambrientos de nuestras riquezas, deseosos de dominar, también están ahí afuera.

Pero *ella* también lo está. Soy solo una sombra en comparación. Cuando nos encontremos con ella, voy a ser su Astia. Juntas, vamos a ser equilibrio perfecto y poder infinito.

Juntas, vamos a salvar a los Kupari.

AGRADECIMIENTOS

Estoy muy agradecida al equipo de Simon & Schuster por haber tomado mi historia y convertirla en un hermoso libro. Ruta Rimas, mi editora: gracias por tu ojo cuidadoso, tu entusiasmo infinito, tu apoyo incansable y por tu ingenioso y esclarecedor dibujo. También quiero agradecerles a Justin Chanda y a Eunice Kim por su apoyo en todo sentido; a Debra Sfetsios-Conover por haber diseñado otra tapa tan impactante para mí; y a Leo Hartas por crear el maravilloso mapa de Kupari.

Como siempre, estoy muy agradecida a mi agente, Kathleen Ortiz, por ser una fiel compañera en este negocio; y al resto del equipo de New Leaf: Danielle Barthelle, Joanna Volpe, Jaida Temperly, Jess Dallow y Dave Caccavo, por su maravilloso apoyo.

Les debo muchos abrazos a Virginia Boecker y a Lydia Kang por haber leído los primeros borradores de esta novela y por haberme alentado a seguir trabajando en la historia.

Gracias al equipo de CCBS, es un placer y un privilegio trabajar con ustedes. Y un *gracias* muy especial a Catherine Allen, que me abasteció de café, sabiduría y risas; y a Paul y a Liz por ser Paul y Liz.

Mi familia es una fuente inagotable de apoyo y, sin ellos, habría sido mucho más difícil enfrentar todas las tormentas que tuve el año pasado. Mamá y papá, Cathryn y Robin, Alma y Asher, cada uno de ustedes me inspira de distinta manera. Los amo.

Y a todos mis lectores… gracias por hacer que este trabajo valga la pena. Es un privilegio compartir mis historias con ustedes.

SOBRE LA AUTORA

SARAH FINE es la autora de *Of Metal and Wishes*,
Of Dreams and Rust y de la saga *Guards of the Shadowlands*.
Su trabajo más reciente es *La reina impostora*, que
es el primer tomo de una serie de fantasía.

Fine también coescribió con Walter Jury dos
thrillers de ciencia ficción: *Scan* y *Burn*. Además, es
la autora de varias sagas para adultos, entre las que
se encuentran *Servants of Fate* y *The Reliquary*.

Cuando Sarah no está escribiendo, está
psicoanalizando a alguien. A veces, hace las
dos cosas al mismo tiempo.

FANT

LA GRIETA BLANCA -
Jaclyn Moriarty

¿Crees que conoces
todo sobre los cuentos
de hadas?

Protagonistas que
se atreven a enfrentar
lo desconocido

EL HECHIZO DE LOS
DESEOS - *Chris Colfer*

EL FUEGO SECRETO -
*C. J. Daugherty
Carina Rozenfeld*

Dos jóvenes destinados a
descubrir el secreto ancestral
mejor guardado

ASY...

En un mundo devastado, una princesa debe salvar un reino

LA REINA IMPOSTORA - *Sarah Fine*

REINO DE SOMBRAS - *Sophie Jordan*

Una joven predestinada a ser la más poderosa

CINDER - *Marissa Meyer*

La princesa de este cuento dista mucho de ser una damisela en apuros

¡QUEREMOS SABER QUÉ TE PARECIÓ LA NOVELA!

Nos puedes escribir a vrya@vreditoras.com
con el título de esta novela en el asunto.

Encuéntranos en

 facebook.com/vreditorasya

 twitter.com/vreditorasya

 instagram.com/vreditorasya

COMPARTE
tu experiencia con
este libro con el hashtag
#lareinaimpostora